MÉMOIRES

SECRETS,

POUR SERVIR A L'HISTOIRE DE LA RÉPUBLIQUE DES LETTRES EN FRANCE, DEPUIS *MDCCLXII* JUSQU'A NOS JOURS;

O U

JOURNAL

D'UN OBSERVATEUR,

CONTENANT les *Analyses des Pieces de Théâtre qui ont paru durant cet intervalle ; les Relations des Assemblées Littéraires ; les Notices des Livres nouveaux, clandestins, prohibés ; les Pieces fugitives, rares ou manuscrites, en prose ou en vers ; les Vaudevilles sur la Cour ; les Anecdotes & Bons Mots ; les Eloges des Savans, des Artistes, des Hommes de Letres morts, &c. &c. &c.*

TOME DIX-HUITIEME.

. . . . . . *huc me ,*
. . . . . . *vos ordine adite.*
Hor. Liv. II, Sat. 3. vs. 81 & 82.

A LONDRES,
CHEZ JOHN ADAMSON.
M. DCC. LXXXII.

AVERTISSEMENT

DU

LIBRAIRE.

MAlgré la nouvelle édition que la néceffité nous a forcés de faire, il y a un an, nous continuerons à tenir notre engagement, envers ceux qui ont l'ancienne, en leur procurant fucceffivement les additions que nous avons commencé d'y joindre. Nous ne pouvons finir encore aujourd'hui ce travail, & nous nous fommes arrêtés au 1er. Janvier 1769. Ils doivent être fûrs qu'il n'y a rien d'omis ; ils y liront même des articles améliorés ou nouveaux, que nous avons recouvrés depuis l'édition de 1781.

Nous avons réuni auffi à cette année la fuite des Lettres fur le Sallon, que nous pourrons imprimer féparément pour les artiftes, amateurs ou autres, qui n'ont défiré fe pourvoir que de cette collection particuliere & infiniment moins difpendieufe. Comme la Lettre que nos Editeurs nous ont adreffée pour fervir de Préface à l'année 1780, nous eft arrivée trop tard pour être mife à la tête ; qu'elle fe trouve de la forte, pour ainfi dire noyée dans la foule des notices, nous la replaçons ici, vu fon importance. Elle fera peut-être revenir de leur erreur ceux qui ont attribué la fuite des Mémoires Secrets du premier Inftituteur, à des Ecrivains, ou à des Sociétés de Paris qui n'y ont aucune part. Il eft bien difficile de trouver deux amateurs comme Buchaumont, & deux fociétés comme celle de Madame Doublet. Il a fallu, pour remplir le projet, embraffer une fphere plus étendue, & ce n'eft en effet, comme l'annoncent les Editeurs, l'ouvrage de perfonne, & celui de tout le monde.

MÉMOIRES SECRETS

Pour servir à l'Histoire de la République des Lettres en France, depuis 1762 jusqu'à nos jours.

ANNÉE MDCCLXXXII.

26 *A*oût 1781. On voit avec plaisir dans le billet d'enterrement de la femme d'un bienfaiteur de l'humanité, persécuté à outrance par la jalousie & l'envie, que son mérite a percé à la Cour & lui a procuré de hautes protections; c'est le Sr. Dumont de Valdajou, dont les Chirurgiens furieux contre lui ont plusieurs fois annoncé la mort, parce qu'ils la desiroient, ainsi qu'on l'a pu voir précédemment.

Ce Sieur Dumont est Chirurgien renoueur des camps & armées du Roi, Chirurgien ordinaire de la Reine, premier Chirurgien renoueur de *Monsieur* & Démonstrateur en la ville de Paris.

26 *Août*. M. Jousse, Conseiller honoraire au Châtelet d'Orléans, vient de mourir, âgé de 78 ans. Son nom restera célèbre au barreau & dans le temple de la Justice par ses ouvrages sur la Jurisprudence. Depuis plus de trente ans il jouissoit de sa réputation. Jamais auteur n'a été plus cité de son vivant, surtout dans les matieres criminelles. Digne émule & contemporain de Pothier, aussi simple dans ses mœurs, aussi in-

Tome XVIII. A

tegre, auſſi éclairé magiſtrat, il ſera longtems ; comme lui, l'honneur de ſa patrie.

26 *Août* 1781. A la ſeconde repréſentation de *Califte*, le Sieur *Florence*, qui y joue un rôle, tardoit à venir : le Sieur de la Rive ſemainier envoie le faire avertir & exciter ſa pareſſe ; celui-ci n'en tient compte, répond impertinemment au meſſager, & à ſon arrivée gourmande le Sieur la Rive & lui met le poing ſous le nez ; ce qui occaſionne une rixe entre eux ſur la ſcene même : ils étoient habillés, ils tirent leur ſabre de Théâtre, & ſe battent dans l'enfoncement : les ſpectateurs crurent que c'étoit un jeu de leur rôle & ne ſe preſſerent de les ſéparer que lorſque l'on vit que c'étoit ſérieux. Ils ſe donnerent rendez-vous le lendemain aux champs Elyſées & le Sieur de la Rive ayant déſarmé trois fois ſon adverſaire, on les ſépara ; ils furent traduits devant M. le Noir, qui les fit s'embraſſer, & cependant envoya le Sieur Florence au Fort-l'Evêque pour ſon inſubordination & ſon manque d'égards au public. Il y eſt reſté dix jours & en eſt ſorti avant-hier ; punition qu'on trouve trop légere.

27 *Août*. Avant-hier l'Académie Françoiſe a tenu ſa ſéance publique. Le prix de proſe, dont le ſujet étoit l'*Eloge de Montauzier*, a été décerné à M. Garat. M. de la Harpe a lu le diſcours de cet Orateur, qui a reçu peu d'applaudiſſemens, &, en général, a paru d'une philoſophie monotone & froide comme le héros. L'Auteur ne s'eſt point préſenté quand on l'a appelié pour lui donner la médaille. On a dit qu'il s'étoit trouvé mal & avoit été obligé de ſortir. On a ſu depuis, que la vraie raiſon étoit qu'attribuant le peu d'effet que produiſoit ſon diſcours

fur les auditeurs à la mauvaife maniere de lire de M. de la Harpe, il n'avoit pu y tenir.

M. de la Cretelle a eu un *Acceſſit* pour le même fujet : deux citoyens, enthouſiaſtes des Lettres, ont prié l'Académie de trouver bon qu'ils lui adreſſaſſent chacun 600 livres, afin d'en former un fecond prix, en forte que cet autre Candidat a été auſſi bien partagé que le premier. M. de la Harpe a également lu des frag- mens du difcours de M. de la Cretelle, que l'on a jugé plus oratoire, plus rempli de mouvement, & que fur l'échantillon beaucoup de gens ont préféré, quoique plus inégal & plus incorrect.

Cet auteur, en remerciant M. de la Harpe du foin qu'il avoit pris de faire fentir au public les beautés de fon ouvrage, de les faire valoir par ſon élocution, lui a avoué que M. Garat n'étoit ɔas ſi fatisfait & qu'on avoit obfervé qu'il n'avoit ɔas réellement ſi bien débité le difcours de ce ɟernier : l'Académicien a répondu qu'il avoit lu ɔomme il avoit fenti.

M. Ducis, le Directeur, a annoncé qu'un ·loge de Montauzier par M. le Roi, ancien Com- ɲiſſaire de la marine, avoit auſſi mérité les élo- es de la compagnie & une mention honorable.

Le prix de poéſie, remis l'an paſſé, n'a point té décerné davantage cette année. On a parlé e trois pieces où l'on avoit remarqué de beaux ɱorceaux, dont on a fait part à l'aſſemblée & ui ont été applaudis. L'auteur de la premiere ul s'eſt fait connoître, c'eſt M. Carbon de lins. Le fujet cependant étoit bien propre à fpirer les Poëtes, c'étoit *la fervitude abolie ɪns les domaines du Roi.* Le défaut de fuccès es concurrens a déterminé l'Académie à annoncer que le fujet, le genre du poëme, la mefure des vers, pour l'année prochaine, feroient au choix des auteurs.

M. Ducis a déclaré que l'Académie, fans propofer pour la troifieme fois le fujet des années précédentes, n'entendoit cependant pas l'exclure & defireroit même le voir traité avec plus de fuccès que dans les autres concours.

Il a enfuite parlé, à l'occafion de la fervitude abolie dans les domaines du Roi, d'un monument qu'un Auditeur des comptes, M. de Chavigny, avoit imaginé pour célébrer cet événement du regne de Louis XVI : il a préfenté à l'Académie le plan d'un pont de communication entre l'ifle de Saint Louis & la cité, où feroit le trophée propofé.

Enfin, M. d'Alembert, qui depuis longtems s'eft voué aux plaifirs du public dans ces affemblées, a terminé la féance par une notice très-courte fur le Cardinal Dubois, à inférer au rang de fes éloges des divers Académiciens. L'anecdote la plus directe & la plus importante dont il a fait part à l'affemblée, c'eft la difcuffion qu'avoit excité le *Monfeigneur*, que le premier Miniftre exigeoit contre l'ufage de l'Académie, de ne faire aucune diftinction de rang, ni de titre, ni de perfonne. Il l'emporta, & Fontenelle, alors Directeur, donna au Cardinal Dubois le Monfeigneur defiré. Du refte, cette notice s'eft trouvée moins un éloge qu'une fatyre très-forte de ce Miniftre. Elle juftifie ce corps célebre du reproche de fadeur & d'adulation ; mais beaucoup de gens ont été révoltés du perfifflage de M. d'Alembert fur fon ancien confrere, du ton indécent qu'il y a mis, & furtout de fon affectation à le lire dans une affemblée publique, pour mieux expofer fon héros à la dérifion générale.

27 *Août* 1781. La Cour des Aides a enre-giftré l'Edit ; mais s'eft réfervé la faculté de re-préfenter au Roi les inconvéniens qu'il entraîne ; enforte que, quoi que l'on perçoive, on croit que cette opération fera grand tort à M. de Fleury. Elle découvre fon peu de connoiffan-ces en cette matiere : indépendamment des Mé-moires préfentés à ce fujet par les diverfes Cor-porations, les Fermiers-généraux viennent de lui donner une leçon très-défagréable ; ils ont défendu à tous les débitans de tabac d'augmen-ter cette denrée. Le Miniftre des finances leur a témoigné fa furprife de cette réfolution ; ils lui ont répondu que, foumis à la loi, ils prenoient fur eux de garantir à S. M. l'augmentation de-vant réfulter de l'impôt, mais qu'ils ne pou-voient exiger un droit qui diminueroit la con-fommation, occafionneroit plus de contrebande, & leur feroit un tort infiniment plus confidérable.

28 *Août.* L'Académie royale d'Architectu-re, en fa féance d'hier, a décerné le premier prix d'architecture au Sieur Louis Combes, éleve de M. Miquet ; & le fecond au Sieur Jean-Baptifte Philibert Moette, éleve de M. Bil-landel.

28 *Août.* A l'affemblée de l'Académie royale de Peinture & de Sculpture du vingt-quatre de ce mois, le Sr. David de Paris, ancien Penfion-naire du Roi à Rome, ayant fait apporter plu-fieurs de fes ouvrages, pour recevoir de l'Aca-démie des avis & des inftructions, la compa-gnie, fatisfaite des tableaux qu'il lui a préfen-tés, a procédé fur le champ à fon agrément, &

les fuffrages fe font tous réunis en fa faveur.

En conféquence, quoiqu'on n'ait pu en faire mention fur le Catalogue, les ouvrages de ce Peintre doivent être offerts au fallon.

28 *Août* 1781. Un particulier de Bordeaux arrivé ici, rapporte qu'il a été adreffé au Parlement de cette ville des Lettres patentes qui le prorogent jufqu'au 10 Novembre; elles ont été enregiftrées. Il a encore été adreffé des Lettres de cachet à chacun des Confeillers pour entrer, & aux Préfidens pour tenir note de ceux qui entreront ou n'entreront pas, & l'envoyer tous les huit jours au Garde des Sceaux. Malgré cela, plufieurs font les malades & n'entrent pas, & rien ne fe juge. M. le Préfident de Pichard, qui préfide en l'abfence de M. le Berthon, eut dernierement un bureau chez lui; perfonne n'y voulut parler, parce que M. Dupaty y étoit. Le fentiment du public fur cette affaire tient beaucoup au tort qu'elle lui fait, & ce qu'il fouffre particuliérement ne peut lui faire approuver une caufe qui ne l'intéreffe pas. Les ennemis de M. Dupaty s'en prévalent pour le rendre odieux, comme étant la pomme de difcorde. Heureufement pour lui, M. le Comte de Vergennes, Secrétaire d'Etat ayant le département de la Province, a plus de nerf que M. le Garde des Sceaux; il n'aime pas les Parlemens, & veut que l'autorité du Roi foit refpectée dans fes Cours, & qu'on lui obéiffe. Tout cela doit être bien douloureux pour un Magiftrat vertueux, entrainé fi loin hors de fes mefures, & obligé d'aller contre fes propres principes.

29 *Août*. On n'a pas manqué de chanfonner M. de Fleury à l'occafion de l'Edit d'Août 1781,

& il a fait s'évertuer nos bons faiſeurs ; car ce
Vaudeville n'eſt pas ſans ſel : il eſt en neuf couplets & dans le ſtyle un peu poiſſard, ce qui
rend la plaiſanterie moins âcre & plus gaie :
cependant la chûte en pourroit être meilleure
& il ne ſe ſoutient pas juſqu'au bout ſur le méme ton d'aiſance & de légéreté. Le voici :

Chanſon ſur l'Edit d'Août 1781. Sur l'air :
   Voulez-vous que de Fanchette , &c.

L'as-tu donc lu, ma Commere,
L'as-tu lu c' fameux Edit,
Enregiſtré ſans myſtere
Par nos Per' les Circoncis ?
   Com' il nous ſavonne !
   Com' il nous rançonne !
      Si c'eſt du Fleuri ,
      Ça n'eſt pas joli.

Queuq' j'irons faire aux guinguettes
Si le ſel eſt renchéri ?
Adieu l' fin de nos goguettes ;
Car c'eſt lui qui en fait tout l' prix.
   Com' il, &c.

I'veut de la bell' maniere
Nous faire avaler l'goujon ;
Mais ſi la ſauce eſt ſi chere,
Que ferons-nous du poiſſon ?
   Com' il, &c.

I' nous baille une falourde
Pour nous voler un fagot (*) ;
I' nous prend pour des balourdes
S' te vilain p' tit eſcargot.
   Com' il, &c.

_____

(*) Chacun croit les droits ſur le bois diminués ;
dans le fait ils ſont augmentés.

Comment avec l'am' fi juive
A-t'is épargné l' jambon ?
C'eft qu'il eft très-bon convive
Et n'eft d'nul religion.
    Com' il, &c.

V' la c'que c'eft q' d'avoir d' l'alliance
Dans la Cour du Parlement,
On s' permet avec confiance
D'étre un mauvais garnement.
    Com' il, &c.

Puis not' excellent Monarque,
Pour nous fauver d' plus grands maux,
L'envoye par la noir' barque,
Aboyer après les fceaux.
    Com' il, &c.

Mais fi la Bonté Suprême
Chaffoit encor fon *Ham'lin*,
J' dirions dans not joy' extrême
Dieu nous gard' des Aigrefins !
    Com' il, &c.

29 *Août* 1781. C'eft au fort de Kehl, comme on l'a annoncé dans le tems, qu'en effet on travaille avec activité à la nouvelle édition des œuvres de M. de Voltaire ; il y a dix-fept preffes qui gémiffent fans relâche. Cependant, comme on vient de perdre un des principaux chefs ouvriers à la tête de l'ouvrage, on craint qu'il n'en réfulte un retard.

Le Sr. de Beaumarchais fait auffi procéder à de petites impreffions particulieres, capables de fournir au courant, ou de lui concilier fon Protecteur. C'eft ainfi que, s'imaginant faire fa cour à M. de Maurepas, il a recueilli toutes les pieces critiques contre l'adminiftration de M. Necker, & en a ordonné la réimpreffion en ce lieu.

30 *Août* 1781. Extrait d'une Lettre de St. Jean d'Angely le 18 Août 1781. „ Pour le bien & la
„ confervation des troupes de S. M. on s'eſt dé-
„ terminé depuis la guerre à évacuer les garni-
„ fons de la Rochelle & de Rochefort & à for-
„ mer dans la faiſon dangereuſe un camp de
„ falubrité dans les environs de cette ville. M.
„ le Marquis de Voyer, qui commande dans la
„ Province, cherche pendant ce tems à parve-
„ nir au deſſéchement des marais peſtiférés qui
„ entourent Rochefort & dont l'air corrompu
„ pénetre juſqu'à la Rochelle & les lieux inter-
„ médiaires. Le Comte de Broglio, fort actif,
„ homme à projets, & voulant ſe mêler de tout,
„ fecondoit ce chef. Après avoir paſſé un jour
„ à faire manœuvrer les troupes du camp, tous
„ deux ſe font embarqués dans un canot pour
„ fuivre le cours des rivieres de Boutonne &
„ de Charente juſqu'à Rochefort; ils ont paſſé
„ onze heures dans cette navigation pendant
„ une chaleur exceſſive; ils ont fait les obſer-
„ vations les plus importantes : c'eſt-là où M.
„ le Comte de Broglio a pris le germe de la
„ mort. Le lendemain de ſon arrivée à Roche-
„ fort, il eſt tombé malade ; on a eſſayé de lui
„ perfuader de partir fans délai ; mais emporté
„ par ſon ardeur, il a voulu continuer ſon tra-
„ vail : il eſt tombé dans l'affaiſſement, & on
„ l'a conduit trop tard dans notre Abbaye, où
„ il eſt mort la nuit du 16 au 17, en préſence
„ de M. le Comte Joſeph ſon fils aîné, & de la
„ Comteſſe de Broglio.
„ Le 18 on a fait ſes funérailles avec toute la
„ pompe poſſible. M. le Marquis de Voyer avoit
„ ordonné le cortege, & M. le Comte de la Tour

A 5

„ du Pin, Maréchal de Camp employé, a fait
„ le deuil.

„ M. le Comte de Broglio étoit peu aimé de
„ ses voisins, qu'il plaidoit presque tous avec
„ un grand acharnement: son caractere n'étoit
„ pas liant, il étoit même dur, & c'étoit un
„ des trois chefs renommé pour cette qualité
„ dans les troupes, avec le Marquis de Poyan-
„ ne & M. de Lugeac : mais on estimoit ses ta-
„ lens ; &, comme il périt en quelque sorte
„ victime du bien public, il a été regretté dans
„ la province du grand nombre des habitans
„ indifferens à ses querelles".

30 *Août* 1781. Extrait d'une lettre de Nancy
du 20 Août. „ Suivant le relevé de la Généra-
„ lité de Lorraine, on y a compté en 1780, naif-
„ fances 34509, morts 25810, mariages 6708."

30 *Août*. Extrait d'une lettre d'Amiens du 25
Août. „ Je vous adresse les vers suivans de M.
„ Gence, l'un de nos compatriotes, peu mer-
„ veilleux en eux-mêmes, mais bons à confer-
„ ver comme renfermant le précieux mot de
„ l'Empereur, en voyant notre fameux canal :

Laurent, ton illustre mémoire
Vient d'acquérir une nouvelle gloire:
En visitant ce canal souterrain,
Qui, creusé par ton art, va recevoir la Somme,
Et vers l'Escaut lui frayer un chemin :
Admirant ce qu'osoit tenter l'esprit humain,
Un Empereur s'enorgueillit d'être homme.

31 *Août*. Extrait d'une lettre de Bourges
du 25 Août. „ L'administration de cette Pro-
„ vince, la premiere de toutes, vu le tems de
„ son institution, se distingue par la sagesse
„ de ses opérations. On voit, dans ses procès
„ verbaux de 1778 & 1779, les tentatives qu'elle

,, a faites pour diriger fa marche vers les objets
,, les plus utiles, pour connoitre les befoins les
,, plus preffans & les diverfes reffources de la
,, Province. Dans celui de 1780, la marche eft
,, plus affurée, les vues font plus étendues,
,, toujours avec la plus grande attention pour
,, éviter les dépenfes fuperflues. Elle a furtout
,, fenti le befoin d'ouvrir des canaux, que les
,, rivieres d'Euve, du Cher, de l'Inde & de la
,, Creufe, rendent très-faciles, & qui font abfo-
,, lument néceffaires pour rétablir, pour multi-
,, plier les manufactures dans une Province où
,, abondent les richeffes territoriales, où il y a
,, de l'induftrie, où il ne manque que des dé-
,, bouchés. L'objet eft très-bien vu : l'effentiel
,, eft maintenant de mettre de l'activité dans
,, les opérations. La lenteur fait fouvent avor-
,, ter les meilleurs deffeins; elle leur nuit tou-
,, jours infiniment, quand elle ne feroit que
,, refroidir les efprits, & multiplier les dépenfes.
,, L'activité feule donne du reffort, étend les
,, connoiffances, découvre les moyens, facilite
,, les opérations, & affure le fuccès ".

31 *Août* 1781. La faculté de Théologie de Paris vient de publier enfin fa cenfure de l'*Hiftoire
Philofophique des Etabliffemens du Commerce
des Européens dans les deux Indes*. Elle en a
extrait 84 propofitions erronées, & l'ouvrage
contient 114 pages.

31 *Août*. Le fujet du prix d'Eloquence latine,
fondé par Jean Baptifte Coignard en faveur des
Maîtres-ès-arts & remporté le 7 du mois par
M. le Fevre, étoit piquant; il s'agiffoit d'établir que *l'époque de la vraie Littérature d'une
nation étoit, non celle qui produifoit le plus*

A 6

grand nombre d'Ecrivains & de Livres ; mais
celle où paroiſſoient les Ouvrages les plus dura-
bles , & par conſéquent du plus grand mérite.

1 Sept. 1781. On commence à revenir ſur
l'orgue de Saint Sulpice, trop amerement criti-
qué, en ce jour célebre, triomphe pour les arts,
vraie fête pour les amateurs, mais humiliant
pour le facteur, dont la réputation eſſuya un
échec paſſager. On prétendit que la forme nouvelle donnée à cet inſtrument faiſoit tort à la
mécanique intérieure. Cette forme, ſans doute,
eût géné tout facteur qui n'eût conçu que la
routine de ſon art ; mais il n'eſt pas de difficultés
invincibles pour un artiſte de génie, & tel eſt M.
Cliquot dans ſon genre. Il a combiné, étendu
ſa mécanique & multiplié ſes mouvemens en
raiſon de la diverſité des jeux qu'il avoit à placer & de l'eſpace immenſe qu'il avoit à peupler
de tuyaux & à ſoumettre à un ſeul point ſous la
main de l'organiſte. Auſſi admire-t-on aujour-
d'hui la diſtribution intérieure de cette belle
mécanique : elle eſt ſi bien entendue & ſi bien
ordonnée, que tous les effets s'operent ſans gê-
ne, ſans confuſion, & qu'il eſt poſſible, en cas
du plus léger dérangement, de remédier à tout
ſans embarras, au moment même, & ſans nuire
à aucune des parties de ce grand tout. Cette
nouvelle diſtribution a fourni occaſion à l'artiſte de prouver qu'il eſt auſſi habile facteur mé-
canicien, que bon facteur harmoniſte.

1 Septembre. Mr. Pariſot, dont on avoit mal
à propos annoncé la mort, doit prouver ces
jours-ci ſon exiſtence à la comédie italienne, où
l'on jouera Richard, parodie de ſa façon de Richard III, tragédie de M. du Roſoy, jouée il y

a peu de tems, & déja si vigoureusement sifflée.

2 *Sept.* 1781. Il paroît une estampe, où M. Damade, dont le nom est devenu si célebre depuis son malheureux combat contre les freres Queyssat, & son triomphe sur eux au barreau, est représenté entre Me. Target & Me. Elie de Beaumont ses défenseurs. La vertu les présente à la Justice sur son trône : la premiere tient une esquisse en forme de bouclier, où est peint la rixe de ces athletes, ou plutôt l'assassinat des freres Queyssat. Il est fâcheux que cette estampe n'ait pas paru plutôt, dans le tems où tout Paris s'entretenoit de cette affaire, y prenoit part & étoit enthousiasmé du courage héroïque de M. Damade.

3 *Septembre.* M. Cailhava d'Estandoux, à qui l'on attribuoit généralement le *Fou raisonnable*, a cru devoir désavouer cette piece dont il a fait l'éloge. Le Sieur Patrat, ci-devant Comédien à la suite de la Cour, le véritable Auteur, vient enfin de se faire connoître par une lettre de remerciment à M. Cailhava, insérée au *Journal de Paris* d'hier. Dans cette lettre très-modeste, il apprend au public qu'il est auteur de quelques proverbes composés & représentés à Trianon ; d'une petite comédie-proverbe, mêlée de vaudevilles qui a été reçue de la maniere la plus agréable ; d'un opéra comique qui a eu le même sort ; enfin d'une comédie en vers & en deux actes mêlée d'ariettes : il confesse que l'accueil flatteur & réitéré des Comédiens commençoit à lui inspirer un peu d'amour-propre, lorsque la froideur avec laquelle le public a reçu ses *Deux morts*, & le jugement rigoureux des papiers publics ont fait tomber le voile de l'il-

lufion, & lui ont rendu fa timidité naturelle.

Il a fait le *Fou raifonnable* ; il l'a donné au Sieur Volange, en exigeant le plus grand fecret. Cette bagatelle a eu un fuccès auquel il ne s'attendoit pas ; il a vu tous les fuffrages fe réunir en faveur de cette comédie ; il a joui du plaifir pur de l'anonyme, & ne s'eft fait connoître que lorfque fon fuccès a été complet ; par l'obftination du public à la croire d'un de nos meilleurs comiques actuels.

3 *Sept.* 1781. Dans la *Parodie de Richard III* jouée hier aux Italiens, M. Parifot n'a pas fuivi la marche ordinaire de ce genre, qui confifte à traveftir en perfonnages groffiers & fouvent bouffons les héros qu'on veut ridiculifer. Il a laiffé à ceux de la piece originale leurs noms, leurs qualités, & a, fans effort, tourné en burlefque, tout ce qui y eft préfenté avec l'appareil de la grandeur. La plupart des couplets ont réuffi, furtout à caufe des airs heureux auxquels ils ont été adaptés ; il en eft auffi de piquans & de gais par eux-mêmes. On eût, au refte, fouhaite que le parodifte eût appliqué fon talent à la critique d'un ouvrage plus connu ; car, faute de fe fouvenir de la tragedie de M. du Rofoy, on trouve des endroits inintelligibles & dont l'obfcurité n'eft due qu'à celui-ci, un des hommes les plus habiles dans le galimathias double.

4 *Septembre.* Le Sieur Radix de Sainte-Foy, en attendant qu'il répande dans le public un Mémoire direct juftificatif de fa conduite, ayant été forcé de fe démettre de fa charge de Surintendant des finances de M. le Comte d'Artois, a compofe & fait imprimer *Mémoire à Monfeigneur le Comte d'Artois fur l'adminiftra-*

tion de ses finances. Dans ce Mémoire, fort sec & fort ennuyeux, on trouve cependant quelques faits curieux.

1°. Les Apanages des Princes du Sang Royal ne font plus, comme autrefois, de véritables démembremens de l'Etat, & l'usage actuel est de les fixer à 200,000 livres de rentes en domaines, quittes de toute espece d'entretien & de charges, reversibles à la couronne à l'extinction de la ligne masculine des Princes apanagés.

2°. Les Domaines dont l'apanage du Comte d'Artois fut composé au mois de Novembre 1773, à l'époque de son mariage, consistoient dans les Provinces de l'Angoumois, du Limosin & de l'Auvergne. Les charges de ces deux dernieres Provinces en absorbent le produit : au mois de Juin 1776, Monseigneur obtint l'échange du Limosin contre le Duché de Berry & le Comté de Ponthieu, & depuis, en 1778, celui du Poitou contre l'Auvergne.

3°. Le Sieur de Sainte-Foy prétend que l'augmentation faite dans les revenus de ces Provinces, par ses soins & son intelligence en cinq ans, se monte à plus de 300,000 livres de rentes.

4°. Mais, les améliorations faites, depuis la prise de possession de Monseigneur, ne comptant point en cette matiere, il est bien éloigné de penser que ce Prince ait encore reçu le complément de ses 200, 000 livres de rentes en domaine, exemptes de toutes charges.

5°. Indépendamment de cet apanage, le Sieur de Sainte-Foy a prétendu avoir fait des spéculations utiles pour Monseigneur par différentes acquisitions hors de l'apanage, telles que l'échange des forêts de St. Dizier, Wassy & Sainte

Menehoud, en Champagne; du Marquifat de
Maifons & Seigneurie de Carrieres, des terreins
de la Pépiniere au fauxbourg Saint Honoré,
formant le fief d'Artois, du Colizée & des Gre-
ves du Mont Saint Michel.

6°. Dès la fin de 1776 Monfeigneur eut le
defir d'avoir une habitation & une capitainerie;
pour éviter une érection nouvelle, capable de
gêner les propriétés territoriales, on fit, en fa
faveur, un démembrement confidérable de celle
de St. Germain en Laye, fous le fimple titre de
Canton; & S. M. voulut bien y joindre le don
du Château neuf de Saint Germain & de 600,000
livres par an, pendant dix années, pour aider
à la reconftruction.

7°. Outre l'apanage, il y a des fonds affignés
fur le tréfor Royal pour les dépenfes de la Maifon
de Monfeigneur. Ils font de 2,202,925 livres
19 fols 4 deniers.

8°. Et ces dépenfes font de 720,791 livres
7 fols 1 denier de plus que cette fomme.

9°. Enfin, par le réfumé général de la fituation des affaires de M. le Comte d'Artois au
huit Août 1781, la dette a dépaffé fon avoir,
fuivant l'aveu même du Sieur de Sainte-Foy, de
2,246,238 livres 16 fols 8 deniers.

4 *Septembre* 1781. A la fuite des propofitions
condamnées par la Faculté, les fages Maîtres
obfervent dans leur cenfure du livre de l'Abbé
Raynal, qu'outre les quatre-vingt-quatre propofitions extraites, il en eft beaucoup d'autres
repréhenfibles également; mais qu'ils n'ont pas
jugé à propos de les cenfurer toutes en détail,
*pour épargner aux fideles un plus long expofé de
chofes qui font horreur.* Ce qu'ils mettent fous

les yeux, ajoutent-ils, fuffit pour faire connoître tout le venin de l'ouvrage condamné, un des
plus déteftables qui puiffe jamais paroître contre
la Religion & l'Etat.

5 *Sept.* 1781. On conferve comme une piece
curieufe dans fon genre & digne d'être tranfmife
à la poftérité, un *Programme d'exercice Littéraire* imprimé, fait par M. Pallion, Maître de
Penfion à Ivry fur Seine. Cet exercice a eu lieu
le 24 Août & l'invitation commençoit par ces
deux vers.

Venez tous, gens de bien, entendre des enfans,
Qui vous font dévoués autant qu'intéreffans.

Du refte, il annonçoit que ces enfans démon-
treroient toutes les figures de chaque lettre de
l'alphabet, en converfant par fignes; qu'ils dé-
finiroient le fyllogifme, l'entyméme, & la philofophie avec argumens, latins & françois;
qu'ils déclameroient en trois cents cinquante-
huit vers le tragique du maffacre des nôtres à la
Saint Barthelemy; qu'ils raconteroient des fables
comiques fur la fage morale, l'avantage de la
fcience, de l'efprit, du travail, de la piété, de
l'honnéteté; les fuites funeftes de la mauvaife
éducation, du goût dépravé, de la groffiéreté,
de l'ignorance, du fafte & de la frivolité. Suit
une note du galimathias le plus complet. Il eft
inconcevable qu'à deux lieues de Paris, on
laiffe exifter en chaire un pareil inftituteur digne
de Charenton.

5 *Septembre.* M. Radix de Sainte-Foy termine
fon Mémoire par affurer que, fans les dépenfes
extraordinaires de M. le Comte d'Artois, il au-

roit la fatisfaction de préfenter à Monfeigneur un excédent d'actif de près de neuf millions.

Il convient que quelques Magiftrats lui ont dit en voyant cet état d'accroiffement de maifon & l'impoffibilité prefque reconnue d'y fatisfaire, qu'il auroit dû fe démettre de fa charge : ,, & ,, fon tort, en effet, dit-il, eft de n'avoir rien ,, trouvé d'impoffible pour tout ce qu'a defiré ,, fon maître. Il s'eft plutôt regardé comme ,, l'exécuteur de fes volontés que comme un ,, contradicteur de goûts qui ne lui ont paru ,, qu'éphémeres, & dont il étoit bien fûr que ,, l'élévation de fon ame & la maturité de fes ,, réflexions le dégageroient ''.

On rapporte à cette occafion le propos de M. Radix de Sainte-Foy à fon maître, lorfque celui-ci, indigné d'apprendre les déprédations dont on l'accufoit, lui dit. ,, Vous me voliez donc ,, auffi. —— *Monfeigneur, les menus plaifirs de* ,, *Votre Alteffe Royale n'en ont jamais foufferr,*'' lui repliqua-t-il.

Du refte, M. de Sainte Foy termine fon Mémoire par un *réfumé*, où récapitulant les dix-neuf accufations, calomnieufes fuivant lui, du Mémoire de le Bel, il renvoie aux articles du préfent Mémoire qui les détruifent, ou fait des réponfes particulieres & fommaires aux imputations dont la difcuffion n'a pas pu entrer dans le détail de fon adminiftration, & il faut avouer qu'il fe juftifie très-mal & auroit mieux fait de ne point prématurer le Mémoire direct qu'il annonce fur cet objet.

5 *Septembre* 1781. M. le Premier Préfident de Bordeaux tient un grand état à Meaux, lieu de fon exil. On fait que le Parlement de cette

ille a fait un arrêté pour demander au Roi le
etour de ce chef, le retrait des Lettres patentes
oncernant M. Dupaty, trop humiliantes, trop
njurieuses pour la Compagnie, enfin la liberté
'aller à leurs terres vaquer à leurs affaires, &
e jouir des vacances.

Du reste, on ne fait rien : les Avocats & Pro-
ureurs qui ne sont pas retenus en ville par Let-
re de cachet vont bientôt partir & quitter la
ille.

6 *Sept.* 1781. Extrait d'une Lettre de Greno-
le du 31 Août. ,, M. le Franc de Pompignan,
, Archevêque & Comte de Vienne, poursui-
, vant toujours avec un zele infatigable les apô-
, tres de l'Incrédulité ou les ennemis de l'Eglise,
, vient de publier encore un *Mandement por-*
; *tant défenses de lire dans son Diocese les œu-*
, *vres de Jean Jacques Rousseau & l'Histoire*
; *Politique & Philosophique des Etablissemens*
, *& du Commerce des Européens dans les deux*
, *Indes, par le Sieur Raynal.*

,, Dans cet écrit pastoral, très-bien fait dans
, son genre, on distingue ce parallele des deux
, coryphées de la Philosophie moderne. Voltaire
, plus fécond, du moins quant à la multitude
, de ses ouvrages ; né Poëte, ce que l'autre
, n'étoit pas ; esprit brillant, écrivain plus poli,
, & en général plus soutenu dans son style ;
, Jean Jacques, génie plus fort & plus ner-
, veux, plus éloquent, quoiqu'avec de fréquen-
, tes inégalités ; plus propre à manier le raison-
, nement. Tout considéré, & sans décider quel
, étoit celui qui, par l'abus & la supériorité de
, ses talens, pouvoit faire le plus de mal, il est
, certain dans le fait, que les Ecrits de Vol-

„ taire ont eu plus de lecteurs ; ils devoient en
„ avoir davantage : l'inapplication & la légereté
„ s'en accommodoient mieux ; ils ouvroient un
„ champ plus vaste à la licence de tout penser
„ & de tout faire. C'est l'attrait de cette licence
„ qui multiplie les incrédules ; aussi Voltaire
„ a-t-il conservé, jusques à la fin de ses jours,
„ la dictature dans la république des mécréans.
„ On y admiroit le Citoyen de Geneve ; il n'a
„ pu y obtenir que la seconde place. Dans les
„ combats qu'il a livrés à la Religion, il a sou-
„ tenu ce caractere de singularité, répandu sur
„ toutes les actions de sa vie. Franc & ingénu,
„ il a dédaigné les subterfuges, familiers aux
„ écrivains impies : il n'a pas prétendu, comme
„ la plupart d'entre eux, & notamment Vol-
„ taire, qu'à l'ombre d'une ironie qui n'en est
„ que plus insultante, ou d'une allégorie qui ne
„ trompe personne, il auroit droit de se plain-
„ dre qu'on lui attribuât calomnieusement le
„ dessein d'attaquer le christianisme : il a dit net-
„ tement & sans détour qu'il n'y croyoit pas......

„ Il a retenu beaucoup plus de vérités que
„ les athées & les déistes anciens ou modernes ;
„ mais il ne les a retenues que pour les affoiblir
„ & les défigurer. Il terrasse le matérialisme ; le
„ déisme retouché de sa main n'en a pas plus de
„ consistance.

„ Sa morale est moins dépravée que celle des
„ autres incrédules ; il la colore quelquefois du
„ vernis de l'austere vertu ; mais ce stoïcisme
„ aboutit enfin au relâchement le plus scanda-
„ leux.

„ Il témoigne une profonde vénération pour
„ la personne de Jésus-Christ.... Nous pouvons

„ & nous devons croire que cette vénération „ n'étoit pas feinte ; il ne déguifoit pas fes fen- „ timens "......

6 *Septembre* 1781. En 1762 le Sieur Moreau, Hiftoriographe de France, fut nommé Commif- faire du Roi pour traiter avec M. de Sainte Palaye de toute la partie hiftorique de fa Biblio- theque & de tous fes manufcrits fans exception. Le tout fut tranfporté, non à la Bibliotheque du Roi, comme l'a avancé M. de Chamfort dans fon difcours de réception à l'Académie, mais dans le Cabinet d'hiftoire & de monumens, inftitué par ledit Sr. Moreau & confié à fes foins ; centre & fiege des travaux attachés à fon titre.

Le Roi, pour cette acquifition, avoit affuré à M. de Sainte Palaye & à fon frere une rente viagere de 4000 livres.

Au nombre des manufcrits de M. de Sainte Palaye, remis après fa mort au Sr. Moreau, avec fes livres, eft le fameux Dictionnaire des Anti- quités françoifes en 40 volumes in folio, dans lefquels ce favant & laborieux compilateur em- braffoit à la fois Géographie, Chronologie, Mœurs, Ufages, Légiflation, &c.

On y trouve auffi tous les matériaux du *Glof- faire François*, commencé par le défunt & con- tinué par M. Monchet, fous les ordres de M. de Brequigny.

Comme dans la Bibliotheque de M. de Sainte Palaye, il s'eft trouvé deux copies du *Recueil d'antiquités* qui contient, rangés par ordre alpha- bétique, & tous les extraits des lectures que M. de Sainte Palaye avoit faites pendant fa vie, & toutes les notes par lefquelles il avoit voulu fe rappeller les connoiffances qu'il y avoit puifées,

Il en a été fait un échange avec M. le Marquis de Paulmy, qui a livré des chartres & des recueils beaucoup plus analogues aux recherches hiftoriques du Sieur Moreau & de fes collaborateurs.

On apprend tous ces détails dans une Lettre de M. Moreau, datée de Ville d'Avray le 29 Août, adreffée à M. de Chamfort, où il le redreffe fur fes erreurs très-volontaires & très-extraordinaires au milieu d'une Académie, dont plufieurs membres, acteurs & participans de ces échanges, auroient pu mieux inftruire leur nouveau confrere. Cela prouve de plus en plus, combien, en tout, la vérité eft fujette à s'altérer & difficile à éclaircir.

7 Septembre 1781. Madame la Ducheffe de Polignac s'étant établie dans la maifon de M. le Rez de Chaumont à Paffy pour y faire fes couches, toute la Cour s'eft rendue à la Muette, afin que la Reine pût avoir la facilité d'aller voir cette favorite. Il y a trente-deux Dames de nommées du voyage & vingt-fix Seigneurs, fans compter ce qu'on appelle les *Poliffons*, c'eft-à-dire les courtifans non défignés, qui peuvent venir rendre leurs devoirs à S. M.

M. le Comte de Maurepas a profité de cette circonftance pour venir fe délaffer à Paris de fes grandes occupations, ainfi que d'autres Miniftres. Hier M. le Duc d'Aumont leur a donné à dîner à la *Redoute Chinoife* de la foire; enfuite ils fe font rendus aux *Variétés amufantes*, où ils ont vu *Jérôme Pointu* & le *Fou raifonnable*. Lorfque M. le Comte d'Eftaing, un des Seigneurs invités de cette partie, s'eft montré, on l'a applaudi particuliérement & l'on a crié *Vive*

'*Eſtaing!* Toute cette brillante ſociété eſt ren-
ée de nouveau à la Redoute, & c'étoit une
ule dont il n'y a pas d'exemple. Chacun s'em-
reſſoit d'admirer l'air aimable, gai & ſerein du
remier Miniſtre, ainſi que le tendre intérêt de
Madame de Maurepas, qui accompagne ſon
mari partout: union ſi rare & ſi aimable à la
Cour. M. Amelot, M. de Ségur, M. de Caſtries,
M. d'Oſſun, preſque tout le Conſeil ſe diſtin-
uoit dans le grouppe, où étoient auſſi de très-
olies femmes. Ce jour ſera mémorable dans les
aſtes de la Redoute & de la Foire. Chacun
'empreſſoit & ſe demandoit ſi M. de Fleury n'y
toit pas auſſi, pour le voir & le connoître,
nais il n'a pas paru.

7 *Septembre* 1781. M. Parent, avant ſon jugement, a fait paroître un long *Mémoire pour
e Sieur Parent, Préſident à la Cour des Mon-
noyes, contre les Mariés, Rogé, ci-devant
faïenciers-poëlliers à Lyon, & le Sieur Oſter-
vald, négociant à Lyon*, où l'on remarque
ur-tout l'hiſtorique de la vie & mœurs de la
Dame Rogé.

Suivant ce Mémoire, Marie Pierry eſt née à
Lyon de l'extraction la plus baſſe. Dans ſon
enfance la miſere l'avoit réduite à aller vendre
par les rues de petites pâtiſſeries: à treize ans
elle ſe mit fille de boutique chez une marchande de modes: avec une figure intéreſſante elle
circula quelque tems dans la ville parmi les jeunes libertins dont elle abonde. En 1749 elle
épouſa Pierre Rogé, faïencier-poëlier, ne poſſé-
dant aucun fond, dont tout le bien étoit dans
ſon travail & ſon induſtrie.

En 1770 un procès fournit à la femme Rogé

occasion de venir à Paris, où elle connut le Sr. Parent. Cette femme artificieuse & vraiment extraordinaire, devenue la maîtresse de ce premier commis de M. Bertin, s'évertua, conçut de grands projets de fortune ; mais son plus grand étoit fondé sur l'aveuglement & la bonhommie de son amant, qui, sentant l'indécence de faire certaines acquisitions en son nom, se servoit des offres qu'elle lui fit d'être son *prête-nom*. Elle acheta ainsi à Lyon des terreins appartenans aux Jésuites, contenant 200,000 pieds, avec des bâtimens précieux, appellés *terreins de Saint Joseph :* elle acheta encore d'autres effets, dont un hôtel considérable à Paris.

On étoit alors à la recherche de prétendus prête-noms des Jésuites ; on soupçonna cette femme. L'Intendant de Lyon fut chargé de prendre des renseignemens : le Prévôt des marchands, & les Echevins qu'il consulta, lui répondirent qu'il étoit en effet étonnant que des gens de la lie du peuple, à peine connus, si ce n'est par un petit trafic de ferraille & de faïence, fussent en état de faire de pareilles acquisitions.

Cette notice fut lue au Parlement, les Chambres assemblées, & le 15 Février 1777 la femme Rogé fut arrêtée par ordre du Roi & conduite à la Bastille. Le Sr. Parent s'étant remué, ayant appris & prouvé aux Ministres & au Lieutenant Général de Police qu'il avoit fait tous les fonds, elle fut élargie environ six semaines après.

A la fin du Mémoire peu justificatif du Sr. Parent, & qui annonce seulement son étrange duperie d'une femme fausse & artificieuse, est une Consultation délibérée à Lyon le 3 Juillet dernier par Me. Prost de Qoyer, suivant laquelle

il

il y auroit affez d'inductions, de preuves & de titres pour découvrir les friponneries de la femme Rogé & la condamner à des reftitutions.

Cependant, fuivant le jugement intervenu mardi dernier, le Sieur Parent eft puni par l'admonition; la femme Rogé eft élargie avec un plus amplement informé de trois mois feulement.

8 *Septembre* 1781. On a parlé plufieurs fois de la Dlle Bertin, fi célebre depuis qu'elle a l'honneur d'être marchande de modes de la Reine. Elle avoit pour première fille de boutique Mlle Picot, ouvriere extrêmement adroite, intelligente, & fur-tout très-intriguante. Celle-ci s'eft prévalue de fon talent pour s'établir, & a bientôt enlevé la plupart des pratiques de fon ancienne bourgeoife. La Dlle Bertin furieufe, l'ayant un jour rencontrée à Verfailles dans la galerie, l'a injuriée & lui a craché au vifage. Procès en conféquence à la Prévôté de l'hôtel; *Factum* de part & d'autre, dont le plus plaifant eft celui de la Dlle Bertin, de la façon de Me. Coqueley de Chauffepierre, dit-on : enfin, eft intervenu un jugement le lundi 3 Septembre, qui fait défenfes à la Dlle Bertin de récidiver, la condamne à 20 livres d'aumône envers le Roi & à tous les dépens. On trouve que, vu le lieu où l'infulte a été commife, le délit n'eft pas affez puni.

9 *Septembre.* Depuis que, malgré les foins du Sieur d'Auvergne à réunir dans les concerts donnés aux Tuilleries les divers genres de mufique, Françoife, Allemande, Italienne, afin de fatisfaire les trois fectes qui partagent aujourd'hui l'empire lyrique, ils ont été encore plus abandonnés, s'il eft poffible, qu'en 1763 : nous

avons annoncé qu'on avoit effayé de ramener le public par de petits actes exécutés au théâtre des Menus. Il n'a pas eté beaucoup plus empreffé de s'y rendre, foit à raifon de l'éloignement, foit à raifon de la mauvaife exécution, foit parce que ces actes étoient déja ufés jufques à la corde. Enfin, on a pris le parti de remettre *Echo & Narciffe*. Cette Paftorale tragique ayant eu peu de fuccès la premiere fois, il étoit à craindre que la défertion n'augmentât le vendredi 31 Août, où la premiere repréfentation de la reprife a eu lieu. Heureufement le pronoftic du Chevalier Gluck, l'auteur de la mufique, s'eft vérifié : il difoit, lors de la naiffance de cet ouvrage : *il ne peut y avoir de trop grand théâtre pour Iphigénie en Aulide, ni de trop petit pour Echo & Narciffe*. En effet, celui-ci a eu le fuccès le plus décidé Le Sr. Lais qui, ayant voulu fe fouftraire à l'ordre qu'il avoit reçu, fe difpofoit à partir pour le pays étranger, a été arrêté & mis au fort l'Evêque. Retiré de cette prifon pour faire le rôle de *Cynire*, chanté autrefois par le Sr. le Gros, il y a brillé de la façon la plus diftinguée. Non-feulement fa voix a paru infiniment propre au vaiffeau dans lequel il chantoit ; mais il en a réfulté l'oppofition la plus heureufe avec celle de *Narciffe*, & d'ailleurs on l'a jugé acteur : on lui a trouvé du goût, de l'ame & fur-tout du zele, ce qui a fait oublier fa faute.

L'*Hymne à l'Amour*, qui termine cet acte, a été redemandé & répété ; ce qui jufques-là étoit fans exemple à l'opéra. Il eft des gens féveres, qui regardent cette complaifance comme funefte & comme dégradant la majefté de ce théâtre,

comme affimilant les acteurs aux hiftrions des
théâtres forains.

9 *Septembre* 1781. Les propriétaires des maifons du Palais royal jugeant, depuis que M. le
Duc de Chartres a commencé d'abattre les arbres de fon jardin, qu'il étoit tems de publier
leurs défenfes, ont répandu un Mémoire où ils
réclament contre l'entreprife de fon Alteffe. Les
gens d'affaires du Prince, pendant fon abfence,
n'ont pas cru devoir refter en défaut, & ont répondu aux propriétaires. Le public s'empreffe
d'avoir ces factums, dans une querelle où il
prend tant de part.

9 *Septembre*. M. de Villepatour, Officier Général d'artillerie très-renommé, vient de mourir
prefque fubitement d'une goutte remontée.

9 *Septembre*. On a applaudi hier au concert
fpirituel plufieurs artiftes & morceaux nouveaux:
1°. une fymphonie de Mr. Froment, dont l'an-
danté a particuliérement réuffi: 2°. un motet de
M. Mereaux: 3°. M. Imbault qui a mis beaucoup de netteté & d'exécution dans fon concerto
de violon: 4°. M. Michel qui a joué de la cla-
rinette avec une fûreté, avec une facilité, qui
ont excité les tranfports les plus vifs: 5°. enfin
un oratorio de *Jephté*, morceau nouveau dont
les paroles font de M. Moline, & la mufique
de M. Voget: le poëme a paru avoir le ton du
genre, & par fa coupe prêter au muficien, &
celui-ci annoncer un talent diftingué & digne
des plus grands encouragemens.

10 *Septembre*. Mrs. les Curés de Paris ayant
député vers M. l'Evéque de Senez pour lui demander la permiffion de faire imprimer fon difcours, il paroit & fe vend au profit des pauvres

de la paroiffe de St. André des arts. Cette orai-
fon funebre foutient à la lecture la réputation
que lui avoit procuré le débit. On y trouve
quelques notes hiftoriques, rendant ce morceau
oratoire encore plus précieux.

L'Evêque de Senez rappellant le nombre de
difciples du Curé de St. André, que l'Eglife de
France compte aujourd'hui parmi fes Pontifes,
dit qu'il pouvoit étre nommé comme autrefois
Salvien, le *maître des Evêques*, & il infere une
lifte & les noms de quatorze Evéques qui ont
été de la communauté de M. Léger.

L'Abbé de Beauvais en étoit lui-méme; mais
il ne fut élevé à l'Epifcopat que lorfque ce vé-
nérable Pafteur étoit réduit dans un état d'affaif-
fement qui le laiffa pendant quatre ans étendu
fur le lit du trépas. Cependant à cette nouvelle,
l'ame étonnée du Curé fe réveilla comme d'un
fommeil profond : il lui avoit tenu lieu de pere,
il s'agite, il gémit de ne pouvoir exprimer le
fentiment qu'il éprouve. „Ah ! s'écrie-t-il en
foupirant, „ah ! que j'aurois de chofes à lui dire”!
mais fa langue fe refufe à les exprimer. Ce morceau eft un des plus touchans du difcours.

10 *Septembre* 1781. Extrait d'une lettre de
la Rochelle du 4 Septembre. „Nous fommes
„d'autant plus fâchés ici de la mort du Comte
„de Broglio, qu'il avoit propofé & fait agréer
„le deffechement des marais peftiférés de la
„Boutonne & des environs de Rochefort à
„Mrs. les Marquis de Ségur & de Caftries, &
„que l'activité, l'opiniâtreté, le crédit de cet
„Officier général nous étoient néceffaires pour
„la réuffite du projet. il a laiffé beaucoup de
„mémoires & d'obfervations fur une infinité de

„ matieres intéreſſantes pour l'Etat & pour le
„ public; car aucune ne lui étoit étrangere.

„ Deſtiné d'abord aux négociations, il s'étoit
„ livré à l'étude des intérêts des Cours qui va-
„ rient ſi ſouvent, & il avoit continué de les
„ ſuivre dans leurs variations. Peut-être regar-
„ doit-il cette étude comme une dépendance de
„ celle qui l'occupoit principalement; car il
„ n'eſt aucune connoiſſance qui lui ait paru
„ étrangere à la ſcience militaire : il en poſſédoit
„ parfaitement la théorie; il s'étoit rendu pro-
„ pre l'expérience de tous les tems, à laquelle
„ il avoit beaucoup ajouté par la ſcience & par
„ ſes ſavantes combinaiſons; il s'étoit ſur-tout
„ attaché à la partie économique, exigeant des
„ détails ſi étendus. Auſſi la confiance que les
„ troupes avoient en lui dans les marches &
„ pour la ſubſiſtance égaloit celle qu'il méritoit
„ comme Général dans la défenſe d'une place,
„ ou en préſence de l'ennemi. Il avoit une con-
„ noiſſance très-vaſte de ce qui concernoit les
„ forges en particulier & les arts en général,
„ & ſon zele pour le bien public dirigeoit tou-
„ jours ſes vues.

„ Enfin, pour mieux connoître le Comte de
„ Broglio & ce qu'il valoit, on peut s'en rap-
„ porter à ce qu'en dit le Comte de St. Ger-
„ main, dont le témoignage ne peut être ſuſpect
„ dans ſes *Mémoires* (Sect. 4, page 99 & ſuiv.
„ Edit. in-8°. de 1779) ”.

10 *Sept.* 1781. Tandis qu'on preſſe avec la
plus grande activité la ſalle en bois qu'on conſ-
truit proviſoirement pour l'opéra; qu'on y travaille au grand ſcandale des fideles, même les
fêtes de Vierge, jours auxquels vaquent les

fpectacles profanes, les Architectes s'évertuent
à donner des plans d'une falle à demeure & qui
puiffe fervir de monument d'architecture digne
de cette capitale. Un M. Huet, entr'autres,
publie le plan d'une à conftruire fur le terrein
de l'hôtel de Longueville; il y a joint une place pour Louis XVI devant la cour du Louvre,
une fontaine publique derriere la falle, & aux
deux côtés, une rue de *Gluck* & une rue de
Piccini.

11 *Sept.* 1781. La cenfure traduite contre le
livre de l'Abbé Raynal commence ainfi : ,, Nous
,, avons cru devoir faire connoître dans la forme
,, ordinaire le venin dont cet ouvrage eft infecté.
,, Puiffent nos travaux être couronnés par le
,, fuccès! puiffent-ils raffermir la foi chance-
,, lante! puiffent les forts y trouver de nouveaux
,, motifs de perfévérer! On verra, par les propo-
,, fitions extraites, que cet Auteur foule aux
,, pieds ce qu'il y a de plus facré : que les blaf-
,, phêmes, la plus honteufe corruption, les for-
,, faits les plus atroces ne font plus des crimes
,, pour lui. Il n'en connoît d'autres que de
,, *profeffer la religion chrétienne, de chérir,*
,, *honorer & refpecter les Rois.* Quelle impu-
,, dence! elle devroit fuffire pour empêcher
,, les ravages que pourroit faire la doctrine de
,, l'Auteur. Non, il n'y a qu'un impie qui puiffe
,, fans indignation entendre appeller cent fois
,, la religion chrétienne, *la plus méprifable de*
,, *toutes les fuperftitions.* Il n'y a qu'un homme
,, entiérement corrompu qui puiffe entendre,
,, fans frémir, avancer des propofitions abomi-
,, nables qui détruifent les mœurs & renverfent
,, les loix, enfeigner que *l'adultere n'eft point*

,, un crime, *si les loix ne le défendent point ;*
,, que le *libertinage doit être non seulement to-*
,, *léré, mais érigé en culte public.* Il n'y a qu'un
,, homme dépouillé des sentimens de la nature
,, qui puisse applaudir à un écrivain qui veut
,, anéantir l'amour filial, inspirer aux enfans
,, une haine violente contre l'autorité pater-
,, nelle, qui souleve les peuples & les invite
,, ouvertement à massacrer les Rois...."

Tel est le résumé des propositions extraites de
cet ouvrage, disent les Docteurs dans l'excès
de leur rage fanatique, un des plus detestables
qui puisse *paroître contre la Religion & contre
l'État.* Elles sont renfermées dans quatre articles: 1°. *de l'Homme & de la Loi naturelle :*
2°. *de la Religion révélée :* 3°. *de la Morale :*
4°. *du Gouvernement.*

11 *Sept.* 1781. On a dit dans le tems que les
divers Ministres des finances, peu amis des arts,
qui avoient gouverné celles de la France sur la
fin du regne de Louis XV, avoient étendu leur
barbarie jusque sur les fonds destinés aux prix
des diverses Académies. Celle des Belles-Lettres
s'étoit trouvée, par sa réduction des rentes, dans
la nécessité de ne distribuer que de deux en deux
ans, le prix annuel fondé par feu le Comte de
Caylus, consistant dans une médaille d'or de
la valeur de 500 livres. M. Necker n'avoit pas
même eu le soin de réparer cette injure ; il paroit
que M. de Fleury s'en est chargé.

M. Amelot, par une Lettre du premier Septembre, a annoncé à cette Compagnie que S. M.
voulant lui donner une nouvelle marque de la
protection dont elle l'honore, a rétabli ce prix
dans son intégrité primitive, & a fourni le moyen

de le diftribuer tous les ans , fuivant l'intention
du fondateur.

11 *Sept.* 1781. On parle depuis longtems d'un
certain *Dialogue* imprimé , *entre M. Turgot &*
M. Necker , très-méchant. Il faut qu'il le foit
beaucoup , puifqu'en effet il refte toujours très-
rare , de façon qu'on n'en connoît encore que
le titre.

11 *Septembre.* M. Gluck , étant hors de combat par une attaque d'apoplexie dont les fuites
funeftes ne peuvent qu'augmenter à fon âge ,
M Sacchini eft venu à Paris dans l'efpoir de s'y
faire rechercher. Arrivé vers le tems où l'Empereur étoit à Verfailles , il a demandé à affifter
aux fêtes de Trianon & furtout à l'opéra d'*Iphi-*
génie du Muficien allemand. Il a été introduit
avec diftinction , & la Reine & le Comte de
Falckenftein l'ont voulu avoir auprès d'eux durant l'opéra , le queftionner & favoir fa façon de
penfer fur l'ouvrage. Le dernier , avant que le
fpectacle commençât , lui a demandé s'il n'avoit
jamais vu d'opéra françois ? Il a répondu que
non : ,, eh bien ! vous en allez voir un " , lui a
repliqué le Comte. Les fpectateurs , ennemis du
Chevalier Gluck , en ont conclu que l'Empereur
faifoit peu de cas de fa mufique , puifqu'il l'affi-
miloit à la nôtre : d'autres plus judicieux n'ont
pas donné une interprétation fi forcée à fon
propos & l'ont pris tout naturellement. Quoi
qu'il en foit , la Reine a imaginé de fixer en France le Sieur Sacchini ; elle a chargé M. Amelot de
lui en faire la propofition. Ce Miniftre , pour le
déterminer davantage , l'a pris du côté de la
gloire & lui a déclaré que la fienne ne feroit pas
complette , s'il n'obtenoit les fuffrages des Pari-

rifiens. L'Italien, un peu piqué de ce propos, lui a réparti qu'il croyoit être déja affez connu, même dans cette capitale. On s'eft rapproché cependant. M. Sacchini a fait fes propofitions, & le Secrétaire d'Etat en doit rendre compte à la Reine.

M. Sacchini a un grand avantage fur fon confrere Piccini, c'eft qu'il eft déja au fait de la profodie de notre langue & que le dernier n'en favoit pas un mot à fon arrivée ici.

12 *Septembre* 1781. Des Lettres patentes données à Verfailles le 30 Mars dernier, regiftrées en Parlement le 28 Août feulement, portant Réglement pour le College Mazarin, font une nouvelle preuve de la protection du Roi pour les Lettres. Il y a quatre articles principaux.

1°. Les éleves de ce College feront augmentés fucceffivement en nombre, à mefure que les revenus pourront le permettre.

2°. Il y aura déformais quatre places pour la Province de Lorraine & l'ifle de Corfe.

3°. Les éleves feront entretenus à l'avenir aux frais du College. Ils feront foignés & médicamentés en cas de maladie, & il leur fera fourni des meubles & autres objets néceffaires à leur ufage, conformément à un état annexé auxdites Lettres.

4°. A compter du 1 Janvier 1781, le Grand-Maître du College jouira de 2000 livres d'honoraires, le Procureur & le Bibliothécaire de 1800 livres chacun, le fous-Principal de 800 livres, le fous-Bibliothécaire de 700 livres, le Chapelain de 400 livres, les Sous-maîtres de 600 livres chacun : enfin, à l'Agent du College 400 livres, à chacun des garçons de la Biblio-

B 5

theque 300 livres; & 200 livres à chacun des domestiques des éleves.

13 *Septembre* 1781. Tandis qu'on dégrade le Docteur Mesmer, que ses confreres jaloux répandent des pamphlets où ils le peignent comme un charlatan, un imposteur, un impudent, un homme lubrique, qui, sous les apparences d'un bienfaiteur de l'humanité, ne cherche qu'à assouvir sa paillardise; il reçoit d'ailleurs les inscriptions, les vers les plus honorables. Voici ceux, servant d'épigraphe Latine à un Mémoire publié à l'occasion d'une cure extraordinaire qu'il vient d'opérer sur une jeune Demoiselle de Beauvais.

MESMERO LIBERATORI.

Ob sanitatem incredibili modo restitutam,
Hos versus posuit grati animi puella;
Quæ linguâ, pedibus & oculis diu capta,
Nullam ab arte spem aut viam sanitatis expectat.
Infans cæca, trahens gressum, tibi, Mesmere, posco
Verba, pedes, oculos; ambulo, cerno, loquor.

13 *Septembre. Mémoire à consulter pour les propriétaires des maisons situées autour du Jardin du Palais Royal, opposans & demandeurs.*

On y expose d'abord au Conseil quelques faits pour le mettre en état de décider si la loi n'offre pas à ces propriétaires des moyens de se mettre à l'abri d'une atteinte si ruineuse pour eux.

Ces faits sont que le Palais royal est l'ouvrage du Cardinal de Richelieu. Le Roi *Louis XIII* voulut bien en accepter la donation en date du 6 Juin 1626, ,, sous la condition que ledit hôtel ,, demeureroit à jamais inaliénable de la Cou- ,, ronne,, sans même pouvoir être donné à au-

,, cun Prince, Seigneur ou autre perfonne pour
,, y loger fa vie durant ou à tems, l'intention
,, dudit Seigneur Cardinal étoit qu'il ne ferve
,, que pour logement de S. M. quand elle l'au-
,, roit agréable, de fes fucceffeurs Rois de
,, France, ou de l'héritier de la Couronne feu-
,, lement & non autre, ne s'étant porté à bâtir
,, cette maifon avec tant de dépenfe que dans
,, le deffein qu'elle ne ferviroit qu'à la premie-
,, re, ou au moins à la feconde perfonne du
,, Royaume, en faveur même duquel S. M. ou
,, fes fucceffeurs ne pourroient jamais difpofer
,, que de l'ufage & habitation feulement ". Après
quelques autres détails relatifs à cette donation,
ou fes circonftances & fuites, ils paffent aux
faits récens.

Le bruit fe répand qu'en conféquence d'une
donation faite par le Duc d'Orléans à fon fils le
30 Décembre 1780, qui porte expreffément
qu'il *confervera pour l'agrément du public la
jouiffance des Cours & du Jardin*. M. le Duc
de Chartres étoit dans l'intention d'ajouter un
nouveau corps de bâtiment à ce palais pour l'habitation des Princes fes enfans, & qu'à cette
occafion il entendoit ouvrir trois rues dans tout
le tour du jardin & aliéner dans toute fa longueur
de ces trois rues nouvelles une portion du même
jardin, deftinée à être bâtie par les acquéreurs.

Les propriétaires ont eu recours à la juftice
& à la bonté du Prince; toutes leurs démarches
ont été infructueufes.

Le 17 Juin M. le Duc de Chartres a obtenu
des Lettres patentes pour l'exécution de fon
plan : les propriétaires y ont formé oppofition.
Le 23 Juillet ils reçurent la fignification d'un

B 6

Arrêt par défaut. Le 30 du même, son Alteſſe leur fit déclarer qu'elle ſe déſiſtoit des Lettres patentes.

L'eſpoir que leur donnoit cet acte s'évanouit bientôt par la deſtruction de la grande allée du Palais Royal : ils apprirent que M. le Duc de Chartres n'entendoit plus aliéner & devoit faire à ſes frais tous les bâtimens énoncés dans ſon expoſé , & qu'on recevoit déja des ſoumiſſions.

Les propriétaires demandent en conſéquence ſi , depuis le déſiſtement du Duc de Chartres, tout recours à la juſtice leur eſt interdit, & au cas qu'il leur ſoit ouvert une voie d'oppoſition , à quel tribunal ils doivent la former ? Sont-ils fondés à demander d'être maintenus dans leurs jours, vues & entrées, avec défenſe à M. le Duc de Chartres de faire aucunes conſtructions qui puiſſent y nuire ? Enfin , ne le ſont-ils pas auſſi à demander & obtenir des défenſes proviſoires juſqu'au jugement du fonds ?

La conſultation, ſignée *Babilie, Collet , & Treilhard*, en date du 29 Août, étant abſolument favorable, les propriétaires ont formé leurs demandes par Requête du 30 Août 1781, & il y a eu le 31 Arrêt d'appointement à mettre ſur la demande proviſoire au rapport de M. Paſquier, Doyen.

14 *Septembre* 1781. M. le Duc de Chartres étant abſent & ne pouvant être revenu que le 17 de ce mois, on a répondu à la hâte au *Précis ſur le Proviſoire* pour M. le Duc de Chartres , défendeur, contre *quelques propriétaires des maiſons* ſituées ſur le jardin du Palais Royal, demandeurs.

Dans cet écrit , on arguë de mauvaiſe foi le

mémoire des adverfaires ; on rétablit les qualités des parties, les objets du procès, les faits, les actes, les loix, la poffeffion, les intérêts même , & l'on prouve que tout fe réunit en faveur du Prince , fi cruellement invefti de procédures inattendues pendant fon abfence & celle de fon Confeil.

14 *Sept.* 1781. M. Genet, chef du Bureau des interpretes à Verfailles, y eft mort le onze d'une fievre putride. Ce zélé ferviteur du Roi joignoit à une activité rare toutes les connoiffances né-ceffaires pour remplir avec la plus grande dif-tinction les devoirs de fa place. Il emporte l'eftime & les regrets univerfels : il eft auteur d'une foule d'ouvrages plus inftructifs qu'agréa-bles à lire. Il avoit le ftyle incorrect, lourd & fans aucune chaleur. *L'Etat Politique actuel d'Angleterre* , efpece de Journal périodique qui paroiffoit durant la derniere guerre, prefque en entier de fa compofition, fera furtout très - utile pour en écrire l'hiftoire.

15 *Septembre.* Suivant le *Précis* du Duc de Chartres : 1°. les maifons autour du Palais Royal font au nombre de 72, les demandeurs au nombre de 30 au plus ; ainfi ce n'eft au plus que la moitié des propriétaires qui plaident.

2°. Ils font remonter la date & l'origine de leurs fenétres au tems où Louis XIV habitoit lui-même le Palais Royal, & en 1658, c'eft-à-dire quinze ans après, il n'exiftoit encore autour du jardin que 17 pavillons, bâtis par le Barbier, fur le modele preferit par le Cardinal de Riche-lieu, *fans jours ni ouvertures fur le parc & clôture de fon Eminence* , fuivant l'obligation impofée à le Barbier en 1636.

3°. Ils fixent à 1692 la poffeffion du Palais Royal par les Princes de la Maifon d'Orléans. C'eft en cette année qu'il fut réuni à leur appanage par un Edit ; mais fon Alteffe Royale, *Monfieur*, frere du Roi, en avoit alors la jouif-fance, & l'occupoit depuis 1661 ; enforte que les maifons actuelles ont été bâties depuis la jouiffance de ces Princes. Les premieres per-miffions d'avoir des ouvertures aux murailles élevées par le Cardinal furent données par fon Alteffe Royale, *Monfieur*, au Marquis de Nonant, fon Chancelier, puis au Cardinal Du-bois, &c. mais à titre gratuit & précaire fans fervitude.

4°. Louis XIII, dans fon acceptation du Pa-lais Royal, n'a point agréé cette intention du Cardinal, que le Roi feul ou l'héritier préfomptif de la couronne puiffe l'occuper, il a ratifié tou-tes les autres claufes, excepté celle-là.

5°. M. le Duc d'Orléans lui-même a déclaré de vive voix aux Députés des propriétaires qu'il n'avoit jamais défendu au Duc de Chartres de rien innover dans le Palais Royal, & qu'il en donneroit l'affurance par écrit, fi le Prince fon fils en avoit befoin.

6°. Les efcaliers & faillies des maifons font fur le fol même du Palais Royal, entre leurs maifons & le grillage qui fut mis en 1732. En 1741 & 1742, feu M. le Duc d'Orléans, pour interrompre cette propriété qui peut s'acquérir par la prefcription, exigea d'eux la reconnoiffan-ce formelle que ces jouiffances étoient précaires & amovibles : il n'exigea point la même chofe pour leurs fenêtres, ou vues droites, parce que:

la prefcription n'y peut rien & qu'il faut à cet égard un titre formel & très-précis.

7°. Enfin, l'objet du Prince eft de faire du Palais Royal un monument fuperbe, un lieu de promenade commode, même dans tous les tems de l'année, un rendez-vous général des nationaux & des étrangers avec tous les agrémens poffibles. Ainfi, loin de chercher à nuire aux propriétaires, il travaille à l'amélioration de leurs terreins & ils calomnient mal à propos fes intentions.

15 *Septembre* 1781. On voit ici circuler l'Arrêté du Parlement de Bordeaux en date du 27 Août, relativement aux Lettres patentes du 14 dudit, portant prorogation des féances. Cet Arrêté, quoique manufcrit, eft recherché & fe multiplie par l'empreffement des curieux. Il s'agit de Remontrances à faire par ce Parlement, dont les articles font au nombre de fix. Le premier roule fur les Lettres patentes du 23 Décembre 1780, imprimant fur la tête des Magiftrats qui compofent la Compagnie une tache flétriffante, & fur l'inutilité de leurs plaintes reftées fans réponfe, ce qui leur a ôté toute faculté d'agir & de juger.

Dans le fecond, les Magiftrats réclament contre les Lettres clofes ou de cachet, fi multipliées de plus en plus.

La Lettre de cachet décernée contre le Premier Préfident eft l'objet troifieme.

Dans le quatrieme ils fe plaignent de ce qu'on a arrêté leurs procédures contre les libelles répandus à l'occafion de la querelle de M. Dupaty : libelles dont M. l'Avocat général Du Faur de la Jarte a donné l'exemple dans fon difcours.

Ils fe plaignent dans le cinquieme des Lettres patentes de prorogation, en ce qu'elles portent l'empreinte d'une punition, n'y ayant dans ce tems de vacances à Bordeaux ni Avocats, ni Procureurs, ni Plaideurs, parce que tous font forcés d'aller vaquer à leur récolte.

Enfin, le fixieme eft une forte de récapitulation du refte & une péroraifon touchante pour émouvoir le cœur paternel du Monarque.

En général, cet Arrêté eft foible de raifonnement & ne roule que fur des lieux communs, auxquels il eft aifé de répondre de la part du Miniftere : les Magiftrats ne fe difculpent en rien du principal reproche d'être reftés un an fans adminiftrer la juftice.

16 *Septembre* 1781. Voici l'arrêté du Parlement de Bordeaux &c. Ce jour 27 Août, la Cour, toutes les Chambres affemblées, en délibérant fur les Lettres patentes portant prorogation des féances en date du 14 de ce mois, ainfi que fur tous les motifs qui y ont donné lieu,

Confidérant que les fonctions des Magiftrats font incompatibles avec le déshonneur & l'aviliffement : que les voies multipliées d'autorité & de rigueur employées contre eux, leur enlevent la confiance des peuples : qu'au milieu des épreuves les plus dures, des rigueurs inconnues jufqu'à nos jours, dont ils font accablés ; tout leur impofe la néceffité de recourir à la bonté & à la juftice du Seigneur Roi,

A arrêté qu'il fera fait au dit Seigneur Roi de très-humbles & de très-refpectueufes Remontrances, à l'effet de lui repréfenter :

1°. Que parmi les coups multipliés & éclatans qui n'ont ceffé de s'appefantir fur fon Parlement, rien ne l'a autant confterné que les inculpations contenues dans les Lettres patentes du 23 Décembre 1780, qui impriment fur la tête des Magiftrats qui le compofent une tache flétriffante. Qu'ayant porté leurs plaintes aux pieds du trône, le filence dudit Seigneur Roi a jeté dans le fond de leurs ames tant d'abattement & d'amertume, qu'ils n'ont pas même pu trouver dans le fentiment intime de leurs confciences un principe de force & de courage pour remplir leurs fonctions avec leur zele ordinaire.

2°. Que fon Parlement, pénétré du plus profond refpect pour ledit Seigneur Roi & pour tout ce qui porte le caractere de fes volontés, ne craint point de compromettre fon refpect & fon obéiffance, en réclamant contre les Lettres clofes furprifes à fa religion & fi fort multipliées de nos jours ; en proteftant contre leur irrégularité, ne les voyant & ne pouvant les voir que comme attentatoires à la liberté des citoyens, pernicieufes dans leur exécution, réprouvées par les ordonnances dont les Magiftrats font les garans & les dépofitaires, & qu'ils ont fait le ferment de garder & de maintenir.

3°. Que ce n'eft pas fans fondement que les Lettres clofes ont jeté des allarmes & excité les réclamations de tous les Corps de Magiftrature : que fon Parlement reconnoît un de leurs dangereux effets dans le coup de rigueur qui vient de frapper fon Chef : qu'il ne ceffera de repréfenter au dit Seigneur Roi, fes regrets, fes plaintes, la confternation du peuple fur l'éloignement de ce Magiftrat : qu'il ne ceffera de fupplier ledit Seigneur Roi de rendre au vœu de la Province le citoyen généreux, juge éclairé, qui, plein

d'amour & de refpect pour fon Roi, de zele
conftant à remplir fes fonctions, a toujours fervi
d'exemple au peuple & de modele au Magiftrat.

4°. Que fon Parlement, juftement allarmé des
ordres exprès du Roi qui fufpendent une procédure contre les auteurs de certains libelles, ne
peut s'empécher de réclamer contre cette fufpenfion qui entraîneroit avec elle l'impunité d'un
attentat fi offenfant pour la Magiftrature, & qui
n'a d'exemple que l'injure publique que fe permit l'Avocat général contre les Magiftrats, dans
le moment même, où, féants fur le tribunal, ils
repréfentoient la Majefté royale : que ces diffe-
rens outrages, que fon Parlement ne peut oublier,
exige une vindicte publique, pour laquelle il
fera fans ceffe entendre fes juftes réclamations.

5°. Que les Lettres patentes portant prorogation ont affecté vivement fon Parlement. Ce
n'eft pas que le courage des Magiftrats, exempts
de reproches, ne foit inébranlable à la vue de
tous les coups qui ne tombent que fur eux per-
fonnellement. Mais leur infenfibilité feroit crimi-
nelle pour les conféquences qui en réfultent.
Ces Lettres patentes paroiffent être, aux yeux
des peuples, une fuite du mécontentement dudit Seigneur Roi contre fon Parlement : elles
portent l'empreinte d'une punition, furtout en
voyant l'inutilité de cette prorogation, dans un
tems où, les citoyens de tous états étant forcés
d'abandonner la ville & la pourfuite de leurs procès pour donner tous leurs foins à la perception
de leurs récoltes, les juges n'auroient aucune
fonction à remplir par l'abfence des Avocats,
des Procureurs & des Parties.

6°. Qu'il importe audit Seigneur Roi, à la

nation entiere de conferver fans tache des Corps
qui, méritant la confiance des peuples par leur
foin infatigable à veiller à leur repos & à leur
bonheur, par l'exemple qu'ils leur donnent de la
fidélité, de l'amour, & du refpect pour leurs
Rois, deviennent par là les remparts de l'autorité fouveraine, & le lien de l'obéïffance de tous
les ordres de l'Etat. Que fon Parlement efpere
de la juftice & de la bonté dudit Seigneur Roi,
qu'il écoutera fes plaintes & fes réclamations;
qu'il vengera l'honneur de fes Magiftrats, recon-
noitra la pureté de leurs fentimens, & ranimera
leur courage, leur zele & leur activité.

17 *Septembre* 1781. Mrs. *Grignet & Lavau*,
négocians & armateurs de Bordeaux, font arrivés Dimanche ici comme Députés du Commerce de cette ville. Leur miffion eft de défendre la
propriété de 42 navires qu'on veut leur enlever
pour le compte du Roi, de force & fans qu'ils
aient acquiefcé volontairement aux propofitions
faites.

Dès hier ces Députés ont vu M. le Marquis
de Caftries qui leur a d'abord déclaré que leur
miffion etoit inutile. Il eft cependant entré en
pour-parler; il s'eft défendu de tout efprit de
defpotifme, en déclarant fort qu'il refpectoit les
propriétés, & a permis à ces Meffieurs de lui
adreffer un Mémoire où ils réfumaffent leur
converfation, ce qu'ils ont fait.

On ne pouvoit choifir deux négociateurs plus
honnétes, plus concilians & plus capables d'é-
clairer la religion furprife du Miniftre.

17 *Septembre.* Un Artifte ayant retracé avec
le burin quatre fcenes de l'Opéra comique de
Mrs. *Augufte de Piis & Barré*, intitulé l'*Au-*

tomme, ceux-ci ont cru devoir lui en témoigner leur reconnoiffance & ont profité de l'occafion pour tomber fur le correfpondant du Courier de l'Europe qui les avoit critiqués durement. C'eft *M.* de Piis feul qui a mis les ftances fous fon nom avec ce titre :

STANCES *à l'Auteur des quatre Eftampes tirées des Vendangeurs, & au Courier de l'Europe.*

J'ai deux remercimens à faire;
Eh ! vite, Mufe, acquittons nous,
Mais fur-tout, tirons d'une pierre,
Comme on dit volontiers, deux coups.

Salut au Graveur anonyme,
Dont le burin officieux
M'offre la ronde pantomime
Des Vendangeurs facétieux.

Salut au Courier de l'Europe
Qui le long d'un épais feuillet,
Numéro du treize Juillet,
Nous fangle en fougueux mifanthrope.

A faire un tableau d'été,
Mufe, on fait que tu te goberges :
Sans doute qu'ils ont apprêté,
L'un, fon burin, l'autre, fes verges.

Il s'agit donc de prévenir
Le Graveur : que ma joie eft franche,
Quand, pour paffer chez l'avenir,
Il veut me prêter une planche.

Mais, dis au Courier que je ris
De fes diatribes cruelles,
En réfléchiffant que Paris
N'y croit pas plus qu'à fes nouvelles.

Ces Meſſieurs annoncent par occaſion qu'ils ont compoſé les *Amours d'Eté*, Opéra comique nouveau, reçu à la Comédie le 27 Août, & qui doit ſe jouer inceſſamment.

17 *Septembre* 1781. M. l'Abbé de Saxe, qui n'a pas quinze ans, a ſoutenu le 4 de ce mois au ſéminaire de Saint Magloire avec le plus grand éclat un exercice littéraire, où il a étonné toute l'aſſemblée. Il explique avec une égale facilité *Horace*, *Anacréon*, *Cicéron*, *Salluſte* & *Gellert*; c'eſt-à-dire qu'il ſait déja le Grec, le Latin & l'Allemand.

Ce jeune Seigneur eſt fils de M. le Comte de Luſace, & par conſéquent couſin germain du Roi. Au reſte, le don des langues eſt particulier à la famille, & l'on ſait combien feue Madame la Dauphine étoit inſtruite.

17 *Septembre*. Le premier de ce mois l'Académie Royale de Peinture & de Sculpture, dans ſon aſſemblée, a accordé le premier prix de peinture au Sieur *Jean Baptiſte Vignali*, de Monaco, & le ſecond au Sr. *Victor Maximilien Potain*, de Verſailles. On ſait que le ſujet étoit le *Supplice des Macchabées*.

Le premier de ſculpture, qui étoit *David entrant dans la tente de Saül endormi*, a été décerné au Sr. *Jacques Philippe le Sueur* de Paris, & l'autre au Sr. *Antoine Chaudet* de la même ville.

18 *Septembre*. Entre les diverſes pieces que la mort de l'Impératrice Reine a fait éclore dans les colleges, il faut diſtinguer un Poëme latin de M. *Luce*, Bourſier du College de Louis le Grand, âgé de quinze ans ſeulement, mais éleve de M. *Selis* ſon Profeſſeur, & avantageuſement

connu dans la République des Lettres , qui pourroit bien l'avoir aidé : quoi qu'il en foit , dans ce Poëme, dont le plan eſt ſage & ingénieux , la poéſie chaude & pleine d'images , la latinité pure & correcte , il ſe trouve un portrait du Roi de Pruſſe très-flatteur , quoique trèsvrai. M. d'Alembert, ancien éleve lui-même de l'Univerſité de Paris, à la priere du jeune homme , a adreſſé un exemplaire de l'ouvrage à ce Monarque. S. M. Pruſſienne, pour récompenſer le talent du jeune Poëte, & l'encourager dans ſes études , lui a fait remettre une gratification par le Philoſophe.

18 *Septembre* 1781. M. Bertin , le Miniſtre , vient de faire placer dans l'égliſe de Saint André des Arts un monument à M. l'Abbé Batteux.

Sur un cippe s'éleve un vaſe funéraire dans le genre antique , & orné des figures ſymboliques de la Religion , l'Eloquence, la Douceur, l'Hiſtoire & la Philoſophie; au-deſſus eſt la couronne de l'Immortalité ; pluſieurs autres attributs allégoriques enrichiſſent cet ouvrage de ſculpture.

Voici l'Inſcription , compoſée par M. Bertin lui-même , à ce qu'on aſſure :

Carolo Batteux
Honorario Eccleſ. Rem. Canonico ,
Uni è XL Viris Academ. Gallicæ.
Regiæ Inſcrip. & humanior. Litt.Academi. Socio.
Amicus , amico.
M. P.
Vixerat. ann. LXVII.
Obiit. ann. Dni MDCCXXX.
Menſe Jul. Die XIV.

Ce Ministre avoit déja donné la même marque d'affection à M. Bourgelat à l'Ecole vétérinaire, établissement fondé par M. Bertin, & qu'il a toujours favorisé avec la plus grande complaisance. Il se propose d'honorer pareillement le célebre *Souflot*. Peut-être seroit-il mieux de ne pas tant prodiguer l'admiration, & ce tribut de l'amitié deviendroit trop général.

18 *Septembre* 1781. M. le Comte de Thélis a la satisfaction bien rare pour les instituteurs des nouveaux établissemens, de voir le sien fructifier & s'étendre de son vivant. Plusieurs personnes se proposent d'établir des *Ecoles nationales militaires*, à l'instar de celle de Paris, & lui ont écrit pour lui demander des instructions. Comme on ne peut se promettre de réussir qu'avec des Chefs vertueux & intelligens, il a imaginé d'en former une pépiniere dans son école-mere pour en fournir aux Provinces.

18 *Septembre*. L'Auteur du Précis d'un projet *d'Etablissement du Cadastre dans le Royaume* en donne la plus haute idée dans son avertissement. Il assure qu'il a fait l'essai de son plan dans l'Election d'Angoulême, & ajoute : ,, pour juger ,, de la révolution heureuse que le Cadastre a ,, produite dans cette partie du Royaume, il ,, faudroit voir le tableau de ce qu'elle étoit ,, avant 1737. Son agriculture, sa population ,, & son commerce lui ont donné une existence ,, nouvelle. Ses privileges abusifs sont suppri- ,, més ; les impositions, qui ne se payoient qu'en ,, 12 & 15 ans, rentrent en quinze mois dans ,, les cofres du Roi ; & l'on n'y connoit plus ,, ni procès, ni emprisonnemens relatifs aux ,, tailles ".

19 *Septembre* 1781. Extrait d'une lettre de
Strasbourg du 15 Septembre.... Cette ville fut
rendue aux armes de Louis XIV le 20 Septembre 1681 ; nos Chefs ont imaginé de célébrer
l'année centenaire de cet événement par une fête
publique : il est question sur-tout de marier 20 filles de chacune des Tribus ou Corporations entre lesquelles est partagé le peuple. M. Gérard,
notre Préteur, a écrit à M. Rochon de Chabannes, avantageusement connu au théâtre par des
succès multipliés sans aucune chûte, ni même
faux pas, pour le prier de composer une piece
à ce sujet. Ce Poëte fécond, quoiqu'il n'ait pas
eu trois semaines pour l'exécution, vient d'envoyer à son ami une comédie en un acte très-
bien adaptée à la circonstance : quand elle aura
été jouée, je vous rendrai compte de l'effet
qu'elle aura produit.

19 *Septembre.* Le Bureau de Législation dramatique est absolument dispersé, & qui le croiroit ? C'est son auteur lui-même qui le premier
a donné l'exemple de la défection. C'est le Sr.
Caron de Beaumarchais que les Poëtes dramatiques, après avoir eu la bassesse de se ranger
sous ses drapeaux, ont la lâcheté d'imiter en
se soumettant aux réglemens & en s'asservissant
aux Comédiens. Ce Beaumarchais, toujours
avide de faire du bruit, n'importe comment,
voyant que son projet de dominer impérieuse-
ment ses confreres ne réussissoit pas, & par la
fermeté de quelques-uns, & par la contrariété
des Gentilshommes de la Chambre, a imaginé
d'aller trouver les Histrions, de s'en rapprocher
& de les flagorner pour obtenir d'eux de faire
jouer la suite de son *Barbier de Séville ;* ce qu'il a
gagné

gagné, après avoir essuyé quelques rebuffades de l'Aréopage comique. Sa piece doit être représentée incessamment. MM. *Ducis* & de *la Harpe* l'ont suivi, & ont fait la lecture de leurs tragédies. La farce du Sieur de Beaumarchais a pour titre : *Le Mariage de Figaro.*

20 *Septembre* 1781. M. d'Alembert est retombé dans l'état vaporeux où il étoit il y a quelques années, lorsqu'il entreprit son voyage d'Italie. Il craint la mort & tous les maux qui affligent notre triste humanité. Ses confreres de l'Académie des Sciences remarquent, lorsqu'on lit quelque mémoire sur ces matieres, l'intérêt singulier qu'il y prend & le retour secret qu'il fait sur lui-même. Ce qui augmente le fâcheux de sa situation, c'est qu'il ne peut plus se distraire par des occupations sérieuses & soutenues, sur-tout à l'égard des hautes sciences, de la Géométrie transcendante à laquelle il étoit appellé plus véritablement qu'aux Belles-Lettres où il ne sera jamais qu'un Auteur ordinaire.

La vieillesse du Roi de Prusse est encore un objet affligeant pour lui. Son amour propre est flatté de pouvoir se glorifier de tems en tems de sa correspondance avec le Monarque, d'en lire quelque lettre ; & il s'est envain efforcé de se tourner vers l'Impératrice des Russies, inexorable à jamais. Cette Souveraine, piquée de la façon injurieuse dont M. l'Abbé *Chappe* a parlé dans son voyage de Sibérie de l'intérieur & du gouvernement de ses Etats, a trouvé cette ingratitude d'autant plus grande que le savant Auteur avoit été accueilli par S. M. Impériale avec beaucoup de distinction. L'usage est, lorsqu'un membre de l'Académie des Sciences veut

faire imprimer quelque chofe avoué d'elle, d
remettre l'ouvrage à des Commiffaires qui
donnent leur approbation. Le voyage de l'Abb
Chappe en portoit une, & entre les noms de
approbateurs étoit celui de M. d'Alember:
L'Impératrice des Ruffies l'a lu avec peine &
s'en fouvient. Ce qui prouve l'intérét vif qu
cette Princeffe y mettoit, c'eft qu'elle n'a pa
dédaigné, à ce qu'on affure, de prendre la plu
me elle-même & de répondre aux affertions ca
lomnieufes de l'Abbé Chappe. On ajoute qu
Voltaire, malgré tous fes efforts, n'a pu détruir
les préventions de l'Impératrice.

L'état de M. d'Alembert, s'il favoit fe fair
une raifon & fe foumettre à la fatalité, eft ce
pendant heureux. Il a 12000 livres de rentes
dont il emploie 4000 livres en bienfaits. Il joui
d'une confidération affez étendue; il remplit fon
goût pour la domination dans l'Académie Fran
çoife; il a une Cour nombreufe & affidue. Mal
heureufement, c'eft le Philofophe qui a le moins
de philofophie. On le voit quelquefois feul cou
rant dans les Tuilleries, & cherchant à fe fuir
lui-même; quoiqu'à portée de voir la fociété la
plus brillante, elle lui déplait. Le fexe n'a ja
mais eu un grand attrait pour lui, & ce n'eft pas
durant fa vieilleffe qu'il y trouvera ce charme
doux, touchant, confolant les hommes tendres,
qui ont fu fe faire d'une amante une amie qui
leur dérobe les horreurs du tombeau.

21 *Septembre* 1781. M. le Marquis de Poyan
ne menaçant ruine depuis longtems, *Monfieur*
avoit donné la furvivance des Carabiniers à M.
le Comte de Chabrillant, un de fes Capitaines
des Gardes du Corps. Le moment de l'infpec-

tion & de la revue approchant, M. de Poyanne, déja piqué de fe voir nommer un fucceſſeur, & apprenant qu'il fe difpofoit à remplir fes fonc- tions, n'a pas voulu les lui laiſſer faire, &, malgré toutes les repréſentations de fa famille & de la Faculté, a voulu abfolument fe ren- dre à Vendôme où font les Carabiniers : il a effectivement fait fa revue, mais n'a pu en terminer le travail ; il eſt mort comme il s'en occupoit.

Un pere Chartreux, autrefois Capitaine de Carabiniers, étoit forti de fa retraite pour convertir cet Officier général, qui depuis peu de tems avoit été en perfonne à fa pa- roiſſe y remplir les devoirs de la religion d'ufa- ge en pareil cas ; ainſi nulle inquiétude fur fon falut.

Du reſte, M. de Poyanne eſt peu regretté ; c'étoit un Chef fans humanité, dur & haut ; qualités peu propres au commandement.

21 *Septembre* 1781. L'*Incognita perfequitata*, mife en chant par le Seigneur Anfoſſi, a paru à Rome en 1773. On en dit la muſique délicieufe. On a imaginé d'exécuter cet Opéra bouffon fur le théâtre des Menus, & on doit le jouer aujour- d'hui. C'eſt M. du Rofoi qui s'eſt chargé de ré- former le poëme très-défectueux, & de l'arran- ger ; & un M. de Rochefort, Compoſiteur Fran- çois, qui en a coufu la muſique. On ne croit pas ces deux Auteurs, chacun dans fon genre, pour- vus d'aſſez de goût pour faire un triage & des futures auſſi difficiles. L'ouvrage eſt en trois actes très-étoffés dans le poëme Italien.

22 *Septembre.* Il paroît par l'Avertiſſement imprimé en tête du poëme que M. du Rofoi s'eſt

pefmis de changer le plan de l'intrigue; il pré-
vient qu'il n'a d'autre but que de rendre service
aux amateurs des arts, en leur donnant occafion d'entendre une mufique, fuivant lui, *étin-
celante de beautés fublimes.* Il efpere que fon
talent pour la fcene ne fera pas jugé d'après cet
ouvrage, dans lequel il avoue n'avoir d'autre mérite que celui d'avoir *Créé.* Le public convien-
dra facilement avec lui des défauts du Poëte
Italien, & il fait en effet à quoi s'en tenir fur le
compte de M. du Rofoi; il n'avoit pas befoin de
cet eflai; mais il ne peut lui accorder le titre de
créateur, foit comme traducteur, foit comme
parodifte. Tout cela eft du galimathias très-
digne de lui & auquel on l'a bientôt reconnu,
malgré le voile de l'anonyme dont le couvroit
fa modeftie.

Du refte, on fait depuis longtems ce que l'on
doit penfer de l'action, de la marche, du dialogue, de la diction, & au total de l'intérêt des
Opéra bouffons. Celui-ci, au défaut des autres,
en joint un particulier : c'eft que l'intrigue ne
répond point au titre. L'Inconnue refte toujours
inconnue, tant pour les perfonnages que pour le
public; les prétendues perfécutions qu'elle ef-
fuie confiftent à avoir pour adorateurs, le pere,
les deux fils & le valet de la maifon, ce qui, aux
yeux de bien des femmes, feroit un tourment
fort tolérable. Il eft fuperflu de nous égarer dans
le labyrinthe de cet imbroglio. Il fuffira d'obferver que le fujet reffemble à la *Bonne Fille,* à
Silvain, à *Pamela,* & même un peu au *Sei-*
gneur Bienfaifant par l'apparition de deux enfans dont l'afpect contribue à réconcilier le pere
avec fon fils & fa bru. C'eft fur ce mince ca-

nevas, d'ailleurs rempli de défauts, que l'art des traducteurs les plus diftingués par leurs talens n'auroit pu fauver, que M. Anfoffi, doué, comme tous les Virtuofes qui excellent dans les bouffons, du rare mérite de faire de bonne mufique fur des paroles ridicules, a établi fes broderies. Il a fallu en facrifier pluſieurs, pour ajufter à notre Théâtre cette production bifarre, pour en lier les airs par un récitatif fupportable, & pour coudre à l'action, qu'il s'agiffoit auffi de rendre plus rapide, un ballet qui fuppléât au vuide & au manque d'intérêt.

La mufique a été fort goûtée en général; il y a des ariettes de la plus grande expreffion; mais quelquefois de la monotonie & peu d'intention de la part du Compofiteur.

23 *Septembre* 1781. Il paroît *Réponfe à un Précis diftribué par M. le Duc de Chartres.* Tandis que ce Prince pourfuit l'exécution de fon projet par un nouvel abbatis d'arbres du côté de l'allée d'Argenfon, les Propriétaires continuent à barbouiller du papier & à faire des actes de procédures.

Cette Réponfe ne contient que des notes ou réponfes très-féduifantes, mifes en marge du Précis. Elle ne mérite aucune analyfe; mais afin de faire mieux connoître combien ces partis oppofés font peu d'accord, même fur les faits les plus fimples: fuivant le *Précis* de M. le Duc de Chartres, les maifons au pourtour du Palais Royal font au nombre de 72, & fuivant la Réponfe, il n'y en a que 52.

23 *Septembre.* M. *Goffec* a encore répliqué au Pere *Vito*, & a fait une efpece de traité de

musique à cette occasion. Un anonyme lui a
adressé les vers suivans.

Oui, Gossec, tu viens de confondre
L'étranger dont l'orgueil défioit les François ;
Instruit par sa défaite, osera-t-il répondre ?
Que son silence rende hommage à ton succès !
Mais est-ce assez d'avoir de l'harmonie
Dévoilé savamment les mysteres divers,
Et longtems de la symphonie
Epuisé les trésors, pour orner nos concerts ?
Non, non, Prêtre de Polymnie,
Poursuis, remplis de ton génie
Le temple à son art consacré ;
Peins la terreur, le choc des armes,
Les malheurs d'un peuple éploré,
La vengeance des Dieux, le désespoir, les larmes
Des Bergers, des Amans, des Héros & des Rois.
Cette Déesse, par nos voix,
Excite, échauffe ton courage ;
Qui pourroit-elle inspirer davantage
Que l'interprete de ses loix ?

Il est question, sans doute ici, de l'Opéra de
Thésée, dont M. Gossec a refait la musique, &
qui doit être joué cet hiver. On prépare ainsi
le public à l'admirer par cet éloge prématuré.

23 *Sept.* 1781. M. Sacchini exigeoit le même
traitement que M. *Piccini*, c'est-à-dire d'abord
2000 écus de fixe & la même rétribution pour
chacun des ouvrages qu'il composeroit. On n'a
pas voulu lui accorder cette faveur, sous prétexte qu'il n'étoit accouru à Paris que parce
qu'il faisoit mal ses affaires en Angleterre ; qu'il
ne devoit pas être si exigeant dans une pareille
situation, & que, d'ailleurs, aucun de ses ouvrages lyriques n'ayant encore été exécuté ici,
on ne pouvoit estimer quelle sensation ils y cau-
seroient. On croit que M. Sacchini sera obligé

de s'en retourner ainſi qu'il eſt venu, d'autant
que le bruit ſe renouvelle de la prochaine arrivée
du Chevalier Gluck, ſe ranimant pour venir jouir
d'un nouveau triomphe ſur le théâtre élevé par
M. le Noir.

23 *Sept.* 1781. Extrait d'une lettre de Strasbourg du 18 Septembre..... Tous ceux qui ont
eu déja communication de la piece de M. Rochon en ſont très - contens. Ce n'eſt pas un
de ces lieux communs, vagues, comme ſont la
plupart des ſujets de commande. Celui-ci eſt
adapté à la circonſtance, au local, aux mœurs
des habitans, & du reſte eſt une jolie comédie,
pleine de naturel, de décence & de gaieté douce, qui pourroit ſe jouer ſur tout autre théâtre
avec beaucoup de ſuccès. J'en aime ſurtout la
moralité, fondée ſur une ancienne antipathie
qui ſubſiſte encore ici parmi le Peuple entre les
familles Françoiſes & Allemandes, ce qui les empêche de ſe marier enſemble. Le Poëte cherche
à déraciner un vieux préjugé, &, s'il eſt moyen,
de l'extirper; c'eſt en le rendant ainſi ridicule
au théâtre dans une fête conſacrée à ce même
peuple. C'eſt la ſemaine prochaine que la repréſentation de la comédie de M. Rochon doit
avoir lieu.

24 *Septembre*. Mrs. Auguſte de Piis & Barré, ayant entrepris de traiter les quatre ſai-
ſons, les ont terminées par l'*Eté*. Les répétitions ſont à leur fin, & la premiere repréſentation doit avoir lieu demain. Comme les paroles
ſont déja imprimées, voici l'eſquiſſe du ſujet.
Les *Moiſſonneurs* étoient un obſtacle en ce que,
dans cet opéra comique, les travaux de la ſaiſon
étoient déja repréſentés. Il a donc fallu créer

C 4

des fituations nouvelles & s'occuper totalement des occupations relatives à l'agriculture. Les Auteurs ont en conféquence tranfporté le lieu de la fcene fur une riviere où fe paffe prefque toute l'action ; ce qui offre des tableaux d'un genre neuf, agréable & fouvent galant. L'intrigue roule fur une joute que l'on donne pour la fête du Seigneur du village & fur les difficultés qu'éprouve le fils d'un meunier de joindre fa maîtreffe, qui demeure à la rive oppofée de celle où fe trouve fon moulin. Il fe fert à cet effet du bateau de fon pere, &, quand cette reffource lui manque, il traverfe la riviere à la nage. Enfin, après avoir remporté le prix de la joute, voulant s'introduire en fecret chez celle qu'il aime, il l'engage à le monter dans un feau, qui de fa fenêtre donne prefque au milieu de la riviere. Comme elle s'efforce de tirer un poids auffi lourd, fon pere accourt pour l'aider, & monte, au lieu d'eau, l'amoureux de fa fille ; événement qui détermine le mariage. Les payfans arrivent alors, avec les bateaux de la joute, garnis de lanternes de différentes couleurs, & emmenent en triomphe, au clair de la lune, les nouveaux époux.

25 *Septembre* 1781. Extrait d'une lettre de Partenay le 20 Septembre..... Il y a dans cette Province de Poitou une affociation de Prêtres de différens grades & de différens Diocèfes, qui s'affemblent chaque année le 17 Août ou environ, à l'effet de prier en commun pour les confreres décédés. Cet établiffement, formé depuis plus d'un fiecle, fous l'approbation des Evêques de Poitiers, vient d'être confirmé par le Prélat actuel. Bénoît XIV avoit donné une Bulle d'in-

dulgence fort étendue, pour les Eccléfiaftiques qui en font membres. L'affociation eft compofée de 68 décuries, chacune de 8 à 10 Prêtres qui font obligés de faire un fervice par décurie & de dire une meffe pour chaque confrere défunt. Quoiqu'on n'y admette point de laïcs, dans l'affemblée générale tenue le 21 Août, M. Mouffet, en fa qualité de Procureur général, propofa de faire un fervice pour tous les militaires qui font morts dans la guerre préfente & pour tous ceux qui perdront la vie, tant qu'elle durera. Cet avis patriotique fut accueilli avec le plus vif intérét & un applaudiffement univerfel. Le premier fervice fe fera dans le mois d'Octobre prochain ; ainfi voilà plus de fix cents meffes par an pour les Officiers, Soldats & Matelots qui, aux dépens de leur vie, auront foutenu l'honneur du pavillon.

M. l'Archiprêtre de cette ville n'avoit pas peu contribué à enflammer fes confreres par un difcours, où il avoit rappellé l'exemple de Judas Macchabée, faifant offrir dans le temple de Jérufalem des facrifices pour les généreux guerriers morts en défendant la patrie & la religion de leurs peres, car ce qui redoubla le zele des votans, c'eft la réflexion qu'on faifoit la guerre à des hérétiques.

Voilà les Pafteurs du fecond ordre qui, non contens de contribuer par les décimes & le don gratuit aux armemens, y contribuent encore de leurs prieres : comment répondront à cet exemple ceux du premier ?

25 *Septembre* 1781. Le commencement de la piece des *Amours d'été*, exécutée hier aux Italiens, promettoit beaucoup ; mais la fuite n'y

a pas répondu. De fréquens défauts de fens
commun lui feroient grand tort, fi l'on jugeoit
févérement une femblable bagatelle, où l'on defireroit d'ailleurs plus de gaieté, furtout dans le
dénouement.

25 *Septembre* 1781. Les Députés des Armateurs de Bordeaux ont parfaitement réuffi dans
leur miffion; le Miniftre a goûté la juftice de
leurs repréfentations; on s'eft rapproché, & les
conditions nouvelles paroiffent devoir être fatif-
faifantes pour les parties léfées.

26 *Septembre*. M. le Noir, fentant que la rapidité avec laquelle on exécute la nouvelle falle
provifoire d'Opéra pourroit caufer des foupçons
fur fa folidité, a cru devoir raffurer le public par
une lettre où il donne quelques détails fur cette
conftruction.

1°. Le théâtre a moins de longueur que le
dernier; mais il a 20 pieds de large de plus, ce
qui prêtera au fervice par fa hauteur & fa pro-
fondeur. Il eft fufceptible de recevoir les machines & décorations de l'ancien opéra.

2°. Sous une voûte folide, pratiquée fous l'or-
cheftre, eft un réfervoir vafte où M. Morat a
établi deux pompes dont les tuyaux feront au
befoin un fervice général prompt & affuré.

3°. Les deux corridors, à droite & à gauche,
affureront la fortie du parterre par fix iffues.

4°. Toutes les portes s'ouvriront en dehors;
celles des loges à chaque étage par deux cordons
placés au centre dont l'un à droite & l'autre à
gauche, & d'un feul coup par le moyen d'un
reffort.

5°. Les efcaliers, au nombre de fept, pour
dégagement, defcendront de fond.

6°. On difpofe un ventilateur pour renou‑
veller l'air.

26 *Septembre* 1781. Les Comédiens François
donnent aujourd'hui la premiere repréfentation
d'une comédie nouvelle en un acte & en profe,
intitulée le *Quiproquo*. On n'en dit point l'Au‑
teur. Il court un murmure fourd que le Sieur
Molé en eft le pere.

27 *Septembre*. M. le Noir, pour encore mieux
raffurer le public, invite les artiftes, amateurs,
curieux & perfonnes de tout âge, de tout fexe
& de tout rang, à venir vifiter fon édifice, qu'on
verra librement aux heures des repas des ou‑
vriers. Il continue à dire que, quoique la ville
lui ait donné un mois de répit, la falle fera préte
au 5 d'Octobre.

27 *Septembre*. La caiffe d'efcompte, fe regar‑
dant comme ayant pris une affez forte confiftan‑
ce pour ne pas craindre de révolution, a voulu
célébrer fon inftitution par une médaille ordon‑
née à M. Duvivier, Graveur général des mon‑
noies de France & des médailles du Roi. Cet
artifte en a frappé une de 25 lignes où l'on voit
d'un côté une femme tenant des billets & un
cofre plein d'argent; de l'autre une femme re‑
connoiffante des richeffes que Mercure, fym‑
bole des Inventeurs, répand fur elle avec abon‑
dance. On voit que cette allégorie peu ingé‑
nieufe eft digne des Plutus auxquels elle eft
deftinée.

Les actionnaires, par une délibération unani‑
me, ont décerné cette médaille aux inventeurs
& adminiftrateurs de leur établiffement.

27 *Septembre*. Un tableau de M. *Aubry*, ex‑
pofe cette année au fallon, fait qu'on s'entretient

de cet artifte dont on regrette la mort. Il étoit
né à Verfailles. Ayant copié dans fa jeuneffe
beaucoup de poitraits à la Surintendance, il em-
braffa ce genre , comme par occafion , s'y perfectionna & fut reçu en 1774 à l'Académie.
Voulant donner plus d'effor à fon génie, qu'il
fentoit ne devoir pas être borné à ce talent ftérile, il fe livra au genre auquel M. Greuze a
donné fon nom. Il imagina des fcenes patheti-
ques & morales , prifes dans la vie domeflique.
Le *Mariage interrompu* lui fit beaucoup d'honneur en 1777 ; enfin, il étoit entré dans la carriere de l'hiftoire , & étoit allé en Italie fous les
aufpices du Comte d'Angiviller. On prétend qu'il
emportoit dans fon cœur un trait qui l'a conduit
au cercueil ; malgré le chagrin, poifon deftruc-
teur de tous les talens, il n'en perfectionna pas
moins les fiens, ce qu'on voit dans une œuvre
pofthume de fa façon ; *les Adieux de Coriolan
à fa femme*, juftement admirés cette année ; où
l'on trouve une couleur vraie, une compofition
fage , un effet net, & furtout un excellent goût
de l'antique. On ne peut que regretter un pareil
artifte , dont ce tableau étoit le début dans l'hiftoire , & mort à 36 ans dans fa ville natale.

28 *Septembre* 1781. Indépendamment de la
premiere mife dehors qu'exige la conftruction
de la falle provifoire d'opéra , elle entraine , dans
l'emplacement où elle eft , des dépenfes acceffoires qui ne font pas petites ; comme d'acheter
des maifons circonvoifines pour les foyers, ma-
gazins & autres logemens des acteurs & actrices ;
comme de prolonger la rue de Bondy & de l'ouvrir à la barriere du Temple ; comme de réparer
une portion des Boulevards & de paver à neuf

tout le terre-plein aux environs de ce spectacle, d'y établir des bornes ; comme d'illuminer tous les Boulevards par des réverberes ; & , malgré tant de frais extraordinaires , il est impossible de prévenir beaucoup d'inconvéniens & d'incommodités pour les gens de pied , résultant de ce local. On confirme de plus en plus que des intérêts particuliers l'ont emporté sur l'intérêt général , suivant un usage trop commun dans ce Royaume.

28 *Septembre* 1781. Suivant des lettres circulaires des manufactures de draps , adressées aux marchands drapiers de Paris, en date du 1 Septembre, & un tableau comparatif de la valeur des matieres premieres qui servoient à la fabrication des draps en 1774., époque depuis laquelle ces étoffes sont restées au même prix & en 1781 : elles ont augmenté successivement, les unes de 4, les autres de 5 , d'autres de 26 , de 30 , de 60 , de 69 pour cent & quelques-unes de 100 pour cent. Les ingrédiens d'ailleurs , dont les hautes teintures sont composées , sont aussi montés à un taux exhorbitant. En conséquence, les Directeurs de ces manufactures déclarent ne pouvoir se dispenser d'augmenter de 40 sols par aune les draps de couleur ordinaire, & de 3 livres ceux de haute teinture.

29 *Septembre.* Le *Quiproquo* , joué samedi , avoit reçu quelques applaudissemens dans le commencement ; mais avoit paru à la fin fort long, fort ennuyeux & d'un vuide excessif. On en a cependant donné aujourd'hui une feconde représentation, qui, suivant l'usage infaillible, a eu le plus grand succès. On en a demandé l'Auteur ; & le Sieur Molé est venu annoncer très-

modeftement au public qu'on ne le connoiffoit pas; ce qui a confirmé beaucoup de fpectateurs dans leur opinion que le Comédien qui s'eft chargé de la piece auprès de fes confreres en eft le véritable pere.

29 *Septembre* 1781. Le Sieur de Beaumarchais, malgré la baffeffe de fes démarches envers les Comédiens, n'en a pas reçu généralement l'accueil qu'il en efpéroit. Le Sieur Defeffarts, enflé du fuccès de fa vengeance contre M. Fréron & M. Salaun, & accoutumé à gourmander les Auteurs, n'a pas mal molefté celui-ci. Le Sieur Molé l'a traité avec hauteur; & le Sieur Préville, à qui ce camarade reprochoit d'avoir eu trop de déférence pour le Sieur de Beaumarchais, lui a répondu qu'il fe concilieroit toujours avec les Auteurs fur leurs ouvrages qu'il trouveroit jouables, comme étant les véritables foutiens de la comédie; mais qu'il n'accorderoit jamais fon amitié à celui là, & le tiendroit toujours loin de lui. Ce qui a furtout révolté les Comédiens, c'eft qu'ils n'ignorent pas les démarches du Sieur de Beaumarchais pour former une troupe d'autres acteurs & fe mettre à leur téte; car il n'eft aucun moyen de gagner de l'argent & de faire parler de lui que ne tente cet intriguant cupide & prodigue, dépenfant l'argent encore plus facilement qu'il ne le gagne, mal à l'aife au milieu d'une grande fortune & fe ruinant en procès & en chicanes.

29 *Septembre*. M. *David* ne pouvant expofer au fallon un grand tableau de fa façon repréfentant le Comte de *Potocki* à cheval dans fon manège, l'a fait voir chez lui, & cet ouvrage n'a point démenti la haute opinion conçue

de cet artiste. Il n'eft pas compofé fimplement
en faifeur de portraits ; mais on y retrouve le
génie du Peintre d'hiftoire. Le Seigneur Polo-
nois a le chapeau à la main ; il femble faluer
l'affemblée devant laquelle il paffe , & fon cheval, arrété par un chien Danois qui aboie, baiffe
la téte comme pour voir ce que c'eft. Le cour-
fier eft deffiné fupérieurement ; les habiles gens
en équitation trouvent qu'on ne peut être mieux
à cheval , & ce qu'on voit du chien , que l'efpace du tableau n'a pas permis de retracer en entier, eft déja d'une grande vérité. Un morceau
d'architecture, qui orne le fond du tableau,
contribue à en détacher mieux le cheval. Sa
criniere eft magnifique ; fa tête, fon encolure,
fon allure, tout répond au fujet. On a remarqué
au fallon que nul de Meffieurs de l'Académie
qui avoient eu des chevaux à peindre , n'avoit
bien rendu cet animal cette année; M. *David*
ne méritera pas ce reproche ; il s'en eft tiré à
merveille, comme de tout le refte.

30 *Septembre* 1781. On affure que Meffieurs
du Parlement de Bordeaux ont déja gain de
caufe fur un point de leurs remontrances, & que
les lettres patentes pour leur féparation, & nom-
mément la Chambre des Vacations feulement,
font parties.

30 *Septembre.* Il faut rendre littéralement la
réponfe du Sr. Molé au parterre. Il a dit : *Meffieurs, l'Auteur eft inconnu ; il lui eft impoffible
de profiter de vos bontés.* Cette tournure de s'exprimer, très-originale & très-obfcure , donne
beaucoup à penfer.

30 *Septembre.* Dans le *Mémoire pour Antoine
le Bel, Écuyer, prifonnier ès-prifons de la Con-*

ciergerie, *contre M. le Procureur Général*, le morceau le plus frappant pour le public eſt le parallele de ſa fortune & de la maiſon actuelle des trois principaux accuſateurs du Sieur Pyron, avec leur fortune originaire.

1°. Le Sieur de Sainte-Foy eſt né avec un Capital de 60,000 livres ſeulement, employé aux affaires étrangeres ; il n'avoit que de modiques appointemens qui n'ont pu augmenter ſa fortune. Il a été depuis Tréſorier de la marine ; mais, outre qu'il n'a occupé cette place que peu de tems, ſon faſte & ſon luxe ont abſorbé plus que le produit de cette charge. Actuellement il a 80,000 livres de rentes viageres : ſon logement & ſon ameublement, ſoit à Neuilly, ſoit à Paris, forment un capital de deux millions ; trente chevaux à Paris & dix à Neuilly, pluſieurs voitures d'un très-grand prix, ſa charge de 300,000 livres, la libération de ſon *debet* à la marine fort avancée, un état de maiſon énorme, ſans compter ſes maitreſſes & ſes dépenſes ſourdes qui ne peuvent ſe calculer.

2°. A l'époque du 25 Octobre 1757, le Sieur *Nogaret* n'avoit d'autres reſſources que 800 livres de penſion alimentaire. Le 25 Octobre 1763, il a épouſé la fille d'un Procureur, mort en 1773 ſans laiſſer de biens. Depuis ce tems juſqu'en 1779, il a cependant acquis la charge de Tréſorier du Comte d'Artois 130,000 livres, une charge de Secrétaire du Roi 110,000 livres, une maiſon de campagne, avec un jardin qu'il a orné de figures de marbre ; le tout, le mobilier compris, lui revenant à 300,000 livres. Son autre mobilier à Verſailles, à Paris, à Compiegne, à Fontainebleau, eſt d'une très-grande va-

leur. Il a une collection de tableaux de bronze
& d'autres curiosités d'un grand prix. Son état
de maison est très-dispendieux, nombreux domestiques, chevaux de prix, voitures élégantes ;
cocher de ville, cocher de campagne, & ainsi
du reste à proportion.

3°. Le Sieur Pyron, en 1773, n'avoit pas de
quoi payer le loyer d'une chambre garnie. A la
fin de Septembre 1776 il étoit déja bien meublé ;
& depuis il a un appartement superbe en lui-même & pour les ornemens ; il s'est monté en argenterie considérable ; il a donné à sa femme,
qui ne lui a rien apporté, des Diamans & un
carosse pour elle ; il a un cabriolet à son usage
avec des chevaux pour ce double service ; il a
acquis une maison de campagne à Clichi-la-ga-
renne 30,000 livres dans laquelle il a dépensé
autant en plantations, ornemens & ameuble-
mens ; sans compter les dépenses énormes d'un
autre genre, trop communes dans ce siecle de
licence.

Quelle maison de Prince pourroit suffire à
des déprédations aussi visibles & aussi mons-
trueuses ?

Tout cela se voit dans ledit mémoire, suivi
d'une consultation du 23 Juillet, dont le résul-
tat est que le Sieur le Bel doit être renvoyé
en simple état d'assigné pour être ouï, comme
c'est arrivé.

1 Octobre 1781. M. *Monnot*, célebre Sculpteur, n'ayant pu exposer au sallon deux figures
de sa composition, les montre chez lui au public.
L'une représente Psiché, & l'autre l'Amour ; il a
choisi le moment où la Nymphe vient voir le
Dieu. Ces morceaux de grandeur naturelle sont

deſtinés à orner le lit du Prince des Deux-Ponts.

Cupidon eſt debout, penché ſur un tronc d'arbre, & appuyé ſur ſon arc, il dort. Il eſt charmant, la malice perce juſques dans ſon ſommeil: ſes chairs fermes & douillettes ſe ſentent, malgré la dureté du marbre, & ſa blancheur produit un merveilleux effet: tous les acceſſoires. l'arc, les fleches, le carquois. quelques plantes lianes ſerpentant autour du tronc d'arbre ſont d'un fini précieux.

Pſiché, ſur ſon viſage de Vierge, a cependant cette curioſité inquiete qui la caractériſe en ce moment; elle eſt un peu courbée & dans l'attitude de quelqu'un qui conſidere avec attention; elle a la main preparée & arrondie pour recevoir la lampe fatale d'où doit decouler la liqueur qui réveillera le petit Dieu: elle eſt drapée de linge, mouillé de façon que l'on ſent le nud deſſous & que l'on ne perd rien de la legereté de ſa taille; les graces, la modeſtie, la douceur brillent ſur ſa figure: & tous ſes membres, d'une delicateſſe extréme, ſont de la forme la plus élégante.

Ces deux ſtatues feront infiniment d'honneur à l'artiſte chez l'étranger.

1 Octobre 1781. Dans un article du Journal de Paris du 19 Septembre, on previent le public qu'une Lettre au Roi par M. Necker, qui court imprimée depuis quelque tems, en date du 19 Mai, n'eſt pas de lui; & aſſurément ce deſaveu n'etoit pas neceſſaire; à la lecture il eſt aiſé de juger qu'elle ne pouvoit venir du Miniſtre auquel on l'attribue; il y a des endroits même qui, avec quelque reflexion, ſont très-malins, très-ſatyriques, & ſurtout très-indecens. On attribue ce perſiflage au Marquis de Villette.

2 *Octobre* 1781. On parle d'une lettre abomina-
ble contre le Duc de Chartres, où les ennemis de
ce Prince se permettent les injures & vraisem-
blablement les calomnies les plus atroces ; on ne
pourroit croire, si l'on n'en étoit témoin, à quel
degré de fermentation se sont élevés les esprits
depuis cette malheureuse affaire du Palais Royal,
qui intéresse non-seulement tout Paris, non-
seulement les diverses Provinces du Royaume,
mais même les étrangers dont le jardin de son
Altesse étoit le rendez-vous.

3 *Octobre*. La Société royale de Médecine,
qui a déja fait un excellent travail sur l'abus des
sepultures dans l'intérieur des villes & surtout
des églises, continue de s'en occuper, & elle a
un bureau subsistant à cet effet composé des
Docteurs *Poiſſonnier*, *Geoffroy*, *Lorry*, *Mac-
quer*, *Desperrieres*, de *Horne*, *Michel* & *Vicq
d'Azyr*. Il faut espérer qu'à force de constance
& de lumieres, la Philosophie dissipera entière-
ment en cette partie les préjugés de l'ignorance
& du fanatisme. Depuis la clôture du cimetiere
des Innocens, on vient de faire encore un pas
pour la suppression d'un usage aussi pernicieux.
On proscrit les inhumations qui se faisoient dans
la cité, c'est-à-dire dans l'enceinte la plus peu-
plée & la plus resserrée de Paris. En conséquence, on s'est décidé, pour former un cimetiere
commun aux paroisses de ce quartier, d'acquérir un terrein à l'extrémité du fauxbourg St.
Marcel.

4 *Octobre*. On a parlé des honneurs rendus par les Etats de Liége au Sieur Gretry,
fameux Musicien à qui cette ville a donné naiſſance. Il est question de lui placer son buste sur

ſon Théâtre. Il a été commandé à M. Pajou qui a offert au ſallon cet ouvrage en plâtre ; mais qui doit être exécuté en marbre. Chacun l'a jugé de la plus grande vérité ; l'artiſte a fait paſſer dans cette tête toute la chaleur du ſujet, & ſes yeux petillent de feu. Le S. Gretry y ſemble tourmenté de cette fievre brûlante dont il eſt atteint toutes les fois qu'il compoſe.

5 *Octobre* 1781. Comme on l'avoit prévu, rien n'eſt prêt pour jouer à la nouvelle ſalle d'opéra. Les acceſſoires ne ſont pas diſpoſés, & les avenues exigent encore un grand travail. On agite aujourd'hui d'abattre la porte Saint-Martin, ou au moins les deux petits pavillons qui l'accompagnent & que n'a pas la porte St. Denis.

6 *Octobre*. Actuellement que le ſallon eſt fermé, il eſt à préſumer que le cours des critiques va finir, & qu'on en peut clorre la liſte au nombre de onze.

1°. *Galimathias anti-critique des tableaux du ſallon, ou la cauſe des meilleurs Peintres & Sculpteurs plaidée par un Avocat.* L'auteur modeſte & modéré connoît les difficultés de l'art, & ſon indulgence le porte à louer même des choſes dont il ne devroit pas parler. Il remplit auſſi trop ſouvent ſon titre & ne le comprend pas.

2°. *La Muette qui parle au ſallon.* Elle eſt d'un amateur à qui l'on doit ſavoir gré de ſon intention d'encourager les Artiſtes. Il eſt extrêmement honnête ; mais pas aſſez ſavant pour être d'aucune utilité.

3°. *Pique-nique convenable à ceux qui fréquentent le ſallon, préparé par un aveugle.* On y reconnoit un homme au fait des uſages d'Académie, & des mauvaiſes plaiſanteries d'Attelier, ſtyle bas, expreſſions triviales & méchancetés pures.

4°. *Le miracle de nos jours* ne mérite pas qu'on en parle, ni même qu'on le liſe.

5°. *La Peintaromanie, ou Caſſandre au ſallon ; Comédie-Parade en Vaudevilles*, de M. de L., Auteur des Boulevards : il eſt plus honnête que les autres, aſſez gai & a rempli ſon but, s'il a prétendu amuſer plus qu'inſtruire.

6°, *Panard au ſallon.* Plus judicieux, moins partial, moins frivole que les précédens, & non moins honnête que le Peintaromane.

7°. *Réflexions joyeuſes d'un Garçon de bonne humeur.* L'Auteur eſt M. R... garçon Peintre, qui n'a pu réuſſir même à la miniature, ancien éleve de l'Académie à laquelle il a été forcé de renoncer, & qui chante aujourd'hui ſes Profeſſeurs. Ses réflexions, au reſte, ſont aſſez plaiſantes, quoique pas autant que ſes couplets ſur le ſallon de 1779.

8°. *La vérité critique des Tableaux expoſés au ſallon du Louvre en 1781.* Perſiſlage groſſier, ironie amere, plaiſanteries froides & de mauvais goût : tout y répond à la caricature qui eſt en téte où l'Auteur figurant la vérité, mais pas auſſi nud qu'elle, tourne le dos au public pour compoſer, écrit de la main gauche, & eſt aſſis ſur une chaiſe qui ſe rompt.

9°. *Raſle de ſept, ou Réponſe aux critiques du ſallon.* Brochure où l'on s'efforce de venger Meſſieurs de l'Académie de celles publiées contre eux au nombre de ſept au moment où l'Auteur écrivoit. On peut juger au titre de ſon génie. Il eſt plus rempli de zele que de talent pour écrire.

10°. *La patte de Velours*, pour fervir de fuite à la feconde édition *du Coup de patte*. Cet écrit eft attribué à M. Carmontel, très-connu dans les arts & dans les lettres, Poëte, Comédien, Peintre, Sculpteur, Architecte, Maître maçon, Artificier, Hydraulifte, Décorateur ; mais dont on ne dira pas : *Chryfologue eft tout & n'eft rien ;* car il s'eft diftingué & a réuffi dans prefque tout ce qu'il a entrepris. Il eft attaché fpécialement à M. le Duc d'Orléans ; il eft Directeur de la troupe de Madame de Monteffon & Intendant de fes menus.

Sa critique manque fouvent de juftefle ; elle eft partiale & outrée, & d'autant plus dangereufe, que fes raifonnemens fpécieux font préfentés avec grace & revêtus d'un ftyle facile & léger. Du refte, il y a trop d'écarts & de digreffions étrangeres au fujet, mais amufantes. On apprend, dans cet écrit, qu'il n'a pu être reçu de l'Académie, ce qui lui donne de l'humeur contre fes membres.

11°. *Le Pourquoi*, ou *l'Ami des Artiftes.* Cet écrit eft le plus fage & le plus judicieux : le ftyle en eft nobie. L'Auteur commence par paffer en revue les critiques & les apprécier avec plus de goût & de fineffe que celui de *Rafle de fept*. Il difcute enfuite lui-même & le fait en homme de l'art. Il s'avoue Sculpteur. Sa brochure eft femée d'anecdotes très-inftructives fur l'état actuel de l'Académie & fur quelques-uns de fes membres ; elle eft à conferver par cette raifon, comme hiftorique.

7 *Octobre* 1781. M. l'Abbé de Launay, avant-hier matin, a eu l'honneur de préfenter à M. le Duc de Chartres un plaçet en vers où il exhorte

fon Alteffe d'abandonner fon plan de bâtimens au pourtour du Palais - Royal, & de fuivre un nouveau plan de décoration plus agréable au public, & non moins digne de fa grandeur, qui feroit fur-tout d'élever au milieu du jardin un monument au Cardinal de Richelieu, le donataire de ce château, & de former du refte une colonade analogue à cette premiere idée. Le prince l'a fait entrer à fon lever, l'a très-bien accueilli, & lui a promis de faire examiner le projet dans fon Confeil, ce qui, vis-à-vis du Poëte, n'eft qu'un vrai perfiflage.

7 *Octobre* 1781. VERS *fur la deftruction des arbres du Palais royal.*

> Le Prince des Gagne-deniers,
> Abattant des arbres antiques,
> Nous réferve fous ces portiques
> A travers de petits fentiers
> L'air épuré de fes boutiques
> Et l'ombrage de fes lauriers.

En confervant la chute de cette épigramme, on l'a retournée d'une façon plus noble, plus vive & plus poëtique.

> Pourquoi de ces chênes altiers
> Déplerer fi fort le ravage?
> Le vainqueur d'Oueffant pour ombrage
> Nous laiffe encore fes lauriers.

8 *Octobre.* Par des Lettres patentes, données à Verfailles au mois de Mars dernier & enregiftrées en Parlement le 31 Juillet, S. M. approuve l'établiffement d'une *Maifon de Santé*, en faveur des Militaires & des Eccléfiaftiques.

1°. Le Roi autorise les Religieux de la Charité d'acquérir une maison & jardin situés au petit Mont-rouge & terres adjacentes, à l'effet d'y former l'établissement en question.

2°. S. M. ordonne qu'il sera incessamment fourni auxdits Religieux la somme de 250, 000 livres de capitaux en contrats de constitution produisant à 4 pour cent 10, 000 livres de rentes, sans retenue, lesquelles commenceront à courir du 1 Juillet 1780.

3°. Ces revenus doivent être appliqués tant à l'entretien & subsistance des Religieux qui desserviront ladite maison, que pour la fondation & entretien de douze lits dont six demeureront affectés aux traitemens des personnes Ecclésiastiques malades & six autres à des Militaires, excepté dans le cas où ils seroient attaqués de maladies incurables ou contagieuses.

Tel est en substance ce réglement contenant en tout 10 articles.

8 *Octobre* 1781. VERS *à Messieurs Auguste de Piis & Barré.*

> Quoi ! vous criez qu'on vous dépouille
> De vos droits sur défunt *Pannard*,
> Et sans pudeur vous chantez pouille
> A nos amis, Laujon, Collé, Favart !
> Bon Dieu ! quelle avarice extrême !
> Pourquoi compter ce qu'on vous prend ?
> Le dommage n'est pas bien grand
> Quand on est riche par soi-même.
> Poursuivez hardiment, retracez-nous toujours,
> De vos bergers, les plaisirs, les amours ;
> Et chacun à cette peinture
> Ne connoissant pour Apollon
> Et pour conseil que la nature
> Dira : quelle aimable imposture ?

Les

Les plus jolis tableaux ne font point au fallon,
Ce n'étoit cependant chofe très-néceffaire
  De mettre votre Mufe en frais,
Pour nous fournir de l'an l'agréable carriere;
  Et vous n'auriez eu nuls regrets
  D'abandonner ce foin à d'autres;
  Car on peut dire avec raifon :
  Que des pieces comme les vôtres
  Paroîtront toujours de faifon.

8 *Octobre* 1781. Rien de plus fingulier qu'une eftampe allégorique recherchée des gens de lettres pour le ridicule rare de fa compofition, imaginée par un confrere, le Sieur Felix Nogaret des Académies d'Angers & de Marfeille, deffinée par M. Durand & gravée par M. Feffard. Il eft parvenu à engager le Roi, la Reine & toute la famille royale à foufcrire.

Cette eftampe eft fi confufe qu'elle fourniroit matiere à un Poëme épique entier. On l'a déja annoncée; elle paroît aujourd'hui & ne dément point le jugement qu'on en a porté.

8 *Octobre*. Ce qui doit fur-tout affliger le Sieur Raynal dans le mandement de l'Archevêque de Vienne du 3 Août, ce font ces phrafes.....
,, un Prétre, un ancien Religieux (il a été Jé-
,, fuite) déployer l'étendard de l'impiété; il n'y
,, a rien de plus odieux, ni de plus vil fur la
,, terre qu'un Prétre impie & affectant de le
,, paroître; il ne peut infpirer de la confiance,
,, parce qu'on le méprife. Son apoftafie le dés-
,, honore ,,.

9 *Octobre*. Extrait d'une lettre de Touloufe du 30 Septembre..... Notre Parlement, bien loin d'adopter les principes modernes de nos économiftes fur l'ufure, & l'étrange légiflation

Tome XVIII.   D

de M. Turgot, vient de rendre, en pareil cas un arrêt mémorable. Le 21 de ce mois, il a condamné le nommé Fournier, dit Rubiffon, au carcan pendant trois marchés confécutifs ; en 1200 livres d'aumône envers le Roi, & au banniffement pour deux ans du reffort de la Cour avec défenfes de rompre fon ban, fous plus fortes peines.

Cet honnête homme prêtoit à 60 pour cent : il falloit en outre un cadeau à fa femme, en forme d'épingles, en faveur de la négociation ; il exigeoit de plus, que l'emprunteur leur donnât un repas à raifon de 3 livres par tête dans la meilleure auberge du lieu de fa réfidence ; enforte que celui qui avoit befoin d'une fomme de 300 livres étoit obligé, pour fatisfaire aux conditions prefcrites, de confentir fa lettre de change du billet de 498 livres, felon le calcul original fuivant.

Argent compté . .	300 livres	
Bénéfice.	180	498 livres.
Cadeau à fa femme. .	9	
Repas de 3 perfonnes.	9	

Ce particulier étoit parvenu à jouir ainfi d'une fortune confidérable, ce qui, avec le tems, n'eft pas difficile à croire.

10 *Octobre* 1781. C'eft le Sieur Antoine, Architecte de S. M., qui a fourni le plan de la nouvelle *Maifon royale de Santé*, & doit en fuivre les travaux.

Les Religieux de la Charité auront la defferte, tant au fpirituel qu'au temporel, de ladite maifon.

Les Députés du Clergé de France, affemblés en 1780, frappés des avantages d'un pareil établiſſement, ont accordé une ſomme de 100,000 livres en deniers comptans pour le commencer, ce qui a déterminé le Roi à ſuivre ces bons erremens.

À l'égard des Eccléſiaſtiques malades, ceux préſentés, en conſéquence de cette ſomme donnée, par les Agens généraux du Clergé, ſeront reçus & admis par préference.

Les Militaires ſeront préſentés alternativement par le premier Préſident & par le Procureur général du Parlement.

10 *Octobre* 1781. Les ſpectacles forains continuent à attirer le public & à donner de tems en tems & alternativement des pieces qui font ſenſation. On va voir aujourd'hui l'*Ambigu Comique* (chez Audinot) l'*Amour ſuiſſe* Comme on reproche à l'auteur d'avoir calqué ſa piece ſur le *Fol raiſonnable*, il répand un avis où il réclame contre l'imputation, puiſque la ſienne eſt l'aînée de beaucoup Elle a été faite à Nancy en 1768. Elle étoit deſtinée pour une fête préparée au Roi de Dannemarc, lors de ſon paſſage dans cette ville. La fête n'eut point lieu, & l'Auteur ayant retiré ſa piece, la transforma depuis en Opéra bouffon. C'eſt dans cet état qu'elle a été lue, il y a près de trois ans, à la Comédie Italienne. La majeſté des idées, qui régnoit alors ſur la ſcene d'Arlequin, ne permit pas d'y admettre des perſonnages agreſtes: enſorte que M. Dancourt, l'Auteur, s'eſt trouvé réduit à chercher un aſyle à la foire, où il a lieu de ſe féliciter de l'accueil qu'il a reçu.

11 *Octobre*. M. le Berthon, premier Préſident du Parlement de Guyenne, a eu ordre de changer de lieu d'exil; il eſt actuellement à Châlons en

Champagne. On l'a trouvé trop près de la capi
tale & de Verfailles ; il recevoit beaucoup d
monde ; il avoit des relations fufpectes à la Cour
de là il remuoit encore à Bordeaux ; intriguoi
dans fon Parlement & en dirigeoit les membres
telles font les caufes que donnent de cette tranf
lation fes adverfaires. Ses amis prétendent qu
c'eft lui qui l'a demandée, ce qui n'eft guer
vraifemblable.

11 *Octobre* 1781. On apprend qu'un Négocian
de la Rochelle, intéreffé fans doute avec quel
que armateur de Bordeaux, ayant parlé trop in
difcrétement fur l'expédition violente de M. d
Caftries, a été arrêté & mis au château Trom-
pette. On ajoute qu'un Sieur Terraffon, armateur de la même ville, ayant dans l'affemblée
des armateurs protefté contre la foibleffe de fe
confreres & réclamé avec une énergie trop forte
les Privilèges de la propriété, a reçu une réprimande de la Cour.

Tout cela prouve à quel degré de fermentation étoient les efprits depuis l'opération defpo-
tique, fuggérée au Miniftre par le Sieur Mar-
chais, chargé d'abord des ordres du Miniftre, &
que celui-ci a remplacé par M. Guillot, comme
trop défagréable aux négocians. Il eft à efpérer
qu'ils font calmés actuellement. M. de Caftries,
revenu à fon aménité naturelle, a dit la femaine
derniere en riant aux deux Députés du Commerce de Bordeaux : A ça, actuellement que
nous ne fommes plus ennemis, que tout eft
arrangé, je puis vous donner à diner, & il a
fait placer l'un d'eux à côté de lui & l'a traité
avec toute la confidération due à l'état utile du
commerçant, quand il le remplit avec diftinction,

comme fait M. *Grignet*, ainfi que fon confrere.

11 *Octobre* 1781. L'Opéra eft retombé dans le défordre & l'anarchie où il étoit, & l'on ne fait fi l'on pourra le jouer demain. Certains fujets ont obtenu des congés, d'autres font partis fans en demander : il en eft qui font les malades ; il en eft qui invoquent la Religion à leur fecours & demandent à fortir d'un état de damnation : tous prétendent n'être pas affez payés, & la douceur des Chefs produit & entretient cette fermentation dangereufe, qu'on ne pourroit calmer que par des punitions rigoureufes & exemplaires.

12 *Octobre*. Bien loin que la nouvelle falle d'Opéra ait été prête au tems indiqué, des événemens furvenus en rendent l'ouverture plus éloignée. Meffieurs de la Chambre de la maçonnerie étant venu faire la vifite du bâtiment & ayant dreffé leur procès verbal de fon état, ont reconnu qu'il y avoit un défaut de folidité du côté de la rue de Bondy, dont le vieux mur confervé a été jugé infuffifant pour fupporter la furcharge d'une charpente auffi élevée. En conféquence, il s'agit de conftruire dans cette partie une galerie avancée qui donnera plus de foutien au mur, fournira dans la partie fupérieure une très-grande aifance pour le fervice du théâtre, & dont le deffous fervira d'abri pour la livrée, ou pour les maîtres qui attendent leurs voitures.

13 *Octobre*. Extrait d'une lettre de Strasbourg du 28 Septembre...... Voici les principaux détails avec lefquels on doit célébrer ici la fête centenaire de la foumiffion de cette ville à la France.

Les Magiſtrats ont fait frapper 33 médailles d'or de la valeur de 200 livres chacune, & 530 d'argent de la méme forme & grandeur de la valeur de 12 livres chacune. L'effigie de Louis XVI eſt d'un côté, & ſur le revers on lit : *Argentoratum felix votis ſæcularibus* 1781. Cette inſcription eſt entourée d'une couronne de chéne qui étoit la couronne civique des Romains.

On a ajouté à ces médailles 1500 jetons d'argent de la valeur d'un florin ou 40 ſols de France, chacun, avec une fleur de lys d'un côté & de l'autre *Argentoratum felix*.

Les médailles d'or feront préſentées au Roi, à la Reine, à la famille royale, & aux Miniſtres par le Préteur royal *Gerard*, qui partira, Mardi 2 Octobre, pour la Cour.

M. le Maréchal de Contades, Commandant pour le Roi dans la Province, le Cardinal de Rohan, Evéque de cette ville, l'Evéque de Tournay, en qualité de Pontife officiant au *Te Deum*, le Marquis de la Salle, le premier Préſident, l'Intendant, le Préteur royal & le Profeſſeur *Oberlin*, Auteur de l'inſcription, ſont ſur la liſte de ceux qui doivent recevoir les Médailles d'or, ainſi que M. Rochon, Auteur de la Comédie dont on a parlé.

Les médailles d'argent feront diſtribuées aux *Stattmeiſters*, premiers Magiſtrats tirés du Corps de la nobleſſe, aux *Ammeiſters*, tirés des Bourgeois les plus notables au nombre de quatre donc l'un veille à la Police &c. pendant trois mois, aux Aſſeſſeurs des Chambres des 13, des 15 & des 21 ; aux 20 Conſeillers de ville, & aux Citoyens des 20 Tribus, ainſi qu'aux amis diſtingués de Mrs. du Grand-Sénat.

Vingt mariages, un pour chaque tribu, feront dotés ; les époux auront droit de Bourgeoifie, prérogative confidérable à Strasbourg. Meffieurs de l'hôtel de ville fe chargent des frais de noces : les 10 Catholiques fe célébreront Dimanche 30 à la Cathédrale, & les 10 Luthériens au Temple neuf, où le *Te Deum* en allemand fera chanté en mufique le matin, & après vêpres en latin à la Cathédrale au bruit de trois falves de toute l'artillerie & moufquetterie des remparts. Du refte, vin, victuailles & pain : les fpectacles feront ouverts gratuitement chez les Allemands & chez les François ; bal, illumination, repas, &c.

Demain à 11 heures, l'Univerfité ouvre les fêtes par fa harangue, qui fera précédée d'un concert de mufique vocale & inftrumentale de la meilleure compofition.

14 *Octobre* 1781. Par une nouvelle lettre en date du 12 Octobre, qu'a publié l'Architecte le Noir fur la falle provifoire de l'Opéra qu'il conftruit, il cherche à raffurer le public que la démarche de la Chambre de la Maçonnerie avoit inquiété ; en convenant du fait & de l'opération qu'il eft obligé de faire, d'après le rapport des Jurés, il l'indique feulement comme un confeil & un furcroît de folidité, qu'ils ont exigé & qu'il avoit prévu lui-même, avant fon plan propofé au Miniftre.

Du refte, il fe défend fur d'autres reproches relativement aux chofes d'agrément, & il cherche à donner plus de confiance au beau fexe & aux hommes qui craindroient d'être incommodés, foit par la fraîcheur des plâtres, foit par l'odeur des peintures : il n'a point employé l'un

D 4

dans tout l'intérieur de la falle , & rien en huile ; tout eft en détrempe.

Enfin , il convient de la difficulté d'une telle entreprife , dont il n'avoit point envifagé tous les détails ; il fupplie les gens de goût de vouloir bien l'éclairer fur les incorrections qui lui feroient échappées , & il tâchera d'y remédier.

15 *Octobre* 1781. Mrs. *Parmentier & Cadet* , toujours occupés de la panification des différen- tes fubftances farineufes & de l'utilité qu'on en pourroit tirer , firent il y a deux ans des expé- riences qui tendoient à reconnoître les avantages pour la Marine & les Colonies d'un bifcuit fait , foit avec la pomme de terre , foit avec la patate. Ils envoyerent aux Ifles de ce bifcuit , auquel M. Parmentier joignit le procédé qu'il venoit de publier. M. Gerard , Médecin au Cap françois , d'après cette inftruction , répéta l'expérience fur la patate , & préfenta au Gouvernement & à la Chambre d'Agriculture de la Colonie , le réful- tat qu'il venoit d'obtenir de la converfion de cette racine en bifcuit , comme la reffource la plus précieufe pour les Ifles dans les tems de difette , & furtout dans les tems de guerre.

Il eft queftion de conftater de plus en plus cette expérience , & fans doute d'en perfection- ner la manipulation. En conféquence, le Jeudi 18 de ce mois à 9 heures , on doit faire du bifcuit de pommes de terre , à l'école de la boulange- rie , rue de la Grande-Tuanderie , par ordre de M. le Marquis de Caftries , en préfence du nou- vel Intendant de la Guadeloupe & des membres du Comité de l'école de boulangerie.

15 *Octobre*. La nouvelle de la groffeffe de *Madame* fe foutient ; on cite à ce fujet une anec-

ĉote de la Cour. On raconte que la Reine dans
les commencemens de ces bruits ayant demandé
à son beau-frere avec intérêt, si l'on pouvoit se
flatter qu'il y eût quelque fondement ; beaucoup, Madame, répond *Monsieur* avec gaîté,
il n'y a pas de jour où cela ne puisse être vrai.
Ah, reprend en riant S. M , puisque vous
répondez si bien, je ne vous ferai plus de
questions.

16 *Octobre* 1781. On doit découvrir demain le
nouvel autel du cœur de Saint-Germain l'Auxerrois, exécuté en marbre & en bronze, sur les
desseins de M. *Bacarit*, Architecte des écuries
du Roi & de l'hôpital royal des Quinze-vingts.
C'est aussi lui qui a conduit les travaux.

Le coffre de cet autel, orné de consoles,
représente une descente de croix, formant un
bas relief en bronze. Le tabernacle de marbre
blanc offre le nom de JÉHOVAH, au milieu
d'une gloire, l'un & l'autre dorés d'or moulu :
il est surmonté d'une colonne de marbre broca-
telle d'Espagne, & couvert d'une draperie de
marbre vert, sous un socle d'or moulu, qui
porte une boule dorée de même. Un serpent
entoure la boule & le pied de la croix, laquelle
est ornée d'un linceul de bronze, ainsi que de la
couronne d'épine & de l'inscription, dorées d'or
moulu. La colonne est accompagnée de deux
Anges en bronze, de grandeur naturelle, dont
l'un est en adoration, & l'autre tient de la
main droite les clous de la passion, & montre
de la gauche la croix d'où le corps de notre
Seigneur a été descendu, pour être mis dans
le tombeau.

17 *Octobre.* Dans la Comédie du *Célibataire*

de Dorat, acte premier, fcene feptieme, on li*
ces deux vers.

Mais pourquoi revenir fur les maux de l'abfence ;
La peine eft déja loin quand le bonheur commence.

M. Collet les revendique aujourd'hui, dans
une lettre datée de Verfailles le 9 Octobre,
adreffée aux Auteurs du Journal de Paris. Il
raconte qu'il y a douze ans environ, M. Dorat
les trouva dans un Opéra de fa compofition,
intitulée *Sapho* & les retint par reminifcence.
Du moins, c'eft la tournure qu'il donna à M.
Collet, lorfqu'il lui fit des reproches de ce
plagiat. Celui-ci prétend avoir une lettre d'excufe de M. Dorat à ce fujet & des témoins de la
propriété. Quoi qu'il en foit, il prie le public
de n'être point furpris de voir reparoître ces deux
vers lorfqu'on exécutera fon Opéra, qu'on met
actuellement en mufique.

17 *Octobre* 1781. Il paroit un nouvel Arrêt
du Confeil du 25 Août 1781, par lequel S. M.,
informée que malgré toutes les précautions qui
ont été prifes pour arrêter les abus que font de
leur commerce les Imprimeurs & Libraires d'A-
vignon, ils parviennent cependant à tromper la
vigilance des Infpecteurs de la librairie, prend
de nouvelles mefures à cet égard.

17 *Octobre*. Voici encore un quatrain que la
licence a fait enfanter contre le Duc de Chartres,
ou plutôt c'eft un ancien qu'on a retourné &
adapté aux circonftances.

Immolant tout au coffre fort,
Se montrant fans jamais fe battre,
C'eft être bâtard de Melfort
Et non defcendant d'Henri-quatre.

19 *Octobre* 1781. Rien de plus plaisant qu'une petite feuille du Libraire Pankouke, intitulée *Moyen d'augmenter le bonheur d'une partie de la nation, sans nuire à personne* Voilà un grand titre bien propre à exciter la curiosité, & à faire travailler le génie, pour résoudre le problème de l'Auteur. On s'élève aux plus hautes spéculations, on recherche ce que la métaphysique a de plus délié ; la morale de plus exquis ; & l'on ne peut le deviner. Cette annonce imposante, pour être remplie, consiste en un changement de l'heure des spectacles, qu'il faudroit mettre tous, sans exception, à 8 heures du soir pendant neuf mois de l'année, & à 9 heures depuis le premier Juin jusques au premier Septembre.

M. Pankouke, de ce moyen simple, voit découler des biens infinis pour la santé du corps & de l'ame, pour l'économie, pour les mœurs, pour les femmes, pour les Magistrats, pour les gens de lettres, pour le commerce, pour les affaires.

Il estime qu'il ne s'est jamais trouvé de circonstance plus favorable que cette époque où l'on voit trois nouvelles salles de grands spectacles prêtes à s'ouvrir en même tems dans la capitale. Il prétend que, pour opérer cette révolution, il ne faut ni Edit, ni Ordonnance, ni Arrêt du Conseil, mais un simple Ordre aux Comédiens.

On voit que ce projet ridicule, par l'emphase que l'Auteur y a mise, n'est qu'un réchauffé de ce qui a été dit & écrit déjà sur cette matiere ; il est, du reste, plein de bon sens, & il seroit à souhaiter qu'il fût adopté.

M. Pankouke renouvelle en passant les deux

queſtions agitées auſſi depuis quelque tems, ſi
deux troupes de Comédiens ne ſeroient pas plus
utiles qu'une ſeule, & s'il eſt mieux d'être debout ou aſſis dans le Parterre? A l'occaſion d'une
brochure de M. Rochon de Chabannes, où celui-ci vouloit deux troupes & le Parterre debout; ce Libraire avoit déja lutté contre ce
Poëte comique, mais trop inégalement pour que
celui-ci daignât lui répondre. Il en ſemble fâché
& le provoquer de nouveau en reprenant de plus
fort ſes aſſertions négatives.

18 *Octobre* 1781. Les Comédiens Italiens
doivent donner aujourd'hui la premiere repréſentation d'une comédie nouvelle en un Acte &
en vers, mêlée d'ariettes, intitulée: *Les deux
Sylphes;* les paroles ſont de M. Imbert & la muſique de M. *Defaugiers*. Le nom de ces Auteurs
n'excitera pas un concours bien nombreux.

19 *Octobre*. Extrait d'une Lettre du Cap
François en date du 5 Août....... M. de Lilan-
cour, qui avoit déja gouverné deux fois par
interim la Colonie, avoit été obligé de remettre
le commandement, par un ordre ſurpris de la
Cour, à M. de *Renaud:* il lui a été rendu le 15
Juillet dernier, & M. de la Thebaudiere, Procureur général du Roi au Conſeil ſupérieur de
cette ville, l'a harangué à ſa réception d'une
façon très-flatteuſe Son diſcours, qui ne con-
ſiſte pas en lieux communs comme les autres, a
fait la plus grande ſenſation dans la Colonie &
eſt rempli d'anecdotes curieuſes & critiques;
mais d'une tournure très-adroite: en lui diſant
tout ce qu'il ne fera pas, on blâme ce qui a
été fait „ Vous n'ajouterez point, lui dit-on,
„ aux dépenſes extraordinaires que néceſſitent

„ les circonftances actuelles , celles de conf-
„ tructions étrangeres à la défenfe de la Colo-
„ nie, & à réferver pour des tems de paix. ...
„ Vous n'agraverez point, par des corvées &
„ des travaux forcés, ou mal-entendus , les
„ maux inféparables de la guerre & les calami-
„ tés attachées à l'intempérie des faifons qui
„ défolent malheureufement la Colonie depuis
„ quelques années. ... L'habitant des villes fe
„ flatte que le produit de fes maifons ne fera
„ point abforbé par des projets ruineux..... La
„ ville du Cap attend de votre fageffe que vous
„ confidérerez qu'elle n'a pas befoin de fecours
„ éloignés pour fuppléer à la pénurie de fes
„ eaux, qu'elle eft environnée de tous côtés de
„ fources abondantes qu'on peut y conduire
„ fans de très-grands frais, après en avoir in-
„ demnifé les propriétaires. .... Tous les Co-
„ lons favent que vous n'aurez égard qu'au
„ mérite dans la diftribution des emplois & des
„ graces, & qu'à la vertu néceffiteufe dans la
„ conceffion des terres vagues, & non à ces
„ ambitieux qui ne les follicitent que pour en
„ faire un trafic honteux, contraire aux vues
„ du Prince, à l'intérét de la Colonie, & re-
„ prouvé par les loix. La correfpondance de la
„ métropole avec la Colonie ne fera point inter-
„ ceptée..... Nos gazettes & nos papiers publics
„ feront irrévocablement fupprimés, ou rendus
„ à leur premiere & véritable deftination; on
„ n'y trouvera point, à la honte d'une fage po-
„ lice , aux rifques d'allumer dans les fociétés
„ une guerre civile, l'éloge d'un gouvernement
„ fage & jufte à côté de la fatyre la plus ridi-
„ cule & la plus méprifable; ce ne fera point

,, fur-tout à des feuilles de cette efpece, impri-
,, mées avec votre permiflion , que vous remet-
,, trez le foin trompeur de vos louanges équi-
,, voques..... Enfin, les Magiftrats favent que
,, loin de chercher à brifer le glaive des loix ,
,, vous ferez le premier à le foutenir dans leurs
,, mains..... Que vous ne ferez point une œuvre
,, de miner leur autorité fourdement , de gêner
,, leurs fuffrages..... Que vous ferez leur dé-
,, fenfeur auprès du Prince; que vous vous at-
,, tacherez fur - tout à détruire les imputations
,, calomnieufes , imaginées pour rendre leur
,, zele fufpect..... C'eft l'expérience d'une con-
,, duite auffi fage de votre part , qui a determiné
,, cette augufte Compagnie à faire la demarche
,, de vous témoigner fes regrets de voir finir
,, votre adminiftration. Aucun de vos prédé-
,, ceffeurs n'avoit eu l'avantage glorieux de
,, recevoir la députation d'une Cour fouveraine,
,, gemiffant de voir paffer le gouvernement en
,, d'autres mains..... Il fut peut-être un tems
,, où le frein des loix & de la confiance ont été
,, impuiffans; mais que de luftres il s'eft déja
,, écoulé depuis l'enfance de la Colonie, que
,, fes deftructeurs ingrats , enrichis prefque tous
,, de fes bienfaits, la méconnoiffoient & la ca-
,, lomnioient peut - être pour l'opprimer plus
,, furement..... car, vous le favez par expé-
,, rience : vous l'avez gouvernée deux fois en
,, chef; avez - vous trouvé l'obeiffance en dé-
,, faut ?..... Daignez faire parvenir ces inté-
,, reffantes vérites jufqu'aux pieds du Trône....
,, Que l'Ordonnance du premier Février 1766,
,, concernant le gouvernement civil de cette
,, Colonie, que celle du 18 Mars fuivant, fur

,, les enregiſtremens dans nos Conſeils, devien-
,, nent enfin la baſe unique, la regle inviolable
,, de votre adminiſtration & de celle de vos ſuc-
,, ceſſeurs. ,,

On voit encore un coup que ce diſcours plus
étendu, dont on ne rapporte que les principaux
paragraphes, eſt un réſumé hiſtorique des grands
événemens, des malheurs de la Colonie, & une
peinture vive des vues des adminiſtrations précédentes.

20 *Octobre* 1781. M. Olavides, cet Intendant
d'Eſpagne ſi maltraité par l'Inquiſition, eſt enfin
à Paris ſous un nom étranger, il y a déja même
du tems; mais, comme il a changé de nom, ſa
retraite en cette capitale eſt plus ſecrète.

21 *Octobre* LE PEINTRE VÉRIDIQUE, ou
Diatribe contre le beau Sexe.

Objets fous qui tout rampe, & n'êtes que foibleſſe;
Aimables ennemis qui tuez par les yeux.
Charlatans, qui vendez des poiſons doucereux;
Tyrans, dont le pouvoir nous plaît quand il nous bleſſe;
Habiles inſtrumens, mis en jeu par l'amour;
Source de nos plaiſirs, ainſi que de nos peines;
Dangereuſes Circés, ſéduiſantes Syrenes,
Qui corrompez les Rois & régnez dans leur Cour;
Cruelles, dont jadis je chériſſois les chaînes;
Faux eſpoir de nos cœurs, idoles de nos ſens;
Sexe vain & trompeur, qui captives les grands,
Le ſage & l'inſenſé, le valet & le maître;
Ecueil contre lequel il eſt doux de périr.
Femmes... pour une fois que vous nous faites naître,
Combien de fois, hélas! nous faites-vous mourir.

On attribue cette plaiſanterie piquante à un
Officier de Dragons invalide.

22 *Octobre.* Une nouvelle feuille périodique

s'éleve fous le nom d'*Annonces, Affiches &
avis divers du Pays Chartrain* in-4°. Elle commence du 1 Octobre & fe diftribuera une fois
par femaine. Semblable aux autres du même
genre, elle a pour objet principal de raffembler
& de réunir les *Notes* qui, par leur nature, doivent acquérir de la publicité, & qu'il eft impor-
tant de connoitre dans les Provinces pour lefquelles ce journal eft deftiné. Comme celle-là
n'eft point maritime & eft peu commerçante, elle
fera fouvent littéraire ou économifte.

22 Octobre 1781. Ce qui contribue furtout à
mettre le défordre dans l'Opéra, ce font les pro-
meffes flatteufes dont berce les fujets le Sr. Noverre, qui, remercié ici, paffe à Londres où il
va établir un fpectacle; & par pique, autant que
pour fon intérét, il cherche à enlever les meilleurs coriphées.

22 Octobre. Il y a eu aujourd'hui une répétition fur le nouveau théâtre d'un acte d'*Adèle de
Ponthieu*, Opéra remis en mufique par M. Piccini. Quoique la falle foit encore très-informe,
ouverte de tous côtés, on a trouvé qu'elle eft
déja fonore. Le coup-d'œil en a paru fort agréable, fa forme demi-circulaire & plus évafée que
celle des autres, favorife merveilleufement la
vue du fpectacle de tous les côtés. Le théâtre
eft un peu court pour fa largeur. On fera comme
ci-devant debout dans le parterre. Vraifemblablement on ne l'a pas jugé affez gracieux pour y
étre affis, & on a craint de perdre trop de terrein par cette innovation.

22 Octobre. Aujourd'hui la ville a reçu un premier courier à une heure trois quarts après midi,
annonçant les premieres douleurs de la Reine,

& à deux heures & demi-quart un fecond a
apporté l'heureufe nouvelle de la naiffance d'un
Dauphin.

M. le Prince de Condé qui étoit à Paris a reçu
fur le champ différens couriers & n'aura pu fe
trouver à l'accouchement fuivant le droit qu'ont
tous les Princes du fang d'y affifter & d'être
témoins oculaires de la naiffance de l'augufte
rejeton.

Sur le champ on a tiré le canon, le tocfin du
palais & celui de la ville ont fonné. A 6 heures
le Prévôt des marchands, à la tête des officiers
municipaux, a fait une proceffion autour d'un
feu de bois pendant laquelle autre falve d'artillerie.

L'Ordonnance fur le champ a été rendue pour
une illumination générale pendant trois jours,
& quoiqu'elle ne pût être connue dans le jour
même, la plupàrt des quartiers ont été illumi-
nés volontairement & par zele.

23 Octobre 1781. Aujourd'hui & demain il y
aura trois décharges d'artillerie à fix heures du
matin, à midi, à fix heures du foir. Les tocfins
de l'hôtel de ville & du palais continuent à fonner fans relâche. Il y aura illumination, orchef-
tre à la Greve, diftribution de vivres & de boiffon accoutumée, & demain même cérémonie.

La Chambre des Comptes dès ce matin a déja
fait chanter un Te Deum particulier à la Ste.
Chapelle.

Hier les Comédiens François, qui avoient affiché pour petite piece le Procureur Arbitre, ont
donné l'Ecole des Maris où fe trouvent quelques
vers analogues à la grande nouvelle. Ces vers
ont été entendus avec des tranfports réitérés ;

on les a répétés, & ils ont été applaudis avec la même véhémence.

Le même jour, à la Comédie Italienne après *les deux Sylphes*, la Dame Billioni, qui joue une rôle de Fée dans cette piece, a chanté un couplet analogue à la circonstance, il est de M. Imbert, & le voici :

Air de Joconde.

Je suis Fée & veux vous conter
   Une grande nouvelle ;
Un fils de Roi vient d'enchanter
   Tout un peuple fidele ;
Ce Dauphin, que l'on va fêter,
   Au trône doit prétendre
Qu'il soit tardif pour y monter.....
   Tardif pour en descendre.

L'on a aussi joint à la *Matinée villageoise* trois couplets d'un M Dry ; mais ils ont été trouvés bien inférieurs au premier, & ont paru très-plats aux connoisseurs.

L'Opéra doit se signaler par une représentation gratuite, qui aura lieu le Samedi vingt-sept, & fera l'ouverture de la salle ; c'est-à-dire qu'on donnera entrée au peuple à la répétition générale qui devoit toujours s'exécuter ce jour-là. C'est une économie bien entendue, mais on est fâché pourtant de voir la salle souillée dans sa fraîcheur par toute cette canaille dégoûtante.

23 *Octobre* 1781. Extrait d'une lettre de Strasbourg du 8 Octobre..... *La Tribu*, Comédie en un acte, pour les réjouissances de Strasbourg, en l'honneur de la fête séculaire de la soumission de la ville à Louis XIV, par M. Rochon de Chabannes. Tel est le titre de la piece qui a été jouée

ici avec le plus grand fuccès. On a été étonné
que ce Poëte, qui ne connoît point cette ville,
qui n'y eft jamais venu, ait eu l'art d'en parti-
cularifer fi fingulierement le fujet, de peindre
nos mœurs & nos ufages dans la plus grande
vérité, dans le coftume le plus exact. Quoique
fa modeftie l'ait empêché de venir jouir lui-même de fon triomphe, d'affifter aux répétitions
& de pénétrer les Auteurs de leurs rôles, la piece
a été parfaitement bien exécutée ; le fujet en eft
fimple.

Il s'agit d'une Madame Ridern Allemande,
aubergifte, chez qui fe fait la noce des couples
unis par la ville dans la Tribu. Elle a une fille
aimée d'un François qui en éprouve du retour ;
elle refufe de la marier par l'antipathie naturelle
des deux nations, invétérée chez cette Stras-
bourgeoife, antipathie dont la font revenir fucceffivement un Officier François qui y eft logé,
& qui gagne fa confiance par fes graces & fon
aménité ; un pere Louvois centenaire qui lui
offre l'exemple de pareils mariages faits dans fa
famille, & toujours avec le meilleur fuccès ;
enfin, une Madame Rinchouin fa commere, vive, gaie, étourdie & mâdrée cependant, qui lui
fait de petits contes très-propres à la frapper &
à lui montrer le ridicule, l'injuftice & le danger
de fon averfion. Ce rôle eft amufant, celui du
Pere Louvois eft refpectable ; il finit majeftueu-
fement l'action par une cérémonie impofante &
religieufe, par la bénédiction que lui demande
fa nombreufe poftérité dont il eft entouré. Dans
le rôle de Madame Ridern, qui détefte les François, mais aime la France, l'Auteur a eu l'art
de gliffer plufieurs anecdotes relatives aux cir-

conftances & d'autant plus flatteufes pour la Reine, qu'elles n'ont point l'air de l'adulation, & font l'effufion d'un cœur franc que fubjugue la force de la vérité.

M. Rochon s'étoit contenté, dans des obfervations envoyées aux Comédiens, de faire fentir la néceffité d'une pantomime continue dans la multitude des perfonnages compofant la triple génération du pere Louvois fur qui roule tout l'intérêt de cette bagatelle, & qui, faute d'être bien exécutée, par la froideur ou la diftraction des Acteurs, auroit ôté à la repréfentation une partie du mérite de l'ouvrage; auffi n'a-t-on rien à leur reprocher.

Il y a eu à la fin des couplets charmans, pleins de fel & de gaieté, tels qu'il en faut en pareille circonftance.

On a jugé à propos de faire imprimer la piece avant de la jouer, & elle n'a rien perdu à être connue dès la repréfentation.

24 Octobre 1781. L'*Année Littéraire* a repris cours depuis quelque tems; mais le privilege en a été ôté au Sieur Fréron, dont il ne porte plus le nom, & transféré à fa belle-mere, fans autre arrangement pour l'ancien propriétaire qui refte ainfi à la merci de cette marâtre, à laquelle il a été feulement recommandé de lui donner les fecours pécuniaires que fa bienfaifance & le débit proportionné de cet ouvrage périodique pourront lui permettre.

C'eft par un Arrêt du Confeil qu'eft opéré cet arrangement. On motive la tranflation du privilege fur l'abus que le Journalifte en faifoit : on qualifie fes feuilles de fatyriques, calomnieufes contre les citoyens, même contre des per-

fonnes étrangeres à la littérature ; &, ce qu'il
y a de plus fâcheux, c'eſt que l'arrét eſt rendu
du propre mouvement du Roi, tournure dont
on ſe ſert quand on veut couper court à toute
oppoſition, à toute réclamation juridique. Cet
arrét a été ſignifié au Sieur Fréron par un Huiſ-
ſier du Conſeil.

Il eſt enjoint en outre à la Dame Fréron de ne
point ſe ſervir, pour collaborateurs de ſon fils,
des Sieurs *Salaun* & *Clement*, hommes de lettres
qui compoſoient la plupart des extraits des feuilles précédentes ; on veut encore qu'il y ait en
général défenſes à tous les Journaux qui ſe dé-
bitent en France de rien recevoir provenant de
leur plume trop mordante.

On ne peut concevoir que le mot de *Ventri-
loque* ait provoqué une punition auſſi cruelle ; on
ne doute pas que le parti philoſophique n'ait
beaucoup influé dans cette vengeance & n'ait
ſurpris la religion de M. le Garde des Sceaux,
prévenu d'abord par le Maréchal de Duras.

Les défenſes qu'on aſſure qu'a reçu auſſi la
Dame Fréron de rien laiſſer inférer dans ſon
Journal contre l'Académie, ou contre aucun de
ſes membres, ne peuvent que fortifier cette con-
jecture. On doit donc eſpérer que les Miniſtres
mieux inſtruits, tôt ou tard, rendront leurs
bonnes graces à M. Fréron.

24 *Octobre* 1781. On parle beaucoup d'une
brochure nouvelle intitulée : *Le Cri du Peuple*.
On la dit extrémement violente contre M. le
Comte de Maurepas & M. de Fleury, le Miniſtre
des finances. On ne doute pas qu'elle ne parte
d'une plume ſoudoyée par le parti de M. *Necker*.

25 *Octobre*. Les fétes continuent en réjouiſ-

fance de l'heureux accouchement de la Reine &
de la naiffance d'un Dauphin. Toutes les Cours
font fucceffivement chanter le *Te Deum*, & il
y en aura un folemnel Vendredi, où le Roi fe
trouvera. Les fpectacles doivent avoir lieu gratis
fuivant l'ufage. Les Comédiens François ont
commencé aujourd'hui. Ils ont donné *Mélanie
du Guefclin & la Partie de chaffe de Henri IV*,
qu'ils n'avoient ofé remettre depuis la grande
fenfation que caufa cette piece à la difgrace de
M. Necker. Le Sieur Dugazon y a coufu un
petit bout de fcene analogue à la circonftance,
qui a augmenté la gaicté des fpectateurs & les a
mieux difpofés au feftin que les Hiftrions donnent enfuite aux chefs de la populace.

25 *Octobre* 1781. Extrait d'une lettre de Hef-
din du 11 Octobre. Il y a trois ou quatre mois
qu'un incendie confidérable confuma une partie
d'un bourg appellé Fruges, en Artois, à quatre
lieues d'ici ; le Vicaire du lieu, homme très-
zélé, fe chargea de quêter dans les environs
pour fes malheureux Paroiffiens ; il trouva à St.
Omer les fecours les plus généreux chez MM.
du Régiment de Béarn. On reçut Dimanche
dernier, à Fruges, l'ordre de loger ce Régiment
à fon paffage ; auffi-tôt ce Pafteur l'annonce,
&, de concert avec les gens de loi du lieu,
on arrêta de lui témoigner la reconnoiffance due
à fes bienfaits ; en effet, hier à fon arrivée on
arbora un drapeau blanc au clocher ; les feux,
les acclamations ne ceffèrent point ; chaque habitant, fuivant fes moyens, régala fes hôtes de
fon mieux, & les gens de loi avec les principaux habitans refolurent d'offrir à dîner à MM.
les Officiers, qui, ainfi que tout le Régiment ;

quitterent cet endroit, pénétrés des témoignages de reconnoiſſance que leur prodiguerent ces bonnes gens.

26 *Octobre* 1781. Extrait d'une lettre de Rouen le 24 Octobre.... Notre Parlement continue à veiller à ce qu'il n'y ait plus de cimetieres dans cette capitale & à les faire remplacer par cinq hors de la ville. C'eſt lui-même qui entre dans tous les détails neceſſaires.. Il taxe chaque Paroiſſe, tant pour frais d'acquiſition que frais de Clôture, ſuivant le nombre des morts qui ſortent de chaque Paroiſſe année commune, le tout aux frais des fabriques.

26 *Octobre.* C'eſt Madame la Princeſſe de Lamballe qui, en qualité de Surintendante de la maiſon de la Reine, donna ordre, au moment des douleurs de S. M. d'avertir les Princes & Princeſſes de la maiſon Royale qui ſe rendirent dans le grand cabinet de la Reine où S. M. étoit ſur ſon lit de miſere. Le Garde des Sceaux de France s'y étoit rendu auſſi & occupoit ſa place aux pieds du lit à genoux. Le Roi & les Princes étoient en dedans du paravant qui entouroit le lit, le ſurplus des courtiſans en dehors.

La Reine accouchée, on préſenta l'enfant à M. le Garde des Sceaux pour en conſtater le ſexe, & il ſe releva. Un grand ſilence ayant cette fois régné dans l'appartement, la Reine craignoit de n'avoir mis au monde qu'une fille; mais quand elle fut en état d'en recevoir la nouvelle, le Roi s'approcha & lui dit : ,, Madame, vous avez comblé mes vœux & ,, ceux de toute la France; vous étes mere ,, d'un Dauphin. ,,

La Reine deſira voir ce précieux enfant, qui

lui fut apporté par la Princeffe de Guémenée,
Gouvernante des Enfans de France. S. M. en
le lui remettant lui dit : ,, Madame, je n'ai pas
,, befoin de vous recommander ce dépôt, qui
,, intéreffe tout le Royaume; il ne fauroit être
,, en meilleures mains : mais, pour que vous puif-
,, fiez vaquer plus librement aux foins qu'il
,, exige, je compte partager avec vous l'éduca-
,, tion de ma fille ".

Les courtifans, toujours malins, toujours
exacts obfervateurs des paffions des Princes, ont
cru remarquer fur le vifage de *Monfieur*, à la
premiere infpection du fexe, un mouvement
d'humeur & de chagrin; mais fon ame magnanime, furmontant bientôt certe foibleffe, s'eft livrée enfuite à toute la joie que lui ont infpiré
fon attachement au Roi & à la Reine, & fon
zele pour la félicité de l'Etat.

Le Roi, depuis ce tems, eft dans la plus
grande joie; il ne s'occupe que de nouveau-né
& répete vingt fois dans une heure: Mr. le *Dauphin;* en un mot, il jouit de fon bonheur avec
toute la fenfibilité du meilleur des Peres.

27 *Octobre* 1781. Le Roi eft venu hier à Notre-Dame, affifter au *Te Deum,* chanté en réjouiffance de l'heureux événement qui comble
de joie tout le Royaume. S. M. a pris à la porte
de la Conférence fes caroffes de cérémonie : Elle
avoit dans le fien à fa gauche *Monfieur,* fur le
devant M. le Comte d'Artois & M. le Duc d'Orléans, & aux portieres M. le Duc de Chartres &
M. le Prince de Condé. La diftribution d'argent
a commencé depuis ce moment jufqu'à la cathédrale. La marche a eu lieu par le quai des
Théatins, ce qui l'a rendue plus longue & a
fourni

fourni plus de moyens au peuple de voir & d'applaudir fon Roi.

Le Roi eft entré fur les cinq heures à Notre-Dame. Il étoit placé dans le chœur, au milieu fous un dais, à la hauteur de celui de l'Archevêque. Les Princes de la maifon royale, les Princes du fang & toute leur fuite les entouroient. Aux pieds de l'Archevêque étoit le Garde des Sceaux à la tête du Confeil; à côté le Parlement, la Cour des Aides & les Chanoines; du côté oppofé, la Chambre des Comptes & la Ville. Depuis environ 80 ans la Cour des Monnoies n'affifte point à pareille cérémonie à l'occafion d'une difpute qu'elle eut avec un Grand-Maitre des cérémonies, dont elle n'eut pas la fatisfaction qu'elle defiroit.

Dans le fanctuaire, à la droite de l'autel, les Evêques, du côté oppofé, les Miniftres étrangers, &c.

Le Roi en fortant eft allé faire fa priere à la chapelle de la Vierge. Il a été reconduit à la porte de l'Eglife par le Chapitre, l'Archevêque à côté de S. M. à qui il donnoit la gauche feulement. Il avoit eu l'honneur de haranguer le Roi à fon arrivée.

27 *Octobre* 1781. Voici encore un homme de lettres traduit devant les tribunaux, donné en fpectacle par fa femme. C'eft ce qu'on voit dans un *Mémoire pour le Sieur le Brun, Secrétaire des Commandemens de feu M. le Prince de Conti*, contre *Marie-Anne de Surcourt, fa femme*, demandereffe en *féparation de corps*. Ce procès, commencé depuis plus de fept ans, & que le mari avoit tâché d'affoupir de fon mieux, fe

réveille plus fort que jamais, & devient l'entretien du public.

La Dame de Surcourt dénonce, à la justice & à la société, son mari, comme le persécuteur, le tyran & presque le bourreau de son épouse : celui-ci se plaint qu'après quatorze ans passés dans l'union & la paix, pour avoir exclu de chez lui un homme qui lui étoit suspect, il se voit tout-à-coup arraché de son cabinet & du commerce des Muses, entraîné dans l'arene du Bareau, tout à la fois dépouillé & diffamé par les personnes les plus cheres.

Le factum du Sieur le Brun est curieux par des détails très-amusans où figurent plusieurs Seigneurs de la Cour & gens de lettres, par des épitres de la Dame le Brun, citées en preuves de leur bonne intelligence, pleines de graces & d'esprit, par des vers, des odes, des chansons, ornemens qu'on ne trouve guere dans de pareils écrits.

Quant au fonds, ce sont les Magistrats qui prononceront. Le Sieur le Brun paroit assez bien défendu par Me. Hardouin de la Reynnerie, son Avocat ; malheureusement il a contre lui sa mere & sa sœur ; & il est cruel de trouver de pareils adversaires. D'un autre côté, les témoins administrés par la femme sont d'une espece assez vile ; les siens sont des hommes de qualité, des femmes honnétes, des auteurs, des hommes irréprochables.

Ce qu'on peut raisonnablement présumer de tout cela, c'est que la femme aimable & jolie étoit très-galante, & que le mari en revanche n'étoit pas fort exact au devoir conjugal ; qu'il se livroit souvent à son caractere violent, & qu'il

n'eft guere poffible que ces deux êtres fe rap-
prochent & vivent enfemble.

27 *Octobre* 1781. Comme l'on ne connoiffoit
point encore tout l'effet qui pouvoit réfulter
dans la nouvelle falle de l'Opéra de la foule immenfe qu'elle devoit contenir aujourd'hui pour
la premiere fois, M. le Lieutenant général de
police a voulu apporter les plus grandes précautions pour ne point rifquer le plus légérement la
vie de cette populace effrenée. Le jeudi 25,
ce Magiftrat vigilant a provoqué l'ordre d'une
vifite générale par cinq Architectes; il s'eft trouvé préfent lui-même à leur infpection, & il l'a
furveillée dans fes divers détails.

28 *Octobre*. Dans un Chapitre qui a précédé
la venue du Roi à Notre-Dame, les Chanoines
ont délibéré fur la meilleure maniere de témoigner leur allégreffe, & ont defiré faire quelque
chofe d'extraordinaire. M. l'Abbé de Montjoye,
Grand-Maître des cérémonies, qui aime l'appareil & le fpectacle, a propofé d'illuminer la faça-
de de l'églife & les tours, ce qui étoit fans
exemple jufqu'à préfent. Quelques membres s'y
font oppofés, & parce que c'étoit une innovation, & parce que le feu en pouvoit réfulter;
enfin, parce que l'on ne manqueroit pas de prendre acte contre le Chapitre de ce fait, & qu'il
contracteroit ainfi une charge de ville dont il
étoit exempt.

Ces raifons produifoient peu d'effet, lorfqu'un
membre s'eft levé & a pris l'objet du côté de la
religion. Il a dit que dans un jour où le Roi
venoit rendre hommage au Roi des Rois & pré-
fentoit à fon peuple ce fpectacle édifiant, c'étoit
en affoiblir la grandeur que d'y mêler une pa-

E 2

reille puérilité, des feux follets propres à amuser seulement des femmes & des enfans. L'Orateur excitoit déja une forte fenfation, & peutêtre auroit entraîné tous les fuffrages, fi l'Abbé de Champigny ne l'eût combattu. J'ai, Meffieurs, dit-il, été à Rome, dans cette capitale du monde chrétien, & j'ofe vous affurer qu'il n'eft point de jour de fête & de réjouiffance où la bafilique de Saint Pierre ne foit illuminée, où fon dôme ne foit décoré de feux & d'artifices.... oferons-nous craindre de faire ce qui fe pratique fous les yeux du Saint Pere, dans le centre de la Catholicité. Il n'y a pas eu moyen de réfifter à cet exemple; & l'illumination a été décidee. Elle n'a malheureufement pas répondu à l'effet qu'on en attendoit. Elle étoit pauvre, mefquine, & ne faifoit nul honneur au décorateur.

On avoît retardé la venue du Roi, afin de donner à S. M. le plaifir de ce coup-d'œil.

Entre toutes celles qui ont eu lieu, il paroit que l'illumination des Comédiens Italiens l'a emporté par fes recherches & fa fingularité, offrant encore du nouveau en ce genre fi fort épuifé.

28 *Octobre* 1781. La falle de l'Opéra s'eft ouverte hier dès 9 heures du matin, ce qui a donné la facilité de la faire remplir avec le plus grand ordre. Le fpectacle a commencé avant deux heures. Il a régné un profond filence pendant l'ouverture; mais au moment où la toile s'eft levée, toute la falle a retenti d'un cri univerfel: *Vive le Roi, vive la Reine, vive Monfeigneur le Dauphin.* A cette violente explofion de la joie générale a fuccédé l'attention la plus foutenue, & telle que les Auteurs defireroient qu'elle fût pour tous leurs ouvrages dans la

nouveauté. La crainte de perdre un feul beau mouvement faifoit modérer les témoignages de la fatisfaction , ou plutôt cette populace étonnée de tout ce qu'elle voyoit & entendoit en étoit comme fufpendue dans fes facultés. Cependant, revenue à elle , elle a beaucoup applaudi certains morceaux ; entre autres ces deux vers de réci-tatif qui font dans la bouche du Comte de Pon-thieu , au moment où Adele fa fille remet à Raimond , fon Chevalier , l'épée avec laquelle il doit combattre pour elle.

> C'eft le glaive de la juftice
> Remis aux mains de la valeur.

Le premier acte a été le plus applaudi ; la richeffe des habits fuivant le coftume de la che-valerie antique , la pompe du fpectacle , l'appa-reil du combat , tout cela étoit bien propre à frapper la multitude & à produire un grand effet. Quant à la mufique , il eft impoffible de rien conclure de cette repréfentation : cepen-dant en général elle a femblé très-foible.

Quant à la falle , elle plait de plus en plus. Sa forme différe beaucoup de l'ancienne ; elle eft , dans la partie qui contient le public, abfolu-ment ronde : elle produit, par cela feul, deux avantages très-précieux, celui de mettre cha-cun à portée de voir parfaitement tout ce qui fe paffe fur le théâtre , & celui de faire mieux en-tendre , parce que tous les fpectateurs font mieux raffemblés.

Le théâtre eft moins profond, ainfi qu'on l'a dit ; mais fa plus grande largeur facilitera infini-ment le jeu des machines , & l'exécution plus

précife des entrées & forties. Un avántage nouveau & précieux pour l'humanité, c'eft que le
grand nombre de perfonnes employées aux repréfentations feront dans une fituation moins
dangereufe : des planchers qui regnent dans les
diverfes parties qu'on appelle *Couliffes* les ga-
rantiffent de tout ce qui peut tomber d'en haut :

Du refte, l'Architecte a ménagé fon terrein
de maniere à profiter des plus petites portions.
La falle, au total, doit contenir plus de monde
que l'ancienne ; elle ne préfente aucune richeffe
dans fes ornemens ; elle ne peut plaire que par
fa forme & fes proportions bien afforties.

La folidité en a été éprouvée hier de façon à
raffurer les plus timides ; il y eft entré plus de
fix mille perfonnes, & l'on en a compté jufqu'à
vingt dans une loge.

Après le fpectacle, il s'eft fait fur le théâtre
même une diftribution de pain & de vin, & les
Poiffardes avec les Charbonniers ont formé des
danfes & ont chanté des chanfons qu'on n'eft
pas accoutumé d'entendre en pareil lieu, mais
qu'autorife la licence du jour.

29 *Octobre* 1781. Dans le Mémoire de M. le
Brun entre les vers cités on trouve ceux - ci,
compofés par fa femme, & qui donneront une
idée de fes talens poëtiques. Ils font tirés d'une
fête exécutée en 1768 la veille de St. Denis, où
elle avoit mis à contribution toutes les Divini-
tés pour complimenter fon mari. D'abord paroif-
foient l'Amour & les Graces ; puis Flore, puis
Diane, qui, chacun à fon tour, chantoient des
couplets analogues à leur caractere. Suivoit
Apollon qui préfentant au Sieur le Brun fa lyre,
lui difoit :

Tu captives tous les suffrages,
Tes talens sont chéris des Dieux,
Puisse ton nom dans tous les âges
S'immortalifer avec eux;
D'Apollon reçois cette lyre
Pour chanter au facré vallon;
Dans tes mains même, on pourra dire,
C'eft toujours celle d'Apollon.

Son mari fe plaint que fa femme brife enfuite
dans fes mains cette même lyre, & par les chagrins qu'elle lui caufe, l'empêche de finir fon
Poëme de la Nature, commencé il y a plus de
15 ans, & dont quelques fragmens, déja pu-
bliés, ont donné la plus grande idée.

Quoique cette annonce prife du Mémoire foit
cenfée de Me. Hardouin, on eft fâché de l'y
trouver, elle femble trop fuggérée par l'Auteur
qui auroit du moins dû la rayer modeftement.

29 *Octobre* 1781. Les différentes Cours ont
été admifes hier à haranguer le Roi. S. M. a répondu à chacune fuivant la formule ordinaire....

„ Je fuis très-content du compliment de ma
„ Cour..... Vous ne pourrez voir la Reine parce
„ qu'elle eft au lit; vous irez chez mon fils, &
„ vous l'appellerez Monfeigneur. „

29 *Octobre.* Dans ces jours d'allégreffe générale où l'accès du trône doit s'ouvrir à toutes
les Corporations, les Serruriers ont voulu fe diftinguer par un chef-d'œuvre d'induftrie dans
un genre où l'on fait que S. M. n'a pas dédaigné
de s'exercer dans fon loifir: connoiffant fon goût
pour la mécanique, ils ont imaginé une ferrure
à fecret dont on affure que l'effai a depuis été
fait avec le plus grand fuccès; il eft tel que lorfqu'on veut l'ouvrir on en voit fortir tout-à-coup

E 4

un Dauphin extrêmement bien fait, qui doit singuliérement flatter S. M.

30 *Octobre* 1781. Extrait d'une lettre de Strasbourg du 15 Octobre..... C'eſt au 30 Septembre qu'a été arrêtée la fête féculaire dont vous avez entendu parler, parce que ce jour eſt l'époque même de la ſignature de la capitulation.

Le ſamedi 29, le Magiſtrat ſe rendit dans le grand auditoire de l'Univerſité Luthérienne où le Panégyrique du Roi fut prononcé en latin. La ſolemnité avoit commencé par l'exécution d'une Cantate latine, en forme de Poëme féculaire, imité de celui d'Horace.

Le portrait en pied du Roi, dont, par un arrangement préalable S. M. venoit de faire préſent à la ville, placé ſous un dais, faiſoit le principal ornement du lieu, & donnoit quelque choſe de plus impoſant, de plus auguſte à la fête.

Le ſoir il y a eu grand concert public, dans lequel on répéta le chant féculaire, exécuté le matin.

Les mariages ont eu lieu le 30. Le ſoir on exécuta un ſpectacle Allemand ſur le ſecond théâtre de la ville; tout le peuple y entra gratuitement. On ſe doute que la ſcene fut ouverte par une piece analogue aux circonſtances, avec des ballets & une décoration brillante.

Ce n'eſt que le lundi, premier Octobre, qu'on joua au théâtre François la petite piece de M. *Rochon de Chabannes:* mais cette repréſentation manqua ſon principal objet, n'étant pas gratuite. Elle fut honorée de la préſence de la Princeſſe Chriſtine de Saxe, de celle de pluſieurs Princes & Princeſſes étrangeres, & de toutes les perſonnes de diſtinction & notables de cette ville; il eût été à défirer qu'on y eût pu introduire le peuple pour laquelle elle eft principalement compofée, à raifon de la moralité qui tend à détruire l'antipathie; on a prétendu qu'il n'entendoit pas le François, ou du moins affez bien pour y comprendre rien.

30 *Octobre* 1781. L'Opéra devant avoir lieu aujourd'hui, il eft décidé que les *Variétés Amufantes* fe tranfporteront fur le champ à la foire du fauxbourg Saint-Germain.

31 *Octobre*. Le jour de la naiffance de M. le Dauphin, Meffieurs de Boiffy, Tréforiers de la Compagnie de l'Affiftance des Prifonniers, reçurent une lettre d'un inconnu qui leur faifoit part de fon intention de confacrer 15000 livres à la délivrance des prifonniers pour dettes de mois de nourrice, dont il leur déféroit le choix. En effet, le lendemain 23, l'argent leur fut apporté & ils procurerent la liberté à 194 perfonnes.

On ignore quel eft ce citoyen bienfaifant; mais cette anecdote fe réunit à une autre moins louable, & beaucoup plus finguliere. Le Dimanche 21, la veille de l'accouchement de la Reine, une efpece de Pélerin, grand, bien fait, vêtu de blanc, la tête couverte d'un voile; ayant les jambes entrelacées, au lieu de bas, de rubans de la même couleur, & au lieu de fouliers, des fandales, après avoir été à Ste. Génevieve, entra dans Notre-Dame, pendant la meffe; fut à la chapelle de la Vierge où il alluma un grand cierge qu'il tira du fond d'une croix énorme qu'il portoit à la main. Ce fpectacle attira l'attention des Chanoines, dont quelques-uns, traitant la chofe gravement, opinoient déja pour le faire arrêter, comme un objet de

fcandale ; car on fe doute du brouhaha qu'avoit
caufé une pareille mafcarade. Cependant l'avis
plus convenable fût de lui envoyer le Suifle pour
lui demander qui il étoit ; ce qu'il vouloit &c.
Il ne donna pour toute réponfe qu'un paffeport
de M. le Lieutenant général de police, qui difoit
en fubftance : *Laiffez paffer le porteur du préfent billet.* Il remit en même tems quelque argent
à ce Suifle, afin de le diftribuer aux pauvres, &
ajouta qu'il fe tranfportoit de là au Calvaire, où
l'on veut qu'après avoir fini fa priere, il ait
quitté fon accoutrement bizarre & foit monté
dans un carroffe qui l'attendoit.

Bien des gens prétendent que ce pélerin eft
le même qui a donné les 15000 livres.

31 *Octobre* 1781. Ce font tous les jours de
nouveaux fpectacles édifians ou amufans relativement au nouveau-né. Lundi toutes les paroif-
fes ont été en proceffion à Notre-Dame pour remercier Dieu de l'événement. On y a furtout remarqué les Invalides, fortis dès l'aube du jour de
leur hôtel, ayant à leur tête leur Etat-major &
le Baron d'Efpagnac leur Gouverneur, venus à
pied & s'en retournant de même.

Le Curé de Saint-Nicolas s'eft auffi fignalé
par un cortege de 500 pauvres de l'un & de
l'autre fexe, auxquels, la cérémonie finie, il a
donné un écu & un pain de quatre livres pour
chacun.

C'eft ce Pafteur humain & ingénieux dont on
a vu dans nos feuilles une lettre très-plaifante
à M. Elie de Beaumont, relativement à une charité, où celui-ci avoit mis plus d'oftentation que
de bienfaifance.

31 *Octobre.* Lundi dernier, les Comédiens

Italiens ont donné leur *Gratis*. On a été fâché qu'ils aient choisi pour amuser le peuple des pieces qu'ils ont crues plus analogues à lui ; sa-voir : *Les deux Avares* , *le Silvain & les Vendan-geurs :* on auroit mieux aimé qu'ils euffent exé-cuté quelque fpectacle capable de le frapper par de belles décorations, par une grande pom-pe, par un coup-d'œil impofant , comme *Zé-mire & Azor*. En effet, fe retrouvant au mi-lieu de lui-même en quelque forte, parmi ces cottes rouges, ces gens à fabots, ces villageois, il a été peu frappé & n'a éprouvé que de foibles fenfations.

Cependant Mrs. Augufte de Piis & Barré s'é-toient mis en frais & avoient compofé un long *Dialogue* en couplets *entre un Charbonnier & une Poiffarde*. De tous ces couplets, au nombre de vingt-deux, le plus adroit étoit celui relatif au compliment de l'Univerfité à Verfailles.

> Tu s'ras p' t' ét' bien en pein' Nicole,
> Du latin que i'y a récité
> Le Recteux d' l'Univerfité ;
> Mais on m'a dit l' fecret d' l'école.
> Ça vouloit dir' , c' n'eft pas plus fin ,
> Viv' le Roi , la Reine & l' Dauphin.

Le refrein généralement répété a réveillé l'en-gourdiffement de cette populace.

Le Sieur Carlin, l'Acteur le plus en poffeffion de réjouir le peuple & le public par la nature de fon rôle d'Arlequin, n'a pu paroître en fcene dans ces deux pieces où il n'avoit pas de place : & il a gémi, depuis 41 ans qu'il eft au théâ-tre, d'être ainfi muet pour la premiere fois aux *Gratis*.

Ce qui a déterminé les auteurs des couplets à préférer de mettre en action pour interlocuteurs un *Charbonnier* & une *Poiſſarde*, c'eſt que ces deux Corporations ſont cenſées les premieres de la populace. En vertu de cette prérogative, aux trois ſpectacles, les Charbonniers ont conſtamment occupé le balcon du Roi, & les Poiſſardes celui de la Reine, On leur garde ces places. En conſéquence, ils ne ſe preſſent pas & n'arrivent qu'au moment où le ſpectacle doit commencer. Le jour de l'Opéra, les Charbonniers parodiant les grands Seigneurs, les gens conſtitués en dignité ſont venus en charette & en deſcendant ont dit au Charretier : *Ce ſoir à cinq heures.*

1 *Novembre* 1781. La Compagnie des eaux de Paris, ſe propoſant enfin de recueillir le fruit des frais énormes qu'elle a avancés pour la conſtruction du château d'eau qu'elle a fait élever à la Grille de Chaillot, répand un nouveau *Proſpectus* pour exciter les amateurs à fournir des fonds & à ſouſcrire. Sa célérité devient d'autant plus intéreſſante pour ceux-ci, que la dépenſe ſera plus conſidérable s'ils laiſſent paſſer leur rang, pour l'arrangement des canaux particuliers.

Ce Proſpectus, un peu charlatan, très - verbeux, très-emphatique, eſt attribué en partie au Sieur de Beaumarchais, l'un des Entrepreneurs; car il ſe trouve partout, & a cent pieds & cent mains pour aller à la fortune.

1 *Novembre.* Les partiſans de M. le Noir, & il faut convenir qu'ils ſont en grand nombre, ne ceſſent d'exalter ſon édifice depuis qu'il a été expoſé aux regards & au jugement du public avec tout l'appareil requis, lors de la pre-

miere repréfentation d'*Adele*, avant-hier. Il y a, fuivant eux, déployé toutes les reffources de fon art, pour le rendre commode, agréable, fonore, & furtout d'une folidité à toute épreuve. Les précautions contre le feu, les dégagemens pour la fortie, les communications des loges des Acteurs au théâtre, & en général, toutes les difpofitions relatives à la fureté du public & au fervice du fpectacle font très-bien entendues. La même intelligence regne dans la diftribution des loges & de tout l'intérieur de la falle, qui, outre que la décoration en eft très-élégante, ne contient prefqu'aucune place d'où l'on ne puiffe jouir à la fois du coup - d'œil de la fcene & de celui de l'affemblée. Enfin, un Enthoufiafte a couronné tous ces éloges par le madrigal fuivant.

> Pour les Renauds, pour les Rolands,
> Créer des demeures pareilles,
> Trouver moyen, en auffi peu de tems,
> Que tout y plaife aux yeux comme aux oreilles,
> Du pays des enchantemens
> C'eft réalifer les merveilles.

1 *Novembre* 1781. L'Opéra d'Adele avoit en 1772 été exécuté en trois actes : fon peu de fuccès obligea M. le Marquis de Saint Marc de l'étendre en cinq en 1775. Cette feconde métamorphofe n'ayant pas mieux réuffi, il l'a rétabli en trois, comme la mefure la plus analogue au génie des compofiteurs Italiens, &, malgré tous ces efforts, malgré la beauté du fujet, c'eft encore un Poëme médiocre. En accordant même aux défenfeurs de l'Auteur, que le ftyle en foit correct, facile, élégant, que les vers n'en foient jamais vuides de fentimens ni de penfées,

ils feront obligés de convenir de ce réfultat général.

D'un autre côté, en accordant au Sr. Piccini qu'il ait, en beaucoup d'endroits, rendu la mufi-que énergique & expreffive, telle que l'exigent certaines fcenes où la paffion éclate & tonne, on regrette, fuivant fes apologiftes mêmes, ces chants céleftes & brillans, ces airs fi délicieux & fi flatteurs pour l'oreille, qui font le charme des autres productions de l'Auteur. En un mot, ils avouent qu'il a plus facrifié à l'harmonie qu'à la mufique.

Ils avouent que, malgré l'infériorité du talent de M. de la Borde, l'Auteur de l'ancienne mu-fique, on trouve bien fupérieure chez celui-ci la fcene du défi entre Alphonfe & Raimond, qu'il a traitée fupérieurement, & qui, dans M. Piccini, manque de la vigueur néceffaire : on aime encore mieux dans le premier la marche du troifieme acte, parce qu'elle n'a pas dans fon rival la majefté qu'exige la circonftance.

Les ballets font deffinés avec autant d'intelli-gence que de goût, & tout le monde s'accorde à dire que le Sieur Gardel l'aîné empéche de re-gretter M. Noverre, du moins en cette occafion.

2 *Novembre* 1781. Extrait d'une lettre de la Martinique du 15 Août.... Mr. le Marquis de Bouillé ne s'en trouve pas mieux d'avoir cabalé pour que M. de Montdenoix paffât à la Gua-deloupe & que le Préfident Peynier revint ici. Celui-ci n'a aucune des reffources de l'autre, & nous commençons à nous en appercevoir par la rareté des denrées & leur cherté, précurfeurs de la difette qui ne tardera pas à fe faire fentir ; ce qui nous fait foupirer après l'arrivée du con-

voi promis. M. de Montdenoix, outre qu'il étoit infiniment plus travailleur, plus décidé, plus expéditif que ce vieillard qu'on nous a envoyé pour Intendant, avoit gagné la confiance des habitans au point d'avoir fouillé nos bourfes pour le compte du Roi dans des crifes difficiles jufqu'à 500,000 livres. M. Peynier n'obtiendroit pas un écu, & d'ailleurs fon génie lent & fans invention ne s'accorde pas avec le caractere bouillant & actif du Général. Il n'eft pas à s'appercevoir de fon tort. Il rend juftice aux talens de l'Adminiftrateur précédent. Il eft fâcheux que le déchainement de la Colonie, dont il l'a cru l'inftigateur, lui ait fait prendre le parti violent de demander le changement de M. de Montdenoix. Une lettre de cet Ordonnateur à M. Puppé, l'un de nos mécontens, où il s'explique peu favorablement fur le compte du Général, a achevé de tout gâter, & il s'eft livré à fon humeur; voilà comme le monde eft gouverné.

Une anecdote fort finguliere, c'eft que M. Olivaro, qui commande en fecond à la Guadeloupe, ayant rendu des honneurs militaires à M. de Montdenoix à fon arrivée dans cette Colonie, on vouloit lui en faire un crime auprès de M. de Bouillé. Ses flatteurs ne manquerent pas de lui peindre cette conduite de M. Olivaro comme déplacée & baffe. Soit politique, foit efprit de juftice & de modération, il répondit que ce Militaire avoit bien fait, qu'il fe fût conduit de même en pareille circonftance; qu'on ne fauroit trop faire refpecter du peuple les perfonnes chargées de la confiance du Roi.

Nous apprenons avec douleur que M. de Montdenoix, très-mécontent de tous les paffe-

droits qu'il a eſſuyés, eſt parti au commence=
ment de Juillet pour la France.

2 *Novembre* 1781. L'Opéra étant rétabli ſur
un théâtre convenable, & le peu de ſuccès de
l'*Inconnue perſécutée* ſur celui des Menus, devant rendre le comité de ce ſpectacle peu jaloux
de conſerver la piece ſur ſon répertoire, les Comédiens Italiens ſe remuent pour avoir la liberté
d'exécuter cette même piece.

2 *Novembre*. Extrait d'une lettre de Rouen
du 27 Octobre. .... Le Mercredi 24, on finiſſoit
la *Veillée Villageoiſe*, & déja le public ſe diſpo-
ſoit à ſortir, lorſque pluſieurs coups de fouet ſe
firent entendre derriere le théâtre & retinrent
la foule. Les Acteurs en parurent étonnés, &
voyant entrer ſur la ſcene un courier en bottes
fortes, ils l'entourerent avec empreſſement Il
répondit par des couplets ſur l'air : *par la p'tit'
Poſte de Paris*, analogue à la nouvelle du jour
& dont le refrein étoit *Vive l' Dauphin, Vive
l' Dauphin*. Le public le répéta dans une ivreſſe
de joie inconcevable. Le rôle de courier étoit
fait par le Sieur *Patras*, Auteur des couplets &
dont la piece du *Fou raiſonnable* a déja donné
la meilleure idée. Il eſt venu dans cette ville
pour faire exécuter cette comédie & d'autres de
ſa façon.

2 *Novembre*. On a exécuté hier au Concert
ſpirituel une Cantatille ſur la naiſſance du Dauphin. Le Directeur deſirant, autant que ce ſpectacle le comportoit, concourir à célébrer cet
heureux événement, avoit prié M. le Marquis
de St. Marc de faire quelque choſe. Cet Auteur
a compoſé une Cantatille très-heureuſe, courte,
vive & prêtant beaucoup à l'harmonie. On s'at-

tendoit que le Sieur Piccini, chargé de la mettre en muſique, y déployeroit tout ſon talent ; mais le ſujet eſt raté abſolument. Il n'a reçu aucun battement de main. On a trouvé que la partie du récitatif avoit trop peu d'expreſſion ; le chant du chœur, point aſſez de nobleſſe , & ne faiſoit pas ronfler dignement les noms de *Louis* & d'*Antoinette* , qui en formoient le refrein.

3 *Novembre* 1781. Les avantages qu'offre l'é-tabliſſement formé par la Compagnie des eaux de Paris ſont pour le particulier, d'avoir à fort bon marché dans tous les tems de l'année & ſans interruption, de l'eau ſaine, en telle quantité qu'on voudra ; de ſe procurer des bains chez ſoi ſans frais & ſans embarras ; ſurtout d'avoir un ſecours toujours prêt pour arrêter un incendie naiſſant ; pour le public, de pouvoir arroſer abon-damment les rues pendant les ſéchereſſes de l'été , & d'entraîner pendant l'hiver , dans les égouts, les glaces & les neiges à demi-fondues qui ſéjournent dans les rues , les rendent impra-ticables & entretiennent ſouvent dans l'air un froid & une humidité nuiſibles ; enfin, dans tous les tems de l'année, Paris pourra être continuel-lement lavé & nétoyé à peu de frais de cette boue qui le rend ſi incommode pour les gens de pied & ſi malpropre pour tous les habitans. On ne ſentira plus cette horrible infection qui prend à la gorge, étouffe & ſuffoque dans les divers quar-tiers où les égouts , ſans eaux qui les détergent , accumulent & retiennent des amas d'immondi-ces , dont le moindre inconvénient eſt d'affecter très-déſagréablement l'odorat.

Ce premier établiſſement, ſuivi d'un ſecond

placé à l'autre extrêmité de la ville, eft affez élevé pour la dominer toute entière & fournir de l'eau partout. De ces deux châteaux d'eau, il réfultera une maffe de 50,000 muids, quantité fuffifante pour fournir à tous les befoins des habitans.

L'abonnement eft de 50 livres par année pour un muid d'eau par jour. On le recevra jufqu'au premier Février 1782. La fourniture ne s'en fera que tous les deux jours, fuivant l'ufage de Londres, afin que les Entrepreneurs aient le tems de vaquer aux réparations néceffaires.

3 *Novembre* 1781. Entre la multitude des vers fades qu'a fait naître avec elle la naiffance de Monfeigneur le Dauphin, il faut diftinguer ceux-ci de M. de la Chabeauffiere, l'Auteur des *Maris corrigés*.

Un Jardinier, connu par fon difcernement,
Qui ne laiffoit jamais un bon terrein en friche,
Avoit un jour enté, dans un jardin charmant,
Sur un laurier de France un beau rofier d'Autriche.
Son travail fut fuivi du plus heureux fuccès ;
L'arbufte, tout joyeux de fa métamorphofe,
Fit d'abord galamment les honneurs à la rofe ;
Mais le Propriétaire eut peu de tems après
La rofe Autrichienne, & le laurier François.

3 *Novembre*. C'eft un M. Compan qui eft auteur de la traduction de l'*Inconnue perfécutée* que defirent jouer les Comédiens Italiens : il prétend que M. Durofoi a tellement eftropié le Poëme Italien, que la mufique s'en eft reffentie, & qu'il en a réfulté des contre-fens frappans, qui l'ont rendue méconnoiffable à ceux qui en faifoient le plus de cas, & l'avoient fi fort admirée dans le pays. Ce qu'il y a de fûr, c'eft

que l'ouvrage de M. Compan a été exécuté à
Verfailles le huit Juin de cette année devant
la Reine, & a finguliérement plu à S. M. & à
ceux qui l'ont entendu. M. Compan reproche
encore aux Directeurs de l'Opéra d'avoir choifi
un Muficien auffi foible que le Sieur de Rochefort pour arranger la mufique d'Anfoffy, l'un
des plus grands maîtres modernes, & en faire
les futures ; ce qui n'a pu produire qu'une dif-
cordance barbare.

3 *Novembre* 1781. Au concert du jour de la
Toussaint, où la nouveauté de M. *Piccini* avoit
attiré une affluence confidérable de fpectateurs,
une autre de M. *Giroust* n'a pas mieux réuffi ;
c'étoit un *Oratorio* intitulé : *les fureurs de Saül.*
Dans celle-ci, contre l'ordinaire, c'eft encore
le Muficien qui a manqué au Poëte : on a jugé
que M. Moline, Auteur des paroles, méritoit
des éloges pour s'être appliqué à bien faifir le
ton de ce genre de poéfie, depuis le grand Rouffeau, trop négligé par les modernes ; mais que
le compofiteur n'avoit pas mis dans fon chant
toute l'énergie, dans fa partie inftrumentale
toute l'harmonie bruyante que le fujet exigeoit.

4 *Novembre.* Entre les divers *Te Deum* chan-
tés depuis la naiffance du Dauphin, il faut diftinguer celui que Madame *Médard*, Bouquetiere
de S. M. & de la famille royale, doit faire chanter demain en l'Eglife royale & paroiffiale de
St. Germain l'Auxerrois : il doit être précédé
d'une meffe folemnelle en mufique.

4 *Novembre.* On voit à Paris quelques exemplaires d'une brochure ayant pour titre : *Au
Peuple des Pays-Bas.* La profcription qui en a
été faite par les Etats de Hollande qui ont ar-

rêté le 20 Octobre de publier un placard contre l'impreſſion de ce libelle ſéditieux, & promis 14,000 florins à celui qui en découvriroit l'Auteur, ne peut qu'exciter la curioſité des lecteurs, quand cet ouvrage n'auroit rien de ſaillant en lui-même. Il eſt peu connu encore ici: on le dit dirigé contre le Prince en particulier, & le Stathouderat en général; on dit que c'eſt une Philippique furieuſe, deſtinée à ſoulever la canaille contre l'autorité établie. Quoi qu'il en ſoit, on aſſure qu'on y trouve des notions aſſez exactes & détaillées ſur la nature du Gouvernement de la République.

5 *Novembre* 1781. C'eſt hier que toutes les Communautés d'arts & métiers ont été à Verſailles pour témoigner leur joie de l'heureux événement qui cauſe celle de toute la France. Les Corporations, comme les ſix Corps, les Poiſſardes & autres qui ont la permiſſion de paroître devant le Roi même & de le haranguer, doivent faire une répétition d'abord chez M. le Lieutenant général de police, enſuite chez le Miniſtre de Paris, & devoient auſſi voir avant M. le Comte de Maurepas; mais ce Miniſtre, étant très-mal de la goutte, n'a pu les admettre.

5 *Novembre.* Les Comédiens Italiens donnent, Jeudi 8, la premiere repréſentation de *Lucette & Lucas*, piece nouvelle en un acte, dont la muſique eſt d'une perſonne de quinze ans.

6 *Novembre.* Les Dames de la Halle, c'eſt ainſi qu'on les qualifie dans les cérémonies de repréſentation, ont eu l'honneur de complimenter hier le Roi ſur la naiſſance de M. le Dauphin. C'eſt M. le Duc de Coſſé qui, comme Gouver-

neur de Paris, les a introduites chez le Roi ; les deux battans se sont ouverts ; S. M. s'est présentée à la porte de son appartement, & l'une d'elles, ayant son compliment écrit sur son éventail l'a lu, & suppléé ainsi adroitement à son défaut de mémoire. Il est sans contredit le meilleur qu'on ait encore fait, & il seroit difficile d'en composer un autre aussi bon dans sa brieve simplicité. Il mérite d'être rapporté.

S I R E,

,, Si le Ciel devoit un fils à un Roi, qui re-
,, garde son peuple comme sa famille, nos prie-
,, res & nos vœux le demandoient depuis long-
,, tems ; ils sont enfin exaucés. Nous voilà sûrs
,, que nos enfans seront aussi heureux que nous ;
,, car cet enfant doit vous ressembler. Vous lui
,, apprendrez, Sire, à être bon & juste comme
,, vous. Nous nous chargerons d'apprendre
,, aux nôtres comme il faut aimer & respecter
,, son Roi".

Ces Poissardes, les représentantes du peuple, étoient habillées en noir. Elles ont été traitées par le Roi, qui, suivant l'étiquette, leur a fait servir à diner.

Le compliment fini, S. M. n'a pu s'empêcher de rire d'une telle cérémonie, & celle qui haranguoit, sans se décontenancer, a ri aussi avec une grande franchise.

6 Novembre 1781. Depuis l'établissement fini de la machine à feu des freres Perrier, elle devient un objet de curiosité ; on ne cesse de l'aller voir & de s'en entretenir. C'est Voltaire qui le premier, il y a plus de cinquante ans, a reproché aux François de négliger une imitation dont ils recevoient l'exemple à Londres. Après lui,

d'autres voyageurs , en visitant cette capitale de nos rivaux , ont été surpris d'y en trouver onze de cette espece montées. Enfin , une Compagnie s'est évertuée, & ce qui auroit dû être le fruit d'un patriotisme actif & clairvoyant est devenu l'effort d'une cupidité intrépide.

Cette Compagnie, ayant trouvé dans les Sieurs Perrier freres , autant de lumieres & d'habileté pour les machines que de qualités désirables dans une association , a pris assez de confiance en eux pour se constituer en des avances de près de deux millions, afin d'acquérir les terreins , les matériaux , les atteliers & instrumens nécessaires à la formation des deux établissemens ; surtout à l'achat & à l'importation de tous les tuyaux & cylindres qu'elle a été forcée de tirer d'Angleterre.

Le plus singulier & le plus douloureux pour elle, ç'a été de se voir obligée à traiter avec un Anglois , établi à Birmingham , à cent vingt mille de Londres, & qui venoit d'obtenir, au mois d'Avril 1778 , le privilege exclusif de construire des machines à feu dans toute la France. Elle lui a été substituée par un Arrét du Conseil , revêtu de Lettres patentes enregistrées au Parlement.

Enfin , depuis quatre ans elle a perdu tous les intéréts d'un capital aussi énorme.

Aujourd'hui que cette Compagnie a dévoré toutes les difficultés, éprouvé tous les dégouts, bravé tous les obstacles ; qu'elle a assuré ses succès par une patience à toute épreuve & par les superbes travaux des freres Perrier, il s'agit de savoir si elle trouvera assez de souscripteurs pour se remplir de ses avances & se mettre en état d'en faire de nouvelles à l'endroit où elle compte établir son second château d'eau.

6 *Novembre* 1781. On n'a appris que depuis peu la perte de M. le Prince, Peintre de réputation, parce qu'il est décédé à la campagne. Elle est arrivée le 30 Sept. dernier dans la 48ᵉᵐᵉ année de son âge. Agréé de l'Académie en 1764, il avoit été reçu l'année suivante & fait Conseiller en 1772. Il étoit en langueur depuis longtems ; toutefois luttant contre la mort qui le poursuivoit, contre la noire mélancolie, plus cruelle que la mort, l'amour de son talent avoit ranimé ses forces pour terminer un tableau qu'il avoit commencé, & qui, sans avoir été annoncé sur le livret, a été exposé les derniers jours du sallon. Il représentoit des freres quêteurs distribuant des *Agnus Dei* à la porte d'un cabaret : il se faisoit, de son lit, porter au chevalet, travailloit quelques momens & se recouchoit. On voit par l'idée du sujet, qu'il cherchoit à égayer son imagination, & que la peur du Diable ne le tourmentoit pas.

6 *Novembre.* Le délire patriotique pour la naissance d'un Dauphin, loin de se ralentir, ne fait que s'accroître par la fermentation générale. Les femmes le manifestent jusque dans la frivolité de leurs modes. Elles portoient, il y a quelque tems, au lieu de diamans aux oreilles ou dans les cheveux, des médaillons au col : ensuite elles y ont substitué des *Jeannettes*, c'est-à-dire des croix d'or, comme en ont les femmes de la campagne, bientôt enrichies de diamans superbes. Aujourd'hui c'est un Dauphin qui a pris la place de ce signe de notre religion.

Enfin, les broderies à la mode pour les fou-

liers font un nœud à quatre rofettes, furmonté
d'une couronne dont le centre eft occupé par
un Dauphin : au-deffus eft écrit en lettres d'or,
Vive le Roi, au milieu, *Vive la Reine*, & au-
deffous, *Vive Monfeigneur le Dauphin.*

6 Novembre 1781. Extrait d'une lettre de
Rouen du 1 Novemb.... Avant-hier Meffieurs les
Maire, Echevins & vingt-quatre du Confeil de
cette ville fe font affemblés pour délibérer fur le
meilleur moyen de témoigner la joie de notre
capitale de l'évenement qui vient de combler les
vœux de la France ; ils ont arrêté à l'unanimité
de le célebrer plus particuliérement par des actes de bienfaifance. Ils ont en conféquence autorifé Meffieurs du Bureau de la ville à verfer
dans le fein des familles indigentes de Rouen,
& notamment dans celles des matelots morts au
fervice du Roi depuis le commencement de la
guerre, telles fommes qu'ils croiront proportion-
nées & relatives aux facultés de la ville.

7 Novembre. Les Dames de la Halle, plus
heureufes que les Cours Souveraines, ont eu la
liberté de voir la Reine & de lui réciter leur
compliment : il eft moins excellent que celui
adreffé au Roi ; mais a pourtant quelque chofe
de caractériftique, & ne reffemble en rien aux
lieux communs de cette efpece. Le voici :

MADAME,

„ Toute la France a déja témoigné à Votre
„ Majefté fa joie fi vive & fi vraie de la naiffance
„ de Monfeigneur le Dauphin. Nous avons fait
„ éclater nos tranfports avec tout l'amour que
„ nous avons pour vous : il nous eft permis au-
„ jourd'hui de porter aux pieds de Votre Ma-
„ jefté les expreffions de nos cœurs ; ce droit-
„ là

,, là nous eſt plus cher que la vie. Il y a ſi long-
,, tems, Madame, que nous vous aimons, ſans
,, oſer vous le dire, que nous avons beſoin de
,, tout notre reſpect pour ne pas abuſer de la
,, permiſſion de vous l'exprimer."

Celui à Monſeigneur le Dauphin, le moindre
de tous par la difficulté de dire quelque choſe
à un enfant qui n'a encore ni langue, ni oreilles,
ni yeux, étoit conçu ainſi :

MONSEIGNEUR,

,, Nos cœurs vous attendoient depuis long-
,, tems ; ils étoient à vous avant votre naiſſance.
,, Vous ne pouvez entendre encore les vœux
,, que nous faiſons autour de votre berceau ; on
,, vous les expliquera quelque jour ; ils ſe rédui-
,, ſent tous à voir en vous l'image de ceux de
,, qui vous tenez la vie."

7 Novembre. 1781. Voici quelques traits recueillis ſur M. le Prince, dont le nom & les ouvrages paſſeront certainement à la poſtérité.

Il étoit né à Metz, & frere de Madame le
Prince de Beaumont, connue par des ouvrages
pour l'éducation des enfans. Son pere n'étant
point en état de lui faire faire à Paris les études
néceſſaires pour ſe perfectionner dans le talent
de la peinture dont ce jeune homme avoit déjà
l'attrait ; celui-ci ſe fit préſenter chez le Maréchal Duc de Belle-Iſle, Gouverneur de la Province, lui plut par la pétulance & la franchiſe
de ſon âge & de ſon caractere, par ſa phyſiono-
mie intéreſſante & ſpirituelle, & en obtint une
penſion qui le mit en état de ſe ſoutenir dans la
capitale, centre des beaux arts. Il devint éleve
de Boucher : ſes deſſeins, qu'il gravoit lui-même
à la pointe, lui firent dès ce tems-là une répu-

Tome XVIII.   F

tation, dans le genre du payfage, enforte qu'il ne voulut plus étre à charge à fon bienfaiteur. Il fe maria peu après avec une femme plus âgée que lui; mais l'humeur économe & revéche de celle-ci lui déplaifant, il lui rendit fon bien, & choifit le parti d'aller en Ruffie où il étoit appellé.

M. le Prince s'embarqua & fut pris par un corfaire Anglois; il étoit à la veille de perdre tout, lorfqu'il tira de fa malle un violon dont il jouoit, &, faifant contre mauvaife fortune bon cœur, par fon harmonie charma ces barbares qui ne lui enleverent rien & danferent au fon de cet inftrument.

Arrivé enfin à St. Petersbourg, il y peignit, pour le palais impérial, plufieurs plafonds dans la maniere de fon maitre. Bientôt après, frappé du coftume pittorefque du peuple Ruffe, il fe livra tout entier à ce genre. Son premier effai fut une vue de Petersbourg, très-bien gravée depuis peu par M. le Bas. Non content de deffiner les objets fur nature, il fit encore exécuter en petit les modeles des maifons, chars, traineaux, uftenfiles & habillemens de tous les pays fujets & voifins de la domination Ruffe.

M. le Prince féjourna environ cinq ans dans ce pays; il y fut admis dans la familiarité des plus grands Seigneurs, entre autres du Comte *Poniatowski*, aujourd'hui Roi de Pologne. Mais, attaqué d'une maladie grave, il repartit au moment de la révolution qui mit la couronne fur la téte de *Catherine II*, & revint dans fa patrie où il fe diftingua par le nouveau genre qu'il s'étoit formé. On en a parlé dans le tems. Il fe livra depuis au coftume françois. Sa touche gagna de la légéreté, fa couleur de la folidité,

de l'harmonie, de la tranfparence ; fa compofition de la grace, de la fageffe : on voit aujour-
d'hui fes tableaux fe foutenir dans les cabinets
entre les *Teniers* & les *Wouvermens*.

8 *Novembre* 1781. MM. de l'Eglife de Paris,
fuivant le privilege qu'ils en ont, ont été Dimanche dernier en députation pour complimenter le
Roi & la famille royale. Elle étoit compofée de
douze Chanoines, le Doyen compris, tous en
longue foutanne. L'ufage eft que M. l'Archevêque de Paris s'y joigne ; mais, malgré fa préfence, c'eft toujours le Doyen qui porte la parole ; cette fois M. de Beaumont n'a pas jugé à
propos d'en être.

Ils ont été auffi chez M. le Dauphin, & Madame de *Marfan* les a invités d'approcher du berceau & de contempler de plus près cet augufte
enfant, dont on a déja pris toutes les dimen-
fions. Il pefe 13 livres & a vingt-deux pouces
de long. Sa nourrice fe nomme Madame Poitrine ; c'eft une payfanne qui s'eft évertuée d'elle-
même, qui eft venue à Paris avec fon mari, &
fe fentant les qualités requifes, s'eft tellement
démenée & fait connoître, qu'elle a été acceptée.
Elle a continuellement auprès d'elle une gar-
dienne du ventre qui ne la quitte point, même
lorfqu'elle va à la garderobe, & rend compte à
la faculté de l'état de la fanté de la nourrice,
afin que, s'il lui furvenoit quelque dérangement,
elle pût être remplacée fur le champ par une
autre de celles toujours en referve pour ces cas
éventuels. Cette payfanne, malgré fon affurance, a cependant l'air encore affez embarraffé
de fe voir en pareil lieu, & du rôle qu'elle y
joue. Elle venoit de quitter fes habits de villa-

ge & de fe vétir fuivant le coftume de fa place.

Tels font les détails dans lefquels Madame de Marfan a bien voulu entrer avec Meffieurs de l'Eglife de Paris, comme très-précieux, concernant une tête auffi chere.

Ces Députés ont auffi été chez tous les Miniftres, & ont diné chez M. le Grand-Aumônier qui les avoit fait inviter avec le plus grand cérémonial.

9 *Novembre* 1781. Extrait d'une Lettre de Rouen du 2 Novemb.... L'Arrét du Parlement de Rouen, en faveur des Exécuteurs de la haute juftice de plufieurs villes de la Normandie, n'eft pas une plaifanterie; il a été rendu le 7 Juillet dernier, & imprimé fous le titre d'*Arrét notable du Parlement de Rouen.* En voici le fujet :

Le 19 Mars, leurs enfans étoient au fpectacle, au parterre, fort tranquilles ; leur préfence déplut à plufieurs perfonnes, au point qu'ils furent infultés, battus, & méme mis dehors par un des Grenadiers de la garde.

Oubliant ces injures particulieres, mais voulant déformais les prévenir, ils préfenterent feulement requête pour demander à jouir paifiblement de la liberté de fréquenter les lieux publics ; ils prouverent qu'aucune loi, aucun jugement ne leur avoit interdit cette faculté. Ils réfuterent l'affertion erronée, que des hommes pourvus de l'office des expofans, font eux & leur famille, gens infâmes ; tandis que, pour y étre reçu, il faut étre reconnu & avéré bon Catholique-Romain, & citoyen de mœurs irréprochables, ce qui impliqueroit contradiction.

Le 30 Mars, le Procureur général fit un réquifitoire en leur faveur, où il dit, entre autres

chofes remarquables, que la profeffion des expofans ne peut offenfer que celui dont l'ame naturellement portée au vice, à l'oifiveté qui en
eft la mere, fe révolte à l'idée feule des peines
& des fupplices dont la crainte le contient ; que
tout homme honnéte les laiffe fans les inquiéter
partout où ils ne troublent point l'ordre public ;
que d'ailleurs, ils font fous une protection plus
particuliere des loix, en étant les fuppôts néceſ-
faires. Que, d'après les faits qu'il a rapportés,
& les pieces juftificatives qu'il a vifitées, la Cour
ne peut qu'appercevoir la confédération puniffa-
ble que des têtes mal organifées imaginent pour
altérer, intercepter la liberté & l'état des expofans ; en conféquence le Miniftere public con-
cluoit, 1°. à ce que, conformément à l'Arrêt du
7 Novembre 1681, publié le 20 Février 1683,
défenfes foient itérativement faites à toutes perfonnes de traiter les expofans, leurs familles,
ou ceux employés à leur fervice, de *Bourreau.*
2°. Que de pareilles défenfes foient faites de
géner la liberté des expofans dans les lieux publics, tels que les Eglifes, les promenades, les
fpectacles, &c. 3°. Que l'Arrêt foit lu, publié
& affiché tant dans cette ville, Caën, Coutan-
ces, que dans tous les baillages & hautes juftices
du reffort de la Cour.

L'arrêt rendu en la Grand'Chambre, conforme
à leurs conclufions, prononce contre les contre-
venans une amende de 100 livres.

9 *Novembre* 1781. La piece de *Lucette & Lucas,* exécutée hier aux Italiens, eft une bagatelle, qui, malgré fa foibleffe, a été goûtée, parce
qu'elle eft pleine d'ingénuité & fans prétention.
La mufique a fans doute contribué beaucoup à

F 3

la faire valoir. L'Auteur prétendu de celle-ci eſt la fille de M. *Dezaides*, & l'on a grand lieu de ſoupçonner que le pere l'a beaucoup retouchée. Quoi qu'il en ſoit, elle n'a pas eu abſolument beſoin de l'indulgence à laquelle tous les ſpectateurs étoient diſpoſés en faveur de ſon ſexe & de ſa jeuneſſe. Pluſieurs morceaux ont été juſtement applaudis. Le principal mérite du chant eſt d'avoir la ſimplicité convenable aux perſonnages : à quelque monotonie près, il eſt difficile de s'annoncer plus avantageuſement que cette jeune Virtuoſe.

L'Auteur des paroles eſt M. Forgeat, fils d'un Procureur du Grand - Conſeil, à qui l'on attribue aujourd'hui la piece des *deux Oncles*. Il prétend l'avoir compoſée à 21 ans, l'avoir oubliée pendant trois, & miſe au jour ſans amour propre.

9 *Novembre* 1781. Les Comédiens Italiens donnent aujourd'hui une Comédie nouvelle, intitulée l'*Amant trop prévenu de lui-même ;* elle eſt en deux actes & en vers. On l'attribue à un ancien Acteur qu'on croyoit mort.

1°. *Novembre*. Le fond de l'*Amant trop prévenu de lui - même* eſt tiré d'un conte de Marmontel. Il s'agit d'un ſuperbe Militaire qui oſe mettre ſa maîtreſſe à l'épreuve ſinguliere de ſe montrer à ſes yeux avec un œil & une jambe de moins, qu'il ſuppoſe avoir perdus à la guerre. Celle-ci a peine à réſiſter contre une pareille attaque ; cependant, bientôt inſtruite d'ailleurs que ce n'eſt qu'un jeu, elle ſe venge en feignant à ſon tour d'avoir changé & d'écouter les vœux d'un jeune cavalier, aimable autant que bienfait. Ce ſujet ainſi préſenté ſemble aſſez plaiſant &

prêter au comique; mais il eſt traité d'une maniere ſi aride, ſi froide & ſi mauſſade, qu'il n'y
a pas le plus petit mot pour rire & qu'il ennuie
mortellement.

L'Auteur, pour y jeter quelque gaieté, y a
introduit un rôle de Docteur, qui fait le petit-
maître, l'agréable, & ſinge aſſez bien nos jeunes
Médecins à la mode. Malheureuſement la ſcene
eſt à Londres, c'eſt-à dire dans un pays où le
peuple eſt en général très-grave, & où les Médecins le ſont encore plus; d'où il réſulte un
contre-ſens dans les mœurs nationales, qui rend
ce caractere ridicule & déplacé aux yeux des
gens au fait.

La piece a été écoutée avec une tranquillité
rare. On ne peut l'attribuer qu'à l'indulgence
du parterre pour l'Auteur, applaudi autrefois
comme Acteur. En effet, on prétend que la
piece eſt du Sieur *Rochard*, retiré depuis longtems, & qui doit être au moins ſeptuagénaire.
On ne ſait qui lui a procuré cette manie ſinguliere dont il ſemble avoir été tourmenté pour la
premiere fois dans ſa vieilleſſe.

M. Rochard étoit aſſez bien né; il avoit été
Subſtitut du Procureur-général des requêtes de
l'hôtel, & entrainé par ſa paſſion pour le théâtre,
avoit quitté cet état honnête pour celui de Comédien dans lequel il s'étoit diſtingué par un
goût exquis & une grande propreté de chant.

10 *Novembre* 1781. La Faculté de médecine a
fait chanter ces jours-ci un *Te Deum* à l'exemple
des corps auguſtes dont elle reçoit l'exemple.
Son Décret à cette occaſion rendu en latin, ſous
le décanat du Docteur Philips, eſt un des plus
agréables morceaux qu'on puiſſe lire. Il eſt écrit

avec des graces & une latinité pure qui embel-
lissent l'éloquence aimable de l'Auteur, les idées
riantes, naturelles ; les images vives & brillan-
tes ; les tournures poétiques & pittoresques
dont il est rempli. Dans sa briéveté, c'est un petit
chef-d'œuvre.

11 *Novembre* 1781. M. Dufour de Villeneuve,
Conseiller d'Etat, vient de mourir. C'étoit, avec
M. d'Argouges, la meilleure tête du Conseil. Il
s'étoit également distingué dans toutes les places
inférieures qu'il a occupées. On le regrette encore au Châtelet où il a été Lieutenant civil avec
la plus grande distinction. Son nom seroit passé
sans tache à la postérité, s'il n'avoit eu la foi-
blesse de céder aux impulsions du Chancelier,
& d'abandonner son Corps, qui, malgré cette
défection, l'auroit conservé à la rentrée, s'il ne
s'étoit pressé de se punir lui-même, en donnant
une démission prématurée.

11 *Novembre*. Ce qui rendoit le Palais royal
plus agréable que les autres promenades, c'est
la foule de beautés nouvellement écloses qui
venoient l'embellir chaque année, & s'offrir aux
desirs des amateurs, jusqu'à ce que, pourvues,
elles disparussent pour faire place à d'autres. Des
meres même honnêtes se servoient de ce lieu
pour y montrer leurs filles, lorsqu'elles avoient
quelques charmes capables de leur procurer un
hymen avantageux. C'est ainsi qu'y avoit paru
une Demoiselle de Marignan, Demoiselle bien
née, mais peu riche & qu'on auroit voulu pourvoir d'un époux convenable. Le Sieur Charlot, le
fils du premier Commis, jeune Militaire, estro-
pié & décoré de la croix de St. Louis, lui avoit
porté ses hommages & avoit été accepté. Ce per-

fide , s'étant infinué auprès de la jeune perfonne, lui avoit fait un enfant, toujours en avancement d'hoirie, & avoit éludé de donner à cet avant-goût prématuré du mariage la forme convenable, enforte que Mlle Marignan avoit été obligée d'accoucher clandeftinement. Depuis, la mere a fommé inutilement le Sieur Charlot de tenir fa parole; enfin, elle a été obligée d'en venir aux voies de rigueur & d'affigner le traître. Celui-ci, pour fe tirer de ce mauvais pas, a déclaré au Lieutenant Civil qu'il étoit prêt à payer la part qu'il pouvoit avoir à l'enfant; mais qu'il n'étoit pas le feul & qu'il prouveroit que M. l'Evéque d'Angers en avoit fait une oreille. Ce Prélat très-galant s'étoit en effet mis fur les rangs, mais avec toute la réferve due à fa robe, & n'avoit encore rien obtenu. Cependant, inftruit par la mere du projet du Sieur Charlot, & redoutant une pareille accufation en juftice, qui alloit faire le plus grand éclat, il a préféré de prendre le tout fur lui, d'avoir foin de l'enfant, de la mere & de la grand'mere, & fans doute enfin, n'au-ra-ce pas été infructueufement.

11 *Novembre* 1781. Les Comédiens François fortent enfin encore une fois de leur léthargie & annoncent pour demain la premiere repréfentation d'un Drame en cinq actes, intitulé : la *Difcipline militaire du Nord.* C'eft la traduction d'une piece allemande du Sieur *Moeller*, Directeur de la Comédie de fon Alteffe Royale le Margrave de Brandebourg Schwedt. Les traducteurs font le Sieur Moline & le Sieur Friedel Profeffeur en furvivance pour l'allemand, des Pages de la grande écurie du Roi.

11 *Novembre.* M. le Prince, malgré les ta-

F 5

bleaux qu'il peignoit, n'avoit jamais perdu l'habitude de faire des deffins lavés à l'encre de la
Chine & au biftre. Il y confacroit fes foirées
d'hiver. Le talent qu'il avoit cultivé dans fa
jeuneffe de les graver à la pointe lui fuggéra
l'idée de chercher le fecret de les rendre fur le
cuivre de la même maniere que fur le papier ;
c'eft-à-dire avec le pinceau. Il y parvint, & en
1769 il en montra des effais à l'Académie, qui
en fut pleinement fatisfaite. La manutention en
eft fi facile & fi prompte, que, dans ce tems,
M. *Vieu*, pour fe convaincre de la vérité, le
pria de graver un de fes deffins: trois jours après
M. le Prince lui en rapporta l'épreuve, que M.
Vieu lui-même prit pour l'original. Cette découverte fut comme toutes, le principe de chagrins
vifs pour l'Auteur, & lui excita beaucoup d'en-
vieux. Il en a laiffé le fecret à fa niece.

12 *Novembre* 1781. M. Foulquier, le nouvel
Intendant de la Guadeloupe, a été fi content de
l'expérience du 18 Octobre, concernant la con-
fection du bifcuit de mer avec la pomme de
terre, qu'il fe propofe de la faire réitérer aux
Ifles fur la patate. Cette plante liane eft infiniment plus propre que l'autre à cette métamorphofe. Elle eft plus farineufe, moins aqueufe,
& furtout elle contient un principe fucré, qualités excellentes en pareil cas. M. *Dubadier*,
Grand-Voyer de la Guadeloupe, qui accompagne M. Foulquier, doit le feconder, & il eft
déja très-connu pour fes talens en ce genre.

On a appris, à cette occafion, que M. le Marquis de Bouillé, Gouverneur de la Martinique,
conjointement avec M. de Montdenoix, l'Intendant, avoit approuvé les effais d'un Officier des

Volontáires étrangers, qui avoit tenté la panification de la patate fous leurs yeux.

Le pain fait avec cette fubftance s'eft confervé, à ce qu'on affure, pendant un mois entier, fans avoir aucunement fouffert, quoiqu'expofé à toutes les intempéries ; il a fini par fe deffécher, fans rien perdre pour cela de fa faveur agréable.

Quant au bifcuit, après huit mois de mer, il s'eft trouvé parfaitement fain, & on le juge exempt des inconvéniens qu'éprouve le bifcuit de froment.

12 Novembre 1781. La piece qu'on a donnée hier eft d'une belle fimplicité, qualité caractériftique des dramatiques Allemands. Un brave Officier, pour avoir tiré l'épée contre fon Colonel, lequel eft en même tems fon beau-frere, eft condamné à la mort par fes propres amis, tant la loi eft précife & fevere. En vain ceux-ci, fa femme & fon Colonel même tentent de lui obtenir fa grace. L'exécution eft arrétée, l'appareil s'en fait fur le théâtre ; elle va être confommée. Mais, dans le moment, arrive un frere du Roi, qui prend fur lui d'obtenir d'abord du Général la fufpenfion du fupplice, & du Monarque un pardon abfolu.

Pour fuppléer à la pauvreté du fujet, l'Auteur a été obligé d'y coudre plufieurs epifodes, qui, fans nourrir davantage l'action, ne fervent qu'à en ralentir la marche, à la refroidir conféquemment & à diminuer l'intérét de plufieurs belles fituations. D'ailleurs, il en réfulte des répétitions fatiguantes & ennuyeufes. Il faudroit refferrer ce Drame en trois actes, en fupprimer des détails minutieux fur la police intérieure des

F 6

camps, & alors il y auroit plus de chaleur, & le pathétique ne manqueroit pas son effet; il faudroit changer aussi le dénouement trop postiche. Quant au style, il exigeroit plus de nerf & de pittoresque.

Au reste, cette morale vient très à propos, dans un tems où la discipline militaire est si relâchée en France & auroit grand besoin d'exemples sévères. Cette circonstance ne peut que la faire approuver par le Gouvernement. Reste à savoir si le public sera d'accord. La nouveauté du spectacle est un grand point, & peut contribuer beaucoup à son succès, avec de nombreux & longs élaguemens.

12 *Novembre* 1781. M. le Comte de Maurepas, malade depuis quelque tems, va mieux. Vendredi il étoit si mal que S. M. ayant voulu en savoir des nouvelles, avant d'aller à la chasse, & les apprenant très-mauvaises, contremanda ses équipages & s'abstint de ce plaisir. Ce trait du cœur excellent de S. M. avoit été précédé d'un autre moins connu & aussi digne de l'être.

On a parlé quelquefois d'un Sieur Grault, l'un de ses valets-de-chambre de garderobe, que S. M. aime beaucoup. Quoiqu'il ne soit pas de quartier, il est dans l'usage de paroître de tems en tems pour conserver la bienveillance de son maître. Le Roi, ayant été longtems sans l'appercevoir, s'en informe & demande pourquoi il ne le voit pas? On lui apprend qu'il a été gravement malade depuis deux mois, qu'il a failli de mourir; mais qu'il est hors d'affaire. S. M. charge quelqu'un de sa chambre d'aller le visiter & de lui en rendre compte. On ne doute pas que S. M. ne lui donne une gratification sur sa casfette pour le dédommager des frais de fa maladie.

13 *Novembre* 1781. Extrait d'une lettre de Verfailles à dix heures du foir le 12 Novembre... M. le Comte de Maurepas a eu plufieurs évacuations dans la journée qui lui ont fait beaucoup de bien ; la tête eft abfolument dégagée ; il a très-peu de fievre ; il a eu des momens de gaieté & a mangé même une efpece de créme de ris.

Le Roi l'eft venu voir à 6 heures & a voulu que Madame la Comteffe de Maurepas reftât en tiers affife. Il s'eft en allé après un quart d'heure , crainte de trop fatiguer le malade.

Le Duc de Choifeuil, qui étoit ici & intriguoit de toutes fes forces, a un pied de nez, ainfi que beaucoup d'autres. Cependant il y a encore de l'agitation, & l'on doit tout craindre à un pareil âge, après une attaque auffi violente. La goutte eft toujours vague & n'eft pas encore fixée aux parties extérieures.

13 *Novembre*. Quelqu'un indigné du déluge de madrigaux fades, occafionnés par la naiffance de M. le Dauphin, a enfanté à cette occafion l'*impromptu* fuivant. Il apoftrophe le nouveau-né.

Prince dont dépendront un jour nos deftinées ,
    Longtems Dauphin & longtems Roi ,
    Puiffe-tu vivre autant d'années
Qu'on a fait & fera de mauvais vers pour toi !

13 *Novembre*. M. l'Archevêque de Paris n'eft pas bien : il avoit depuis longtems les jambes enflées ; l'enflure a gagné les cuiffes & même le bas ventre : on l'a ramené de Conflans à Paris : d'ailleurs, la tête commence à fe perdre.

14 *Novembre*. Le *Cri du Peuple* eft encore fort rare ; ceux qui ont lu ce pamphlet attribuent fon defaut de circulation à l'extrême har-

dieſſe de l'Auteur, oſant fronder ſans ménage-
ment toute l'adminiſtration de M. de Maurepas,
depuis ſa premiere entrée au miniſtere juſqu'à
nos jours. L'Ouvrage eſt diſtribué par chapitres.
On y reprend ſucceſſivement les principales épo-
ques du regne ancien & du regne actuel, auxquelles a coopéré le Comte, & on lui fait de
grands reproches

M. de Fleury n'eſt pas épargné, & l'Ecrivain
ſatyrique étend ſes réflexions malignes juſque
ſur toute la famille de ce Miniſtre. Il réſerve
toutes ſes louanges pour MM. de Malesherbes,
Turgot & Necker. Ce dernier eſt ſurtout ſon
Héros & l'objet particulier du pamphlet Telle
eſt l'idée vague qu'on en donne. Du reſte, cet
écrit, où perce trop l'eſprit de parti, paſſe pour
avoir de la vigueur & du patriotiſme.

14 *Novembre* 1781. Trois Médecins ont été
appellés pour M. l'Archevêque, ſon Médecin ordinaire, le Docteur *Cochu*, le Docteur *Bouvart*,
ſon Médecin extraordinaire, & le Docteur *Bac-
quer*, fort renommé pour le traitement de l'hy-
dropiſie : ce dernier ne regardant pas ſans doute
les accidens apparens comme les ſymptômes de
cette maladie, a été d'avis de lui donner des
délayans & de le faire boire beaucoup; le ſecond, abſolument oppoſé à ſon confrere, veut
qu'on refuſe toute boiſſon au Prélat; & le premier, nageant entre deux eaux, ſuivant la réflexion des plaiſans, ne ſait quel parti prendre,
dit qu'il y a du pour & du contre, qu'il y a beaucoup de choſes à dire; ce qui jette Monſeigneur,
ſa famille, ſes amis & ceux qui s'intéreſſent à
lui dans une affreuſe perplexité.

Cependant trois concurrens ſont déja ſur les

rangs pour le remplacer, du moins lui fervir de Coadjuteur.

M. de Roquelaure, Evêque de Senlis, dont on parle depuis longtems, & fort aimé du Roi.

M. l'Archevêque de Touloufe, qui, auteur de la fortune de l'Abbé de Vermont, en eft prôné à fon tour auprès de la Reine, & eft favorifé par S. M.

Enfin, M. l'Archevêque d'Aix, dont M. le Comte de Maurepas connoît les talens & l'efprit doux & pacifique.

14 *Novembre* 1781. Les favans gémiffent du malheur que vient d'éprouver Dom Louis Arguedas, Lieutenant de vaiffeau, Efpagnol & Aftronome. Chargé d'aller obferver à Saint Domingüe l'éclipfe du 23 Avril dernier, il étoit parti de Cadix du 28 Février, &, quoique muni d'un paffe-port de la Cour de Londres pour fa fureté, attendu l'utilité générale de fa miffion en faveur de tous les peuples policés, il a été vifité, vexé, & arrété par plufieurs corfaires. L'un d'eux a, entr'autres, pillé jufqu'aux inftrumens & uftenfiles néceffaires à fes travaux : enforte qu'il eft à craindre qu'il n'ait pu arriver à tems, ou que le défaut des chofes néceffaires n'ait rendu fes obfervations inutiles ou peu exactes.

15 *Novembre.* Extrait d'une lettre de Rochefort du 4 Novembre..... C'eft le 7 Octobre que, d'après les ordres de M. le Marquis de Ségur, l'on a fait l'épreuve du Fort en bois, conftruit par les méthodes & fous la direction de M. le Marquis de Montalembert.

L'objet de cette épreuve étoit de s'affurer de la folidité de la conftruction dudit Fort, contre la commotion & l'explofion de fon propre feu.

Le motif en étoit l'idée qu'avoient pris ou donné plusieurs gens du métier, qu'une batterie de canons de 36 établie au premier étage sur un plancher, ayant sous elle une batterie du même calibre, & surmontée enfin d'une terrasse sur laquelle est assise une batterie de pieces de 12, ne pouvoit former un édifice assez solide pour résister à l'effort du feu considérable que fournissoit sa défense.

Pour apprécier cette opinion, on a fait d'abord un feu à volonté & tel qu'il s'exécute pendant un combat, de la totalité des bouches à feu, au nombre de 68 pieces, dont 57 de 36 & 11 de 12. Ce feu a duré une demi-heure, pendant laquelle lesdites pieces, servies chacune par trois hommes seulement, ont tiré à raison d'un coup par cinq minutes.

On a fait faire ensuite, 1°. une salve de la totalité des batteries du rez de chaussée, de 16 pieces de 36, servies & tirées ensemble.

2°. Une semblable de la batterie du premier étage de 41 pieces, aussi de 36.

3°. Une idem de la batterie élevée en terrasse au-dessus du Fort, & armée de 11 pieces de 12.

4°. Enfin, une décharge générale des 68 pieces servies & tirées ensemble.

Les Commissaires nommés étoient, pour le Département de la Guerre, M. le Marquis de Voyer, Lieutenant général, Commandant en second dans la Province, M. le Marquis de Montalembert, Maréchal de Camp, M. Dajot, Maréchal de Camp, Directeur du Génie: M. Divoleye, Colonel, Directeur d'Artillerie; & pour le Département de la Marine, M. de la Touche-Tréville, Commandant de Rochefort,

remplacé, pour caufe de maladie, par M. d'Au-
berton, Capitaine de Vaiffeau, M. de Beaugard,
idem, & M. le Chevalier de la Clocheterie,
Lieutenant de Vaiffeau.

Tous ces Commiffaires n'ont trouvé dans
l'examen qu'ils ont fait dudit Fort, après cette
épreuve, aucune dégradation d'aucun genre.

Il s'étoit rendu à l'Ifle d'Aix une grande quantité de Militaires de différens Corps & de tous
les grades, qui ont rendu ce fpectacle encore
plus brillant & ont applaudi l'invention.

16 *Novembre* 1781. Pafcal eft un des hommes que l'école des Philofophes modernes regrette le plus de ne pouvoir compter au rang de
fes coriphées, & à ce défaut ils cherchent à le
couvrir de ridicule, à en atténuer le mérite en
le faifant paffer pour un efprit foible, tombé
prefque en démence à force de fanatifme & de
fuperftition. On ne peut du moins fe diffimuler
que ce n'ait été le but de M. de Condorcet dans
le commentaire & les acceffoires qu'il a joints
aux œuvres de ce grand homme, entreprife déja
commencée par Voltaire. On en a parlé amplement. Deux Philofophes fe joignit à ceux - ci
& avec non moins d'adreffe femblent continuer
la même conjuration. M. l'Abbé Boffut, dans un
Difcours fur la Vie & les Ouvrages de Pafcal,
& M. d'Alembert dans les vers très - finguliers
qu'il a placés au bas de fon portrait, & qui par
là-même méritent d'être confervés. Les voici :

Il joignit l'éloquence aux talens d'Uranie ;
Mais bientôt à Dieu même immolant fon Génie,
Il vengea de la foi l'augufte obfcurité.
O toi religion, dont la févérité
Enleva ce grand homme à la philofophie,
  Permets du moins qu'il en foit regretté !

16 *Novembre* 1781. Il a fallu une négociation pour déterminer les *Harangeres* ou Dames de la halle à aller à Verfailles remplir leur miſſion d'uſage. Elles avoient été attrapées la derniere fois au dîner qu'on leur avoit donné, & de mauvais plaiſans avoient gliſſé dans des tourtes ou pâtés des choſes peu comeſtibles, ou des choſes malhonnêtes. On les a raſſurées à cet égard, & en effet on les a traitées magnifiquement. Elles étoient au nombre de 120. On aſſure que les Princes de la Maiſon royale ont voulu les voir à table & ſe ſont beaucoup amuſés de leur joie bruyante.

Le Roi s'eſt en effet fait porter la ſerrure myſtérieuſe ; à l'inſtigation de quelques courtiſans prévenus, il a eſſayé d'en découvrir lui-même le reſſort. On y conduiſit adroitement S. M. & elle fut ſi contente de cette galanterie, qu'elle donna 30 louis de ſa poche au Corps des Serruriers.

On parle encore des Ramoneurs, qui avoient porté pour chef-d'œuvre de leur art, ou marque caractériſtique de leurs occupations, une cheminée fort jolie & aſſez vaſte pour que l'un d'eux y ſoit entré & ait chanté une Chanſon analogue aux circonſtances & très-gaie.

C'eſt Madame la Princeſſe de Guemené qui, comme Gouvernante des enfans de France, eſt chargée de diſtribuer l'argent à toutes les Corporations.

17 *Novembre*. M. Pierre Chriſtian, Baron de Wimpffen, & du St. Empire, Commandeur de l'Ordre royal & militaire de Saint Louis, Maréchal des camps & armées du Roi, Inſpecteur général des troupes, & Directeur de la Nobleſſe de la baſſe Alſace, vient de mourir. C'étoit le parent, l'ami & le bras droit de feu M. le Comte

de Saint Germain ; & il en eft fort queſtion dans les mémoires & lettres de ce Miniſtre.

18 *Novembre* 1781. Les conférences ſur le Commerce, établies depuis l'année derniere, par les vues patriotiques & bienfaiſantes des Magiſtrats du Commerce, Inſtituteurs de ces conférences, ont recommencé le 8 de ce mois.

Meſſieurs les Députés du Commerce de Paris & autres villes, MM. les Gardes des ſix Corps des Marchands, ainſi qu'un grand nombre de citoyens les plus diſtingués dans l'ordre du commerce, étoient préſens à cette ſéance.

M. Billard, le premier Juge-Conſul, l'a ouverte par un diſcours ſur l'utilité & la néceſſité de cet établiſſement.

Le Sieur Gorneau, agréé aux Conſuls, & qui eſt chargé des conférences, a prononcé un autre diſcours où il a ramené différens traits hiſtoriques glorieux au commerce. Celui de Guſtave, Roi de Suede, ordonnant à Stockholm l'érection d'un monument public à la mémoire d'un fameux négociant ; celui des Fuggers brúlant pour pluſieurs millions de reconnoiſſances de Charles-Quint ; enfin, des négocians de St Malo, à leur retour du Pérou en 1710, offrant à *Louis XIV* dans ſa détreſſe, 30 millions de préſent.

Ce diſcours, d'environ trois quarts d'heure de lecture, a donné lieu de juger de l'élocution facile & agréable que l'Orateur joint à ſon intelligence profonde de la matiere.

18 *Novembre*. On a parlé déja du Décret de la Faculté de Médecine, rendu par l'organe du Doyen Philips, le 5 Novembre, pour faire chanter un *Te Deum*, le 10 du même mois, dans ſa chapelle en actions de graces à Dieu de la naiſ-

fance du Dauphin. Une phrafe, gliffée mal-
adroitement dans cet élégant difcours, a occafionné beaucoup de rumeur ; on l'a trouvée re-
préhenfible, & la Faculté non-feulement ne veut
point donner de copies de ce décret que recherchent les amateurs de la belle latinité, mais a
fait arracher le plus qu'elle a pu tous les placards
imprimés qui en exiftoient. Voici cette phrafe
relative à la naiffance du premier enfant du
Roi, de Madame Royale.... *primum Miraculum*
Puellam dedit (Cœlum) in cujus ortu, tam ar-
denter, quam diu expeÄáato, geÄ¯ire eo opportu-
nius fuit, quod naturæ tarditas jam calumniis
laceÄ¯ita, injiciebat quamdam diffidentiam fur-
tivo lapÄ¯u animis irrepentem.

18 *Novembre* 1781. M. Saurin, de l'Académie Françoife, Secrétaire ordinaire de M. le Duc
d'Orléans, vient de mourir. Cet Ecrivain efti-
mable, qui a eu au théâtre des fuccès foutenus
& mérités, a péri d'une façon cruelle. Il craignoit
la pierre ; il s'étoit fait fonder & la fonde s'étoit
caffée dans la veffie. Eprouvant des douleurs
inexprimables, il demande un calmant &, par un
quiproquo d'Apothicaire, on lui apporte une
potion émétifée qui lui fait faire les plus violens
efforts & augmente fes fouffrances au point
qu'il paffe dans une convulfion.

M. Couvers Deformeaux, Avocat, vient de
mourir auffi. Il étoit célèbre dans fon ordre par
les perfécutions du Chancelier, & par un long
féjour à la Baftille durant la révolution de la
magiftrature, comme accufé d'avoir écrit quelques pamphlets du tems, ou au moins contribué
aux diftributions de ces écrits furtifs.

18 *Novembre.* M. le Duc de Nivernois n'eft

pas entré au Conſeil, ſuivant le bruit général qui en couroit. Il ſe défend même d'en avoir eu l'idée. Il prétend que c'eſt un ridicule que lui donnent ſes ennemis. Il dit que c'en ſeroit un en effet d'être reſté éloigné des affaires juſqu'à l'âge qu'il a & de vouloir y entrer, lorſque ſa foible ſanté lui ôte même ſouvent la faculté des occupations les plus légeres & les plus agréables, des travaux des Muſes qui charment ſon ennui & diſſipent ſes vapeurs. C'eſt ainſi du moins que ſes partiſans le font parler dans le monde.

19 *Novembre* 1781. De Poligny en Franche-Comté le 10 Novembre 1781..... M. d'Aſtory, Enſeigne des vaiſſeaux du Roi, âgé de 21 ans, ayant fait remettre aux Officiers municipaux de cette ville, ſa patrie, à l'occaſion de l'heureuſe naiſſance du Dauphin, une ſomme de 600 livres pour être diſtribuée aux pauvres, ces Officiers ont unanimement délibéré de rendre public cet acte de bienfaiſance & de généroſité, en faiſant imprimer dans les affiches de Beſançon la lettre ſuivante.

A Breſt 28 Octobre 1781.

Très-cher Papa, je vous avois prié de trouver bon que je vous fiſſe paſſer une partie des fonds provenans de ma part de la priſe du convoi de Saint Euſtache, comme une foible preuve de ma reconnoiſſance de tous les ſacrifices que vous avez faits pour moi; vous vous êtes refuſé à ma priere, & m'avez laiſſé la diſpoſition entiere de cette ſomme. Votre généroſité m'eſt d'avance un ſûr garant de l'approbation que vous donnerez à l'uſage auquel j'en deſtine une portion. L'événement heureux de la naiſſance, dont nous recevons aujourd'hui la nouvelle, m'inſpire l'idée d'en faire partager la joie générale aux plus pauvres de nos compatriotes, en foulageant leur mifere de mon fuperflu. Je vous prie donc, cher Papa, de vouloir bien leur faire compter la fomme de 600 livres, que vous remettrez à Meffieurs les Officiers municipaux, qu'ils emploîront à payer les impôts des plus indigens, dont ils peuvent plus aifément connoître les befoins. Vous m'avez fi fouvent perfuadé, en le pratiquant, que le plus grand bienfait étoit de faire des heureux, que je ferois bien coupable de l'oublier, lorfque la circonftance, due au hazard, me permet de vous imiter.....

19 *Novembre* 1781. M. de Maurepas eft décidément très-mal; il a été adminiftré; il a la gangrene, & l'on n'en efpere plus rien.

Le Sieur Barthès, Médecin de Montpellier, venu ici pour obtenir des Lettres de Nobleffe à fon pere, s'étant impatronifé chez ce Miniftre, avoit donné un moment l'efpoir de le tirer d'affaire. M. de Maurepas, dans le mieux qu'il a eu, a demandé au Roi la grace que defiroit cet Efculape; il choifit le bon moment, a repris S. M., & en effet le Miniftre femble n'être revenu à la vie que pour ce dernier bienfait.

19 *Novembre.* Extrait d'une lettre de Caftres en Languedoc le 4 Novembre... L'Evêque de cette ville vient d'inftituer des prix un peu plus intéreffans que ceux de nos Académies, ou même de nos Rofieres. On comptoit dans ce Diocefe 25 à 30 enfans & 40 à 50 femmes qui mouroient ordinairement tous les ans par la faute des matrônes qui, fans autre miffion qu'une pratique vicieufe & meurtriere, s'ingerent dans l'art des accouchemens. Touché de cette perte

effroyable d'individus, le Prélat a imaginé d'établir dans sa ville épiscopale des cours d'accouchement. Il a écrit une lettre circulaire à tous les Curés & Officiers municipaux de son Diocese pour les inviter à choisir entre les femmes de leurs districts respectifs qui se destinent au métier de Sage-femme, celles qui, par leurs mœurs & leurs dispositions, paroîtront les plus propres à remplir ses vues. Il a offert de fournir à tous les frais de voyage, de retour & d'entretien pendant le tems que durera leur instruction, & il a établi trois prix en argent qu'on distribuera à la fin du cours à celles qui auront fait le plus de progrès.

Le Sieur Icart, Professeur & Démonstrateur royal en Chirurgie, connu très-avantageusement par des opérations hardies & savantes, & par plusieurs ouvrages qui ont obtenu des prix à l'Académie royale de Chirurgie de Paris, & qui lui ont mérité depuis peu la place d'Associé de cette Compagnie, s'est prêté aux intentions du Prélat avec un désintéressement très-louable, & s'est chargé de l'instruction gratuite des Sages-femmes.

Le cours a été ouvert le 14 Octobre dernier, par une séance publique tenue dans une des salles de l'hôtel de ville avec un concours de monde de tous les ordres de citoyens, & le Sr. Icart a lu un discours sur l'utilité de l'établissement.

20 *Novembre* 1781. M. de la Blancherie, cet infatigable Agent de la Correspondance universelle des Sciences & des Arts, a ouvert Jeudi dernier son assemblée ordinaire des Savans & des Artistes, suspendue pendant les vacances, &, pour preuve qu'il n'est pas indigne de l'im-

portante miſſion qu'il s'eſt donnée, a expoſé, en échantillon de ſon talent poétique, le quatrain ſuivant :

O Monſeigneur ! que votre ſort eſt doux,
Non d'être né pour gouverner la France ;
Mais de ne pas avoir la moindre connoiſſance
De tous les mauvais vers que nous forgeons pour vous.

Malheureuſement on l'accuſe de plagiat & de n'avoir fait que parodier d'anciens vers de Voltaire en pareille circonſtance.

20 *Novembre* 1781. La rareté du Décret de la Faculté de Médecine mérite qu'on le conſerve en entier.

De Mandato

M. Joſephi Philips, Facultatis medicæ Pariſienſis Decani, & MM. Doctorum Regentium ejuſdem Facultatis, obſereniſſimi Delphini Natalia.

Solium Ludovicus XVI conſcenderat, conjux felix, tam amans quam amore dignus, ſed nondum pater ; & dum à ſingulis civibus dulciſſima appellatione meruit vocari Pater patriæ, decrat tamen qui ipſum proprio nomine patrem ſalutaret. Flagrantibus votis, ſollicitâ prece, vim cœlo intulit Gallia. Dictum eſt à divo Auguſtino : *aſcendunt deſideria, deſcendunt miracula ;* primum miraculum, puellam dedit, in cujus ortu, tam ardenter, quam diu expectato, geſtire eò opportunius fuit, quod naturæ tarditas jam calumniis laceſſita, injiciebat quamdam diffidentiam furtivo lapſu animis irrepentem. Amor fecerat ſollicitudinem, quæ ſemper magnæ expectationis comes eſt ; & certè hanc excuſabat. Ex iſto puellari proventu felix augurium ducere, & ævo ſpes dulciores adhuc jaculari licuit : *Denuò aſcendunt*

cendunt defideria, *defcendunt miracula*, non-
nec & lilia. Terris oftenfus eft Delphinus. Salve
ô nobilis liliorum farcule ! Vive diu, vive lætus
& incolumis. Tibi dormienti adfpiret blanda
quies, vigilanti adfpirent rifus venufti, lufus
amabiles. Jacu, rifu matrem adorandam cognof-
ce. Jam blandâ manu eburneum matris collum
preme molliter. Jam rofeis labris cafta fige ofcula.
Tot blanditiæ, tot materno pectori voluptatis
fontes ; & quando tibi erit ætas firmior, difce
ex amore noftro, patrem, ex reverentiâ, regem
colere. Votum patriæ facrum addimus : non
minus amans quam amabilis, ut primum amari
te fenferis, redamare fcias. Solio nafceris ; fed
diù ignora quam grande fit pondus, & fcep-
trum & corona ; iftas regendi populos, & præ-
fertim amandi artes combibe intimius, totis
te proluens fontibus ex quibus ortus es. Dum
gratulabundo cultu, cunas floribus confpergunt
varii civium ordines, cruore madens laurus non
tenera offendat lumina ; arrideat tibi tanquam
molle pulvinar olea pacis, cujus prænuntium
quafi Numen in te amamus & veneramur.

Cum multa bona toti imperio afferat, cum
multa & alia fpondeat fereniffimi Delphini ortus, nefas foret unicum inexhauftumque bono-
rum omnium fontem non agnofcere ; quapropter
hymnis & canticis exultantes quas Deo optimo
maximo folemnes preces jam fudimus, unâ
cum cæteris Academiæ noftræ ordinibus pecu-
liariter renovare decet, ut fummo Numini pro
fauftiffimo eventu gratiæ inceffabili voce agan-
tur immortales. Idcircò Facultas medica Pari-
fienfis, in fcholarum fuarum facello, folemne
facrum celebrari decrevit, à quo hymnus cu-

charifticus Te Deum cantabitur die Sabbati 10â. menfis Novembris anno fupra 1781, horâ ipfâ 10 matutinâ.

Datum Parifiis die Lunæ 5â. ejufdem menfis & anni.

Jacobus Philips Decanus.

20 *Novembre* 1781. M. le Baron de Wimpf- fen, qui vient de mourir, eft auffi fort regretté de M. le Marquis de Ségur qui connoiffoit fon mérite militaire, fa tête excellente, & en faifoit autant de cas que le Comte de St. Germain ; il le confultoit fouvent; il étoit d'ailleurs du Co- mité de la guerre.

21 *Novembre*. M. Beauvais, Sculpteur de la nouvelle églife de Sainte Genevieve, eft mort le 31 Octobre dernier, à la fleur de l'âge; il n'étoit point encore de l'Académie, mais il travailloit à une figure de *Mars en repos*, qui vraifemblable- ment lui en auroit ouvert les portes. Il lui falloit à peine 15 jours de relâche pour la finir.

Le bas relief du portail de Ste. Genevieve, où cette fainte diftribue du pain aux pauvres, eft un morceau de fa compofition qui fuffit pour caractérifer fon talent : on y remarque incontef- tablement de la facilité, de la grace & une ma- niere large dans l'exécution.

Il auroit été de l'Académie plutôt, fi, frappé de frayeur à la vue de la difgrace du meilleur de fes amis, refufé par cette Compagnie, il n'avoit brifé le morceau auquel il travailloit; l'exemple de ce candidat, plus heureux depuis, lui avoit fait reprendre courage.

Indépendamment de ce qu'on a en France de cet artifte; n'étant qu'éleve à Rome, il avoit reçu ordre de l'Impératrice des Ruffies de lui faire une figure en marbre repréfentant l'*Immortalité*: à Genes il a exécuté toutes les fculptures du fallon du Marquis de Spinola.

En 1764 M. Beauvais avoit remporté avec beaucoup d'éclat le premier prix de fculpture; il eut l'unanimité totale des voix, phénomene très-rare, & l'annonce des grandes efpérances qu'il donnoit, & qu'un féjour de 17 ans à Rome devoit augmenter.

Il étoit modefte & timide à l'excès, deux qualités compagnes fouvent du plus grand mérite; mais qui ne contribuent pas à le faire fortir de l'obfcurité.

21 *Novembre* 1781. Mlle Buret l'aînée, qu'on avoit déja entendue plufieurs fois au concert fpirituel, a débuté hier au théâtre lyrique dans le rôle d'*Adele*. Elle a peu d'acquit au théâtre comme Actrice; mais on a applaudi vivement à la flexibilité de fa voix, à la fureté de fon chant, & encore plus à la netteté & à l'agrément de fa prononciation, mérite infiniment rare à l'Opéra, & cependant le plus effentiel de tous.

21 *Novembre*. Outre les deux mandemens dont on a parlé contre la nouvelle Edition des œuvres de Voltaire; il y avoit une *Dénonciation au Parlement*, anonyme, avec cette épigraphe *Ululate & Clamate*. Ces hurlemens avoient été étouffés par les amis & défenfeurs de Voltaire, & ce n'eft que depuis peu que ladite dénonciation fe répand davantage. Elle eft encore plus violente que les mandemens. On en jugera par cette phrafe remarquable entre beaucoup d'autres: l'Autéur y exhorte les Magiftrats déployer toute la rigueur des loix contre l'ourage...... ,, dans un fiecle ridiculement philo-

„ fophe, où l'on ne connoît de vertu qu'une
„ cruelle tolérance, la févérité feroit regardée
„ comme barbare : mais, du moins, eft-il per-
„ mis de la remettre fous vos yeux. Des Auteurs
„ impies avoient compofé des vers impies con-
„ tre l'honneur de Dieu : la Cour les condamna
„ au dernier fupplice, comme criminels de lefe-
„ Majefté divine, & comme plus funeftes à
„ l'ordre focial que les empoifonneurs & les in-
„ cendiaires..... Puiffe cet exemple vous con-
„ vaincre qu'il eft des cas ou les Cours doivent
„ déployer toute la rigueur de la puiffance que
„ le Prince leur a confiée.....”

Malgré toutes ces réclamations, il paroît que
l'Edition du Sieur de Beaumarchais fe continue.
On regarde comme avortée celle du Sieur Clé-
ment, qui vouloit châtrer Voltaire & le réduire
de 20 volumes, malgré un commentaire de fa
façon pour rendre l'ouvrage claffique, après
l'avoir purgé de toutes fes ordures.

Le Sieur Paliffot avoit aufli brigué auprès du
public le rôle d'Editeur de Voltaire. Pour amor-
cer les foufcripteurs, il promettoit autant de
matiere que le Sieur de Beaumarchais, & en
outre un commentaire aufli, & le tout à moitié
moins. Il eft certain que celui-ci auroit été excellent pour la dernicre fonction ; il écrit bien
& a beaucoup de goût : cependant fon entreprife
femble aufli échouée.

22 *Novembre* 1781. M. le Comte de Maure-
pas eft mort hier au foir fur les onze heures.
Lorfqu'on en vint porter la nouvelle au Roi,
S. M. fe couchoit. M. le Duc d'Eftiffac, Grand-
Maître de fa garderobe, intime ami du défunt,
ne put s'empécher de fe livrer à une exclamation

vive, dont il s'excufa auprès du Roi qui lui dit : fi vous faites une grande perte , j'en fais une bien plus grande.

Le Roi devoit aller aujourd'hui à Brunoy où *Monfieur* avoit fait préparer une fête pour recevoir fon augufte Frere. S. M. lui a fait dire qu'elle n'iroit pas le voir ce jour-ci ; elle n'a point chaffé , & eft dans une douleur profonde.

S. M. a ce matin envoyé complimenter Madame de Maurepas , qui lui a répondu qu'elle faifoit une perte irréparable, celle d'un mari avec qui elle avoit vêcu cinquante-cinq ans fans s'être quittés d'un jour ; qu'il lui laiffoit une fortune confidérable ; mais que rien ne pouvoit adoucir fa douleur que les bontés de Sa Majefté.

Comme M. le Comte de Maurepas étoit logé au château d'où l'on expulfe les morts dès le premier inftant, Madame de Maurepas avoit prévenu le Roi & avoit demandé un répit de fix heures qui lui avoit été accordé ; en même tems ne pouvant fe diffimuler la fin prochaine de fon mari, elle avoit donné ordre qu'on tînt à l'Hermitage un appartement bien chaud & un lit tout prêt à être baffiné & à recevoir le cadavre lors qu'il arriveroit : en effet, il a été tranfporté dans fa robe de chambre & en chaife à porteurs ; &, tout ce cérémonial rempli, la Comteffe eft partie vers les onze heures du matin aujourd'hui, pour fe rendre à Paris.

L'*Hermitage* eft un château de plaifance bâti dans le parc de Verfailles pour Madame de Pompadour, & que Louis XVI a donné à vie au Comte & à la Comteffe de Maurepas.

Le corps doit être préfenté demain à Notre-Dame de Verfailles , fa paroiffe , & transféré de

G 3

là dans un corbillard à Saint-Germain l'Auxerrois, où est la sépulture des Pontchartrains.

Comme tout le monde ne regrette pas la perte de ce Ministre, dès aujourd'hui il a couru dans Versailles & à Paris le distique suivant :

O France ! applaudis-toi, triomphe de ton sort :
Un Dauphin vient de naître, & Maurepas est mort.

22 *Novembre* 1781. M. de la Harpe se dispose enfin à donner une tragédie nouvelle sous le titre de *Jeanne, Reine de Naples*. Les Comédiens en ont une très-haute idée. En conséquence, ils font beaucoup de dépense en spectacle & en habillemens. On assure que la mante seule de la Reine coûte 1500 livres.

L'Auteur a été retardé dans son triomphe par quelques contrariétés qu'il a éprouvées à la Police. Il a fallu qu'il retouchât certains endroits sur les Prêtres, capables de déplaire à M. l'Archevêque, & d'autres sur l'autorité, qu'on a trouvés trop forts.

La première représentation doit avoir lieu incessamment ; la *Discipline militaire du Nord* réduite en quatre actes, n'ayant pas mieux pris, & étant absolument tombée.

. 23 *Novembre*. Extrait d'une lettre de Liege du 4 Novembre.... Il a paru ici une petite piece de vers, intitulée *La Nymphe de Spa à l'Abbé Raynal*. Je ne puis vous en dire davantage : ce monstre d'irréligion a été étouffé au berceau par un mandement du Prince-Evêque, qui a fait l'honneur au Poëte de lancer contre lui les foudres temporelles & spirituelles. Voici le commencement de cette piece originale....

ss Ce n'est point sans la plus vive douleur

„ que nous venons de voir s'élever du fein des
„ brebis confiées à nos foins, un homme tur-
„ bulent, affez audacieux pour ofer publier,
„ par une témérité inouie, une piece de vers
„ infultante pour tous les genres d'Autorités.
„ Ne pouvant ni tolérer, ni diffimuler une en-
„ treprife auffi dangereufe, nous jugeons devoir
„ rendre publique l'indignation que nous avons
„ reffentie à la lecture de cette piece fcanda-
„ leufe..... dont nous entendons punir l'auteur
„ fuivant la rigueur des loix.....

Le refte eft une exhortation à fes Peuples &
ouailles de conferver le précieux tréfor de la
foi..... d'avoir du mépris & de l'horreur pour
les fophifmes & les attentats d'une philofophie
infenfée......

23 *Novembre* 1781. M. Thomas n'eft pas encore rétabli de la grande maladie qu'il a éprouvée il y a plus de 18 mois, & qui depuis ce tems
l'oblige de refter dans une inaction abfolue. Ses
facultés ont beaucoup de peine à revenir ; cependant on l'a trouvé affez bien pour pouvoir
entreprendre le voyage de nos Provinces méri-
dionales & y aller paffer l'hiver.

24 *Novembre.* Les Comédiens Italiens ne dé-
ceffent de jouer des pieces nouvelles. Ils en
annoncent encore une pour Lundi, intitulée le
Baifer, féerie en trois actes & en vers, mélée
d'ariettes ; mufique de M. Champein.

24 *Novembre.* Mlle *Contat* de la Comédie
Françoife, fe flattant qu'un grand Prince avoit
des vues fur elle, enorgueillie de cette conquéte,
avoit quitté M. de Maupeou qui la combloit de
bien. Cependant ne trouvant pas que ce Prince
répondit aux vues de haute fortune auxquelles

G 4

elle s'étoit portée, pour exciter fa générofité ; elle fe permit une petite rufe. Elle fit fabriquer fur un papier timbré une affignation pour payer une fomme de 10,000 livres, & la laiffa, comme par oubli, fur la cheminée. S. A. R. arrive, voit ce papier & veut le lire ; la Comédienne fait femblant de l'en empêcher & de ne céder qu'à regret à la curiofité de l'augufte amant. Le Prince lui dit qu'elle a tort, qu'il fe charge de la dette & emporte l'affignation.

Le lendemain il lui envoie un Arrêt de furféance pour un an. On ne doute pas que cette plaifanterie ingénieufe, & digne punition de la fupercherie, n'ait été fuivie de quelque cadeau confolateur ; mais qui n'a pu la dédommager du regret de voir fa cupidité démafquée & fruftrée. Elle a voulu retourner à M. de Maupeou qui lui a répondu qu'il étoit trop tard. Heureufement fa figure & fon état lui feront trouver bientôt quelque autre dupe.

Vraifemblablement c'eft ce qui empêchera le Prince de reconnoître l'enfant qu'elle vient d'avoir, & dont elle eft en couche.

24 *Novembre* 1781. Dans la féance publique de rentrée du Bureau académique d'Ecriture, préfidé par M. le Noir, Lieutenant de police, & M. Moreau Procureur du Roi au Châtelet, M. Bernard, Ecrivain du cabinet du feu Roi Staniflas, créateur d'un genre de deffin en traits jetés parfaitement conformes à leurs vues, préfenta à l'Affemblée un ouvrage dont il avoit été chargé par fes confreres : c'étoit le portrait de chacun des deux Magiftrats fous les aufpices defquels elle eft née. Ils devoient être analogues aux beaux ouvrages en écriture qui ornent la

falle, & l'on admira ces deux chef - d'œuvres.

  ,, On a vu quelquefois, dit M. Harger, le
,, Secrétaire, dans une petite digreſſion qu'il
,, fit à ce ſujet, des portraits à la plume ; mais
,, ces ouvrages étoient d'abord deſſinés au
,, crayon, & enſuite recouverts à la plume, avec
,, le plus grand ſoin ; ici, excepté le profil,
,, dont la reſſemblance eſt le moindre ouvrage,
,, l'Artiſte exécute librement, & à main volante,
,, tous les objets qu'il veut imiter. Ce qu'il y a de
,, merveilleux dans ce travail, c'eſt que l'Auteur
,, étant privé des moyens de réparer ſes fautes,
,, ſes ouvrages annoncent un goût & une ſureté
,, de main dont il n'y a point d'exemple. ,,

Un des ſpectateurs, entre les mains duquel
avoit paſſé le Portrait de M. le Noir, écrivit au
bas avec un crayon l'impromptu ſuivant :

Sans doute il eſt aiſé de rendre ce portrait,
Le pinceau, le crayon l'attrappent trait pour trait ;
    La plume encor y peut attcindre ;
Oui, c'eſt le Noir lui-même, on ne ſauroit mieux feindre ;
L'œil en eſt enchanté.... mais, pour charmer nos cœurs,
    Pour modele à ſes ſucceſſeurs,
    C'eſt ſa bonté qu'il faudroit peindre !

  25 *Novembre* 1781. La vivacité françoiſe ne
pouvant s'accorder avec la lenteur eſpagnole,
lui a fait enfanter la plaiſanterie ſuivante ſur le
ſiege de Gibraltar.

  E P Î T R E à *Mrs du camp de St. Roch.*

    Meſſieurs de Saint Roch entre nous
    Ceci paſſe la raillerie ;
    En avez-vous là pour la vie,
    Ou quelque jour finirez-vous ?
    Ne pouvez-vous à la vaillance

Joindre le talent d'abréger ?
Votre éternelle patience
Ne se lasse point d'assiéger ;
Mais vous mettez à bout la nôtre :
Soyez donc battans ou battus ,
Messieurs du camp & du blocus ;
Terminez de façon ou d'autre ;
Terminez, car on n'y tient plus.
Fréquentes sont vos canonades ;
Mais , hélas ! qu'ont - elles produit ?
Le tranquille Anglois dort au bruit
De vos nocturnes pétarades,
Ou s'il répond de tems en tems
A votre prudente furie,
C'est par égard, je le parie,
Et pour dire : je vous entends.
Quatre ans ont dû vous rendre sages :
Laissez donc là vos vieux ouvrages ;
Quittez vos vieux retranchemens ;
Retirez - vous, vieux assiégeans :
Un jour, ce mémorable siege
Sera fini par vos enfans,
Si toutefois Dieu les protege.
Mes amis, vous le voyez bien,
Vos bombes ne bombardent rien ;
Vos bélandres & vos corvettes,
Et vos travaux & vos mineurs
N'épouvantent que les lecteurs
De vos redoutables gazettes.
Votre blocus ne bloque point,
Et, grace à Votre heureuse adresse,
Ceux que vous affamez sans cesse
Ne périront que d'embonpoint.

25 *Nov.* 1781. Comme Chef du Conseil des
finances, M. le Comte de Maurepas avoit un
porte-feuille ; il étoit obligé de signer tous les Arrêts du Conseil en cette partie, surtout depuis
qu'il n'y avoit plus de Contrôleur général. C'est à
M. de Vergennes que S. M. a confié cette fonction.

Du refte, M. de Maurepas n'en avoit aucune, n'écrivoit, ni ne recevoit point de lettres, & fe contentoit de donner fes confeils
au Roi ou aux Miniftres, fuivant l'exigence
des cas.

Il n'eft conféquemment pas néceffaire que
S. M. défigne perfonne à cet égard, fi Elle veut
tout voir par elle - même, entendre chaque Secrétaire d'Etat & n'écouter que fa propre fageffe.
Mais on eft habitué de voir une efpece de premier Miniftre, & le public en défigne plufieurs,
M. de Vergennes, M. d'Offun, M. de Machault,
M. le Cardinal de Bernis. C'eft ce dernier fur
lequel on s'arrête le plus aujourd'hui; on prétend que le Roi lui écrivoit déja de fa propre
main du vivant de M. de Maurepas, & qu'un
jour celui - ci ayant furpris S. M. la plume à
la main, elle lui fit la plaifanterie de cacher
précipitamment fon papier & d'exciter fa jaloufie, qu'elle lui avoua enfuite ce qui en étoit &
l'en plaifanta.

On ajoute que Madame Adelaïde, qui ne laiffe
pas que d'avoir du crédit auprès de S. M. porte
puiffamment cette Eminence.

26 Novembre 1781. Les progrès de la philofophie fe font fenfiblement remarqués à l'occafion de M. le Dauphin, & la joie générale,
au lieu de fe manifefter fimplement comme autrefois par des fêtes frivoles & inutilement dif-
pendieufes, a éclaté prefque partout par de
bonnes actions : on en a déja lu plufieurs; en
voici d'autres :

A Rennes, le Parlement a arrêté qu'il feroit pris fur fes fonds une fomme de 6000
livres, qu'on diftribueroit aux Bureaux des pa-

roiffes & aux Sœurs de charité, *pour fubvenir aux befoins les plus preffans des pauvres, dont le nombre, porte l'arrêté, eft effrayant dans cette ville.*

A Vienne en Dauphiné, M. l'Archevêque, de même que les Maire & Echevins, a doté plufieurs filles, & diftribué d'abondantes au-mónes.

Enfin, à Villeneuve-le-Roi, Election de Sens, un particulier, au lieu d'illuminer fa maifon, a mieux aimé payer la taille des pauvres de fa pa-roiffe ; ce qui a donné lieu à l'impromptu fuivant:

J'ai vu l'autre jour à ta porte
Cent malheureux comblés de tes bienfaits,
Des lampions de cette forte,
Ami, ne s'éteindront jamais.

26 *Novembre* 1781. Extrait d'une lettre de Marfeille du 10 Novembre.... M. Malonët, Com-miffaire du Roi, envoyé ici pour la vente à la ville des terreins de l'Arfenal, dont je vous ai déja entretenu à plufieurs reprifes, a pris occa-fion de la ceffion faite par S. M. à l'Académie des Sciences & Belles-Lettres de Marfeille, de l'Obfervatoire royal de la Marine, pour donner de l'éclat à cette cérémonie en la tournant en une efpece de fête littéraire, afin que les jour-naux s'entretinffent de lui encore une fois. Il y a eu des difcours qui ont été imprimés à la fuite de ceux prononcés à ce fujet, précédés d'un procès verbal de la notification des ordres du Roi à l'Académie. On ne fait fi ce Commiffaire, occupé de beaucoup plus grandes affaires, s'eft donné la peine de compofer lui-même fon dif-cours ; mais on y a remarqué le morceau fuivant.

précieux à conferver: il apoftrophe les membres de cette Compagnie.

,, Vous appartenez déformais à l'Etat autant
,, qu'aux Lettres & aux Sciences. Vous êtes ap-
,, pellés à concourir à la perfection de la navi-
,, gation, à la gloire & à la fureté du pavillon
,, françois, illuftré de nos jours par des traits
,, de la plus brillante valeur. Si nous étions
,, encore au tems où les favans même, où le
,, célebre Caffini fubiffoit le joug des fuperfti-
,, tions populaires, le premier ufage que vous
,, feriez du don de S. M. feroit d'aller confulter
,, le ciel fur la naiffance de l'enfant précieux,
,, dans lequel la France doit reconnoître un jour
,, fon Maitre. Mais l'illuftre Prélat (l'Evéque
,, de Marfeille), dont la préfence honore cette
,, Affemblée; vous appelle aux pieds des autels
,, pour y préfenter au Maitre de la nature les
,, vœux d'un peuple fidele..... ,,

27 *Novembre* 1781. La piece de M. de la
Harpe, qui devoit fe jouer demain, eft encore
reculée par un accident arrivé au Sieur la Rive:
il s'eft bleffé la main à une répétition d'aujour-
d'hui en s'efcrimant au combat qui fe paffe fur
la fcene dans cette tragédie.

Pour fufpendre l'impatience du public, les
Comédiens annoncent une petite comédie nouvelle, en un acte & en vers, qu'ils efperent
jouer Samedi. Elle a pour titre, le *Rendez-vous
du Mari*.

27 *Novembre*. On raconte que le Sieur de
Beaumarchais, bouffon-né du Comte de Maurepas, au commencement de la maladie de ce
Miniftre, profita d'un mieux momentané, &
voulut l'égayer par la lecture de fa Comédie du

Mariage de Figaro. Le Comte accepte, donne le jour & l'heure L'Auteur ayant fini, le malade exalte cet ouvrage, le trouve excellent ; mais, reprend-il, comment fe fait-il, Beaumarchais, qu'accablé d'affaires comme vous l'êtes, que vous immifçant de tout, que chargé même de négociations graves & vous étant élevé jufqu'à la politique, vous vous amufiez encore à ces frivolités, que vous ayiez le tems d'y travailler ? *Monfeigneur*, répondit-il, *j'ai pris celui où vous étiez à la Redoute.* Le Comte, entendant la raillerie, lui réplique, Diable ! le calembour n'eft pas mauvais. En effet, tandis que vous en aurez toujours de pareils à votre difpofition, vous ne ferez point mal de rire & de plaifanter, & je vous garantis le fuccès.

28 *Novembre* 1781. Les fujets de féerie en général font froids. On ne peut guere s'intéreffer pour des perfonnes au-deffus de la condition humaine. Des incidens qui ne naiffent en rien du jeu des paffions, mais font l'effet feulement d'un pouvoir fuprême & irréfiftible, n'occafionnent point dans le cœur ce flux & reflux de mouvemens qu'y produifent les aventures de nos femblables. La piece de ce genre, exécutée avant-hier aux Italiens, étoit moins propre qu'une autre à réuffir, puifque tout le nœud n'y confifte que dans un *Baifer* interdit à deux amans nouvellement mariés, le premier jour de leurs noces & qu'ils fe donnent malgré toutes les défenfes de la Fée qui les a élevés. La Belle tombe à l'inftant au pouvoir d'un Enchanteur, d'un Génie malfaifant, d'un Podagrambo, auffi bête que celui d'Acajou, & qui fe laiffe ravir fa proie par une rufe peu naturelle & très-groffiere

même. Tel eft le fujet; telle en eft l'intrigue ; tels en font les pitoyables refforts. Dans de pareilles pieces, on s'attend qu'au moins un grand jeu de machines, une multiplicité de fur-prifes, un fpectacle pompeux remplaceront le vuide de l'action & frapperont les yeux, fi le cœur n'eft ému. Ces moyens du Décorateur n'ont été même que foiblement employés ici ; en un mot, on eft fâché que l'Auteur, M. le Chevalier de Florian, dont la piece des *deux Billets* avoit donné de juftes efpérances, ne les rempliffe pas dans cette nouveauté plus que dans les précédentes.

Quant à la mufique de M. Champein, elle a été applaudie ; on y a trouvé un enfemble & une vigueur auxquelles on ne s'attendoit pas, & qui le font juger digne de compofer dans le grand genre & pour le théâtre de l'Opéra.

29 *Novembre* 1781. Extrait d'une lettre de Soiffons du 26 Novembre.... M. le Pelletier, no-tre Intendant, vient d'honorer l'agriculture d'une maniere nouvelle en France, & digne des Romains ou des Chinois. Hier Dimanche 25, ayant préparé une fête pour la naiffance du Dau-phin, il y a fait inviter les principaux laboureurs de fa Généralité. Après le *Te Deum*, auquel ils ont affifté, au milieu de toute la Nobleffe, ils ont été placés avec les Dames les plus diftin-guées de la ville & des environs, à une table où étoient l'Evêque, l'Intendant & les gens les plus décorés.

En commémoration de l'événement & dans cette fermentation générale de patriotifme, ces laboureurs ont demandé à fe charger chacun d'un orphelin, auquel ils donneroient le furnom d'*Antoine*. Il eft à remarquer que parmi les Agriculteurs, il en eft qui ont déja 12, 13 & 14 enfans.

M. le Pelletier, voulant que la fête fût entiérement populaire, avoit fait conftruire dans fa cour une falle très-vafte pour contenir le peuple, & des buffets garnis de pain & de viandes auffi délicates que celles de l'Intendance, qui ont été diftribuées avec du vin en abondance à plus de 3000 perfonnes.

Tout cela n'étonne point de la part de M. le Pelletier; c'eft lui qui, l'an paffé, eft allé chercher, dans une chaumiere, deux filles de condition réduites à la mifere, & qui a obtenu pour elle des fecours de la bonté du Roi.

C'eft lui qui, le premier, a reftauré à Salancy la *fête de la Rofiere*; c'eft lui qui, depuis un an, a changé en maifon de travail l'horrible repaire des dépôts de mendicité; c'eft lui qui, depuis environ fix ans, a établi dans la Province des cours publics d'accouchemens, qui y ont le plus grand fuccès, & procurent déja des biens infinis.

Enfin, il vient de fonder une école gratuite d'inftruction pour les enfans des pauvres artifans.

29 *Novembre* 1781. M. Lavoifier a lu à l'Académie des Sciences, le jour de la féance publique pour la rentrée de la Saint-Martin, un Mémoire fur la meilleure maniere d'éclairer une falle de fpectacle. Ses moyens font de fe fervir de réverberes. Il explique la difpofition qu'il veut donner à ces réverberes pour éclairer les décorations, le fond du théâtre, la fcene & la falle. Ce dernier objet, le plus difficile de tous, feroit, fuivant lui, rempli par des réverberes

elliptiques, cachés dans la voûte & qui servi-
roient en même tems de ventilateurs.

Mrs. Peyre & de Wailly, auteurs de la nouvelle salle de Comédie Françoise, prétendent
avoir eu des idées semblables antérieurement &
les avoir communiquées depuis plusieurs années
à M. le Roi de l'Académie des Sciences, à M.
Cadet de Vaux & à diverses autres personnes. En
conséquence, ils annoncent aux amateurs qu'ils
en vont faire incessamment l'essai dans leur salle.

29 *Novembre* 1781. M. le Baron de Tott, qui
a résidé longtems à Constantinople, depuis son
retour a proposé au Gouvernement la fabrication
de certaines étoffes de laine à l'usage des Turcs,
dont l'exportation seroit assez considérable pour
occuper à leur fabrication tous les pauvres du
Royaume, & en extirper entiérement la mendicité. Ces étoffes groslieres fourniroient du travail pour toutes les classes d'ouvriers, de maniere à employer les vieillards, les infirmes, &
jusqu'aux aveugles. Le projet a été adopté depuis plus d'un an : dix-huit souscripteurs, parmi les personnages les plus illustres du Royaume,
sont à la tête de l'entreprise, &, malgré cela,
elle éprouve des contradictions. M. Necker surtout y a mis beaucoup d'obstacles pendant le
tems qu'il a été en place.

30 *Novembre*. Aujourd'hui est mort M. Tronchin de Geneve, premier Médecin de M. le Duc
d'Orléans, Associé étranger de l'Académie Royale des Sciences. Il étoit dans sa 7seme. année. Il
est le premier qui nous ait apporté l'inoculation ;
&, quoique la vogue dont il avoit joui pendant
longtems fût bien passée, il conservoit encore
une grande réputation.

30 *Novembre* 1781. Le Mémoire de M. de la
Lande *fur l'année folaire* ne laiffe pas que de
faire du bruit dans le monde favant. Cet Aftronome la fixe, d'après l'examen des obfervations
d'Hipparque, de Techo, de la Caille, de Mayer
& de M. Dagelet, à $365°$ 15 h. 48' 48". Il l'avoit
précédé d'une note très-courte fur les deux cometes que fes confreres obfervent actuellement,
ce qui le rend plus piquant à caufe de l'à propos.
On fait que l'une de ces cometes, découverte à
Bath, au commencement de cette année, a un
mouvement très-lent, & qu'il n'a pas encore
été poffible de juger fi l'on ne doit pas la regarder comme une nouvelle planete.

30 *Novembre*. C'eft M. de Caumartin, le
Prévôt des marchands, qui doit avoir la place de
Confeiller d'Etat vacante par la mort de M. de
Villeneuve. M. Taboureau a eu fes bureaux &
furtout la place du Comité des finances.

On affure que M. le Pelletier, l'Intendant de
Soiffons, vient d'être défigné Prévôt des Marchands pour fuccéder à M. de Caumartin. Jufqu'ici on ne l'auroit pas cru capable de cette
place importante, & qui exige beaucoup de gravité, d'ordre & de circonfpection ; mais les
beaux établiffemens qu'il a faits dans fa Généralité ont fait préfumer que ce perfonnage frivole avoit acquis plus de maturité & le génie
propre à une adminiftration municipale. D'ailleurs, c'eft une maniere de le dédommager des
frais confidérables que vient de lui coûter la
fête qu'il a donnée & dont on a rendu compte.

1 *Décembre*. La piece du *Rendez-vous du
Mari*, jouée aujourd'hui, eft tirée d'un conte
de M. de Champfort. Quelques traits faillans

qui y brillent, parmi un bien plus grand nombre de lieux communs & ufés, n'ont pu empêcher que fa marche lente n'occafionnât de l'ennui, & que plufieurs plaifanteries de mauvais goût n'excitaffent même des murmures. L'Auteur, s'il veut qu'elle refte au théâtre, fera obligé d'y faire de grands changemens, encore aura-t-il peine à conferver la meilleure fcene, en ce qu'elle choque trop les bienféances théâtrales. C'eft un homme qui veut féduire la femme de fon ami, en lui prouvant qu'il eft infidele.

Cette nouveauté eft de M. André de Murville, débutant dans la carriere; il ne frappe pas mal un vers; mais il faut autre chofe pour réuffir au théâtre. Ce Poëte a époufé une fille de Mlle Arnoux, & l'on fe doute que cette Actrice célebre, fe mêlant de bel efprit, aura voulu mettre du fien dans la piece: comme elle a le genre de plaifanterie très-ordurier, il étoit difficile qu'elle ne fe fentît pas du goût du terroir.

1 *Décembre* 1781. La maniere d'éclairer la nouvelle falle de Comédie Françoife de Mrs. Peyre & de Wailly femble en effet fe rapprocher beaucoup des procédés de M. *Lavoifier*. L'expérience que font les premiers confifte à procurer la clarté par une ouverture pratiquée au centre de la voûte; à dérober à l'œil du fpectateur les maffes de lumiere & à la réunir dans un foyer commun, de façon à produire le plus grand effet & même à éclairer la fcene en forçant la lumiere de ce foyer. Un grand avantage de la nouvelle méthode eft de remédier au reproche qu'on fait depuis longtems à nos fpectacles, d'en préfenter les objets d'une maniere contraire à la nature, en les éclairant de bas en haut,

lorfqu'ils devroient, dans l'ordre phyſique, l'être de haut en bas.

2 *Décembre* 1781. Le jour où le Roi eſt venu à Notre-Dame pour aſſiſter au *Te Deum* en aǔion de grace de la naiſſance du Dauphin, les Chanoines étoient dans leur coſtume d'hiver, qui commence à la Touſſaint ; c'eſt-à-dire en ſoutane noire & en camail. Ce camail eſt une eſpece de domino noir. S. M. qui ne les avoit pas encore vus dans cet accoutrement biſarre , & vraiſemblablement ne le connoiſſoit pas, en fut ſurpriſe, & demanda ſi l'on étoit en carnaval; elle trouva qu'ils avoient ainſi l'air de loups-garous. Les jeunes, plus ſenſibles à ce reproche, au Chapitre tenu à l'occaſion du *Te Deum* à chanter mardi dernier 27 pour remercier Dieu de la viǔoire du Comte de Rochambeau, ont agité s'il ne conviendroit pas , le jour où la Reine viendroit à l'Egliſe de Paris, pour ne point effrayer cette Princeſſe plus fuſceptible encore, de changer de décoration. Les vieux , attachés toujours aux anciens uſages, ne vouloient pas s'en départir. Heureuſement il s'eſt trouvé une délibération du ſiecle précédent, autoriſant de prendre l'habit d'été dans les grandes cérémonies, c'eſt-à-dire la robe violete & l'aumuſſe. En conſéquence, il a été réſolu de s'y conformer; ce qui a eu lieu Mardi pour la premiere fois.

En outre, les Chanoines petits-maîtres ſe plaignoient depuis longtems de cet habillement, en ce que le camail étant une invention du beſoin & non un attribut de leur dignité, les Chantres, les Chapelains & tout le bas Chœur s'en ſervoient auſſi ; ce qui les confondoit abſolument

avec ceux-ci durant tout l'hiver. Ils ont remon-
té à une vieille délibération de 1616, qui a été
remife en vigueur ; & les Dimanches & fêtes ils
porteront encore l'habit d'été , c'eft-à-dire le
violet & l'aumuffe , interdits abfolument à leurs
gagiftes.

2 *Décembre* 1781. Il fe répand un *Profpectus*
annonçant un nouvel établiffement qui fait frémir M. de la Blancherie, cet Agent général pour
la correfpondance des fciences & des arts, en
ce que l'Auteur femble devoir aller fur fes bri-
fées & bientôt l'écrafer par une rivalité infiniment plus avantageufe.

Il s'agit d'un *Mufée*, autorifé par le Gouvernement, fous la protection de M O N S I E U R &
de M A D A M E. Ce *Mufée*, particuliérement
confacré à favorifer le progrès de plufieurs fciences relatives aux arts & au commerce, ne doit
pas être confondu avec un autre établi il y a environ un an, fans confiftance, fans protecteurs
connus, & n'étant encore qu'une Affemblée de
gens de lettres fe réuniffant entre eux chaque
Jeudi pour y lire des pieces de vers & de profe,
& quelquefois auffi cependant des morceaux
fcientifiques, fous la préfidence de M. *Court de
Gebelin*

L'inventeur du nouveau Mufée eft M. Pilatre
de Rofier, premier profeffeur de chymie de la
Société d'Emulation de Reims, attaché au fervice de *Madame*, Infpecteur des pharmacies de
la Principauté de Limbourg. Ce dernier titre
pourroit lui ôter la confiance, en ce que tout
ce qui a rapport avec le Souverain de ce nom
doit être violemment fufpecté de manœuvres té-
nébreufes & d'intrigues peu honnétes, d'excro-

queries mêmes, fuivant qu'on en peut juger par les divers procès qu'on a déja fufcités à Paris au fufdit Prince de Limbourg.

Quoi qu'il en foit, le *Mufée*, dont la fouf- cription eft de trois louis par an, s'ouvrira le Mardi onze Décembre.

2 *Décembre* 1781. M. l'Archevêque ayant reçu défenfe de travailler, de la part de la Fa- culté, a été obligé de remettre toutes les affaires à fes quatre Grands-Vicaires, l'Abbé de *Beau- mont d'Autichamp*, fon parent, & les Sieurs de *l'Ecluse*, *Chevreuil* & *Affeline*.

3 *Décembre*. Le Mufée nouveau a deux ob- jets; le premier eft d'offrir aux Savans & aux amateurs des laboratoires, dans lefquels ils pour- ront étayer leurs découvertes par des expérien- ces. Ceux qui cultivent les fciences ne peuvent pas tous être à portée de fe procurer des objets difpendieux, & cependant néceffaires; & ils y trouveront tous les inftrumens de leur art.

Le fecond objet eft d'enfeigner aux commen- çans à faire ufage des machines, & de leur dé- montrer les applications pour la fabrication de toutes les chofes néceffaires à la vie. En confé- quence on y fera 1°. un cours *Phyfico-chymi- que*, fervant d'indroduction aux arts & métiers, dans lequel on fera connoître l'hiftoire naturelle des fubftances qu'on y employe; 2°. un cours *Phyfico-mathématique* expérimental, dans le- quel on s'appliquera fpécialement aux arts méca- niques; 3°. un cours fur la fabrication des étof- fes, les teintures & des aprêts; 4°. un cours d'a- natomie, dans lequel on démontrera fon uti- lité dans la fculpture & la peinture, auquel on joindra les connoiffances phyfiologiques nécef-

àires à un amateur; 5°. un cours de langue an-
gloise; 6°. un cours de langue italienne.

3 *Décembre* 1781. Extrait d'une lettre de Mar-
seille du 24 Novembre..... C'est par un Arrêt du
Conseil du 5 Octob. dernier, que le Roi a donné à l'Académie des Sciences & Belles-Lettres
de cette ville, l'Observatoire de la Marine, ci-
devant attaché à l'Arsenal. M. Malouet a été
chargé de lui remettre en conséquence, les bâtimens, meubles & instrumens dépendans de
l'Observatoire. M. le Marquis de Castries adressa
cet ordre audit Sieur Commissaire du Roi le 20
Octobre avec une lettre obligeante, où il le chargeoit de témoigner à la Compagnie son estime &
son empressement à faire valoir auprès du Roi
le zele que ses Membres témoignent pour l'ac-
croissement des sciences qu'ils cultivent, & par-
iculiérement des connoissances astronomiques
i intéressantes pour la Marine.

M. Malouet a rempli cette commission le 19
Octobre, & le 7 Novembre elle a arrêté dans
une séance extraordinaire, qu'en témoignage de
à reconnoissance, elle célébreroit à l'avenir l'é-
poque séculaire du 10 Décembre 1481, où Mar-
seille & la Provence furent réunies à la Couronne, & qu'à cet effet elle fera chanter un *Te
Deum* solemnel, ce qui aura lieu le 3 Décembre
prochain, après trois siecles écoulés.

Quand le procès verbal de cette séance & de
a précédente, rendu public, me sera parvenu,
e vous ferai un détail plus circonstancié des
autres dispositions de cet arrêté, très-hono-
rable pour le Ministre, & fort singulier à bien
des égards.

4 *Décembre.* Les amateurs de musique ins-

trumentale & vocale fe difpofent à fe rendre
en foule au concert fpirituel prochain de Samedi huit, qui doit être très-brillant en Virtuofes
& en morceaux nouveaux.

On y doit entendre une Demoifelle le Bœuf,
Cantatrice dans le goût italien, qui n'a pas encore paru, & dont on dit le plus grand bien.

M. Coufineau fur la harpe, M. Salentin
fur la flûte, M. Fodor fur le violon, exécute-
ront refpectivement des concerts de leur compofition.

M. Moline a compofé une ode qui a été mife
en mufique par M. Mereaux ; enfin, M. Rochefort y produira le fpectacle pompeux de l'*Apothéofe en vers & en mufique* de l'Impératrice
Reine de Hongrie & de Boheme. Ce dernier
morceau, qui rapproche ce fpectacle des anciennes cérémonies des Romains & des Grecs, eft
furtout fait pour piquer la curiofité, & par fon
intention & par fon objet.

5 *Décembre* 1781. Enfin, le Sieur Pankoucke,
cet Atlas de la librairie, dont les vaftes épaules
fupporteroient le poids des maffes les plus énormes, a trouvé le moyen d'obtenir du Gouvernement une permiffion ouverte de faire une nouvelle édition de l'Encyclopédie en 40 volumes
de difcours & fept volumes de planches *in-4.°*
& en 84 volumes de difcours & 7 de planches
in 8°. au même prix de 672 livres l'exemplaire
de chaque édition.

Cet ouvrage aura pour titre *Encyclopédie Méthodique*, ou par ordre de matieres, précédée
d'un vocabulaire univerfel, fervant de table pour
tout l'ouvrage.

Les premiers Editeurs, MM. Diderot & d'A-
lembert

lembert n'y figureront plus que par leur portrait qui fera à la tête.

L'objet principal de la refonte de l'ouvrage eft, en corrigeant les fautes, les omiffions & les erreurs fans nombre qu'on lui reproche, de le perfectionner, en le rendant tout-à-la fois & un Dictionnaire & un Traité. Du refte, on dit qu'il y aura plus de 30,000 nouveaux articles.

Les frais de ce grand monument font un objet de dépenfe de près de deux millions, & l'on fent qu'il faut que le zele des foufcripteurs s'évertue pour venir au fecours du Sieur Pankoucke.

6 Décembre 1781. Extrait d'une lettre de Marfeille du 29 Novembre...... Notre Académie, dans l'effufion de fa reconnoiffance envers le Marquis de Caftries, a arrêté que le nom de Caftries feroit infcrit fur les regiftres à côté de celui de Villars; que, dans tous les difcours publics, il feroit nommé comme le bienfaiteur, ainfi que les fondateurs & protecteurs de l'Académie; que ce Miniftre feroit prié d'agréer le titre d'Académicien honoraire, & la demande que la Compagnie lui fait de fon portrait.

L'Académie en outre ne pouvant oublier ce qu'elle doit à un ancien Miniftre, qui, le premier, a bien voulu concourir à fon établiffement & lui procurer un traitement annuel, a arrêté que M. Necker, ci-devant Directeur général des finances, feroit infcrit dans la lifte comme Académicien honoraire, & fon nom affocié à celui du Miniftre bienfaifant auquel elle doit fon établiffement actuel.

Que copie collationnée de la préfente délibération fera envoyée à M. le Marquis de Caftries, & une feconde expédition à M. Malouet, Com-

Tome XVIII. H

miſſaire du Roi, par deux Députés de la Compagnie, chargés de lui renouveller ſes remercîmens.

L'Académie a de plus arrêté que le procès verbal de cette ſéance & de la précédente ſera rendu public.

6 Décembre 1781. Il y a à Paris une petite Cotterie littéraire, qui n'eſt qu'une foible imitation de celle de Madame la Comteſſe de Beauharnois, la premiere aujourd'hui, & de pluſieurs autres; mais, comme elle eſt précédée les Mercredi d'un bon diner, les Freres ne manquent pas de s'y trouver. C'eſt une Madame Pannelier, femme d'un ancien Receveur général des domaines & bois, qui en eſt la Préſidente. Les coriphées principaux ſont MM. de la *Lande*, *Sautereau*, le *Clerc de Montmercy*, *Guichard*, &c. Elle ſe nomme Catherine, & les Poëtes, ſes commenſaux, ne manquent pas de célébrer leur Divinité: M. Guichard s'étant trouvé abſent, ou ayant oublié la fête, a réparé cette omiſſion par les vers ſuivans :

Catherine en mon cœur eſt plus qu'en ma mémoire :
Mais faut-il, ne ſuivant que l'ordinaire cours,
Fêter, à jour nommé, ce qui plait tous les jours ?
　　Parmi vos enfans de la gloire,
Je me gliſſe, bâtard, en toute humilité.
Vous ne me verrez point jaloux de leur victoire,
　　Il me ſuffit d'être adopté.
Ma place, près de vous, vaut l'immortalité.

7 Décembre. Voici les noms & la tâche de chacun des Coopérateurs de l'*Encyclopédie Méthodique.*

Meſſieurs l'Abbé *Boſſut* & de *la Lande*, tous deux Membres de l'Académie des Sciences, ſe chargent des Mathématiques, le ſecond prendra ſoin de la partie aſtronomique principalement.

M. *Monge*, Profeſſeur de Phyſique à Mezieres & de l'Académie Royale des Sciences, compoſera le Traité de Phyſique.

La Médecine ſera miſe en ordre par M. *Vicq d'Azir*, Docteur-Régent & Profeſſeur de la Faculté de Médecine de Paris, de l'Académie royale des Sciences, & Secrétaire perpétuel de la Société royale de Médecine ; le même traitera de l'Anatomie, & de la Phyſiologie ſimple & comparée.

M. *Louis*, Secrétaire perpétuel de l'Académie royale de Chirurgie, embraſſera cette partie.

La Chymie, par M. de *Morveau*, Avocat général au Parlement de Bourgogne, Membre de pluſieurs Académies ; la Métallurgie, par M. *Duhamel*, Inſpecteur général des mines ; la Pharmacie par M. *Maret*, Secrétaire perpétuel de l'Académie de Dijon.

L'Agriculture proprement dite, ou la culture des terres, par M. l'Abbé *Teſſier*, Docteur-Régent de la Faculté de Médecine de Paris & de la Société royale de Médecine ; le Jardinage, ou la culture des jardins & vergers, par M. *Thouin*, Jardinier en chef du jardin du Roi ; & la culture des bois & aménagement des forêts, par M. *Fougeroux de Bondoroy*, Membre de l'Académie Royale des Sciences.

MM. *Daubenton*, de l'Académie Royale des Sciences, Lecteur & Profeſſeur d'Hiſtoire naturelle au College royal de France, Garde & Démonſtrateur du cabinet du jardin du Roi ; *Mauduit*, Docteur-Régent de la Faculté de Médecine de Paris & Membre de la Société Royale de Médecine ; *Guenau de Montbeillard*, Académicien honoraire de l'Académie de Dijon, ſe partageront entr'eux l'hiſtoire naturelle des animaux.

H 2

La Botanique, par M. le *Chevalier de la Marck*, de l'Académie Royale des Sciences.

M. *Daubenton* fe charge de nouveau de l'Hiftoire naturelle des minéraux.

M. *Defmareft*, de l'Académie royale des Sciences, & Infpecteur des manufactures de la Champagne, embraffera la Géographie phyfique, ou les phénomenes généraux de l'Hiftoire naturelle de la terre.

MM. *Robert*, Géographe du Roi, *Maffon de Morvilliers*, Avocat au Parlement, & *Mentelle*, Hiftoriographe du Comte d'Artois, Penfionnaire du Roi, Profeffeur émérite d'Hiftoire & de Géographie à l'école royale militaire, de l'Académie des Sciences & Belles-Lettres de Rouen, prendront foin de la partie concernant la Géographie ancienne & moderne. M. *Bourfe*, Ingénieur hyrographe de la Marine, fera exécuter les cartes.

Les Antiquités, Infcriptions, Chronologies, Art de vérifier les dates, Numifmatique ou fcience des médailles, explication des fables, caufes des mœurs, coutumes & ufages des anciens, feront traités par M. *Court de Gebelin*.

L'Hiftoire par M. *Gaillard*, de l'Académie Françoife & de celle des Infcriptions.

La Théologie, par M. l'Abbé *Bergier*, Confeffeur de *Monfeur*, & Chanoine de l'églife de Paris.

La Philofophie ancienne & moderne, par M. *Naigeon*.

La Métaphyfique, la Logique & la Morale encore, par M. *Gueneau de Montbeillard*; la Grammaire & la Littérature par MM. *Marmontel & Beauzée*, de l'Académie Françoife.

La Jurifprudence, par une Société de Jurifconfultes. Elle fera rédigée & mife en ordre par M. *Remy*, Avocat au Parlement.

Les Finances, par M. *Digeon*, Directeur des fermes, qui fe flatte de rectifier beaucoup d'erreurs de *Paffelier*, fon prédeceffeur dans ce travail.

L'Economie politique, par M. l'Abbé *Beaudeau*. M. l'Abbé de *Montlinot*, connu par un excellent difcours fur la mendicité & par plufieurs mémoires fournis au Gouvernement fur ces objets, s'eft chargé de toute cette partie dans ce Dictionnaire.

Le Commerce encore par M. l'Abbé *Beaudeau* & par M. *Benoit*, Confeiller de *Monfieur*, & ancien Profeffeur du cours gratuit de jurifprudence confulaire.

La Marine, par M. *Vial de Clairbois*, Ingénieur-conftructeur de la Marine, de l'Académie Royale du même nom; & par M. *Blondeau*, de l'Académie Royale de Marine & de plufieurs autres.

L'Art militaire mis en ordre & publié par M. de *Keralio*, de l'Académie royale des Infcriptions & Belles-Lettres.

M. de *Pommereuil*, Capitaine au Corps royal d'Artillerie, en traitera la partie.

Les beaux Arts, par M. l'Abbé *Arnaud* & *Suard*, de l'Académie Françoife.

Enfin les Arts & métiers méchaniques, par MM. *Roland de la Plattiere*, *Perrier*, freres &c.

8 *Décembre* 1781. L'Affociation des favans & autres littérateurs travaillant à élever le nouvel édifice de l'*Encyclopédie Méthodique* regrettent déja un confrere, Me. *Boiffon*, qu'une mort foudaine vient d'enlever au barreau, & qui depuis longtems travailloit à rectifier les articles de l'an-

cienne. On fera du moins ufage de fes matériaux.

8 *Décembre* 1781. Les gens les plus prévenus commencent à regretter M. de Maurepas pour le crédit qu'il avoit fur l'efprit du Roi & des Princes de la maifon royale ; pour fon efprit de conciliation à la Cour, lorfqu'il s'y élevoit quelque nuage. On fe rappellera toujours la maniere noble & fublime dont il répondit à M. le Comte d'Artois qui, témoignant de l'éloignement pour quelques actes de foumiffion à S. M. lui demanda avec humeur : après tout, que le Roi peut-il me faire ? *Monfeigneur, il peut vous pardonner.*

8 *Décembre.* Le concert fpirituel, exécuté aujourd'hui avec une nombreufe affluence d'auditeurs, a réuffi en beaucoup de parties.

La fymphonie del Signor *Rofetti*, jouée pour l'ouverture, a été fort goûtée L'*Andante* furtout a paru d'un genre abfolument neuf. On regrette que ce Compofiteur, attaché à fon Alteffe Séréniffime Monfeigneur le Prince d'*Orffing-Wallerftein*, aille fe fixer dans une Cour étrangere ; il annonce beaucoup de talent par les traits de chant agréables dont eft rempli fon ouvrage.

Mlle *le Bœuf* a reçu des applaudiffemens bien capables de l'encourager à faire tous fes efforts pour ajouter à la légéreté de fa voix les autres qualités qui peuvent s'acquérir par le travail.

L'exécution rapide de M. *Coufineau* a fait plaifir, principalement dans l'Allegro.

Plufieurs morceaux de l'*Ode fur la naiffance de Mr. le Dauphin* ont été jugés dignes de la réputation de M. *Mereaux*, & les paroles dignes de fon Auteur, M. *Moline*, chez lequel le *cœur*

tient lieu d'éloquence, fuivant fes propres expreffions.

La grace & le fini que M. *Fodor* a mis dans
fon concerto de violon lui ont mérité les plus
grands applaudiffemens.

Il n'en a pas été de même de l'*Oratorio* de
M. *Rochefort* fur l'Apothéofe de l'Impératrice
Reine : ce n'eft pas qu'en général la mufique
n'en foit bien écrite ; mais elle n'a pas paru affez
variée, & on y a trouvé, ainfi que dans les paroles, beaucoup de réminifcences : ces dernieres font d'un M. le *Bœuf ;* on ne fait fi c'eft le
pere de la Cantatrice.

9 *Décembre* 1781. Extrait.d'une lettre de Lil-
le du 4 Décembre.... Parmi les fêtes & réjouiffan-
ces de nos cantons, il faut diftinguer celles très-
fingulieres qui ont eu lieu à St. Omer.

Les *Hautponnois* font les habitans d'un fauxbourg de cette ville, ainfi que les *Lifelarts* le
font d'un autre fauxbourg près du premier. On
croit que ce font des Saxons, autrefois tranf-
plantés par Charlemagne dans l'Artois. Ils parlent Flamand, & ont confervé leurs mœurs &
leur franchife. Ils ne s'allient guere qu'entre
eux, & il n'y a pas longtems qu'ils s'habilloient
encore d'une maniere fort fimple, ayant des cha-
peaux en pain de fucre, des habits noirs ou
bruns fort courts, & un manteau. Leurs femmes n'ont pour coëffure qu'un morceau de toile
ferrée, & les jours ouvriers un chapeau rond de
paille, fur lequel elles mettent des mannes pleines de légumes qu'elles vendent au marché. Ce
font des Marnichers qui cultivent des terres en-
trecoupées de beaucoup de canaux. Au milieu
de ces canaux, il y a plufieurs ifles flottantes.

Ils en ont amené le 17 Novembre une fur laquelle s'éleve un arbre affez gros; ils l'ont fixée dans le canal de cette ville allant à Dunkerque & près de la porte du haut pont. Ils ont fait fur cette ifle un feu de joie à l'occafion de l'heureufe naiffance de M. le Dauphin, & ils ont illuminé toutes leurs maifons. Le lendemain dix-huit, ils ont fait chanter un *Te Deum* dans l'églife de Sainte Marguerite, leur paroiffe, & y ont affifté avec une dévotion auffi vraie que leur zele eft fincere. L'adulation n'a furement eu aucune part à cette fête unique dans fon efpece.

Entre les mauvais vers dont nous avons été inondés à la même occafion, il faut conferver auffi le quatrain fuivant fait dans cette ville & intitulé :

L'Impromptu d'un Gafcon.

Sandis, vous l'entendez, Rochambeau, la Fayette,
Vous favez réunir les vaincus, les vainqueurs;
La France à fon Dauphin préfente tous les cœurs,
Et vous forcez l'Anglois à payer la layette !

10 *Décembre* 1781. M. l'Archevêque eft fort mal; l'enflure a gagné confidérablement; il eft dans un affoupiffement léthargique, & il y a eu une confultation dont le réfultat a été qu'il n'en pourroit revenir; mais que la ponction prolongeroit peut-être fon exiftence.

10 *Décembre*. Ce n'eft que le 6 Novembre que M. de la Blancherie, Agent général de correfpondance pour les Sciences & les Arts, a jugé à propos de faire part à M. Deferres de la Tour, Rédacteur du Courier de l'Europe, de l'Article ci-deffous.

Extrait des feuilles de la Correfpondance pour les Sciences & les Arts, publiées fous le titre de

Nouvelles de la République des Lettres & Arts,
du Mercredi 15 Août 1781.

M. de la Blancherie ayant mis sous ses yeux
les feuilles du *Courier de l'Europe*, dans lesquelles il est fait mention de l'établissement de la
Correspondance depuis le commencement de
son institution, elle a arrêté :

Qu'il seroit écrit en son nom, au Rédacteur
de cette feuille, une lettre de remerciment, &
considérant qu'il n'a pu mettre tant de recom-
mendations & d'éloges dans ses annonces réitérées, que dans l'intention de contrebalancer les
effets de l'envie & de la méchanceté, toujours
acharnées après les choses utiles, & d'éclairer
le public souvent si aveuglé sur ses propres intérêts ; a arrêté de plus :

Que la feuille de la Correspondance lui sera
envoyée à titre d'*Associé honoraire*, que son
nom sera inscrit avec sa qualité dans le tableau
qui sera publié à la fin de chaque année, &
qu'il aura de même une action à la division des
objets achetés.

M. de la Blancherie a été chargé de remplir
les intentions de l'Assemblée, & de prier le *Ré-*
dacteur du Courier de l'Europe, de donner place
à ce témoignage de reconnoissance dans un de
ses premiers numero Ces délibérations ont été
prises avec l'applaudissement de toutes les classes & artistes, & de plusieurs étrangers distingués.

Cette notice, accompagnée d'une lettre fort
plate de l'Agent, où il loue bassement le Rédacteur, afin de faire passer les louanges qu'il se
donne lui-même modestement, a étourdi M. de
la Tour de façon qu'il convient, par sa réponse
du 23 Novembre, avoir été obligé de réfléchir

H 5

trois jours à ce qu'il feroit. *La crainte du Ridicule*, dit-il, *l'a retenu.* Enfin, il s'eſt ſenti plus capable de ſupporter la raillerie que le reproche d'ingratitude, & l'on ne peut qu'applaudir à ce choix d'une belle ame. Auſſi la raillerie ne tombera-t-elle que ſur le Charlatan, uſant de tous les moyens poſſibles de vanter ſa drogue.

Son établiſſement eſt ſi froid, ſi vague, ſi monotone, ſi dénué de mouvement, d'intérêt & d'inſtruction, qu'il ne peut ſe ſoutenir pendant quelque tems qu'au moyen de louanges emphatiques capables d'en impoſer à ceux qui ne le connoiſſent pas encore. Les motifs de cupidité, les idées mercantiles dont on a mélangé ce projet doivent néceſſairement donner de la défiance aux gens expérimentés & connoiſſant les manœuvres de tous ces intriguans littéraires.

Le *Muſée* de M. Pilatre de Rozier, qui vient de s'élever, objet de vues utiles & ſe réaliſant par degrés, doit à la longue remplacer & abſorber l'établiſſement de M. de la Blancherie.

11 *Décembre* 1781. M. de Flandres de Branville, Conſeiller au Parlement, a acheté la charge de Procureur du Roi de M. Moreau. En conſéquence, il eſt entré en fonctions depuis les vacances La veille du jour où il devoit être inſtallé, il fut diſtribué dans Paris 3000 Exemplaires d'un Mémoire d'un M. Garnier de la Seteraye, ancien Capitaine d'infanterie, qui l'accuſe d'une excroquerie effroyable de plus de 100,000 livres de billets. Ce Mémoire produiſit la plus grande ſenſation auprès de Meſſieurs du Châtelet, dont le grand nombre cependant opina de paſſer outre & de le recevoir.

Ce Mémoire n'eſt ſigné que de la partie & eſt adreſſé au Roi.

L'Auteur avoit écrit à chacun des Membres du Châtelet une lettre circulaire, où il témoignoit son peu de crainte, son desir même d'être décrété pour avoir lieu de prouver tous les faits qu'il avance, soit par titres, soit par témoins : il offre sa tête, il offre d'être puni comme calomniateur, s'il ne remplit son engagement.

On ne sait encore ce que deviendra cette affaire très-grave, très-affligeante pour M. de Branville & qui le fait regarder mal de quelques gens prévenus parmi les Officiers du Châtelet.

Ses partisans prétendent que l'accusateur est un mauvais sujet, excité sous main par l'ancien Procureur du Roi, qui se repent d'avoir vendu, & a même sollicité d'être continué par commission au préjudice de son successeur qui, de son côté, se plaint d'avoir été attrapé par M. Moreau.

On s'attend à de nouveaux *factum*. On veut qu'il y en ait eu déja un ballot de saisi & arrété ; mais qu'il en ait passé un dont on attend incessamment la distribution.

11 *Décembre* 1781. Hier, où l'on devoit enfin jouer la Tragédie de M. de la Harpe, il est venu un ordre du Roi aux Comédiens d'en suspendre la représentation. On ne sait quelle peut être la cause de ce nouvel obstacle ; mais l'Auteur avoit eu la précaution de faire publier dans le Journal de Paris d'hier 10, une petite lettre, où il cherche à détruire la prévention qui pourroit naître dans les esprits de la confusion des deux jeunes Reines de Naples, dont l'une fut très-vicieuse : il déclare que son sujet est *Jeanne Premiere*, la femme la plus célebre de son tems par sa beauté, son esprit, ses talens, son goût pour les arts, & qui, sans avoir une ame perverse, fut entraînée

dans de grandes fautes qui produifirent tous fes malheurs.

12 *Décembre* 1781. Le tribunal du Grand-Confeil qui, depuis fon rétabliffement, tient affez obfcurément fes féances, vient d'acquérir un inftant de vogue & de célébrité à l'occafion de la caufe finguliere dont on a parlé, de la Demoifelle Bertin, contre la Demoifelle Picot. On a rapporté, il y a quelque tems, le jugement de la Prévôté de l'Hôtel, dont il y a eu appel au Grand-Confeil. Plaidoieries en conféquence, où les Avocats fe font égayés aux dépens de ces Demoifelles. L'Arrêt devoit intervenir Mercredi dernier, c'eft-à-dire aujourd'hui; mais la Reine dont on connoît les bontés pour Mlle Bertin, fa marchande de modes, a fait écrire à M. de Nicolaï, le premier Préfident de cette Cour, de venir, avant de paffer outre, lui rendre compte de l'état où l'affaire en étoit. La caufe, en conféquence, a été remife à la huitaine.

13 *Décembre*. Au moment où l'on s'y attendoit le moins, *Jeanne Premiere*, *Reine de Naples*, a eu lieu aujourd'hui. & l'Auteur n'a pas dû être fatisfait de l'accueil du public, malgré les précautions qu'il avoit prifes pour fe concilier fon fuffrage.

L'expofition dans le premier acte a paru d'une longueur effroyable, & remplie de détails minutieux & fuperflus.

Le deuxieme acte, moins ennuyeux, a encore des chofes très-inutiles, & entr'autres une fcene entiere.

Le troifieme, qui en général doit être très-chaud, parce que c'eft celui où fe forme le plus étroitement le nœud de l'intrigue, n'a obtenu que peu d'applaudiffemens.

Heureufement, quelques morceaux du quatrieme, des fcenes mémes entieres, ont reveillé le fpectateur.

Dans le cinquieme, un grand fpectacle, un dénouement neuf & imprévu, quoique denué de fens commun, ont empéché cette tragédie de cheoir platement. Cependant elle a fini fans applaudiffemens, & fans qu'il fe foit élevé dans le Parterre un feul cri en faveur du Poëte.

Le réfultat eft qu'il y a de belles chofes de détail, mais que l'enfemble en eft très-défectueux; qu'au total le ftyle en eft bon, & le fonds plein d'abfurdités & contre toutes les regles de l'art.

13 *Décembre* 1781. Voici le moment où l'Académie Françoife ne tardera pas à s'occuper de nommer un fucceffeur à M. Saurin. Il paroit que cette fois l'élection ne fouffrira pas de grandes difficultés, & M d'Alembert annonce affez hautement que la place fera donnée à M. le Marquis de Condorcet, Secrétaire de l'Académie Royale des Sciences.

13 *Décembre*. M. de Beaumont, Archevêque de Paris, eft mort hier à 11 heures du foir; il eft deja dans fon lit de parade, & le peuple s'empreffe à l'aller voir. Il eft regretté, furtout des pauvres, auxquels il faifoit beaucoup de bien.

14 *Décembre*. Extrait d'une lettre de Cherbourg du cinq Décembre..... Il eft tems de vous faire connoitre notre Société académique, qui, formée dès 1755, n'a pas encore fait grand bruit. Elle ne fut d'abord compofée que de quelques perfonnes, amies des Sciences & des Lettres. Ce petit établiffement excita l'émulation. De nouveaux Académiciens fe prefenterent, & on compta bientôt parmi eux les perfonnages

les plus refpeclables Cela fournit aux autres des protections pour folliciter une exiftence moins précaire & moins obfcure. On demanda l'approbation du feu Roi, & l'on obtint la liberté d'avoir deux féances publiques par an.

On propofa d'abord un prix chaque année pour les éleves d'hydrographie ; mais c'eft principalement à l'étude de l'hiftoire naturelle du pays que les Membres de notre Académie s'appliquent, fans négliger néanmoins ce qui concernera les progrès de la navigation & du commerce.

Elle fe propofe de former un cabinet d'hiftoire naturelle du pays, dans lequel elle raffemblera toutes les productions de la nature, qu'on trouve à Cherbourg & dans fes environs Elle fe flatte que cette collection ne tardera pas à être complette.

14 *Décembre* 1781. Un M. *Chuppin*, Confeiller au Châtelet, gendre de M. le *Beau*, a traduit en vers françois le Décret latin de la Faculté de Médecine fur la naiffance du Dauphin. Cette piece, très-agréablement rendue, fait honneur à la facilité, au goût, au talent, du Magiftrat Poëte. On doute cependant qu'il obtienne la permiffion de la faire imprimer, à raifon de la phrafe latine fi cenfurce & dont il n'a pu s'empêcher de rendre dans fon Poëme le fens effentiel à la liaifon & à l'intelligence du refte.

M. Chuppin eft d'ailleurs diftingué dans la Magiftrature par fon attachement aux principes, par fon zele pour elle, & par la fermeté avec laquelle il s'eft conduit dans le tems de la révolution.

Il étoit gendre de M. le Beau & avoit puifé à

fon école le goût du bon & du beau : il avoit eu le projet de continuer fon Hiftoire du Bas-Empire ; mais les fonctions de fa charge l'empêchant d'y vaquer , il ne fait que préfider au travail de M. l'Abbé Ameilhon.

15 *Décembre* 1781. Le grand défaut de la Tragédie de M. de la Harpe eft celui de l'intérêt qui y manque abfolument. En effet, quoique fa Jeanne ne traite dans le courant de fon rôle que de foibleffe , le confentement qu'elle a donné à l'affaffinat commis fur la perfonne de fon époux , on ne peut envifager ce crime horrible de la même maniere ; & d'ailleurs fon retour à la vertu étant moins déterminé par fes remords que par l'ingratitude du Prince de Tarente fon amant , ambitieux afpirant au Trône , en faveur duquel elle a tout fait , ne peut même opérer envers elle le regard de commifération que le Poëte réclame pour fon Héroïne. Ce Prince de Tarente , du refte , la cheville ouvriere de la piece , eft un fcélérat d'une baffeffe , d'une abjection révoltante au théâtre ; il ne compenfe par aucune grande qualité la noirceur de fon caractere ; il ne frappe , ni n'étonne , comme il le faut au moins dans un pareil perfonnage , & n'infpire que du mépris. Quant à Louis , Roi de Hongrie , accouru à Naples pour venger fon fang , pour découvrir & punir les régicides , fi l'on applaudit d'abord à fa juftice & à fa piété fraternelle , on eft bientôt révolté des traits de férocité & de defpotifme qu'il y joint. Ce caractere eft encore mieux gâté par un amour fade , par une galanterie françoife , trop oppofés à celui d'un étranger qu'on appelle barbare & qui convient lui-même n'avoir rien de l'urbanité des

mœurs de l’Italie. Enfin , le rôle d’Amélie , Princeſſe du ſang , dont Louis eſt épris , & qu’il vient
enlever, eſt purement oiſeux , & jette dans toute
la piece une froideur que cauſe toujours l’amour
dans la tragédie , lorſque cette paſſion n’y eſt
pas exaltée au haut degré qu’on y exige , & n’eſt
pas l’ame & le reſſort de toutes les révolutions
de l’intrigue. Telle eſt l’eſquiſſe des principaux
caractéres de la piece. Il ſeroit trop long d’entrer
dans le détail des défauts de bon ſens qui four-
millent dans ſa contexture & qui font juger le
Poëte incapable d’enfanter par lui-méme un plan
conçu raiſonnablement & exécuté avec tout le
génie que demande l’art dramatique.

15 *Décembre* 1781. Depuis deux mois les travaux commencés dans le jardin du Palais royal
continuent ; les remuemens de terre , les excava-
tions ſe font ; les matériaux s’accumulent ; enfin , M. le Duc de Chartres devenant agreſſeur
contre les propriétaires , les a provoqués par un
acte hoſtile en faiſant arracher de force & ſans
aucune réclamation préalable les grilles qui entouroient leurs maiſons , & en faiſant vendre les
matériaux à ſon profit. Juſqu’à préſent ces propriétaires ſont reſtés dans l’inaction.

D’autre part, M. le Duc d’Orléans a fait , à
ce qu’on aſſure , aſſigner en ſon nom le Prévôt des
Marchands & Echevins de la ville de Paris , afin
qu’ils aient à tenir leur traité avec lui , à rétablir
l’Opera où il étoit & à l’y laiſſer à perpétuité ,
quelque événement qui arrive , aux termes ,
clauſes , & conditions convenus entr’eux.

15 *Décembre* Depuis quelque tems on parle
de couplets abominables ſur la Cour, en forme
de Noëls, où l’on n’epargne pas, dit-on, les per-

fonnages les plus refpectables & les plus auguf-
tes. On eft à la recherche du Poëte effrené qui
s'eft permis les horribles calomnies dont ces
couplets font remplis.

16 *Décembre* 1781. Parmi les talons rouges qui
diffèrtent dans les foyers fur les pieces nouvelles,
M. le Marquis de Louvois eft le plus redoutable
aux Auteurs par fes quolibets & fes calembours.
On en cite plufieurs de lui fur la derniere.

Soit défaut de place ailleurs, foit zele pour
M. de la Harpe, le Comte de Lauraguais s'étant
tapis le jour de la repréfentation dans la loge du
fouffleur, où celui-ci tient à peine, & où il faifoit un tapage du Diable par les *bravo* & les
braviffimo qu'il répétoit fans ceffe, auxquels on
reconnoiffoit fa voix, M. de Louvois dit que la
fituation la plus neuve de la Tragédie, celle qui
l'avoit étonné & frappé le plus, étoit la fituation
de ce Seigneur.

Il dit encore que M. de la Harpe ne trouveroit
pas grande monnoie fur fa piece, parce qu'elle
ne portoit pas d'intérêt.

Enfin, il a prétendu que la différence entre
cette Jeanne & celle de M. de Voltaire étoit que
que la derniere étoit bien f...... & que l'autre
étoit ratée.

M. de Louvois eft l'Auteur du quatrain cité il
y a deux ans fur le Prince de Henin pour lequel
M. le Marquis de Champcenets fut enfermé &
perdit fa furvivance de Gouverneur de Meudon.
Ce jeune étourdi, auquel on l'attribuoit d'abord,
n'étant pas fâché qu'on crût de lui cette facétie,
ne s'en défendoit pas trop; M. de Louvois, qui
voyoit où cela pouvoit aller, le laiffa s'en glorifier & en recueillir le falaire.

Pour revenir à la Tragédie de M. de la Harpe, on a remarqué hier à la feconde repréfentation, qu'il avoit fait quelques coupures dans la premiere fcene, & dans la fin du fecond acte qu'il avoit fupprimé quelques vers. A la faveur de ces changemens légers, & furtout d'une nombreufe cohorte de battoirs, la piece eft montée aux nues. On a demandé le Poëte, qui n'a point daigné fe montrer; l'Acteur étant venu annoncer que M. de la Harpe avoit difparu, on a crié : *eh bien l'Auteur des petites affiches pour qu'il vienne faire amende honorable..... l'Abbé Aubert, l'Abbé Aubert !* Cet Abbé Aubert fe cachoit à l'amphithéâtre, & décontenancé il a été découvert & obligé de fe retirer promptement. Il a fait en effet une critique très-févere de Jeanne de Naples ; mais jufte, & d'autant plus heureufe, qu'il a appliqué à cette tragédie les mêmes réflexions, les propres paroles de M. de la Harpe, cenfurant durement la Tragédie d'*Orphanis* de M. Blin de Saint Maur.

16 *Décembre* 1781. M. l'Archevêque de Paris eft aujourd'hui la matiere des éloges de ceux qui le cenfuroient le plus. On exalte fes charités confidérables. Il paffe pour conftant que fur 600,000 livres de rentes qu'il avoit, & au-delà, il ne mangeoit que 100,000 livres & donnoit le furplus aux pauvres de toute efpece. On compte que la derniere année de fa vie ils ont eu de lui 1100,000 livres, au moyen des 600,000 livres de fon procès gagné qu'il avoit abandonnées pour fes hôpitaux. On a fait fur lui le quatrain fuivant en forme d'épitaphe.

A la feule équité Beaumont favoit fe rendre,
A l'indigence il ne refufoit rien :

Une ame forte pour le bien,
Et pour le pauvre une ame tendre.

16 *Décembre* 1781. Mlle Raucoux eft abymée
de dettes plus que jamais. Le Prince de Henin,
pour la fouftraire aux pourfuites de fes créanciers, a pris pour fon compte tous les meubles
& effets de cette Actrice ; mais il eft affigné à
venir déclarer par ferment chez le Lieutenant
civil fi les actes de propriété dont il s'agit ne font
pas fimulés.

Au refte, Mlle Raucoux fe confole avec les
Mufes, des perfécutions de fes créanciers. Elle
vient de préfenter à fes camarades une piece
nouvelle, intitulée : *La Fille Déferteur*, & l'ouvrage a été agréé.

17 *Décembre.* Extrait d'une lettre de Limo-
ges du 11 Décembre..... Pour élever un monument durable de notre joie à l'occafion du Prince
augufte que toute la France célebre, nos Officiers municipaux ont réfolu de conftruire au
plutôt une fontaine publique fous le nom de
Fontaine-Dauphine. Elle fera placée dans un
quartier où elle étoit néceffaire ; elle fera ornée
d'attributs convenables à la circonftance, avec
l'infcription fuivante :

Aufpiciis

D. D. Marii Joan Bapt. Nic. d'Aine,
Provinciæ Præfecti ;

Curantibus

D. Lud. Nauviffard, Prætore urbano,
D. Lud. Eftienne Proprætore ;

Ædilibus

D. D. Jos. jacq. Juge, Joann. Tauchon,
Mart. Barbou. Jof. Fournier ;

Hoc

Ob natum, ovantibus Gallis,
Delphinum
Publicæ felicitati,
Gratulabundè pofuit monumentum
Urbs Lemovicenfis
Non. Novemb. Anno. M. DCC. LXXXI.

Cette infcription fimple eft dans le véritable
ftyle lapidaire; elle eft de M. l'Abbé *Vitrac*.

En outre, on a réfolu d'inviter les propriétaires des maifons qui reftent à bâtir fur une
place d'embelliffement, & de commodité, en
rotonde, déja commencée dans le même quartier, fur des façades régulieres, à les faire re-
conftruire au plutôt, conformément au plan
adopté par le Miniftere, & qu'elle feroit nommée dès ce moment *Place-Dauphine*.

. Au moyen de ces changemens, d'autres déja
faits, de nouveaux qu'on fe propofe de faire, Li-
moges, une des plus anciennes villes de France,
mais une des plus laides & des plus mal-propres,
aura changé de face fous notre Intendant, qui
marche à cet égard fur les traces de M. Turgot
& fuit fes erremens.

Nos rues étoient étroites, fans forme réguliere
& fans nomenclature, nous étions encore ceints
de tours & de murailles à demi-ruinées;notre ville
n'avoit ni affez de portes pour la commodité des
habitans, ni affez d'iffues pour faciliter la circulation de l'air, ni affez de places pour la décoration & l'utilité publique; elle n'étoit point éclai-
rée la nuit; elle n'avoit point de garde, ce qui
rendoit la police prefque fans vigueur; le palais
de la Juftice & les prifons s'écrouloient.

M. d'Aine a obtenu un Arrêt du Confeil qui
fixe l'alignement & le redreffement de toutes les

rues & places ; déja on a ouvert plusieurs entrées
dans des cantons précédemment renfermés ; toutes les maisons ont été numérotées , & à chaque
coin de rue on a fixé leur nom. On a formé
une nouvelle place réguliere de l'emplacement
où les Romains avoient construit des arénes. On
a continué un cours planté d'arbres autour de
la ville ; des réverberes ont été placés ; une
Compagnie de Guet a été établie. Un palais
commode & solide pour la Justice a été édifié ,
des prisons salubres ont été bâties.

Il est maintenant question de supprimer des
étangs placés au centre de la ville , creusés pour
arrêter les incendies , plus dangereux lorsque
les maisons étoient bâties en bois ; mais dont les
eaux croupissantes exhaloient des vapeurs pesti-
lentielles ; de transporter les boucheries hors de
l'enceinte des murs ; de rendre plus aérés certains quartiers habités par le menu peuple , &
d'y entretenir une propreté constante.

La Généralité entiere se ressent du zele de
M. d'Aine à suivre son modele , M. Turgot. Il
a établi des travaux pour la navigabilité de la
Charente ; il a continué les grands chemins ouverts , dont quelques parties taillées dans le roc
étonnent les voyageurs ; il a construit un pont ;
enfin , tout est en activité au dedans & au dehors. Tout cela s'exécute au moyen des modiques revenus de la capitale & des fonds destinés
par le Gouvernement aux atteliers de charité ;
ce qui prouve combien l'économie , les lumieres
& la vigilance peuvent , réunis ensemble, opérer de grandes choses.

17 *Décembre* 1781. La foule de pieces de
toute espece présentées aux Comédiens Italiens,

qui abforberoient tout leur tems , s'ils étoien
obligés d'en entendre la lecture , a déterminé le
Gentilshommes de la Chambre de faire un Ré
glement fuivant lequel l'Auteur doit d'abord
foumettre fon ouvrage à un Comité, qui décidé
s'il eft digne d'être lu à la troupe. En conféquen
ce , Mrs. *Augufte de Piis & Barré* ayant deman
dé jour pour la lecture d'un nouvel Opéra co
mique de leur façon, intitulé le *Gâteau des Rois*
on leur a fait part de l'arrangement. M. Piis s'en
eft fcandalifé & a répondu que c'étoit déja trop
pour eux de lire une fois, & qu'après les fuccé
multipliés qu'ils avoient , leurs ouvrages de
vroient être reçus d'emblée. Les Comédiens on
demandé du tems pour fe confulter & prendr
les ordres de leurs Supérieurs , & ont fini pa
écrire à ces Meffieurs une lettre fort honnête
où ils leur difoient qu'ils ne pouvoient fe dépar
tir en leur faveur d'un Réglement général , étabi
pour tous les Auteurs fans exception , & auque
venoit de fe foumettre tout récemment M. Mar
montel , au fujet de fon *Dormeur éveillé.*

M. de Piis a répondu en fon nom & en celu
de fon confrere une lettre fort impudente , don:
la fubftance eft qu'ils devoient être dans une
claffe à part, comme les reftaurateurs du vaude
ville , comme les peres nourriciers de leur théâ
tre , qui feroit tombé fans eux ; qu'on leur avoit
reproché mal-à-propos d'avoir tué les pieces à
ariettes , puifqu'on ne peut pas tuer ceux qu
font morts : que l'exemple de M. Marmontel ne
pouvoit être une regle à leur egard ; qu'ils n'en
faifoient pas affez de cas pour fe modéler fur lui.

Cette querelle auroit pu empécher la piece de
paroitre, lorfque ces Meffieurs , pour ne pas

compromettre leur amour-propre, ont fait intervenir la Cour qui, defirant voir jouer le *Gâteau
des Rois* à Verfailles, a exigé des Comédiens
qu'ils la reçuffent & l'appriffent.

18 *Décembre* 1781. M. de Beaumont ayant
été enterré hier, on croyoit que fon fucceffeur
feroit nommé & connu aujourd'hui, & le bruit
général étoit qu'entre une foule de concurrens
M. l'Archevêque de Touloufe l'avoit emporté.
On affure qu'il a été en effet défigné un inftant
pour cette place ; mais que de violentes clameurs
fe font élevées qui ont arrêté le choix de S. M.,
que des Pamphlets imprimés tout prêts ont été
répandus à la Cour, où l'on dévoile le danger de
mettre fur le fiege de la capitale un Prélat non
feulement fufpecté dans fa foi pour fes liaifons
avec les Philofophes du jour, mais vivant d'une
façon peu réguliere, abfolument mondaine, fe
livrant à tous les plaifirs profanes & jouant des
Comédies à la campagne.

18 *Décembre.* Ce n'eft que depuis peu qu'on
apprend que M. le Chevalier de Kerguelin, commandant le *Liber Navigator*, navire deftiné à
faire un voyage de long cours, pour vaquer à la
découverte de chofes utiles, avantageufes, &
néceffaires à la navigation ; conftruit, nommé
& défigné par le concours & l'autorité des deux
Puiffances en guerre, a été arrêté dès le commencement de fa marche, par un corfaire anglois, quoiqu'il eût des paffeports de cette même
nation, fuivant lefquels le navire étoit fous fa
protection & fous celle de toutes les Puiffances.
Il a été conduit à Kinfale fur la fin de Juillet dernier. C'eft la même aventure que celle de la
bélandre efpagnole *la Trocha.*

M. de Kerguelin, n'ayant pu encore obtenir juſtice de l'Amirauté de Londres, a publié un Mémoire vigoureux, où il réclame ſa liberté, celle de ſon équipage & ſon navire. Il en appelle aux Puiſſances de l'Europe, intéreſſées à maintenir le droit des nations. Ce Mémoire fait grand bruit, & a été envoyé dans toutes les Cours, ſurtout à celles de la confédération armée.

19 *Décembre* 1781. Mlle Lonjeau, qui avoit été goûtée anciennement à l'Opéra dans des emplois inférieurs, qui depuis a fait les délices de Bordeaux, & a paru aux Italiens avec un ſuccès troublé par l'envie ſeulement, a débuté hier ſur le théâtre lyrique, dans le rôle de Clytemneſtre d'Iphigénie en Aulide du Chevalier Gluck. Elle paroît avoir les moyens néceſſaires pour remplir en effet de grands rôles; mais l'habitude de jouer ceux d'amoureuſes a pu lui nuire dans celui-ci. On ne peut encore la juger définitivement ſur ce ſimple coup d'eſſai. Elle a la figure théâtrale, l'organe agréable, de l'abandon & de la facilité dans le jeu; mais elle ne varie pas aſſez ſes traits & elle prodigue trop les geſtes, défaut qu'il lui fera aiſé de corriger, & que l'étude pourra même faire totalement diſparoître.

19 *Décembre.* On parle beaucoup d'un duel entre le Vicomte de Vaudreuil & M. de la Meth; il paroît que l'agreſſeur n'a pas été puni comme il le méritoit; car le premier, qui a maltraité de propos injurieux le ſecond, a bleſſé grièvement celui-ci, & les Chirurgiens ne peuvent prononcer ſur ſon ſort, qu'après que l'on aura levé le premier appareil.

19 *Décembre.* On eſt toujours dans l'attente du choix que S. M. fera pour remplacer M.

de

de Beaumont; le fiege qu'il laiffe vacant, outre l'importance dont il eft, comme honorifique, eft devenu d'un revenu immenfe : il ne valoit que 400,000 livres lorfque M. de Beaumont y eft monté, & il rapporte aujourd'hui plus de 700,000 livres, fuivant les détails qu'en font fes gens d'affaires. Quoi qu'il en foit, on ne fauroit nombrer tous les concurrens, furtout depuis que les mémoires répandus contre M. de Brienne font efpérer à fes rivaux qu'il eft exclu.

On raconte que derniérement il y avoit à Verfailles jufqu'à trente-fept Evêques & que le Roi dit : *Voilà bien des Prélats ; mais je n'y vois pas l'Archevêque de Paris.*

20 *Décemb.* 1781. Suivant le Mémoire du Chevalier de Kerguelin, Commandant le *Liber Navigator*, les motifs qui ont déterminé l'Amirauté de Londres à déclarer prifonniers de guerre cet Officier & fes compagnons de voyage, malgré leurs paffe-ports & les conventions des deux Cours; c'eft 1°. que le bâtiment étant plus petit qu'il n'avoit été permis de le faire, le corfaire étoit juftifié de l'avoir arrêté; 2°. que, par les papiers trouvés dans le bâtiment, le projet du voyage paroiffant différent de celui annoncé, les armateurs du corfaire étoient autorifés à commencer un procès légal contre le bâtiment.

Les intéreffés à l'armement dudit navire réclament contre la décifion provifoire de l'Amirauté de Londres, décifion qui ne pouvoit être rendue que dans le cas d'un délit prouvé. C'eft en leur nom que le Mémoire eft publié, eu égard aux circonftances de la guerre, qui interrompt toute communication entre la France & l'Angleterre; & leur naturel, unique défenfeur, com-

Tome XVIII.   I

mandant de leur navire, étant, contre le droit des gens, en captivité, ils n'ont d'autres reſſources que d'avoir recours aux papiers publics pour faire connoître l'injuſtice dont ils ſe plaignent.

Ces propriétaires diſcutent enſuite les deux griefs qu'on leur oppoſe, par des raiſons, il eſt vrai, plus ſpécieuſes que ſolides, & concluent à ce que leurs adverſaires ſoient condamnés à tous les dommages & intéréts réſultans du retardement du voyage &c. Ils finiſſent par ſupplier toutes les Puiſſances intéreſſées à maintenir le droit des nations, d'interpoſer leur autorité pour faire rendre juſtice à nombre de particuliers qui ont ſacrifié une partie de leur fortune pour le bien de la navigation & le progrès des ſciences.

20 *Décembre* 1781. Les abominables Noëls annoncés ſont devenus à la fois l'entretien & l'exécration de tout Paris; indépendamment des calomnies ſacrileges qu'ils contiennent, on ajoute que le faire même en eſt déteſtable, & qu'ils ſont à-la-fois mauſſades, orduriers, dégoûtans.

21 *Décembre.* Extrait d'une lettre de Strasbourg du 8 Décembre.... M. Rochon de Chabannes n'étant point dans le cas, ni dans l'intention de recevoir aucune récompenſe pécuniaire, on a cru devoir lui donner une des médailles d'or deſtinées pour la Cour repréſentant d'une part le portrait du Roi, & au revers portant cette légende *Argentoratum felix votis ſæcularibus, Anno* 1781. Depuis que nous avons appris ici la mort de M. Saurin, quelqu'un avoit imaginé de propoſer à la ville, de faire une délibération pour autoriſer M. Gerard, notre Préteur, à l'effet d'interpoſer ſes bons offices auprès de l'Académie Françoiſe, afin de lui faire accorder

la place vacante pour laquelle il a d'ailleurs des titres plus que fuffifans. La crainte de compromettre la dignité de la ville, fi fes follicitations ne réufliffoient pas, a empêché que la délibération n'ait eu lieu. Il me femble cependant qu'il y auroit eu une maniere d'arranger tout cela pour ne pas violer les fuffrages libres de l'Académie, & cependant affurer le fuccès de la négociation; mais il auroit fallu trouver plus de zele & de chaleur en faveur du Candidat qu'il n'y en a parmi nous. Je vois qu'en général c'eft une grande duperie aux Auteurs de travailler par complaifance pour les grands Seigneurs & pour les Corps; je fuis indigné de notre pufilanimité envers M. Rochon de Chabannes.

21 *Décembre* 1781. On commence à parler beaucoup de fêtes que la ville doit donner au Roi & à la Reine. Depuis plus d'un mois on a commencé les travaux néceffaires pour difpofer fon hôtel à recevoir Leurs Majeftés, & indépendamment des embelliffemens, augmentations & décorations de ce bâtiment, on en conftruit un en bois dans la Greve, en face de la riviere, dont l'extérieur doit repréfenter celui d'un nouvel hôtel de ville, conformément au plan donné il y a longtems au Bureau par fon Architecte.

22 *Décembre*. Outre les couplets abominables dont on a parlé, on affure qu'il exifte un libelle plus facrilege encore, s'il eft poffible. On l'attribue à M. Jacquet, & voici une anecdote fort extraordinaire à cet égard: le Mercredi 12 de ce mois au Caffé du Caveau, un quidam dit publiquement: Meffieurs, une grande nouvelle dont je fuis certain, c'eft qu'hier le Sieur *Jacquet* a été exécuté à la Baftille, comme coupa-

I 2

ble du crime de lèfe-Majefté au fecond chef, &
auteur du libelle qui court contre la Reine. Ce
propos, tenu devant beaucoup de monde, caufa
une confternation générale & n'eut aucune fuite. On ne dit point que l'Auteur en ait été arrêté , comme on le craignoit pour lui.

Cette anecdote s'eft répandue depuis, & voici
comme on en rapporte les détails. Le Sieur Jacquet a été Lieutenant particulier du Bailliage de
Long-Saunier en Franche-Comté. Il a été obligé
de fe défaire de fa charge ; il eft venu à Paris
où il paffoit pour un mauvais fujet. Il s'eft trouvé
impliqué d'une maniere peu honnête dans l'affaire du Marquis de Saint Pierre. En outre, il fe
mêloit de la librairie étrangere ; il vendoit des
livres prohibés , & prétendoit à cet égard avoir
une miffion particuliere du Gouvernement. Il
faifoit fréquemment des voyages en pays étrangers, & l'on fait qu'en Hollande il paffoit pour
un efpion. Il y a quelques mois qu'il inftruifit
M. le Comte de Maurepas qu'on imprimoit en
Angleterre le libelle en queftion, & il s'offrit
d'aller en tirer tous les exemplaires. Il reçut en
conféquence cette miffion & revînt avec fa découverte. Peu après il prétendit qu'il n'avoit pas
tout eu & qu'il en reftoit, il toucha encore de
l'argent & eut ordre de ne rien épargner pour
qu'il n'en reftât pas veftige. Il revint; mais dans
les exemplaires qu'il rapporta & qu'il n'avoit pas
examinés, il fe trouva le manufcrit de l'ouvrage
écrit de fa propre main; d'où l'on eut lieu de
l'en croire l'auteur. On veut que fon forfait ait
été conftaté juridiquement par une commiffion
fourde , & qu'il ne foit refté aucun doute qu'il
l'avoit compofé & envoyé au Sieur Morande

avec lequel il s'entendoit. Voilà tout ce qu'on a pu recueillir de plus vraisemblable sur cette aventure obscure & difficile à bien démêler ; mais qu'on ne peut guere regarder comme tout-à-fait dénuée de fondement.

22 *Décembre* 1781. Extrait d'une lettre de Valenciennes du 15 Décembre..... J'ai été bien surpris en venant ici de trouver, dans ma marche de Paris à cette ville, une pyramide nouvellement élevée sur la gauche de la chaussée & précisément au point d'embranchement de la route qui conduit à l'Abbaye de Denain. Je suis approché pour contempler ce monument ; sa forme est triangulaire ; elle est de trente pieds de hauteur. On lit dans la partie supérieure ces mots : Denain, 24 Juillet 1712 ; au-dessous sont ces deux vers tirés de la Henriade.

Regardez dans Denain l'audacieux Villars,
Disputant le tonnerre à l'Aigle des Céfars.

Et sur la base de la pyramide est écrit : *Ce monument a été élevé en* 1781, *par les soins de M. Senac de Meilhan, Intendant de la Province du Hainault.*

Vous voyez donc qu'il est question de rappeller aux voyageurs la mémoire de la bataille de Denain, époque si critique & si glorieuse pour la France. C'est d'autant mieux imaginé que ce trophée se trouve placé sur une grande route extrêmement fréquentée par les troupes. Au moment où je suis descendu de voiture, il y avoit en effet beaucoup de Soldats arrêtés qui l'admiroient & copioient les vers ; quantité de paysans en faisoient autant.

22 *Décembre.* Des courtisans racontent que M. le Comte d'Artois ayant envoyé son fils, M.

le Duc d'Angoulême, rendre fes devoirs à M. le Dauphin, il lui avoit demandé au retour comment il l'avoit trouvé ? ce Prince lui ayant répondu avec l'ingénuité d'un enfant, bien petit ; mon fils, vous le trouverez bien grand dans quelque tems, lui répliqua-t-il.

23 *Décembre* 1781. L'infolence de M. de Piis devenant intolérable, ainfi qu'on l'a vu dans fes réponfes à la Comédie Italienne, & qu'on le juge par différentes diatribes qu'il a répandues dans le Journal de Paris contre fes critiques, donne lieu de rechercher quel il eft. Ceux qui l'ont fuivi l'ont connu éleve de M. Vaffe, qui tenoit une petite Société littéraire, où il formoit les jeunes Poëtes fans afyle & fans fortune. M. de Piis portant alors le nom d'*Augufte*, y venoit, dans un accoutrement miférable, lire fes productions & recevoit les confeils de ce Mécene. Il paffoit pour un enfant de l'amour, dépofé, dès fa naiffance, chez un M. le Bel, fauxbourg Saint-Marceau ; & voici ce qu'on raconte.

Avec l'enfant s'étoit trouvé un rouleau de 50 louis, joint à une lettre où l'on prioit M. le Bel d'en prendre foin & de lui donner le nom d'Augufte. On lui promettoit de lui envoyer chaque année pareille fomme. Quoique cet Inftituteur n'eût reçu depuis aucun argent, il l'avoit gardé chez lui & élevé. Ce n'a été que longtems après qu'on lui a tenu compte de fes débourfés & qu'on lui a appris que cet enfant étoit fils d'un M. de Piis clandeftinement marié ; enforte qu'on ne peut affurer s'il fera habile à fuccéder. Quoi qu'il en foit, c'eft alors que M. Augufte a pris le nom de fon pere & a fait connoiffance avec fon grand Pere, le Baron de Piis, encore exiftant à

Bordeaux. Il fe trouve en effet d'une famille diftinguée en Provence ; il en a été reconnu à un certain point, a arboré le plumet, & a porté fes prétentions très-haut ; on cite dans une de fes pieces des vers qui ont fort intrigué ceux qui n'étoient pas inftruits de la métamorphofe ; en s'apoftrophant lui-même il s'écrie :

> Attends tout des Dieux de la terre,
> Ils finiront par t'honorer
> D'un titre auquel ton cœur afpire....

On ne favoit ce que fignifioit cette nouvelle prétention de M. de Piis. On fe demandoit s'il vouloit être Comte ou Marquis. On a fu enfin qu'il afpiroit feulement à être Commiffaire des guerres par commiffion, comme une récompenfe de la Cour pour l'avoir amufée & fait rire ; ce qui n'eft pas en effet un petit mérite.

23 *Décembre* 1781. Après la mort de M. l'Ar-chevêque, Meffieurs les Grands-Vicaires, nom-més par le Chapitre pour l'adminiftration du Diocèfe pendant la vacance du fiege, fe font af-femblés à l'effet de rendre un premier Mande-ment fur cet événement. L'un d'eux, M. l'Abbé de Boisbaffet, en a préfenté un tout prêt ; il en a fur le champ été fait lecture. Quel étonne-ment ! il s'eft trouvé que c'étoit un vrai perfifla-ge de toute la conduite du défunt.

M. l'Abbé le Corgue de Launay, l'un des Grands-Vicaires, s'eft élevé avec force contre ce pamphlet, & il a été rejeté unanimement. Cet Orateur s'eft chargé d'en dreffer un autre dans le même jour parce que le cas preffoit. Effecti-vement, au bout de quatre heures il a réuni fes confreres. On a jugé que celui-ci contenoit un éloge trop affecté de la fermeté du Prélat & de

fon inflexibilité à foutenir les droits de l'Epifcopat contre les entreprifes de la Magiftrature ; les
tolérans l'ont modifié, & il a paru tel qu'on l'a
vu le 13 Décembre. Bien des gens voudroient
qu'il eût été encore plus modéré. Quoi qu'il en
foit, la conduite de l'Abbé de Boisbaffet a paru
d'autant plus malhonnête, qu'il eft neveu de ce
fameux Bouettin, fi renommé durant le fchifme,
qui avoit mérité à un fi haut degré l'eftime de
M. de Beaumont, & fon affection qui avoit re-
jailli de l'oncle jufque fur celui-ci.

On prétend que c'eft l'Abbé Maury qui avoit
préparé ce Mandement infidieux, & engagé
l'Abbé de Boisbaffet à le préfenter.

23 *Décembre* 1781. Le Combat du Vicomte de
Vaudreuil contre M. de la Meth s'eft paffé avec
le plus grand éclat : il a eu lieu en plein jour au
Bois de Boulogne, en préfence de plufieurs témoins choifis de part & d'autre, d'une grande
quantité de Valets & de beaucoup de paffans.
Ce Seigneur, mécontent de M. de Chabot, l'un
des témoins, eft allé fe battre contre lui fur la
frontiere. La publicité donnée à ce duel & à
plufieurs autres arrivés avant, révolte les Philofophes, voyant avec douleur qu'ils n'ont pas encore déraciné tous les préjugés.

24 *Décembre.* M. Tronchin étoit trop célébre
pour ne pas mériter une notice plus particuliere
& plus détaillée. Né à Geneve en 1709 d'une famille noble, originaire d'Avignon, recommandable par fon ancienneté & par les emplois qu'elle occupa dans la République, il auroit dû être
riche ; mais fon pere ayant tout perdu, le fils fut
obligé de chercher des reffources. Il avoit la
plus belle figure, beaucoup d'efprit ; il avoit fait

de très-bonnes études & étoit en état d'occuper quelque place que ce fût. Un livre de Boerhaave lui tombe entre les mains, & détermine sa vocation pour la médecine. Il passe en Hollande pour étudier sous ce savant Professeur de Leyde, si fameux qu'on lui écrivoit de la Chine *à Boerhaave en Europe.* Il distingua bientôt cet éleve nouveau, & au bout de quatre mois se reposa sur lui d'une partie de ses soins.

M. Tronchin pratiquoit déja à 23 ans ce traitement de la petite vérole, qui lui a toujours réussi & qui a paru pendant long-tems si extraordinaire ici. On doit à son courage & à son génie les progrès qu'a fait parmi nous, malgré tous les obstacles, la pratique de l'inoculation. Cet *art qui,* comme on l'a dit, *nous millésime, au lieu que la Nature nous décimoit.* On lui doit aussi les changemens salutaires que la médecine a éprouvés en France. Sa devise étoit : *simplex sigillum veri. Il n'y a qu'une Médecine,* disoit-il souvent, *c'est la médecine observatrice & expectante.* Il n'a jamais traité de la même maniere deux personnes attaquées de la même maladie. Persuadé de l'influence nécessaire du moral sur le physique, il avoit rendu sa médecine plus douce en quittant Amsterdam pour Geneve, & il l'adoucit encore en quittant Geneve pour Paris; il prétendoit que dans cette ville on ne pouvoit pas trop l'adoucir, vu les affections de l'ame des individus. Aussi soulageoit-il, guérissoit-il même plus de malades par ses consolations que par ses remedes, & tous ses malades devenoient ses amis.

En 1755, il vint à Paris pour inoculer M. le Duc de Chartres & Mademoiselle d'Orléans,

I 5

ce qui lui valut peu après la qualité de premier
Médecin du Prince. En 1778, l'Académie des
Sciences le reçut au nombre de ses huit Associés
étrangers. Il a peu écrit; mais le recueil de ses
consultations feroit un beau livre en physique,
en médecine, & même en morale. Il employoit
presque tout son tems à la pratique de la médecine & de la bienfaisance; tous les soirs il recevoit chez lui les pauvres malades; c'est ce qu'il
appelloit son *Bureau d'humanité;* en sorte que
sa perte est un deuil général.

24 *Décembre* 1781. On doit jouer incessamment à l'Opéra la premiere représentation d'un
Opéra nouveau en trois actes, intitulé *La double
Epreuve* ou *Colinette à la Cour.* Les paroles sont
d'un Maître des Comptes qui ne se nomme pas;
mais que tout le monde sait être M. *Lourdet de
Santerre.* On dit que c'est le sujet de Ninette à
la Cour qu'il a étendu. La Musique est de M.
Gretry.

24 *Décembre.* Le bruit court ce soir, que c'est
M. de Juigné, Evêque de Châlons, qui est nommé Archevêque de Paris.

25 *Décembre.* Le Chapitre de Paris a été fort
agité ces jours-ci à l'occasion d'une grande affaire: le Curé de Saint André des Arcs, lorsqu'on
est venu lui apporter le Mandement ordonnant
les prieres de 40 heures pour la conservation de
M. l'Archevêque alors agonisant, non-seulement
ne s'est pas mis en état d'y satisfaire, mais s'est
écrié: *Comment peut-on prier Dieu pour un pareil
homme?* On avoit instrumenté contre lui & l'on
alloit le sommer de satisfaire au Mandement,
lorsque le Vicaire l'a tiré de ce mauvais pas en
prenant sur lui de faire exposer le St. Sacrement.

Mais il n'en a pas été moins queſtion de conſtater ſon délit & de lui infliger une peine canoni-
que. Les plus modérés du Chapitre ont été d'avis
de ne pas augmenter le ſcandale en le rendant
plus public, & de laiſſer la procédure en ſuſpens,
pour y être ſtatué par le nouvel Archevêque, ſuivant que ſa ſageſſe le lui preſcrira.

2 5 *Décembre* 1781. On ſe rappelle ce Philoſophe qui vouloit caſſer ſa taſſe en obſervant un enfant s'abreuver à un ruiſſeau & y puiſer l'eau avec
le creux de ſa main. Telle a été la ſurpriſe de M.
de Bernieres, un de nos plus grands mécani-
ciens, à la vue d'une machine inventée par le Sr.
Vera, Commis de la poſte, ſans érudition, ſans
principes, ſans aucune connoiſſance des arts. Sa
conſtruction eſt fondée ſur une idée neuve & in-
génieuſe, & pouvant être appliquée avec avantage dans des occaſions fréquentes. Elle eſt extrémement ſimple, peu diſpendieuſe. Son objet
eſt d'élever l'eau à des hauteurs conſidérables.
Elle n'exige, pour ainſi dire, d'autre entretien
& d'autre réparation que de changer de tems en
tems la corde de ſparterie, que l'auteur emploie
de préférence à toute autre, parce qu'elle a la
propriété de ſe conſerver dans ce fluide où les
autres ne tardent pas à ſe pourrir.

Cette corde, réunie par les deux bouts, de
maniere qu'elle forme ce qu'on connoît ſous le
nom d'une corde ſans fin, paſſé en bas ſous une
poulie qu'elle embraſſe à moitié, laquelle eſt
arrêtée vers le fond d'un tonneau rempli d'eau.
Elle embraſſe auſſi une autre poulie ſemblable à
la premiere, placée à 6o pieds au moins de hauteur. On fait tourner ſur elle-même cette ſeconde poulie par le moyen d'une grande roue à gorge

I 6

& à manivelle, pareille à celle des Tourneurs.

Dès qu'on tourne cette grande roue, la corde de fparterie prend une marche fucceſſive & continue, & l'on voit l'eau monter en dehors de cette corde & tout autour d'elle jufqu'au deſſous de la poulie fupérieure, où une efpece de Chapiteau la force de tomber dans une goutiere qui la verfe où l'on veut.

C'eſt par une lettre du 18 Octobre dernier, que M. de Bernieres a écrite au journal de Paris, que les Amateurs & Artiſtes ont eu connoiſſance de la découverte du Sieur Vera. Ils fe font empreſſés d'aller la vérifier & font fortis émerveillés de fa fimplicité & de fa juſteſſe. Elle a été foumife à l'examen de l'Académie Royale des Sciences, & l'on ne tardera pas à en avoir la décifion.

26 *Décembre* 1781. Il paroit conſtant qu'en effet M. l'Archevéque de Touloufe, appuyé par l'Abbé de Vermont auprès de la Reine, a été nommé 24 heures Archevéque de Paris; mais que le pamphlet dont on a parlé a produit fon effet. Tout le parti des dévôts a été tellement alarmé du danger que la religion couroit, fuivant eux, fi ce Prélat athée eût été élevé fur le premier fiege pontifical de la France, qu'ils ont cru devoir fe permettre d'ufer de la voie peu honnête d'écrits anonymes. Ceux qui ont lu celui-ci difent qu'il n'eſt pas nouveau, que c'eſt un libelle répandu il y a quelques années à Toulou-fe, lorfque ce Prélat fit fécularifer une Communauté de filles religieufes; il étoit tombé dans l'oubli, & on l'a rajeuni.

Quoi qu'il en foit, c'eſt en effet M. de Châlons qui eſt nommé par le Roi, Archevéque de Paris. Ce Prélat de fort bonnes mœurs, fort religieux,

eft en outre un très-zélé Moliniste. Ses principes font les mêmes abfolument que ceux de M.
de Beaumont, & il y a grande apparence que
ce fera la même adminiftration. M. de Juigné eft
auffi fort charitable, & d'ailleurs d'une maifon
riche, ce qui ne le mettra pas dans le cas de
faire part à fes parens des gros revenus dont
il va jouir.

26 *Décembre* 1781. L'Académie des Sciences,
en effet, ayant nommé des Commiffaires pour
examiner la machine du Sieur Vera, leur rapport
a eu lieu le 15 Décembre, & cette Compagnie a
confirmé les éloges qu'ils lui ont donnés.

Mrs. le Roi & l'Abbé Boffut étoient ces Commiffaires. Suivant les expériences qu'ils ont faites, le réfultat moyen d'une corde de fparterie
ayant 21 lignes de circonférence a été de 250 pin-
tes en 7 minutes & 45 fecondes. L'eau, dans les
expériences, a été élevée à 63 pieds. Une corde
double environ de circonférence n'a pas donné
tout-à-fait autant d'eau dans le même efpace de
tems ; il a fallu onze minutes 45 fecondes pour
obtenir le même volume de liquide par une corde
de chanvre de 15 lignes de circonférence.

D'après cet examen & l'approbation des favans, on ne doute pas que cette machine ne
foit adoptée dans les manufactures, dans les
maifons particulieres, & furtout dans les marais
& dans les jardins, au produit & à l'embelliffement defquels l'arrofement contribue d'une maniere auffi effentielle.

26 *Décembre*. On répand encore contre M. le
Duc de Chartres un quatrain enfanté fans doute
par le defefpoir de propriétaires ruinés & cherchant à exhaler leur rage : ils oublient en ce mo-

ment le Prince du fang, pour n'envifager qu'un ennemi cruel dont ils cherchent à fe venger de toutes les manieres ; & ils ofent fe porter juf-qu'aux imputations les plus calomnieufes pour peu qu'elles foient fondées fur des apparences.

> A la gloire préférer l'or,
> Fuir l'ennemi fans le combattre,
> Ce n'eft pas fortir d'Henri quatre ;
> C'eft être bâtard de Melfort.

27 *Décembre* 1781. On ne s'en eft pas tenu à des louanges fades de M. de Beaumont. On l'a apprécié plus véritablement dans ce quatrain, où l'on exalte fes bonnes qualités fans diffimuler fes défauts.

> Dieu lui donna la bienfaifance ;
> Le Diable en fit un entêté :
> Il couvrit par fa charité
> Les maux de fon intolérance.

27 *Décembre*. Il devoit y avoir aujourd'hui appartement & banquet à Verfailles en réjouif-fance de la naiffance du Dauphin ; Madame la Comteffe d'Artois n'étant pas encore bien réta-blie de la fievre qu'elle a eue il y a près de deux mois, s'eft trouvée pendant la nuit dans un état fi critique & fi dangereux qu'elle a défiré être adminiftrée. Elle a en effet reçu tous les facre-mens à deux heures du matin, &, au lieu des fêtes auxquelles on fe préparoit, on a ordonné les prieres de 40 heures. Cette nouvelle a répan-du une confternation générale dans la capitale.

27 *Décembre*. Les amateurs continuent à fui-vre avec empreffement les concerts fpirituels, furtout depuis que leur concert par excellence n'a plus lieu. Il y en a eu deux la veille & le jour de Noël.

Le motet de M. *Chardini*, chanté le vingt-quatre, annonce un Compofiteur qui, quoique jeune, connoît parfaitement les regles de l'art ; mais auquel il manque de la confommation. D'ailleurs, l'exécution lui a fait grand tort & l'on ne peut diffimuler que les chœurs manquoient d'enfemble. Il y a à parier qu'une feconde fois, ce morceau produira plus d'effet.

M. *Querat*, éleve de M. *Capron*, a fait plaifir par la maniere agréable dont il a joué fon concerto de violon On n'en peut dire autant de la voix de Madame *Ferandini* qui a chanté pour la premiere fois un air de M. Mifliwecek. Cette mufique a paru auffi barbare que le nom de fon auteur.

M. *Salentin* qui remplace à l'Opéra M. Rault pour la flute, & qu'on croit déja très-goûté dans d'autres concerts, a prouvé dans celui-ci du vingt-cinq, par l'exécution finie de fon concerto le hautbois, qu'il favoit profiter des applaudiffemens, pour en mériter de nouveaux.

Mrs. *Fodor*, *Michel* & *Duport* font affurés de réuffir toutes les fois qu'ils fe font entendre.

L'Oratorio de M. Goffec fur la *Nativité* a terminé d'une maniere brillante les deux concerts. Le public n'a pu y voir fans intérêt la fille de M. le Gros, chargée à l'âge de 7 à 8 ans au plus, d'un petit morceau de récitatif, qu'elle a rendu avec toutes les graces de fon enfance. Elle annonce les plus heureufes difpofitions pour marcher fur les traces de fon pere.

28 *Décembre* 1781. M. Moline vient de faire imprimer fa Comédie en trois actes & en vers e l'*Inconnue perfécutée*, mélée d'ariettes, repréfentée devant Leurs Majeftés par les Comé-

diens Italiens ordinaires du Roi le 12 Novembre 1776. Il conclut de cette époque que l'antériorité de son Poëme est bien constatée sur celle de M. du Rosoi ; il ajoute peu modestement, il est vrai, mais du moins avec vérité, que la supériorité ne le sera pas moins pour quiconque voudra en faire la comparaison. Il reproche enfin à son rival d'avoir copié une infinité de morceaux de la premiere &, en avouant ces larcins, de ne les avoir pas désignés avec des guillemets de façon qu'on pût distinguer clairement la part de chacun & qu'on ne confondît point le travail de M. Moline avec les *idées sublimes* dont lui, du Rosoi, a enrichi cette Comédie-Opéra.

28 *Décembre* 1781. Mrs. les Gardes du Corps, à la naissance du Dauphin, ont le privilege qu'ils ne veulent pas laisser perdre, de donner à la Reine un bal que l'un d'eux ouvre en dansant avec S. M. Ce bal devoit avoir lieu demain 29, & M. de Pressy, l'un des Majors de Cour, étoit choisi pour cette honorable fonction. La Maladie de Madame la Comtesse d'Artois empêche que le bal n'ait lieu ; c'est d'autant plus fâcheux que la plus grande partie de la dépense étoit faite. Chaque garde du Corps s'étoit cottisé, avoit donné un louis, les autres Officiers à proportion. Il y avoit 3800 bougies de commandées ; on peut juger par cet article du reste de sa magnificence.

Ce qu'il y a de plus fâcheux encore, c'est que cette fête a déja coûté la vie à plusieurs Gardes du Corps. Mrs. les Chevaux-légers, & les Gendarmes ont trouvé mauvais de n'avoir pas été invités en corps ; il en a résulté des propos dont se sont suivies des rixes, & l'on assure qu'il y a déja trois Gardes du Roi de tués.

29 Décembre 1781. Les Comédiens François depuis que M. Rochon de Chabannes a répandu fa brochure au fujet des deux troupes qu'il defireroit, boudoient cet Auteur, & ne vouloient pas reproduire fa piece des *Amans généreux.* Envain Mlle Doligny, qui aime le Poëte & cette Comédie, follicitoit fes Camarades de la jouer. Enfin, le Sieur Préville eft venu à fon appui, & les Amans généreux ont reparu hier jeudi avec ie fuccès ordinaire, & ce qui confond les détracteurs du Poëte dans la troupe, qui prétextoient, pour exclure fa piece, le peu de bénéfice qu'elle rendoit, c'eft qu'on a fait à la porte 1800 livres malgré le mauvais jour.

29 Décembre. Extrait d'une lettre de Strasbourg du 10 Décembre 1781..... La nation juive d'Alface a cru devoir célébrer avec éclat la naiffance du Dauphin ; en conféquence, les prépofés généraux ont écrit aux Rabins de la Province pour les inviter à compofer un cantique en actions de graces, & à indiquer les Pfeaumes & prieres analogues à la circonftance.

Sur leur réponfe, ils ont été, ainfi que les Prépofés particuliers & autres Députés des Communautés juives de la Province, invités à fe rendre à Bifchheim au Saum près Strasbourg pour le Mardi 20 Novembre.

Je paffe fur les préliminaires de cette fête, fur ce qu'elle eut de commun avec toutes les autres, fur les charités qu'elle occafionna en faveur des étrangers & même de nos Moines catholiques, contre les mœurs & les pratiques religieufes de cette nation, & j'en viens aux cérémonies particulieres qui la caractérifent.

Les Rabins, prépofés généraux, accompagnés des Prépofés particuliers & Députés des Communautés juives de la Province ; précédés des jeunes gens & enfans juifs de la Communauté de Bifchheim, rangés fur deux lignes avec deux drapeaux, accompagnés de mufique & au bruit d'une décharge de douze petits canons & de nombre de boëtes, partirent de la maifon où ils étoient affemblés, & fe rendirent en corps à celle du Sieur Cerfbert, l'un des Prépofés généraux, où eft la Synagogue, laquelle fe trouva décorée des plus riches ornemens, illuminée d'un grand nombre de bougies, & remplie de monde que la curiofité avoit attiré. Le tabernacle fut ouvert, & ce qui ne fe pratique que dans les circonftances les plus extraordinaires, les tables de Moïfe furent expofées à la vue, au bruit d'une nouvelle décharge de canons & de boëtes. On commença les prieres ordinaires, fuivies de celles ufitées tous les Samedis pour le Roi & la Famille Royale, puis on chanta le cantique en actions de graces, compofé pour la circonftance.

Enfuite, repas, bal, illumination. Entre les devifes on diftinguoit celle-ci en latin, au-deffous du portrait du Roi en madaillon :

Si mora longa fuit, nimios nunc define quæftus
Gallia, Borbonides parturiendus erat.

29 *Décembre* 1781. Le Docteur Barthès, quoique M. le Comte de Maurepas foit mort, n'a pas moins acquis par fon audace & fes intrigues affez de confiftance pour fe faire nommer, à la mort de Tronchin, premier Médecin de M. le Duc d'Orléans, à l'exclufion de dix ou douze praticiens de Paris qui afpiroient à cette place, & y avoient des prétentions plus ou moins fondées.

Ce triomphe a excité l'envie, & l'on recherche quel eſt ce Barthès.

On convient aſſez généralement que c'eſt un homme de beaucoup d'eſprit, parlant très-bien, ayant une mémoire prodigieuſe & conſéquemment des connoiſſances infinies ; il a été pendant pluſieurs années Chancelier de l'Univerſité de Montpellier & à la tête de la Faculté de cette ville, très-renommée en médecine. Il a fait quelques ouvrages, dont le principal eſt une eſpece de traité de métaphyſique, intitulé *Nouveaux Elémens de la ſcience de l'Homme*, qui n'eſt autre choſe que la *Médecine de l'Eſprit* de le Camus retournée ; c'eſt-à-dire la doctrine pure du matérialiſme. Quant à ſon état, on le regarde comme profond en théorie; mais on lui refuſe ce tact ſi néceſſaire pour exercer ſa profeſſion utilement envers l'humanité.

Ses rivaux jaloux diſent que c'eſt un cinique, un homme ſans mœurs, un roué. Il vient d'être tout récemment reçu Membre de la Société Royale de Médecine.

30 *Décembre* 1781. Quoi qu'en diſent les détracteurs des ſciences, leur application eſt ſouvent très-utile dans la ſociété, & ſans doute M. .e Noir, Lieutenant général de Police de cette capitale en a jugé ainſi en établiſſant une *école le boulangerie*, dont il eſt le Préſident, & un Comité de Membres experts dans la théorie ou lans la pratique, pour le diriger dans les réglenens à faire ou à réformer concernant cette parie importante de ſon adminiſtration. L'objet qu'il a ſoumis le premier à l'examen du Comité, a été la vente du pain au poids, afin d'en diſcuter par des expériences multipliées les avanages & les inconvéniens.

30 *Décembre* 1781. M. de Maurepas n'a pa
été mort que tous les afpirans à le remplacer dan
la confiance du Roi fe font rendus à Verfailles
On y a remarqué entre autres le même jour M. l
Duc de Choifeuil & M. Necker ; ce qui fit dire
un rieur : que c'étoit le compte rendu, la recett
& la dépenfe.   On a verfifié ce bon mot de l
maniere fuivante :

> A la Cour en diligence,
> Dès qu'eut paffé Maurepas,
> Vint Choifeuil plein d'affurance,
> Et Necker fuivant fes pas.
> Pourquoi de cette alliance
> S'étonner ou fe fâcher?
> Enfemble doivent marcher
> La recette & la dépenfe.

30 *Décembre.* L'affaire de M. de Flandres d
Branville devient de plus en plus fâcheufe pou
lui : envain les Préfidens du Châtelet ont-ils cr
qu'il ne falloit point faire attention à un mémoir
venu d'Oftende, fans fignature d'Avocat, & por
tant les caracteres du libelle ; Meffieurs les Con
feillers ont trouvé mauvais qu'ils euffent pris un
pareille décifion fans les appeler. En conféquen
ce il eft plus queftion que jamais de dénoncer le
Mémoire comme libelle, de décréter l'Auteur, M.
Garnier, & de mettre M. de Branville dans le ca
de fe juftifier fi les imputations de fon accufa
teur femblent exiger d'être réfutées.

30 *Décembre.* Le Sieur Duval, Confifeur du
Roi, au grand Monarque rue des Lombards, con
tinue à offrir au public un cours d'hiftoire en
fucrerie. Il annonce qu'on verra chez lui le mois
prochain dans fon magazin d'étrennes la *flotte*
françoife bloquant la baye de Chefapeac, l'in

veſtiſſement d'York & de Gloceſtre par les ar-
mées françoiſes & Américaines, la *reddition de*
Lord Cornwallis, le *défilé des troupes Angloiſes*
rendant les armes : il a en outre repréſenté le
ſuperbe obéliſque, *élevé ſur la place du port de*
Vendre en Rouſſillon, *en l'honneur de la bienfai-*
ſance de Louis XVI. Enfin , il a figuré en ſucre
les *cérémonies qui ſe font obſervées à la naiſſan-*
ce du Dauphin où tous les Princes & Princeſſes
ſont repréſentés. Il a en outre des bonbons *An-*
ti-Anglois, ou *Pierre de touche à la Fayette*,
des bonbons *au Général Washington &c.*

Ce zele patriotique a valu au Sieur Duval la
faveur inſigne d'un Brevet de *Confiſeur du Roi.*

30 *Décemb.* 1781. Madame la Comteſſe d'Artois va mieux , & l'on eſpere que les plaiſirs de
Verſailles différés n'en feront que plus vifs. La
Cour & la ville ſe ſont également intéreſſés pour
cette Princeſſe. Le compte qu'on lui a rendu de
cet attachement a dû la ſoulager dans ſes maux ;
mais ce qui y a ſurtout contribué , c'eſt l'affection
vraiment conjugale de ſon Auguſte époux ; l'excellence de ſon cœur s'eſt manifeſtée en cette occaſion , & il a rendu à la malade les ſoins les plus
tendres , les plus conſtans & les plus recherchés.
Elle s'eſt écriée dans ſa joie , qu'elle étoit bien
ſûre juſque-là d'en être aimée ; mais non à ce
point & juſque dans cet état triſte & repouſſant.

31 *Décembre.* Les Boulangers, aſſujettis à donner exactement le poids proportionné au pain du
peuple , préſenterent il y a quelque tems un Mémoire à M. le Lieutenant-général de Police pour
ne plus vendre le pain au poids. Ils s'y plaignoient qu'en employant la quantité autoriſée
par l'uſage de quatre livres dix onces de pâte

pour un pain de quatre livres, ils obtenoient rarement ce poids & fe trouvoient fouvent dans le cas de l'amende.

Mrs. Parmentiers & Cadet de Vaux avoient traité cette matiere dans le *Parfait Boulanger* & inclinoient pour le vœu de ces marchands.

C'eft à l'occafion de ce Mémoire & de la queftion élevée, que M. le Noir a défiré qu'on éclairât fa fageffe. Des Commiffaires ont été nommés, à la téte defquels s'eft trouvé à M. Tillet de l'Académie Royale des Sciences qui, dans une affemblée du Comité de Boulangerie tenu le 5 Novembre, a lu les *expériences & obfervations fur le poids du pain au fortir du four & fur le réglement par lequel les Boulangers* font affujettis à donner au pain qu'ils expofent en vente un poids fixe & déterminé.

Suivant fon rapport, par ces expériences faites en préfence non-feulement de tous les Membres du Comité, mais de plufieurs Magiftrats recommandables par leur zele & leurs lumieres, il réfulte que 50 pains mis dans le méme four, faits de la méme pâte, au poids de quatre livres dix onces, trois feulement font fortis pefant quatre livres, trois ont excédé ce poids, & les 44 autres ont varié au point que la différence entre les deux extrémes s'eft trouvée de quatre onces & demie.

D'après cette confidération & plufieurs autres fuperflues à détailler, il paroit que la Police feroit portée à fe rendre aux répréfentations des Boulangers. Cependant, pour mieux éclaircir la matiere avant de prononcer, M. le Noir a défiré que tous ceux qui auroient des objections à faire vouluffent bien les communiquer. On doit y répondre , & tout ce travail fera réfumé dans un Comité extraordinaire & public , où l'on tatuera définitivement.

31 *Décembre* 1781. Mlle Contat qui, malgré tout ce qu'on a dit , a captivé affez M. le Comte d'Artois pour en concevoir ûn fruit , après étre accouchée d'un garçon, a reparu à la Comédie, & joué il y a quelques jours. On affure cependant que le Prince n'a pas voulu le reconnoître.

31 *Déc.* Suivant ce qu'on écrit de Bordeaux , le Parlement de cette ville a renouvellé depuis la entrée fes arrêtés en faveur du premier Préfident & plus fortement que jamais ; il a en outre pris ne tournure très-adroite vis-à-vis de M. Dupaty : eft que , comme un Membre d'une Compagnie e peut refter à une délibération le concernant, toutes les fois que les Magiftrats veulent n tenir une , ils commencent par l'avertir qu'il era queftion de lui , & l'obligent par là à fe etirer.

Malgré ces nouveaux actes de fchifme , on ffure que M. le Berthon va retourner à Bordeaux ; on dit même qu'il a déja quitté Châlons.

31 *Déc.* A en juger par les deux grandes répétions préliminaires d'une premiere repréfentaon d'Opéra. Celui de M. de Santerre eft déja reardé comme très-médiocre quant au Poëme , omme de beaucoup inférieur à *Ninette à la our*, qu'on reconnoît parfaitement ici, quoiqu'il ait changé le nom. On commence à dire qu'il t très-imprudent à lui de reproduire la fienne our la troifieme fois , lorfque nous en avions éja deux charmantes , l'une en comédie , l'autre ballet ; que c'eft s'expofer à des comparaifons éfavantageufes qui ne feront que mieux reffor=

tir les défauts fenfibles & multipliés de l'ouvrage.

Quant à la mufique, on l'a trouvée délicieufe, mais découfue comme le fonds , & d'ailleurs pleine de difparates par la même raifon. Quoique fes partifans affurent que c'eft l'ouvrage le plus parfait de M. Gretry, les vrais connoiffeurs prétendent, au contraire, que de vingt-deux œuvres de fa compofition , celle-ci n'eft peut-être pas la vingtieme. Au furplus, on jugera demain plus pertinemment , & le Poëte & le Muficien.

31 *Décembre* 1781. Les femmes de Cour , infiniment au-deffus des fcrupules d'une bourgeoife , craignent moins d'annoncer leurs foibleffes : c'eft fans doute ce qui a autorifé M. le Chevalier de Bouflers à divulguer la chanfon fuivante. Elle eft adreffée au fils naturel qu'il a eu de Madame la Princeffe Cr***, née San*** Do*****.

Sur l'Air : *D'Albaneze , champêtre afile.*

O toi , qui n'eus jamais dû naître ,
Gage trop cher d'un fol amour ,
Puiffes-tu ne jamais connoitre
L'erreur qui te donna le jour !
    Que ton enfance
    Goûte en filence
Le bonheur qui pour elle eft fait ,
    Et que l'envie
Ignore , ou taife ton fecret.   (Bis)

La nature , au nom de ta mere ,
T'offrira fes premiers bienfaits ,
Un lait pur , un air falutaire ,
De doux fruits , un ombrage frais.
    Que ton enfance
    Goûte en filence &c.

Renonce au rang , à l'opulence ,
C'eft l'honneur qui t'en fait la loi ;

Ne crains pourtant pas l'indigence,
L'amour l'écartera de toi.
  Que ton enfance
  Goûte en filence &c.

Souvent une main inconnue
T'offrira quelque don nouveau,
En fecret une mere émue
Viendra pleurer fur ton berceau.
  Connois ta mere,
  L'honneur févere
Lui défend de fe découvrir;
  Mais par tendreffe,
  Mais par foibleffe
Une mere aime à fe trahir.

D'un air plus touchant & plus tendre,
Peut-être un jour tu la verras
Tour à tour dans fes bras te prendre,
Et te remettre entre mes bras,
  Connois ta mere:
  L'honneur févere &c.

ADDITIONS

AUX PREMIERS VOLUMES DE CETTE COLLECTION.

A la page 284 du 2e Volume de la premiere
Edition de Londres 1777. 19 Octobre 1765.

Epitaphe de Bébé.

D. O. M.
Hic jacet
Non corpufculum, fed Exta
Nicolai Ferri Lotharingi,
E Vico de Plane
In Salmenfi Principatu,
Nati die 14 Novembri, anni 1741,
Et denati die 9 Maii anni 1764.
Sceleton verô fervatur in bibliothecâ
Regiâ Nanceianâ.

Præter naturam portentum
Corporis non inelegantis
Brevitate & gracilitate
Spectabilis homullus
Utpote longus sex & viginti francicos
Septenarum autem pondo librarum francicarum
Et unciarum trium.
Benefico Stanislao I. Polonorum Regi,
Duci Lotharingiæ & Barri
Carus :
Cuique, quæ cæteris juvenilis ætas est
Senium fuit,
Et lustra quinque sæculum.

Tome 3. A la page 57. Le 3 *Juillet* 1766. Le célebre proscrit, Jean Jacques Rousseau n'a pas fait en Angleterre la sensation que sa réputation sembloit lui promettre ; il paroit même par les écrits publics anglois, qu'on n'y a pour lui qu'une très-médiocre estime, & qu'on y a cherché plus à le ridiculiser qu'à l'admirer. Soit dégoût ou dédain, il s'est éloigné de la capitale peu de tems après son arrivée, & il s'est retiré à la campagne, où il vit presque ignoré. Malgré la singularité de son être, on ne peut s'empêcher de le plaindre & lui refuser beaucoup d'esprit.

A la page 59. Le 10 *Juillet* 1776. Trois jeunes gens de 16, 17, 18 ans, qui se prétendent impliqués injustement dans l'affaire de la mutilation d'un crucifix, arrivée à Abbeville le 9 Août 1765, viennent de répandre un Mémoire à consulter & Consultation, signés de huit Avocats, tendans à improuver la sentence & arrêt qui condamnent au feu & à la mort, comme on a vu, deux autres jeunes gens ; ordonne qu'à l'égard de ceux-ci il sera sursis à leur jugement jusqu'après l'exécution. Ils prétendent que, dans les procédures & dans les jugemens intervenus dans ce procès, il y a des vices qui ne peuvent être réformés que par des tribunaux supérieurs ; en conséquence, ils concluent à une requête civile, ou en celle de revision ; mais il ne paroît pas que leur demande soit admise.

A la page 63. Le 18 *Juillet* 1766. Le Chevalier le Febvre de la Barre a été exécuté à Abbeville, & y a subi son Arrêt dans toute son étendue. Il a témoigné beaucoup de fermeté à la vue de son supplice, n'a chargé aucun de ceux qui ont paru participer aux sacrileges commis, a rapporté à lui seul tous les délits dont on a parlé, & s'est attiré, par ce dernier acte de sa vie, la pitié de tous les spectateurs.

A la page 64. Le 21 *Juillet* 1766. Extrait d'une lettre de Ferney du 15 Juillet..... M de Voltaire, toujours occupé de la nouvelle affaire des Sirvins, n'a pas négligé la circonstance du voyage de Madame Géoffrin à Varsovie, & a profité du crédit de cette Dame sur l'esprit du Roi de Pologne, pour l'engager à solliciter ce Monarque en faveur des accusés ; il lui a en même tems adressé un Mémoire avec une lettre très-adroite, telle qu'il en sait écrire en pareille circonstance. Je vous l'enverrai ; mais il ne veut pas qu'elle soit publique avant la réponse.

A la page 64. Le 22 *Juillet* 1766. Il seroit difficile de rendre compte succinctement de ce qui s'est passé dans l'ordre des Bénédictins, des divisions intestines qui ont partagé les membres qui le composent, & ont forcé le Gouvernement à en connoître. Il a été rendu à leur sujet plusieurs Arrêts du Conseil du Roi pour parvenir à concilier les esprits. Un nouveau du six de ce mois confirme les Bulles & Lettres. patentes

d'érection de la Congrégation de St. Maur, ordonne l'exécution provifoire des déclarations
fur la regle, & des conftitutions de la dite Congrégation. Cet Arrêt contient 42 articles. La fermentation n'eft point éteinte & doit avoir des
fuites, à en juger par les écrits que répand chaque parti.

A la page 64. Le 23 *Juillet* 1766. Extrait d'u-
ne lettre de Grenoble du 10 Juillet..... Ce n'eft
que depuis peu que l'Arrêté de notre Parlement
fur la réponfe du Roi faite aux Députés mandés
à Verfailles, fe répand clandeftinement dans
cette ville. Il eft daté du 21 Juin dernier & a
fept articles.

Meffieurs conviennent, dans cette piece finguliere, que le *Roi n'eft comptable qu'à Dieu de
l'autorité fouveraine qu'il exerce dans fon
Royaume, qu'à lui feul appartient l'inftitution
de la loi fans dépendance & fans partage*, &,
par une inconféquence très-palpable, prétendent cependant ôter à S. M. la liberté de juger
ou faire juger fes fujets, ainfi qu'il l'eftime néceffaire, & fe réfervent la faculté d'examiner,
de combattre, de rejeter fes loix nouvelles.....
Du refte, beaucoup de *Pathos.* Il n'y a pas d'apparence qu'ils ofent faire imprimer cet Arrêté,
comme les précédens.

A la page 66. Le 27 *Juillet* 1766. Un procès
criminel très-fingulier entre M. de la Maugerie,
Gentilhomme de Normandie, & M. de Brique-
ville de la Luzerne d'un nom plus connu dans
la nobleffe, occupe le public & le partage. Le
fond eft un cheval de 150 livres; mais l'accef-
foire eft un affaffinat en fa perfonne, dont le premier accufe le fecond. Le procès étoit à la Con-

nétablie, & il étoit intervenu fentence qui avoit ordonné un plus amplement informé d'un an , pendant lequel le Sieur de la Maugerie feroit élargi, & le Sieur de la Luzerne tenu de garder prifon. C'eft dans ce point favorable pour lui , que l'accufateur, voulant une victoire plus com- plette, s'eft pourvu au Parlement, & demande la caffation de la Sentence. On annonce de fa part un Mémoire curieux.

A la page 78. Le 18 *Août* 1766. Le Mémoire de M. de la Maugerie paroît depuis quelque tems. C'eft un fupplément aux autres. Il y a joint une carte fort détaillée du lieu du délit; il y a même fait graver toutes les pofitions où il prétend s'être trouvé le 18 Février 1764 à Saint Lo, jour & lieu de la fcene du délit, & il en fait réfulter des preuves phyfiques devant parler au défaut de témoins.

M. de la Luzerne, de fon côté, répand un *Précis* pour infirmer les nouveaux raifonnemens de fon adverfaire; mais on eft obligé de conve- nir qu'il n'a ni la logique ni la force du *Factum* de celui-ci.

A la page 80. Le 21 *Août* 1766. Voici des détails plus exacts fur la rixe dont on a parlé.

La courfe d'un cheval de M. de Lauragais , monté d'un poftillon , avoit occafionné plufieurs paris. Par un mal-entendu entre M. le Marquis de Villette, & M. le Comte de Lauragais, ce dernier a prétendu avoir gagné un tableau de prix au nouveau Marquis, qui s'en eft défendu. M. de Lauragais, piqué de la négative, a écrit une lettre à M. de Villette qui n'étoit pas faite pour flatter fon amour-propre. Bleffé de l'épitre, il y a répondu par des épigrammes, & s'eft

K 3

rendu chez Mlle Arnoux pour y rejoindre foi-
difant M. de Lauragais. Mais, comme cette
hiftoire avoit déja fait bruit, à peine y étoit-il,
que, fuivant de près, des gardes des Maréchaux
de France fe font attachés à leurs perfonnes.
Comme l'un & l'autre ont réellement beaucoup
d'efprit, ils en ont fait ufage pour s'expliquer
plus de fang froid, & fe font conciliés de façon
qu'ils font devenus les meilleurs amis, ne fe
quittant prefque plus, à la promenade, aux
fpectacles &c. M. de Villette a acquitté le paris,
en revanche M. de Lauragais lui a fait préfent
d'une jolie voiture. Tout cela alloit le mieux
du monde; malheureufement il a fallu compa-
roitre au tribunal de MM. les Maréchaux de
France, & s'y expliquer fur le fonds de l'affaire.
Ce refpectable Aréopage, après les avoir ouïs,
& pris connoiffance de beaucoup de détails dans
lefquels il n'eft pas poffible d'entrer, a cru devoir prononcer un jugement; mais il doit être
confirmé par le Roi avant qu'il s'exécute. Cette
aventure a fait ici beaucoup de bruit & n'a point
furpris de la part des auteurs. M. le Comte de
Lauragais n'eft pas un homme ordinaire, & M.
de Villette a fait fes preuves. Il eft fils de l'ancien Tréforier général de l'extraordinaire des
guerres, & eft aujourd'hui Chevalier de St.
Louis; il étoit dans la derniere guerre Aide-
Major général des logis de l'armée.

A la page 80. Le 24 *Août* 1766. L'Académie
Royale de Mufique fe difpofe à remplacer les
fragmens, & doit y fubftituer trois actes nouveaux fous le titre de *Fêtes lyriques*. Le premier
ballet eft d'un jeune Muficien de l'Opéra, qui
fe nomme *Francœur*, neveu du Surintendant de

la muſique du Roi : *Lindor & Iſmene* ; ce Poëme eſt attribué à pluſieurs perſonnes qui gardént l'anonyme ; on le croit cependant communément de M. de Bonneval. La ſeconde entrée eſt un ouvrage poſthume de deux Auteurs morts, *Rameau & Cahuzac*, & a pour titre *Anacréon*, qu'il ne faut pas confondre avec un autre Poëme du méme nom, auſſi de Rameau. Le troiſieme ballet enfin, eſt *Eroſine*, Paſtorale héroïque, repréſentée à Fontainebleau le 9 Novembre dernier ; Drame de M. de Moncrif, Lecteur de la Reine, & muſique de Berton, Me. de muſique de l'Opéra, & connu par pluſieurs chacones de la premiere diſtinction, ainſi que par différens morceaux détachés &c.

A la page 84. Le 31 *Août* 1766. On a fait hier l'ouverture de la foire Saint - Ovide. Depuis ſon nouvel établiſſement à la place de Vendôme, elle a acquis chaque année de la célébrité par la fureur du public à s'y rendre le ſoir & à minuit. Des marionettes, des battelleurs, à la honte du bon goût & de l'honnêteté publique, y attirent tout Paris, & l'on voit à ces ſpectacles plus d'affluence qu'aux meilleures pieces des François.

A la page 84. Le 2 *Septembre* 1766. On a donné aujourd'hui pour la premiere fois ſur le théâtre de l'Opéra *Les fêtes lyriques* annoncées. 1°. *Lindor & Iſmene*, dont les paroles & la muſique ont paru médiocres, pour ne rien dire de plus ; 2°. *Anacréon* ; il a été reçu avec plaiſir, & le Poëme, ſans être merveilleux, eſt paſſablement coupé, & il y a de jolies choſes. Quant à *Eroſine*, il faut abandonner le Drame pour n'écouter que la muſique qui a plu beaucoup, ainſi que les ballets ; on regrette que le Muſicien ait tra-

K 4

vaillé fur d'auffi plates rimes. L'accueil que fon ouvrage a reçu du public doit l'encourager à courir cette carriere.

A la page 86. Le 7 *Septembre* 1766. D'après le jugement de Meffieurs les Maréchaux de France, M. le Comte de Lauraguais a été obligé de rendre le tableau en queftion à M. de Villette. Nos Seigneurs ont fans doute regardé le pari qui en avoit été fait comme nul, ou devant être tel après ce qui s'eft paffé enfuite.

A la page 89. Le 12 *Septembre* 1766. On va délivrer inceffamment la feconde foufcription de l'eftampe de la famille des Calas qui a fait la plus grande fortune. L'empreffement du public à l'avoir n'ayant pu être fatisfait par la premiere planche, on en a fait graver une autre qui fera copiée fidelement fur la précédente.

A la page 90. Le 14 *Septembre* 1766. Depuis qu'il eft queftion de l'illumination meilleure de cette capitale, on ne s'eft pas encore déterminé pour l'efpece de lanternes qui doivent l'éclairer, & l'on a laiffé fubfifter les anciennes. On a feulement tenté un nouvel effai d'une centaine du nommé *Bailly*, l'un de ceux qui ont concouru pour le prix. A en juger par l'effet de fes lanternes, comme il n'eft que momentané, il eft bien loin de remplir les objets du programme. La plupart de fes lampes s'éteignent & ne produifent pas conftamment la clarté qu'on a droit d'en attendre. D'ailleurs, elles font fujettes à des inconvénients qu'il feroit trop long de détailler & qui font croire qu'elles feront profcrites. Il y a toute apparence qu'on reviendra à celles qui ont été expofées l'année derniere fur le Pont neuf, & qui approchent le plus de ce qu'on defire ; elles ont fubi toutes les épreuves de l'intempérie de l'air pendant un an environ, & conftamment éclairé plus de douze heures de fuite fans diminution de lumiere. Elles font du Sieur *Bourgeois de Château-blanc*, qui a partagé le prix propofé, & dont les inventions ont été imitées en partie par tous ceux qui ont concouru.

A la page 91. Le 16 *Septembre* 1766. Mlle de la *Chalotais*, fous le nom de fon pere & de fon frere, comme fondée de leurs pouvoirs & fe faifant fort pour Mrs. de Montreuil, de la Gacherie, & de Kefalaut, a fait préfenter au Roi deux Requétes tendantes à fupplier S. M. de retirer les Lettres patentes du 5 Juillet dernier, comme étant un obftacle au renvoi qu'ils ont demandé par la Cédule évocatoire. La premiere de ces Requétes eft du 11 Août & la feconde du 26. Elles font foufcriptes par huit des principaux Avocats du Parlement qui eftiment que la procédure faite à Rennes depuis les Lettres patentes du 5 Juillet dernier, ainfi qu'elle eft expofée dans cette Requéte, eft nulle, par les moyens qui y font établis, & que cette nullité ne peut que fortifier ceux fur lefquels on a fondé la Requéte par laquelle le Roi a été très-humblement fupplié de retirer ces Lettres. Ces deux Requétes ont près de 80 pages d'impreffion *in-4°*.

A la page 91. Le 16 *Septembre* 1766. Il paroît encore un nouveau *Mémoire à confulter & Confultation*, fous le nom de la famille de M. de la Chalotais, qui demande fi la preuve par comparaifon d'écriture, fur laquelle on ne pourroit pas prononcer une condamnation à peine capitale, fuffiroit pour donner lieu à une peine légere, pour faire ordonner un plus amplement in-

K 5

formé ou pour mettre hors de cour fur l'accufation. Le Confeil, qui a examiné la queftion &
l'ouvrage de le *Vayer* fur le même fujet, perfifte
dans fa Confultation du 26 Juillet dernier, &
recueille de nouveau une multitude de faits qui
prouvent les erreurs & les contradictions conti-
nuelles des Experts, d'où il conclut que s'il n'y
a contre M. de la Chalotais que la feule dépo-
fition des Experts, en quelque nombre qu'ils
puiffent être, on ne peut ni mettre hors de
cour, ni prononcer un plus amplement informé,
& qu'on doit le décharger de l'accufation. La
Confultation ajoute de plus que, par l'examen
des pieces imputées, tout dépofe en faveur de
M. de la Chalotais; que jamais délit ne fut
moins vraifemblable; que la qualité du crime,
celle de l'accufé, fa conduite, fes fentimens les
plus connus, que tout concourt à établir qu'il
n'eft pas auteur des billets anonymes, & qu'on
blefferoit également les loix naturelles & pofi-
tives, en ne le déchargeant pas de l'accufation.
Cette Confultation eft fignée des mêmes Avocats
que ceux qui ont foufcrit celle des Requêtes,
& eft aufli du 26 Août dernier; elle contient
36 pages *in*-4°.

A la page 98 Le 4 *Octobre* 1766. Vers le
commencement de ce mois on a répandu dans
Paris & à la Cour avec la plus grande profufion,
un Mémoire (prétendu fignifié) contre M. Beudet, Secrétaire général de la Marine, & ne ten-
dant pas moins qu'à lui faire perdre l'eftime publique; mais l'auteur s'y livre à une déclamation
qui decele fon caractere; il a manqué fon coup,
& l'attaque eft fi groffiere, qu'avec un peu d'attention on dévoile l'iniquité des prétentions de

fa partie ; toutefois, comme ce Mémoire eft
plutôt un libelle & une diffamation qu'une légi-
time défenfe, M. Beudet fe propofe de prendre
à partie l'Avocat & de le mettre fous le glaive de
la Juftice ; il fe nomme *la Ville*, & paffe pour
être un homme très-fufpect, pour ne rien dire
de plus. Mrs. les Avocats en font fi perfuadés,
qu'ils l'ont fait rayer de deffus le tableau où il
avoit trouvé le moyen de fe faire infcrire.

A la page 102. Le 11 *Octobre* 1766. La Difette des fujets à la Comédie Françoife, tant pour
les rôles de Petit-Maître que pour ceux à manteau, a déterminé M. le Duc de Duras, Gentilhomme de la Chambre du Roi, à envoyer un
Acteur confommé dans les Provinces, pour tâ-
cher de trouver dans les troupes qui y font répandues des gens en état de faire ces rôles :
c'eft le Sieur Préville qui eft chargé de cette
commiffion.

A la page 102. Le 12 *Octobre* 1766. Les ordres
font donnés pour la conftruction d'un pont en
face du cours fur la riviere de Seine, qui tiendra
lieu de celui de Neuilly ; on abattra l'efpece de
monticule qui fe trouve à l'Etoile, de forte que
la vue portera fur ce pont de la place de Louis XV
& de la terraffe des Thuilleries. Ce monument
fuperbe fera plufieurs années à édifier, ainfi que
le chemin pour y conduire ; on croit qu'on y
enverra des troupes pour l'enlevement des terres, ce qui en accélérera beaucoup l'exécution.
Il y a longtems que l'on fait des vœux pour qu'on
emploie ces bras inutiles en tems de paix aux
travaux publics ; l'utilité générale s'y trouve
avec leur avantage particulier ; étant jufte de leur
augmenter leur paye dans ces occafions.

K 6

A la page 102. Le 14 *Octobre* 1766. On a arrêté, il y a quinze jours environ, & mis à la Baſtille l'Abbé Deſplaces, pour avoir écrit des lettres injurieuſes contre une novice de Remiremont.

A la page 103. Le 16 *Octobre* 1766. L'eſſai du Sieur Bailly pour éclairer quelques rues de Paris ne produiſant pas l'effet qu'on en attendoit, on vient de recourir au Sieur Bourgeois de Châteaublanc pour entrer en lice nouvelle, & il paroît que nul compétiteur ne peut lui diſputer la préférence. L'on ne doute pas qu'il ne ſoit choiſi pour l'illumination complette de tout Paris ; mais comme cet objet de dépenſe eſt conſidérable, il ſera exécuté en pluſieurs années.

A la page.... Le 25 *Octobre* 1766. Le fameux Pere la Tour, ci-devant ſoi diſant Jéſuite, qui a été longtems Principal du college de Louis le Grand, eſt mort à Bezançon, il y a quelque tems. Ce n'étoit pas un littérateur, mais un des intriguans de la Société, & il y avoit une grande prépondérance ; ayant eu l'honneur d'avoir été Préfet du Prince de Conty, auprès duquel il avoit beaucoup de crédit, S. A. l'avoit d'abord retiré au Temple.

A la page 101. Le 30 *Octobre* 1766. On mande de Rochefort qu'on y a fait une ſouſcription de cinquante actions, de mille livres chacune, pour y bâtir une ſalle de ſpectacle ; qu'elle a été auſſi-tôt remplie, & qu'on y poſa la premiere pierre le 22 du mois dernier.

A la page 101. Le 31 *Octobre* 1766. La nouvelle d'Eſpagne au ſujet des Jéſuites n'eſt pas telle qu'on l'a débitée depuis quelques jours, mais il paroît qu'il y a eu des ſoupçons contre eux aſſez fondés pour mériter l'attention du

Gouvernement, & l'on apprend de Madrid, que M. d'Aranda a fait inveſtir leur college, appellé le College Impérial. On croit que cette expédition eſt relative à l'affaire de Bayonne dont on a parlé.

A la page 101. Le 31 *Octobre* 1766. Le début de Mlle Durancy continue avec ſuccès, elle vient de jouer *Electre* dans l'*Oreſte* de M. de Voltaire. Il paroît qu'elle a très bien ſaiſi ce rôle ; le public en a été fort ſatisfait, & eſpere beaucoup de ſon talent. On dit que Mlle *Clairon* voit avec douleur ce jeune ſujet donner l'eſpoir de ne plus la regretter bientôt. Mais c'eſt ſurtout Mlle Dubois qui, étant en activité, eſt furieuſe de voir une auſſi laide créature l'emporter au Théâtre ſur ſa figure ſuperbe.

A la page 111. Le 3 *Novembre* 1766. M. Poivre de Lyon, homme intelligent, qui a voyagé beaucoup dans l'Inde & qui y a fait un commerce aſſez conſidérable, mais ſans naiſſance, ſans grade, & tout neuf dans l'adminiſtration, a été choiſi par la Cour pour Commiſſaire général à l'Iſle de France, faiſant fonction d'Intendant. Il a été Lazariſte & eſt manchot. Il eſt de la ſecte des économiſtes, & ces Philoſophes triomphent de voir un de leurs coriphées immiſcé dans les affaires publiques.

A la page 111. Le 5 *Novembre* 1766. Toute l'Europe a retenti du projet de l'exécution des moyens d'extraire des Pyrenées des mâtures pour notre Marine ; après des travaux auſſi immenſes qu'effrayans, ſurmontés par une conſtance de près de vingt années de peine & de ſoins, au moment de jouir de l'avantage flatteur d'avoir mis à heureuſe fin une auſſi belle entrepriſe, ſon véritable auteur s'eft vu en butte à l'envie & à la jaloufie de gens intéreflés à lui ravir l'honneur & l'avantage de fes veilles ; par des menées auffi fourdes que lâchement ourdies , ils ont eu le crédit de s'approprier la manutention de cette grande affaire & d'en éloigner le Chef principal & fes affociés , fous des prétextes auffi faux que vains , & de confommer leur iniquité en furpre-nant au Confeil du Roi, le 28 Mai 1764, un Arrêt qui réfilie & déclare nul & comme non avenu le traité fait avec le Miniftre de la Marine pour l'exploitation & le tranfport de ces bois. Par cette conduite inouie , le Sieur de Forcade s'eft vu moleflé dans fon entreprife , dérangé dans fa fortune , attaqué dans fon honneur , & au moment de tout perdre ; mais , confiant dans la juftice du Roi & de fes Miniftres , il s'eft rendu ici aux pieds du trône , y a porté fa récla-mation dans une Requête au Roi , où il a expofé les faits détaillés de cette odieufe manœuvre, les déprédations qui en ont fuivi , &c. Le Gouverne-ment , convaincu de fon atrocité , par les pieces qui ont été mifes fous fes yeux , en a donné des preuves non équivoques en faifant droit fur la Requête du Sieur Forcade & en lui rendant fa confiance pour la geftion de cette importante ex-ploitation , qui eft aujourd'hui régie pour le compte du Roi par des Commiffaires établis par S. M. & à la tête defquels il a eu l'honneur d'être nommé.

A la page 111. Le 7 Novembre 1766. Une De-moifelle Saint-Val , ci-devant Actrice à Lyon , & qui a déja paru , il y a près de fix mois , fur le théâtre François , vient de reprendre fon début dans *Tancrede* ; elle y avoit déja rempli le rôle d'*Aménaïde* avec fuccès ; mais , à cette reprife, elle a furpaffé l'attente du public hier , ce qui n'avoit pas été la furveille ; on a imputé à timidité fi elle n'a pas joué Lundi comme on l'efpéroit ; remife de fes craintes, elle a rendu fon rôle avec une chaleur & un fentiment fupérieur aux plus beaux momens de Mlle *Clairon*. On ne peut pas dire qu'elle n'ait pas à travailler encore ; mais on peut juger , par fes talens actuels , jufqu'à quel point elle eft capable de les porter. Le Théâtre François a lieu de fe féliciter de cette acquifition : jointe avec celle de Mlle Durancy , elle doit relever la fcene qui étoit à la veille de manquer de fujets tragiques femelles , & qui auroit grand befoin de fecours en hommes.

A la page 112. Le 9 *Novembre* 1766. Un difciple de M. Tronchin, nommé *Normandie* , de Geneve, qui étoit ici depuis peu de tems pour fuivre les inftructions de fon maître ; dans une vapeur des plus fortes, pour ne rien dire de plus , s'eft jetté dans le Palais royal du fecond étage d'une des maifons qui font dans la rue des Bons-Enfans ; il eft tombé fur le treillage qu'il a brifé fans fe tuer : avec de la docilité on auroit pu le guérir, mais perfiftant dans fa manie de vouloir périr , le Ciel a comblé fes vœux , & il eft mort.

A la page 112. Le 10 *Novembre* 1766. L'Académie Royale de Mufique fe difpofe à donner un Opéra nouveau, intitulé *Silvie* , ballet en trois actes , précédé d'un prologue. Les paroles de ce Poëme font de M. Laujeon, qui a déja donné des Poëmes lyriques qui ont été bien reçus du public ; le Sieur la Garde, Muficien, avoit fait la mufique de cet ouvrage, qui a été joué chez le Roi aux petits appartemens; mais depuis, M. *Laujeon* ayant retouché les paroles, elles ont été remifes en mufique par les Sieurs le *Breton* & *Trial*, & le tout exécuté l'année derniere à Fontainebleau avec affez de fuccès. Les trois Auteurs ont encore fait de nouveaux changemens pour être mis ici fur le theâtre de l'opéra.

A la page 117. Le 18 *Novembre* 1766. On a donné aujourd'hui pour la premiere fois le Ballet de *Silvie* en trois actes, précédé d'un prologue repréfentant les forges de Vulcain. Cet Opéra, annoncé avec diftinction dans le public, n'a pas répondu à fon attente; il y a quelques morceaux qui ont été applaudis; mais, en général, il n'a pas été bien reçu; on ne peut pas imputer ce peu de fuccès aux Directeurs; ils y ont prodigué la dépenfe dans tous les genres, & elle eft très-confidérable.

A la page 117. Le 19 *Novembre* 1766. Rien n'eft plus commun que les maladies de poitrine, & jufqu'à préfent l'art des Medecins femble y avoir échoué. On affure que le hazard vient d'indiquer un remede très-efficace, & plufieurs perfonnes attaquées de cette maniere en font ufage. C'eft de fe renfermer dans une étable à vaches & d'y paffer plufieurs mois, de compagnie avec ces animaux; on prétend que leur haleine, les efprits qui s'en exhalent, améliorent l'air, qui porte ainfi dans les poumons un baume falutaire & leur rend l'élafticité. Quoi qu'il en foit, comme tout eft mode ici, nos petites-maitreffes, principalement fujettes au mal en queftion, font prefque toutes conftruire de ces efpeces d'infirmeries dans leurs nouvelles maifons.

A la page 117. Le 20 *Novembre* 1766. On

aſſure que l'Impératrice de toutes les Ruſſies, ayant requis pluſieurs fois le Roi de Pologne d'introduire dans ſes Etats le rite grec, S. M. Polonoiſe lui a fait remettre en dernier lieu la réponſe ſuivante.

„ Je ne méconnois pas les obligations que j'ai à l'Impératrice des Ruſſies dans les moyens dont Dieu s'eſt ſervi pour m'élever au trône; mais en y montant j'ai promis l'exacte obſervation de ma religion dans toute l'étendue de mon Royaume. Si j'étois aſſez foible pour l'abandonner, ma vie & mon trône ſeroient expoſés au juſte reſſentiment de ma nation. Vous me menacez d'employer la force pour établir vos projets; c'eſt une extrémité qui me deviendroit également funeſte. Je n'entrevois que du danger dans les réſolutions que j'ai à prendre; mais j'aime mieux m'expoſer à celui que l'honneur & le devoir m'engagent à choiſir, & dès à préſent je m'unis à ma nation pour la défenſe de notre ſainte religion ".

A la page 128. Le 6 *Décembre* 1766. On vient de publier un Arrêt du Conſeil concernant les *Actes du Clergé.* Il eſt du 25 Novembre dernier, & rappelle ceux du 15 Septembre 1765 & 24 Mai 1766. Le Roi caſſe & annulle les Arrêts du Parlement de Provence du 30 Décembre 1765, des Parlemens de Toulouſe, de Bordeaux, de Rouen & de Paris du 14, du 15, du 23 Novembre 1765 & du 8 Juillet 1766, comme ne pouvant ſe concilier avec les diſpoſitions de ſon Conſeil & avec les raiſons qui ont déterminés S. M. à caſſer les Arrêts de ſon Parlement de Paris des 4 & 5 Septembre 1705. N'entend néanmoins S. M. autoriſer l'effet qui pourroit être donné auxdits actes de l'Assemblée, en exigeant des adhésions ou signatures qu'elle n'a pas cru devoir exiger, & qui pourroient être également préjudiciables aux loix de l'Eglise & à la tranquillité du Royaume. Défend S. M. d'en exiger de nouvelles à l'avenir, se réservant, au surplus, à elle seule, comme elle a déja fait par son Arrêt du 24 Mai, la connoissance de toutes les disputes & contestations qui pourroient s'élever au sujet desdits actes.

A la page 140. Le 25 *Décembre* 1766. On vient de publier un Arrêt du Conseil d'Etat, daté du 6 de ce mois, qui suprime, comme *Libelles*, plusieurs écrits imprimés sans permission. Ils ont pour titre *Commissions extraordinaires ; Journal des événemens qui ont suivi les actes de démission du Parlement de Brétagne du 22 Mai 1766 ; Suite du même Journal, Chronologie des Lettres de Cachet.* Il y est dit que dans la vue de prévenir & d'émouvoir les esprits, les Auteurs obscurs de ces ouvrages clandestins, ont avancé les principes les plus captieux & les plus faux ; qu'ils ont essayé de les accréditer par les citations les plus infideles ; que, par un artifice aussi condamnable & pour satisfaire leur malignité, ils ont altéré ou déguisé plusieurs faits importans ; qu'ils ont enfin porté leur témérité jusqu'à rendre public ce qui par sa nature devoit demeurer secret, & jusqu'à y joindre tout ce qui pouvoit le plus aigrir & animer les esprits contre des évenemens que les circonstances ont rendu nécessaires.

A la page 140. Le 26 *Décembre* 1766. *La Chronologie des Lettres de Cachet*, que l'on a vu supprimée par l'Arrêt du Conseil du 6 de ce mois, eſt une feuille d'impreſſion de huit pages feulement, qui a pour titre le *Tableau Chronologique* des Lettres de Cachet diſtribuées, & des actes violens du pouvoir abſolu, exécutés en Bretagne depuis la ſignature de l'acte des démiſſions des Officiers du Parlement du 22 Mai 1665. L'Auteur de ce pamphlet prétend que, depuis cette époque, 158 perſonnes ont été enlevées, enfermées, exilées, vexées, & décrétées; il en donne la liſte par noms & qualités. On voit par l'énoncé ſeul de cet Ecrit, combien il eſt dans le cas de la proſcription, d'autant qu'il eſt accompagné de notes analogues au titre. Il eſt cruel pour le Gouvernement que ſon active vigilance ne puiſſe pas prévenir la publicité de ces ſortes de libelles, & qu'il ſoit obligé d'employer la ſévérité pour en arrêter le cours.

A la page 149. Le 4 *Janvier* 1767. On a fait pluſieurs éditions très-clandeſtines des Mémoires de M. de la Chalotais & de ſes Lettres au Roi & à M. de St. Florentin. On ne peut imputer ces impreſſions furtives qu'à l'appas du gain. La plupart des vendeurs ont déja ſubi la peine de leur témérité & ſont arrêtés.

A la page 149. Le 5 *Janvier* 1767. Après l'éclat de l'avanture de Madame de Boiſgiron, convaincue d'avoir abuſé de la confiance de Madame la Dauphine & de l'avoir volée, il ſemble que le juſte châtiment qu'elle a éprouvé auroit dû être un frein pour quiconque auroit l'honneur d'approcher de près nos Princeſſes: contre cette attente, ce funeſte exemple n'a point effrayé la nommée *Gruelles*, Femme de Chambre de Madame *Victoire*. Elle a été arrêtée par ordre du Roi ſur la preuve & ſon aveu d'avoir volé Madame Victoire. Elle eft fille du Concierge de Choifi (Filleul) qui a la meilleure réputation du monde, & la plus juftifiée ; dans le défefpoir de cet évenement, il eft venu fe jeter aux pieds du Roi & demander à fe retirer. S. M., touchée de fon état, a bien voulu lui ordonner de refter, & lui dire que les fautes étoient perfonnelles.

A la page 151. Le 10 *Janvier* 1767. L'Académie Royale de Mufique fe difpofe à reproduire fur fon théâtre, le Poëme de Théfée de Quinault, remis en mufique par Mondonville, le même qui fut joué il y a deux ans à Fontainebleau. Le public eft bien impatient de juger de la témérité du moderne Muficien. La mufique de Lully ayant été en poffeffion de lui plaire jufqu'à préfent. Paris n'a pu faire comparaifon des deux Auteurs, cet Opéra n'ayant été repréfenté qu'une fois à la Cour, fuivant l'ufage.

A la page 142. Le 12 *Janvier* 1767. Le nommé *Defprés Bouquerel*, frere d'un négociant de Rennes, impliqué dans l'affaire de Bretagne, convaincu d'avoir écrit des Lettres anónymes à M. le Comte de St. Florentin, où, fans refpect pour le Miniftere, il s'eft livré à une déclamation indécente & très-criminelle, a été conduit à Bicêtre.

A la page 152. Le 14 *Janvier* 1767. On a donné hier fur le théâtre de l'Opéra, *Théfée*, rajeuni par M. de Mondonville. Le Public a paru regretter *Lully*, & les belles fcenes de cet ancien n'ont point été effacées par la mufique nouvelle. On doit cependant rendre au Sieur de Mondonville la juftice d'avoir fait des morceaux qui ont paru de toute beauté, & qui, ajoutés aux autres de Lully, rendront cet Opéra admirable.

A la page 152. Le 15 *Janvier* 1767. Extrait

d'une lettre de Saintes du 4 Janvier 1767......
M. de la *Chalotais*, ſes deux fils & ſa bru, ſont
arrivés dans cette ville le 31 du mois dernier;
ils ont été très-bien accueillis. La célébrité de
M. de la Chalotais, ſes malheurs, ont contribué
à exciter ce ſentiment d'intérêt que les honnêtes
gens ne peuvent refuſer à ceux qui ſont dans la
peine. D'ailleurs, ſon éloquent Mémoire nous
étoit parvenu, & c'eſt à qui le lira.

A la page 153. Le 17 *Janvier* 1767. On a enregiſtré la ſemaine derniere à la Grand'Chambre des Lettres patentes du Roi au ſujet de M.
de Laverdy, aujourd'hui Miniſtre & Contrôleur
général des finances; elles ont été préſentées par
M. l'Abbé Terray : leur objet eſt de rappeller
une généalogie qui avoit été ignorée juſqu'à ce
jour, concernant ce Miniſtre moderne. Son pere
avoit été maintenu dans la Nobleſſe, il y a plus
de vingt ans; mais de nouvelles recherches ont
mis M. de Laverdy en état de juſtifier une très-
longue poſſeſſion de Nobleſſe de race très-an-
cienne, conſtatée par ces Lettres patentes &
leur enregiſtrement. La médiocrité de la fortune
de ſes Peres les avoient réduits au talent; & le
Barreau ſe glorifie d'avoir vu de nos jours M.
de Laverdy, pere de M. le Contrôleur-général,
y figurer avec diſtinction.

A la page 156. Le 21 *Janvier* 1767. La mere
de M. *Duclos*, Secrétaire perpétuel de l'Académie françoiſe, vient de mourir à Dinan à 104
ans. Un ami lui a adreſſé les vers ſuivans :

 De ta mere à cent ans & plus
 A la fin te prive la Parque.
Sans te répandre, hélas! en pleurs trop ſuperflus,
Réjouis-toi plutôt de cette heureuſe marque;

De longtems ne crains rien de ses coups menaçans,
Mais quand aujourd'hui la cruelle
Trancheroit le fil de tes ans,
N'aurois-tu pas vécu plus qu'elle ?

A la page 156. Le 23 *Janvier* 1767. Le peu de succès de l'Opéra de Théfée remis en mufique par le Sieur de Mondonville, a déterminé cet Auteur à le retirer du théâtre ; & les Directeurs de l'Académie Royale de Mufique, en gens intelligens, vont y remettre le même Opéra de Lully, tel qu'il a été joué l'année derniere. Les mêmes dépenfes tant en habits qu'en décorations peuvent fervir ; en conféquence on le répete, & en attendant on a repris *Silvie*. Le *Théfée* moderne n'a été joué que quatre fois.

A la page 157. Le 24 *Janvier* 1767. On écrit de Rochefort que les ordres de la Cour y font arrivés pour y faire l'expérience d'une pâte alimentaire fur fix forçats des plus forts & des plus robuftes. Ils feront mis chacun dans une chambre féparée, gardés par des factionnaires & y feront vifités par les Médecins tous les jours. On leur diftribuera trois onces feulement de cette pâte avec de l'eau bouillante, du beurre, du poivre & du fel, & l'auteur de ce fecret prétend qu'ils feront fuffifamment nourris pendant vingt-quatre heures avec cette dofe ; l'épreuve durera un mois. Si cette pâte réuffit, il eft conftant qu'on en pourroit faire ufage en mer dans des circonftances critiques. Elle eft très-compacte & paroît être faite de la fine fleur de froment.

A la page 159. Le 28 *Janvier* 1767. Un Avocat, nommé la Ville, rayé du tableau, & ne fubfiftant que des Mémoires ou plutôt des libelles clandeftins qu'il diftribue, eft à la veille de fe voir prendre à parti pour une affaire grave dans laquelle il s'eft immifcé d'écrire, & où l'on l'accufe comme calomniateur. C'eft toujours la fuite du procès de M. Beudet, & cela caufe une grande fermentation dans le Barreau, qui abandonneroit volontiers ce confrere expulfé, mais n'aime pas un tel exemple.

A la page 159. Le 30 *Janvier* 1767. Au mois de Septembre dernier, on diftribua avec profufion dans Paris un Mémoire fous le nom d'une veuve *Herige* contre M. Beudet, Confeiller honoraire au Confeil fupérieur de Leogane, Secrétaire de la Marine. Son objet paroiffoit un projet médité & réfléchi pour fon rédacteur, de perdre M. Beudet & de porter à fa réputation le coup le plus funefte. Mais à peine parvint-il dans le public que les faits les plus graves, avancés contre M. Beudet, furent démentis par des actes authentiques, & que le Sieur de la Ville, auteur de ces Mémoires, chercha à fe rétracter dans des journaux. M. Beudet vient de publier aujourd'hui un Mémoire à confulter & Confultations tant fur le fonds dans l'affaire qui eft une difcuffion de prétentions de la veuve *Herige* fur un bien acquis par le beau-pere de M. Beudet, que fur l'atrocité de la diffamation que le Sieur de la Ville s'eft permife fous ce prétexte. Le Confeil, qui a figné cette Confultation, eft d'avis que M. Beudet eft en droit de pourfuivre par la voie extraordinaire les auteurs, complices, & adhérans de cette diffamation, qui ne paroit pas être feulement l'ouvrage du Sieur de la Ville, mais de gens ennemis du Sieur Beudet, qui fe font fervis du miniftere de cet Avocat pour publier ce libelle. Le Sieur de la Ville y eft également pris à partie,

comme étant fans caractere pour foufcrire un
Mémoire, & ayant ufurpé un titre que lui refufe
l'ordre des Avocats. Les plus célébres Jurifconfultes de Paris ont foufcrit ce Mémoire à confulter & une Confultation qui le fuit.

Le 31 *Janvier* 1767. Extrait d'une lettre de
Rennes du 25 Janvier....... L'Evéque de Saint
Brieux (Bareau de Girac) très-lubrique, qui en
prendroit fur l'autel & en conteroit à la Vierge,
pour fe délaffer de fes occupations pendant la
tenue des Etats, a entrepris la conquéte d'une
Dame jeune & jolie, & de plus niece d'un de
fes confreres. Dans fa pourfuite amoureufe,
dont il ne fe cachoit aux yeux de perfonne, fe
trouvant un jour tête à tête avec cette Dame,
emporté par fa paffion, il la preffe vivement &
oublie la précaution de mettre le verrouil : le
mari furvient, entre, précifément à l'inftant du
dénouement ; la Dame ne perd point la tête ;
elle feint que le Prélat lui fait violence ; elle
faute fur l'épée du mari & la plonge dans la cuiffe du téméraire. Il y avoit bien de quoi ralentir
fon ardeur ; il fe retire confus, humilié, l'oreille
baffe, & eft obligé de garder la chambre. Cette
hiftoire eft aujourd'hui publique : on ne parle
que de l'adreffe de Madame de la M...... qui a
donné à l'Evêque de St. Brieux un coup d'épée
dans la cuiffe fans endommager fa culotte. Cette
nouvelle eft allée jufqu'à la Cour. On dit que
M. le Prince de Conti en a réjoui le feu Roi:
M. l'Evêque d'Orléans, très - fcrupuleux pour
l'honneur de l'épifcopat, a cru devoir en écrire
au Clergé affemblé aux Etats, qui, entrant dans
le même efprit, a répondu que c'étoit une hiftoire calomnieufe, inventée à plaifir. Malheureufement

ment, on prétend que MONSEIGNEUR en portera toute fa vie la cicatrice imprimée fur fa cuiffe.

A la page 162. Le 4 *Février* 1767. Le Mémoire de M. de la Chalotais, dont on a parlé, a pour titre: *Troifieme Mémoire de M. de la Chalotais, Procureur général au Parlement de Bretagne,* & tient 71 pages d'impreffion *in-12.* On y voit régner le même ton d'affurance que dans les précédens. Il y impute à la calomnie la plus atroce les accufations intentées contre lui ; il y réclame l'équité & la juftice du Roi, & il y inculpe des perfonnes en place des faits qu'il prétend réfuter. Il termine par fon teftament, où il affirme de nouveau fon innocence & en prend le Ciel à témoin ; &, par un *Poftfcriptum,* annonce qu'il apprend qu'il y a un Mémoire contre lui de M. de Calonne. Il n'ignore pas les moyens qu'on apporte pour qu'il refte dans le filence ; mais il affure que cet adverfaire ne perdra rien pour attendre, & qu'il répondra à quelques faits relatifs à M. de Fleffelle, Intendant de Bretagne.

A la page 162. Le 5 *Février* 1767. On mande de Rochefort que l'effai de la pâte alimentaire n'a pas eu le fuccès qu'on attendoit, & que les fix forçats n'ont pu en foutenir l'épreuve plufieurs jours ; on a été obligé de les mettre à l'hôpital pour leur faire prendre une nourriture plus folide.

A la page 80. Le 9 *Février* 1767. Le froid accueil du public pour *Eugénie* n'en a point impofé à fon Auteur ; il a prétendu le fubjuguer, & il y eft prefque parvenu. Il a élagué, retranché & ajouté. En 24 heures fon Drame, moins dé-

Tome XVIII.   L

fectueux, a reparu fur la fcene, purgé des expreffions baffes & triviales qui avoient déplu. L'intérét plus refferré, l'action moins traînante, le pathétique plus développé, les Acteurs mieux enfemble, le tout enfin a fait plaifir en général. On a demandé l'Auteur qui n'a pas daigné fe montrer; on a forcé l'Acteur à le nommer. Des billets répandus dans la Salle n'ont pas peu contribué à ce fuccès, qui pourra fe foutenir fi, à chaque intervalle des repréfentations, on corrige une partie des défauts qui rendoient la piece miférable. Du refte, elle fera toujours médiocre.

A la page 168. Le 17 *Février* 1767. Il y a longtems que les Ambaffadeurs ont formé la prétention d'aller au bal de l'Opéra, l'épée au côté comme les Princes du Sang. Le Roi a bien voulu décider en leur faveur, & en conféquence plufieurs Ambaffadeurs y ont été ainfi ce carnaval, pour prendre acte & poffeffion de cette prérogative.

A la page 169. Le 24 *Février* 1767. Un Officier fort épris d'une femme & au moment de l'époufer, s'étant apperçu qu'elle différoit de lui donner la main fur les notions qu'on lui avoit fait parvenir de fon caractere violent, de défefpoir s'eft brûlé la cervelle avant-hier dans l'antichambre de fa maîtreffe. Elle fe nomme Mlle Gouilli. Elle a été fucceffivement la maîtreffe de MM. de *Trudaine*, *Clairault*, *Duféjour* & autres Académiciens & Savans.

A la page 169. Le 25 *Février* 1767. Le Poëme de Pandore avoit été mis en mufique par feu M. Royer, & devoit être joué fur le théâtre de l'Académie Royale de Mufique huit jours après la mort de cet Auteur, mais fon décès ſubit en fit ſuſpendre la repréſentation en 1775.

A la page 179. Le 10 *Mars* 1767. On mande de Rochefort que la récidive de l'expérience de la pâte alimentaire ſur dix nouveaux forçats n'a pas eu plus de ſuccès que la premiere, & qu'on a été obligé de l'abandonner entiérement.

A la page 184. Le 18 *Mars* 1767. On parle beaucoup d'une caſſette précieuſe pour les papiers qu'elle contient, laiſſée par M. le Dauphin à Madame la Dauphine, & dont cette Princeſſe a fait gardien M. l'Evêque de Verdun, ſon premier Aumônier. On prétend que dans cette caſſette ſont différens Mémoires, Ouvrages & Inſtructions du Prince défunt, à remettre au Duc de Berri, le Dauphin actuel, lorſqu'il ſera en état d'en profiter.

A la page 187. Le 21 *Mars* 1767. On vient d'imprimer les Remontrances du Parlement au Roi du 30 Août dernier, au ſujet des Actes de l'Aſſemblée du Clergé de 1765 &c. Elles ne ſont point ſuſceptibles d'analyſe par la diſcuſſion où elles entrent ſur les matieres qui en font l'objet, fort ſeches, & ne devant intéreſſer que les Théologiens ou les dévôts. Tout ce qu'on peut aſſurer, c'eſt que l'ouvrage eſt excellent dans ſon genre & infiniment plus fort de raiſonnemens & de preuves que celui des Prélats.

A la page 188. Le 24 *Mars* 1767. L'Académie Royale de Muſique a remis aujourd'hui ſur ſon théâtre *Hypolite & Aricie*, Opéra de Rameau, qui a commencé la réputation de ce célebre Muſicien; il a été bien reçu du public, mais cependant pas avec cet enthouſiaſme que l'on a porté à *Caſtor & Pollux*, & l'on eſt forcé d'avouer que, malgré la bonne volonté des Directeurs, ils n'ont pu en diftribuer les rôles auffi avantageufement qu'ils l'auroient defiré fi tous leurs employés avoient été en état de jouer.

A la page 198. Le 7 *Avril* 1767. Les bâtimens du Palais royal font conduits avec plus de célérité que de goût. L'Efcalier eft fini & ne répond point à la dépenfe & à ce qu'on attendoit, ainfi que le refte. Il feroit trop long de rendre compte des défauts monftrueux qui fe trouvent dans l'enfemble qu'on ajoute à ce palais. Il fera bien au-deffous de l'argent immenfe qu'on y facrifie. La première cour, par le nouveau plan, eft affez belle, &, pour la rendre plus vafte, au lieu d'une colonnade qui devoit régner fur la rue Saint Honoré, on y met une grille. Il paroît que la falle de l'Opéra n'eft pas mieux traitée & qu'elle effuira de fortes critiques.

A la page 205. Le 21 *Avril* 1767. On vient d'imprimer la *Sanction Pragmatique* du Roi d'Efpagne ayant force de loi, qui enjoint à tous les Religieux de la Compagnie de Jéfus, de fortir de fes Royaumes; leur fait défenfe de jamais s'y rétablir, & ordonne la confifcation de tous leurs biens. Cette pièce curieufe, datée du deux de ce mois, eft traduite en françois & fe vend à tous les coins de rue avec une profufion peu commune. En général, la nouvelle a été accueillie ici avec la plus grande joie, & le public eft tellement indifpofé contre cette trop célèbre Société, qu'il ne ceffe de faire des vœux pour fon extinction totale. On ne doute pas qu'à l'élection du nouveau Pape, une des conditions ne foit d'abolir les Jéfuites dans toute la Chrétienté.

A la page 206. Le 24 *Avril* 1767. Les fpectacles des feux d'artifices, fufpendus à caufe de la faiſon, ont repris hier. Le goût du public pour ces amuſemens les a multipliés beaucoup, & ont encouragé les artiſtes à les perfectionner.

A la page 206. Le 24 *Avril* 1767. On a fait imprimer un Tableau prétendu des *Aſſemblées ſecretes & fréquentes des Jéſuites & leurs affi-liés à Rennes.* On impute à leurs complots la diſgrace & les malheurs de MM. de Caradeu & de la Chalotais &c. On y lit les noms prétendus de ceux qui forment ordinairement ces aſſem-blées, les lieux où elles ſe tiennent ; on y trouve tous gens affiliés, ſoi-diſant, aux ci-devant Jé-ſuites &c. On doit ſe rappeller que le Parlement de Bretagne n'a pas donné à ſon Arrêt contre les Jéſuites toute l'extenſion de celui de Paris, & que Rennes eſt devenu, pour ainſi dire, l'aſyle de tous ceux qui n'ont pu en trouver ailleurs.

A la page 217. Le 13 *Mai* 1767. Les nouveaux Directeurs ont remis à la rentrée *Théſée ;* ils ont fait des changemens aſſez conſidérables dans les ſujets tant des ballets, du chant, que de l'orcheſtre qu'ils ont augmenté de pluſieurs inſtrumens ; mais le vice radical de ce théâtre eſt aujourd'hui dans ſa muſique ſoporative, depuis qu'on s'eſt un peu familiariſé avec l'Italienne.

A la page 217. Le 14 *Mai* 1767. M. le Mar-quis de Courtanvaux, ayant deſſein de connoî-tre les côtes de la Manche, de Flandre & de la Hollande, pour les viſiter à ſon aiſe & ſatisfaire ſa curioſité, a fait conſtruire au Havre une fré-gate qu'il arme & équippe à ſes frais, & dans laquelle il s'embarquera avec pluſieurs de ſes amis, & ſurtout avec des ſavans qui l'accompa-gnent dans ce voyage. Il ſe propoſe de mettre à la voile dans le courant de ce mois. L'Académie

L 3

compte fur beaucoup d'expériences de cet illuftre confrere & des autres.

A la page 217. Le 15 *Mai* 1767. On parle
beaucoup d'une lettre du Pape au Roi d'Efpagne
au fujet de l'expulfion des Jéfuites. S. S. témoigne fa douleur de la façon dont il a plu à S. M.
Catholique de profcrire cette célebre Société de
fes Royaumes. Il impute à la calomnie tous les
délits dont on les accufe, & demande qu'elle
foit reçue à fe juftifier.

A la page 219. Le 19 *Mai* 1767. Le Roi étant
à Choify il y a quelques jours, & prenant le
divertiffement de la chaffe du cerf dans la fo-
rét de Sennar, s'égara à la pourfuite de l'animal qui fut couru plus de trente lieues. Suivie
d'un très-petit nombre de Seigneurs, de M. le
Prince de Beauveau, Capitaine des Gardes,
S. M. fut furprife par la nuit dans les bois : in-
certains de leur route, ils marcherent à l'aventure & gagnerent enfin un village près Ramboüil-
let, ils y trouverent heureufement un maître de
pofte qui avoit une chaife dans laquelle le Roi
monta, M. le Prince de Beauveau derriere. M.
de Polignac & quelques autres Seigneurs firent
atteler des chevaux de pofte fur une charette &
accompagnerent S. M. qui arriva après minuit
à Verfailles, d'où l'on expédia en diligence un
courier à Choify pour raffurer les Seigneurs qui
y étoient. L'abfence du Roi les avoit plongés
dans la plus cruelle incertitude, d'autant qu'il
y avoit un Confeil indiqué pour fept heures.
Cette aventure a beaucoup réjoui S. M.

A la page 220. Le 23 *Mai* 1767. A l'occafion
des nouveaux Directeurs de l'Académie Royale
de Mufique, un Anonyme a compofé des ftatuts

de réglemens fur l'Opéra. Ils font en vingt-quatre articles & en vers libres. C'eſt une fatyre plaiſante & piquante, tant de la nouvelle Direction que des Acteurs & Actrices qui prêtent aux farcaſmes & à l'épigramme. On l'a croit d'une Société où M. Barthe n'a pas été des derniers à s'égayer fur ces Meſſieurs & Dames.

À la page 220. Le 24 *Mai* 1767. Le Roi d'Eſpagne a chargé M. de Campo-Manèz de l'examen des papiers trouvés dans les différentes maiſons des Jeſuites. Ce M. de Campo-Manèz, qui eſt actuellement Conſeiller dans un des Conſeils établis à Madrid, étoit ci-devant un des plus célebres Juriſconſultes d'Eſpagne. Il a compoſé, il y a quatre ou cinq ans, un ouvrage qui a été imprimé, dans lequel il a prétendu donner les preuves de très-grandes uſurpations faites fur les domaines de la couronne depuis le regne de Ferdinand & d'Iſabelle par différens ordres religieux, & notamment par la Société des Jéſuites, & s'eſt acquis par fon mérite l'eſtime & la confiance de M. d'Aranda.

À la page 220. Le 26 *Mai* 1767. Il y a eu au Parlement, il y a quelque tems, une dénonciation par l'Abbé Chauvelin, l'adverſaire infatigable de la Société, concernant ce qui s'eſt paſſé en Eſpagne. Elle a été fuivie de pluſieurs délibérations, qui, après de longues difcuſſions, fe font enfin terminées par un Arrêt rendu le 9 Mai, toutes les Chambres aſſemblées, qui ordonne que, dans quinzaine de la publication, tous les ci-devant foi-difant Jéſuites feront tenus de fortir du Royaume.

Les affiliés tenus de faire leurs déclarations & de rapporter leurs lettres.

Défenfes aux Archevêques & Evêques d'em‐
ployer ceux qui avoient quitté dès avant 1767.

Le Roi eft fupplié d'obtenir du Saint Pere
•l'extinction de cette Société, & de rendre com‐
munes à tout le Royaume, par une loi générale,
les difpofitions de l'Arrêt qui eft très-long & fera
imprimé inceffamment.

A la page 221. Le 28 *Mai* 1767. On vient
d'imprimer, publier & afficher l'Arrêt du Par‐
lement contre les Jéfuites ; il eft précédé d'un
Réquifitoire des gens du Roi. On ne peut s'ima‐
giner avec quelle avidité cet Arrêt a été acheté
par le public. L'imprimeur n'a pu fournir à l'af‐
fluence des demandeurs. On y voit en détail
ce qui a déterminé la Cour à le rendre, & l'on
n'a pas été peu furpris d'y lire que le Roi fera
très-humblement fupplié d'écarter de fa perfon‐
ne & de celle des Princes de la famille royale
tous ceux qui auroient encore aucune fraternité
ou affiliation publique ou fecrete avec ladite
Société, & d'interpofer fes bons offices auprès
du Pape à l'effet d'obtenir l'extinction totale d'u‐
ne Société pernicieufe à la Chrétienté toute en‐
tiere, & particuliérement redoutable aux Sou‐
verains & à la tranquillité des Etats.

A la page 221. Le 29 *Mai* 1767. Le Parlement
a rendu un nouvel Arrêt qui ordonne que les
Lieutenans généraux des Bailliages & Sénéchauf‐
fées drefferont un état des ci-devant foi-difant
Jéfuites, que des infirmités graves & habituelles
mettroient dans l'impoffibilité abfolue d'exécu‐
ter l'arrêt de la Cour, & indiqueront aux mêmes
Religieux les hôpitaux où ils pourront fe retirer.

Le même jour, Arrêt qui ordonne qu'il fera
informé contre les foi‐difant ci‐devant Jéfuites

qui ont rétracté le ferment qu'ils avoient prêté.

A la page 222. Le 3 *Juin* 1767. A l'occafion de l'extinction des Jéfuites de la domination Efpagnole, on vient d'imprimer le détail de toutes leurs maifons connues dans les quatre parties du monde, & le nombre des Religieux qu'elles contenoient chacune en particulier ; ce qui forme un corps de plus de 20,000 hommes & une Milice beaucoup plus confidérable en comptant les Membres divers qui y tiennent par les Affiliations, les Congrégations, &c.

A la page 224. Le 9 *Juin* 1767. M. l'Abbé Guyot, Aumônier de M. le Duc d'Orléans, qui s'étoit deftiné à la chaire où il a parlé avec fuccès dans cette capitale, devant le Roi & ailleurs, devoit prêcher à St. Nicolas du Chardonnet ; les Marguilliers, informés qu'il avoit été Jéfuite, n'ont pas voulu qu'il préchât fans avoir fait le ferment.

A la page 225. Le 12 *Juin* 1767. Il paroît très-clandeftinement une lettre contre M Tronchin, dans laquelle ce moderne Efculape eft extrémement maltraité; on prétend y démontrer des méprifes de premiere ignorance ; on y difcute fa conduite à l'égard de Madame la Dauphine ; on le met en contradiction avec lui-même & avec les principes de l'art. Cette épître, écrite avec beaucoup de paffion, manque fon but par là-même; on y découvre un ennemi caché qui ne peut lui feul balancer l'opinion publique.

A la page 225. Le 14 *Juin* 1767. La *Lettre d'un actionnaire de la Compagnie des Indes* à MM. les Commiffaires nommés à l'Affemblée du 4 Avril dernier faifant beaucoup de bruit, exige quelque détail. Cet écrit, où il entre de

L 5

l'humeur contre l'adminiſtration actuelle, préſente cependant un tableau aſſez vrai de juſtes inquiétudes des actionnaires ; mais l'Auteur exagere les vices qui peuvent s'y trouver & s'éleve avec trop d'aigreur ſur les ſtatuts & réglemens propoſés par elle. Il prétend qu'avant de pouvoir aſſigner de juſtes réglemens, il faudroit mettre les actionnaires en état de ſavoir quelle eſt la ſituation préſente de la Compagnie ; quelles ſont ſes charges ; quelles ſont ſes reſſources ; le tout au vrai, & ſans chercher à s'abuſer ou en abuſer d'autres, comme il prétend qu'on l'a fait dans les divers comptes rendus aux Aſſemblées publiques depuis 1765, & il finit par mettre en queſtion ſi la Compagnie peut, dans les cas prévus & à prévoir, ſe ſoutenir, régie & adminiſtrée comme elle l'eſt aujourd'hui. En général, cette lettre ne peut que déplaire à ceux qui ſont à la tête de la Compagnie, qui doivent voir avec douleur qu'on leur prête de chercher à ſe perpétuer dans leur adminiſtration & à y établir un deſpotiſme dont le public ne les croit pas capables, & qui par là-même ne ſe conſolideroit que mieux, ſi l'on ne deſſilloit les yeux des intéreſſés.

A la page 105. Le 18 *Juin* 1767. Le Parlement de Normandie a rendu, au ſujet des ci-devant ſoi-diſant Jéſuites, un Arrêt preſque conforme à celui de Paris. Celui de Provence, en conformité de l'eſprit qui ſe ranime contre cette funeſte Société, & ſur la dénonciation qui lui a été faite de ce qui s'eſt paſſé en Eſpagne, d'après les concluſions motivées du Procureur général du Roi ſur cet événement & le refus du Pape de recevoir en ſes états les Jéſuites Eſpagnols, a ordonné, par un Arrêt du premier de ce mois, que les Membres de cette Société, à l'époque du 5 Juin 1762, feront tenus de fe retirer hors du Royaume dans quinzaine, à l'exception de ceux qui auront prêté les ferments ordonnés, & de ceux qui n'avoient pas atteint l'âge de 33 ans le 28 Janvier 1763, & qui préteront le ferment ordonné par l'Arrêt dudit jour.

Le Procureur général, dans fon Réquifitoire, ne laiffe pas ignorer les droits du Roi fur le Comtat d'Avignon, droits inaliénables & imprefcriptibles, dit ce Magiftrat; ce qui autorife S. M. à ufer de fon pouvoir pour exiger dans cette petite contrée la deftruction des établiffemens des Jéfuites qui y font.

A la page 228. Le 20 *Juin* 1767. Un certain Abbé Desbroffes, grand intrigant, qui prétend poffeder des fecrets rares dans la médecine, furtout pour les maladies de peau, & avoit guéri Madame la Ducheffe d'Orléans d'une dartre, dont il avoit obtenu la protection ainfi que celle de plufieurs grands Seigneurs, n'en a pas été moins condamné depuis à Dijon à être marqué & aux galeres. Il y a trois ans de ce jugement dont il a fubi la premiere peine; il s'eft pourvu en caffation & a évité de la forte la chaîne où il devoit être envoyé. Il a obtenu la caffation de l'Arrêt, ce qui fait grand bruit.

A la page 229. Le 25 *Juin* 1767. Rien de plus plaifant que la lettre du Roi d'Efpagne au Pape en date du 31 Mars 1767. On la prendroit pour un perfiflage, fi elle avoit été écrite en France. En voici la traduction exacte: ,, Votre Sainteté fait que le premier devoir d'un Souverain eft de veiller à la tranquillité de fon Etat & au repos de fes fujets.

L 6

„C'eft pour remplir ce devoir que je me trouve dans la néceffité abfolue de chaffer de mes Etats tous les Jéfuites qui y font établis & de les tranfporter dans les Etats du Saint Siege fous la fageffe & la fainte direction de votre Béatitude, qui eft le Pere commun & le Chef de tous les fideles.

„Je tomberois dans le cas de l'indifcrétion envers la Chambre apoftolique, en l'obligeant de pourvoir à l'entretien de ces Peres Jéfuites qui font nés mes fujets, fi je n'avois pourvu moi-même à leur fubfiftance en leur donnant à chacun une penfion alimentaire fuffifante.

„Dans ces circonftances, je prie Votre Sainteté de regarder ma préfente réfolution comme un arrangement économique qui étoit indifpenfable, & qui n'a été pris qu'après un mûr examen & une profonde méditation.

„Cette juftice m'étant rendue par Votre Sainteté, je la prie de m'envoyer fa fainte bénédiction apoftolique fur cette conduite particuliere, ainfi que fur toutes mes autres démarches qui fe trouveront dirigées, comme celle-ci, vers l'honneur & la gloire de Dieu".

A la page 229. Le 26 *Juin* 1767. La Réponfe du Pape au Roi d'Efpagne porte en fubftance que fi S. M. Catholique n'a pas des raifons très-graves pour en ufer comme elle le fait envers les Jéfuites, il y auroit de l'injuftice & de l'inhumanité de les maltraiter de la forte, mais que, fi c'étoit pour des crimes, il approuveroit cette réfolution; que, dans ces cas-là, il ne vouloit pas donner afyle dans fes Etats à des affaffins & à des malfaiteurs. Malgré cela, le Roi d'Efpagne garde dans fon cœur royal les délits des accusés. Ce font les propres expreffions de S. M. Catholique, ce qui foutient très-bien le perfiflage de la lettre à Sa Sainteté.

A la page 231. Le 29 *Juin* 1767. Carlin, l'Arlequin de la Comédie Italienne, qu'on croyoit perdu pour jamais, va beaucoup mieux. il eft à fe refaire à la campagne ; il fera bientôt en état de jouer, à ce qu'on efpere. Les partifans de ce rôle ne peuvent fe faire au jeu de celui d'aujourd'hui qui tient trop au goût italien Cet Acteur chez nous doit être naïf & non fot, gentil & non balourd. D'ailleurs, comme le fucceffeur de Carlin écorche le françois, il ne peut mettre dans fes iazis la fineffe d'un homme au fait de la langue.

A la page 236. Le 10 *Juillet* 1767. Le petit fuccès des Réglemens & Statuts de l'Opéra a fair naître à un anonyme l'idée d'en faire fur la Comédie Françoife. L'Auteur n'en a pas ménagé la plupart des membres & releve avec amertume les difgraces de leurs talens ; peu y font traités plus favorablement, & en général il y regne beaucoup d'aigreur ; il n'y a point cette gaieté & cette plaifanterie qui peuvent feules faire le mérite de ces fortes d'ouvrages, & qui fe trouvent affez dans les Réglemens de l'Opéra, attribués à M. Barthe, connu dans le monde littéraire par quelques petits vers & par une piece qui a pour titre l'*Amateur*, joué aux François, il y a quelques années.

A la page 239. Le 14 *Juillet* 1767 Les Comédiens Italiens ont donné, aujourd'hui Mardi 14 de ce mois, la premiere repréfentation du *Turban enchanté*, piece italienne en deux actes avec fpectacle & divertiffement. Elle eft du Sieur

Colatto, Pantalon ; elle a eu le plus grand fuccès. Carlin (l'Arlequin) y a reparu avec des
applaudiffemens infinis.

A fa reprife, cet Acteur a fait un compliment
de remerciment au public, où il lui dit entre
autres chofes qu'il y a vingt ans qu'on a de
l'indulgence & des bontés pour lui, qu'il veut
recommencer un nouveau bail, & qu'il compte fur les mêmes faveurs. Cet épifode n'a pas
effuyé les mêmes critiques que celui du Sieur
Molé. On permet à un Arlequin des familiari-
tés que n'admet point la majefté de la Scene
Françoife.

A la page 239. Le 15 *Juillet* 1767. Les Italiens, toujours féconds en nouveautés, ont remis, aujourd'hui Mercredi 15, un ancien Opéra
comique de *Vadé*, intitulé *Nicaife*. On l'a enrichi d'ariettes avec une mufique toute fraiche
du Sieur Bambini. M. Frameri a retouché les
vieilles paroles, & compofé les nouvelles. Cet
ouvrage, mélange de la fimplicité du Vaudeville
avec les broderies fävantes de la mufique moderne, n'a point répugné aux oreilles des fpectateurs, & l'on court avidement à ce monftre
harmonique.

A la page 240. Le 18 *Juillet* 1767. *Hyrza*,
après avoir effuyé différentes métamorphofes, eft
arrivée, aujourd'hui Samedi 18, à fa treizieme
& derniere repréfentation. On l'avoit annoncée,
il y a quelques jours, fur les affiches *avec de
nouveaux changemens ;* on fe flattoit de ramener
par là le public raffuré. Cette petite charlatanerie n'a pas eu le fuccès qu'en attendoit l'Auteur. Toutes les variations n'ont roulé effentiel-
lement que fur le dénouement. La premiere

fois, *Hirza* tuoit fon amant voulant tuer le pere, & ne fe tuoit point. Dans la fuite, elle a tué fon amant & elle-même ; elle a fini par fe tuer feule. L'abfurdité & la complication de la fable n'étant point corrigées, il en réfulte toujours un travail pénible pour le fpectateur, qui ne peut que l'indifpofer contre l'Auteur. C'eft fans doute à quoi faifoit illufion M. le Miere par le bon mot rapporté.

A la page 240. Le 20 *Juillet* 1767. M. *Jourdain* de Rocheplatte, amateur du théâtre, ayant écrit fucceffivement à Mlle *Clairon* trois lettres où il l'engage à profiter de la circonftance de la maladie de Mlle Dubois pour reparoître généreufement dans les *Illinois*, fans contracter aucun engagement nouveau, a reçu deux réponfes de cette Actrice que les curieux recherchent & dont on prend des copies. L'augufte Melpomene y configne fes dernieres réfolutions de la façon la plus irrévocable.

A la page 240. Le 20 *Juillet* 1767. Des Dames de la Cour, entr'autres Madame la Ducheffe de Villeroy, & Madame la Marquife de Senneeterre étant allé voir les divers camps de Compiegne, vifiterent d'abord les quartiers François ; elles pafferent enfuite chez les Suiffes. L'Officier qui les recevoit leur dit : Mefdames vous venez de voir les troupes de *Darius* ; vous allez voir celles d'*Alexandre*. Ce propos fingulier fit une telle fenfation que les Dames le releverent elles mêmes & en firent fentir l'indéce ce à celui qui le tenoit. Il a occafionné une rumeur fi confidérable que M. le Comte de Ségur, qui commande, a fait défenfe à qui que ce foit, fous peine de la vie, de le répéter & de le critiquer en rien. On croit que l'Officier fera puni févérement.

A la page 246. Le 31 *Juillet* 1767. Un particulier a fait remettre entre les mains de M. d'Auvergne, Surintendant de la musique du Roi & Directeur du concert spirituel, une médaille d'or de la valeur de 300 livres, pour être adjugée à celui qui, au jugement de ce Musicien, ainsi que de Mrs. *Blanchard* & *Gauzargues*, Maîtres de musique de la chapelle du Roi, aura composé le meilleur motet sur le Pseaume cent trente, *Super flumina Babylonis*. Il doit entrer dans ce morceau deux récits, un duo, & deux chœurs, dont un en fugue ; il ne doit pas durer plus de trente minutes. Les pieces doivent être remises avant le 1 Février, & le concours s'en fera au concert spirituel dans la quinzaine de Pâques ; c'est-à-dire que ces Messieurs commenceront par faire un triage des pieces susceptibles d'être exécutées.

A la page 346. Le 1 *Août* 1767. Il a paru, il y a quelque tems, une petite brochure dont on a parlé ; elle contenoit une lettre de M. Tronchin à M. le Contrôleur général ; des réflexions sur cette lettre ; la Déclaration de M. Tronchin lors de l'ouverture du corps de Madame la Dauphine ; enfin, de nouvelles réflexions surtout cela. Cet ouvrage, où l'on relevoit les erreurs, les bévues & même l'ignorance de cet Esculape Genevois, l'a affecté vivement ; il a obtenu de l'autorité les recherches les plus sévères, & le pamphlet est devenu fort rare. Il est attribué à M. de Vernage Le Lieutenant de Police voulant ménager ce Docteur, respectable par son âge, par son savoir & par d'illustres & puissans amis, a mandé depuis peu M. Malouet, jeune Médecin, l'éleve & le fupôt du premier. Il a comparu devant ce Magiftrat ; il a éclairé fa religion furprife ; il a déclaré n'avoir point rédigé la brochure, mais qu'il ne feroit pas fâché, à quelques expreffions près, d'en être l'auteur ; que, du refte, il étoit furpris qu'on lui fit perdre, pour une accufation auffi mal fondée, des inftans précieux où il pourroit être utile au public, fur quoi il a tiré fa révérence.

A la page 250. Le 4 *Août* 1767. Les Comédiens François doivent donner bientôt une tragédie nouvelle, intitulée *Cofroës* ; elle eft d'un M. le Fevre, jeune débutant dans la carriere dramatique. *Rotrou* a traité le même fujet en 1648. La piece eut du fuccès ; & M. Duffé de Valentiné reproduifit ce drame antique en 1704. avec des corrections de fa façon qui l'avoient rendu meilleur.

A la page 250. Le 8 *Août* 1767. Vers à M. le Chevalier d'Arcy à l'occafion de la fête donnée le trois Août à Madame la Marquife de Langeac.

J'ai vu le Goût, l'Efprit, les Graces
Fêter à l'envi la Beauté,
Leurs foins font toujours efficaces.
Jadis la fage antiquité
Pour une aimable Déité
Prodigua les jours de féerie.
Que j'aime fa mythologie !
Que je préfere fa folie
A notre augufte gravité !
Vous en égayez la trifteffe,
Et votre exemple eft d'un grand poids ;
Mais chacun n'a point à fon choix
D'encenfer pareille Déeffe.

Moi , qui fuis-je ? un foible prôneur ;
Je n'ai garde d'entrer en lice,
Et tiendrois à fort grand honneur
De porter chape à votre office. (*)

À la page 250. Le 9 *Août* 1767. Extrait d'u-
ne lettre de M. L. C. (La Combe d'Avignon)
datée de Rome le 20 Juillet 1767....... J'ai eu
l'honneur d'être admis ces jours-ci à l'audience
de Sa Sainteté & de l'entretenir vingt minutes ; elle m'a fait celui d'accepter un exemplaire
de mes œuvres...... Il n'eſt queſtion que de Jéſuites dans ce pays-ci , où tout le monde n'eſt pas
leur partiſan , il s'en faut. Le grand nombre des
Cardinaux leur eſt même oppoſé ; ils ne ceſſent
de ſolliciter le Saint Pere pour la deſtruction
d'un Ordre ſi dangereux à la chrétienté. Il s'eſt
paſſé ces jours-ci chez ces Peres une ſcene tra-
gi-comique. Le Général *Ricci* a eu une priſe
avec le Procureur général des Jéſuites des Royaumes Eſpagnols. Le premier s'étant répandu en
termes inſultans contre le Roi Catholique ; l'autre , ſoit morgue nationale , ſoit reſpect naturel
pour ſon Souverain , ſoit politique pour ſe le
rendre favorable , a relevé avec hauteur les termes injurieux de Ricci. Ce fougueux deſpote a
trouvé la réprimande très-mauvaiſe ; grande
altercation qui a dégénéré en un combat entre
ces deux Religieux. Leurs confreres ſont ſur-
venus heureuſement , qui ont mis les holas , en
leur repréſentant l'indécence de cette querelle.
On vouloit l'envelopper dans le ſilence ; mais
tout tranſpire. On dit le général très-contu-
ſionné , &c.

(*) Ces vers ſont de **M. de la Dixmerie**, auteur de
l'Avant-coureur.

A la page 250. Le 10 *Août* 1767. Un M. De-
forges a préfenté à l'Académie des Sciences un
Mémoire pour arrêter l'eau de la riviere au-deffus
de l'hôpital, la contenir, l'élever & la diftribuer
avec plus de propreté, de falubrité & d'abondance dans tous les quartiers de Paris; il y a
joint fes plans, fes modeles de machines, fes
calculs &c. en un mot, tout ce qui peut mettre
la Compagnie à même de juger de la vérité, de
la bonté, & de l'économie de fon projet &c. il
eft infiniment moins difpendieux que celui de
M. de Parcieux; mais eft-il poffible de fournir par
machine 1200 pouces d'eau continuelle, comme
il en faudroit à Paris. M. de Parcieux propofe
d'y faire paffer une feconde riviere entiere, celle
d'Yvette, de fournir 1000 pouces d'eau, mais
il calcule fes dépenfes à 12,000,000 livres. Celui-
ci voudroit charger de fon exécution une Compagnie, & prétend que fon projet ne feroit en
rien à charge au public. Si l'Académie le munit
de fon approbation, il fera préfenté au Confeil.

A la page 250. Le 11 *Août* 1767. Il a débuté
aux Italiens, le 24 Janvier dernier, une Demoifelle Dangui, fille du joueur de viele & fœur de
Madame Content, femme du premier Architecte
de M le Duc d'Orléans. On applaudit beaucoup
alors aux graces naturelles de fa perfonne, à
l'intelligence de fon jeu & au goût avec lequel
elle conduifoit une voix peu forte, mais agréable
& légere. Des raifons de fortune l'ont obligé de
prendre le parti du Théâtre: abandonnée d'un
mari qu'elle avoit, & manquant des reffources
qu'elle étoit en droit d'attendre de fa fœur,
elle a fait valoir les talens dont elle étoit douée.
Sa famille a trouvé cela très mauvais; Madame

Content a interpofé pour lors l'autorité de M. le
Comte de Saint Florentin, qui voulut bien s'en
mêler. La jeune perfonne offrit de renoncer au
théâtre fi fa fœur vouloit lui faire 1200 livres de
penfion; celle-ci n'ayant pas acquiefcé aux conditions, le Miniftre s'eft défifté, & la jeune perfonne a fuivi fa deftinée. Depuis ce tems Madame Content n'a ceffé de mettre en œuvre tous les
moyens poffibles de fufciter des dégoûts & des
tracafferies à fa fœur. Enfin, Mlle Dangui, excé-
dée, a pris le parti d'écrire à fa fœur une lettre
dont il a tranfpiré des copies, & qui couvre celle-
ci de ridicule.

A la page 250. Le 12 *Août* 1767. On continue à parler beaucoup du Manifefte du Roi d'Efpagne, fans qu'on trouve perfonne qui affure
pofitivement l'avoir lu. On dit que c'eft un volume in-folio de près de 1000 pages; que S. M.
Catholique, bien loin aujourd'hui de vouloir
garder dans fon cœur royal les profonds fecrets
de la deftruction des Jéfuites dans fes Royaumes, veut, au contraire, que fon Manifefte
foit traduit dans toutes les langues, & que tout
l'univers foit en état de juger fa conduite. C'eft
ce concert unanime de publicité, à pareil tems
dans toute la Chrétienté, qui empêche qu'il ne
paroiffe encore ici.

A la page 250. Le 13 *Août* 1767. M. de
Vaujour, Médecin du Roi à la Guadeloupe,
arrivé depuis quelques jours à Paris, a ramené
avec lui un quadrupede nommé le *Coincrc*. Il
vient du continent de l'Amérique méridionale;
il eft de la groffeur d'un fort marcaffin, & eft
remarquable par un trou ovale qu'il a fur le dos
par lequel il refpire. Quoique cet animal foit

écrit dans l'hiſtoire naturelle de M. de Buffon, l. de Vaujour prétend qu'on n'en a point en‑ ore à Marſeille, & ce Docteur compte en faire réſent au Roi, ſi S. M. l'agrée.

A la page 251. Le 16 *Août* 1767. L'Académie .oyale de Muſique doit donner le Mardi 18 de e mois des fragmens compoſés de l'acte d'*Apol‑ on & Coronis* & de ceux *du feu* & *de la terre.* e premier eſt tiré des amours des Dieux, pa‑ oles de Fuzelier, muſique de Mouret. Les deux utres font partie du Poëme des Elémens du oëte Roi; muſique de Deſtouches & de la Lande.)n ſent bien que tout cela eſt totalement refon‑ u, & fortifié d'une harmonie moderne.

A la page 253. Le 18 *Août* 1767. Lettre de Jlle Dangui à Madame Content ſa ſœur.

Paris le 25 *Juillet* 1767.

„ Ceſſez, ma chere ſœur, vos pourſuites au‑ rès de mes ſupérieurs pour m'arracher au théâ‑ re Je n'ai embraſſé cet état qu'avec réflexion & ſur votre refus perſévérant de me fournir les ecours dont j'avois beſoin pour en prendre un utre. Si vous vous étiez ſouvenue alors que ous étiez ma ſœur, vous ne rougiriez pas de 'être aujourd'hui; ſi votre amour-propre ſouffre, c'eſt à la dureté de votre cœur qu'il faut vous :n prendre. Je ſuis pourtant encore aſſez bonne our venir à votre ſecours & conſoler votre or‑ gueil humilié. Sachez qu'il n'y a pas une ſi grande différence de vous à moi. Nous ſommes :outes deux filles d'un homme à talent; vous ivez enfoui les vôtres, je fais valoir les miens. Vous vous repoſez ſur ceux de votre mari; vous

ignorez que c'eſt un Architecte médiocre qui
gagnera plus d'argent que de réputation ; moi je
crée la mienne & cherche à perpétuer un nom
connu dans la muſique.

Le public a daigné applaudir à mes premiers
eſſais ; il me ſoutient ; il m'encourage , & peut-
être mériterai-je un jour les éloges qu'il m'accorde aujourd'hui par indulgence. Vous ne ſerez
jamais qu'une bourgeoiſe bien coſſue, bien étof-
fée , bien ennuyée dans le cercle étroit de vos
coteries obſcures : une Actrice célebre roule dans
une ſphere brillante qui s'étend à meſure que ſes
talens ſe développent. Mon nom ſera imprimé
dans les nouvelles publiques , dans les gazettes,
dans le Mercure ; le vôtre ne le ſera pour la
premiere & derniere fois que dans votre billet
d'enterrement. Et ne me parlez pas de mœurs ;
vous autres honnêtes femmes, faites ſouvent ſon-
ner bien haut un état qui les ſuppoſe , pour en
pouvoir manquer plus à votre aiſe ; vous nous
les décidez dépravées au contraire, afin d'autoriſer une difference plus extérieure que réelle.
Au reſte, Mlle Doligny, à la Comédie Françoiſe, nous venge bien : trouvez, ſi vous pouvez,
dans toute votre bourgeoiſie une vertu plus
éprouvée, plus nette, plus reconnue. Reſte ce
malheureux préjugé d'infamie ; qui dit préjugé
a déja répondu. Bien plus, il eſt détruit chez
les Grands & chez les Philoſophes. Il eſt encore
enraciné dans le peuple ; peu nous importe,
nous ne frayons point avec lui. En un mot,
trouvons-nous toutes deux à Villers-Cotteret ou
au Palais Royal, vous reconnoîtrez la difference
qu'un Prince fait de la femme de ſon Architecte,
à une Actrice dont les talens ont le bonheur de

lui plaire & de l'amuſer. Je vous laiſſe ſur ce paralelle, & me retranche derriere le mur de ſéparation que vous avez prétendu élever entre nous. Adieu, ma chere ſœur, n'ayant plus rien de commun, puiſque vous le voulez ; mais, malgré vos mauvais procédés, vous ne ſortirez point de mon cœur, & c'eſt peut-être le premier moment où je m'apperçoive qu'il ſoit trop tendre. Adieu.

A la page 254. Le 20 *Août* 1767. L'Acte d'*Apollon* & de *Coronis* par où l'Opéra s'eſt ouvert aujourd'hui, quoique toujours en poſſeſſion de plaire, n'a pas eu le ſuccès qu'on s'en promettoit. Le Sieur Pillot, qui faiſoit le Dieu du chant, & qui ne l'eſt pas à beaucoup près, a jeté dans toute cette entrée un dégoût dont on ne s'eſt ſauvé que par des éclats de rire & des applaudiſſemens ironiques qui ont fait dégénérer en farce une action noble & tragique. Coronis étoit repreſentée par Madame *Larrivée*, auſſi médiocre Actrice que Cantatrice excellente. Le Sieur Larrivée a ſoutenu preſque ſeul cet acte, il faiſoit le rôle d'Iphis ; & ſon bel organe, ſon jeu franc & aiſé ont rendu intéreſſantes les ſcenes où il paroit. Les danſes, quoique gracieuſes & bien deſſinées, n'ont rien d'expreſſif. Les Dlles Dervieux, Duperei, Audinot, jeunes ſujets qui donnent de grandes eſpérances, en ont fait l'ornement. La muſique, ſauf le fameux chœur de l'enterrement de Coronis, n'a pas produit beaucoup de ſenſation.

L'acte du feu a été mieux exécuté. Mlle Dubois faiſoit le rôle de la Prétreſſe, & Larrivée celui de l'amant. La premiere, quoique peu agréable au public, à force de talent & d'art a fu fubjuguer les fuffrages, elle développe ici un très-bel organe, & toute l'expreffion du fentiment; l'Acteur, de fon côté, répond à merveille, & joue avec autant d'ame que d'intelligence. Les Directeurs ont voulu mettre du leur; ils ont ajoutés des ariettes d'une mufique fupérieure à celle qu'ils ont retranchée, & très-plattes quant aux paroles. Les ballets ont mieux réuffi. Mlle. Guimard y brille avec toutes les graces. La volupté qu'elle caractérife feroit mieux exprimée dans fa pantomime, fi elle y mettoit plus de naturel & moins d'afféterie. On reprochoit à Mlle Lany qu'elle remplace un jeu trop févere; celle-ci eft auffi correcte, mais minaude beaucoup. Le Sieur Gardel a exécuté une chacone de fa compofition, &, par une forte de fatalité, c'eft peut-être le jour où il ait le plus mal réuffi; il eft vrai que l'air eft miférable.

On feroit forti fort mécontent du fpectacle fans la troifieme entrée. Rien de plus agréable, de mieux joué & de plus fini que l'acte de la Terre. Mlle Arnoux, prefque oubliée à force d'être defirée, a daigné reparoitre dans l'acte de *Pomone*. Elle a femblé avoir acquis dans fa retraite encore plus de nobleffe & de fentimènt. Le Gros, faifant *Vertumne*, ne s'eft pas moins diftingué. La fcene de la reconnoiffance a été filée fupérieurement; ce dernier a chanté le morceau *Voyez dans ces vergers la fource qui ferpente &c.* avec un moelleux, avec une onction qui ont pénétré tous les cœurs. Les ballets ont completté l'enthoufiafme. Mlle Allard a plu par fes attitudes molles & fon enjouement lubrique. Mlle Peffin a étalé fa groffe gaieté, la vigueur de fon jarret, une danfe robufte comme fes appas. On a ri de
la

a fouplefſe , des diſlocations du Sieur Lany ; le
Sieur Slingsbi , Danſeur Anglois , a fait admirer
ſa légereté & ſon aplomb. Les divertiſſemens
étoient entremêlés de chants , & le Sieur le Gros
a fini par une ariette ſimple , mais d'un naturel
exquis ; il a laiſſé le ſpectateur animé d'une joie
douce comme ſa voix mélodieuſe.

A la page 255. Le 20 *Août* 1767. Il s'éleve
un grand ſchiſme dans la troupe des Comédiens
François. Mlle Dubois , laſſe de galanteries ,
paroît vouloir ſe livrer toute entiere à ſon métier ; elle a repris tous les rôles dont s'étoit chargée Mlle Duranci , & a déclaré qu'elle vouloit
jouir de ſon droit comme premiere Actrice , que
l'autre la doubleroit , & ne joueroit qu'à ſon refus. Le Kain , qui protege cette derniere & lui
ſert de maître de déclamation , a pris le parti
de ſon éleve ; il a proteſté de ſon côté qu'il ne
pouvoit figurer vis-à-vis Mlle Dubois ; que c'é-
toit une trop mauvaiſe actrice , que ſa ſeule préſence le glaçoit &c. Molé eſt intervenu , & ,
pour faire ſa cour à Mlle Dubois à laquelle il
commence à s'attacher, comme on a vu, il a
dit que le refus de M. le Kain ne devoit point
inquiéter , qu'il ſe chargeoit de ſes rôles. Celui-ci , voyant cela , ne veut pas les céder ; il faudra une autorité ſuperieure pour arranger cette
querelle

M. l'Archevêque n'a jamais voulu conſentir à
la publication des bancs de Mlle d'Epinay avec
le Sieur Molé ſur leur ſeule renonciation au
théâtre ; il exigeoit une ratification des Gentilshommes de la Chambre , & leur congé abſolu
en bonne & due forme. Ceux-ci n'ont pas cru
devoir ſe prêter à cette fourberie , ſur laquelle

les Hiftrions n'auroient pas été délicats. Dans cet intervalle le Sieur Molé s'eft refroidi & porte actuellement fes hommages à Mlle Dubois.

À la page 255. Le 21 *Août* 1767. Les fix corps des Marchands & Négocians de Paris viennent de préfenter une Requête au Roi & à Noffeigneurs de fon Confeil contre l'admiffion des Juifs aux brevets nouvellement créés dans les arts & métiers par l'Edit de création enregiftré le 19 Juin au Parlement. Ces Juifs, fous le titre d'étrangers, veulent aujourd'hui abufer du terme pour s'immifcer dans le commerce & dans les arts, ce qui tendroit à leur acquérir en France un droit de bourgeoifie qui leur a été refufé de tous les tems & partout. On repréfente dans cette requéte que l'admiffion des Juifs feroit directement contraire aux vues bienfaifantes de S. M. de rendre le commerce de plus en plus floriffant; que non-feulement ils font incapables de lui procurer le moindre avantage, mais qu'ils ne peuvent & ne doivent même dans leurs principes que le défoler & le ruiner. Ces affertions font foutenues de traits hiftoriques puifés dans nos annales, & cités comme des autorités fans reproche. On peut dire que cette requête eft une collection des plus injurieufes contre cette nation, chérie autrefois de Dieu, & aujourd'hui l'opprobre de tous les pays.

À la page 255. Le 24 *Août* 1767. M. Duclos, le Secrétaire de l'Académie, doit être demain à l'Affemblée; il eft de retour depuis quelques jours de fon voyage de Rome. Le motif de ce voyage excitoit la curiofité de bien des gens; on le fait aujourd'hui. Cet Académicien eft fort lié avec MM. de la Chalotais; il s'expliquoit trèsouvertement fur cette affaire dans la chaleur du procès. M. le Duc de Nivernois, craignant que l'indifcrétion de M. Duclos ne lui attirât quelque difgrace de la Cour, lui a confeillé amicalement de profiter de ce tems-là pour aller en Italie comme il en avoit defir depuis longtems, & l'autre s'eft rendu à ce fage avis.

A la page 258. Le 29 *Août* 1767. Il paroît une *Lettre fur les Panégyriques*, qu'on attribue à M. de Voltaire; & en effet elle femble être de lui, à en juger par le ftyle, & fon art de préfenter les chofes les moins intéreffantes d'une façon piquante. Elle eft courte & n'a que quinze pages. L'Auteur, comme il lui arrive fouvent, tombe dans le défaut qu'il veut corriger, & a tant mérité le reproche qu'il fait aux autres qu'il a mauvaife grace de le relever. Au refte, cet écrit eft fi peu de chofe qu'on n'en parleroit pas s'il ne fortoit de la plume de cet homme célebre.

A la page 258. Le 30 *Août* 1767. *Cofroës* eft la tragédie d'un écolier qui a été vingt-quatre heures à digérer fon plan, & un an à marteler fes vers; c'eft-à-dire que la fable eft vicieufe d'un bout à l'autre, pleine d'invraifemblances, d'abfurdités mêmes, & que les vers, quoique corrects & affez bien faits, font durs & bourfouflés. Après ce jugement, il feroit inutile d'en dire davantage, fi la jeuneffe du candidat ne lui avoit mérité l'indulgence du public, & fi la piece ne paroiffoit devoir avoir quelques repréfentations. D'ailleurs, l'Auteur a le mérite rare, furtout à fon âge, d'avoir fait un drame fans amour, d'avoir tiré tout fon dialogue du cru, pour ainfi dire, de fes perfonnages & de n'avoir

M 2

point eu recours à ces tirades postiches que nos
modernes ont toujours prêtes dans leurs porte-
feuilles ; à ces vers brillantés dont ils émaillent
par intervalle leurs tragédies. Ainsi nous revien-
drons sur cet ouvrage.

A la page 258. Le 30 *Août* 1767. On parle
beaucoup d'un Roman nouveau qui a pour titre
l'*Ingénu*. Il a plus de 200 pages d'impression ;
il pique d'autant plus la curiosité qu'il est encore fort rare & d'une plume accoutumée à se
faire desirer ; on assimile cet ouvrage à *Candide* ;
il est du même Auteur.

A la page 259. Le 2 *Septembre* 1767. *Cosroës*
est un Roi de Perse, sous l'empire duquel le
christianisme commence à s'étendre & à exciter
des troubles. Ce Monarque a pour Ministre un
certain Phanessar qui professe hautement sa religion, & n'en est pas moins l'ami & le conseil de
son Prince. Il cache sous une modération appa-
rente le zele aveugle & fanatique dont il est inté-
rieurement dévoré. Il a profité de l'absence du
Monarque, de son crédit & de sa puissance dans
la capitale, pour soustraire un enfant au berceau,
le seul rejeton de *Cosroës* ; il répand le bruit de
sa mort, & le reproduit ensuite dans sa maison
comme un enfant inconnu qu'il adopte & qu'il
éleve dans le christianisme ; son projet est de ménager en ce jeune Prince un protecteur à sa religion, & de le faire reconnoître & monter sur
le trône à la mort de Cosroës son pere. L'évenement ne répond que trop bien aux vues de
Phanessar. Manassès, c'est ainsi qu'on nomme
l'inconnu, suce le fanatisme avec le lait ; il est
d'ailleurs d'un caractere bouillant & impétueux ;
il ne respire que la guerre & les combats ; il a

une foif de gloire inextinguible, & cherche tous les moyens de couvrir par fes actions l'obfcurité de fa naiffance; il fe mêle dans toutes les factions; il eft à la tête de tous les partis. Par une fympathie de la nature, fans doute, la Reine Ameftris l'aime, le protege, le foutient contre toutes les cabales & les intrigues de cour; il fe rend bientôt redoutable au Monarque même : celui-ci, pour le punir par l'endroit fenfible, ne le conduit point à une guerre qu'il entreprend, & le laiffe languir dans l'oifiveté de la capitale; c'eft là où la piece commence.

Un certain Memnon, Satrape, proche parent de l'Empereur, & fon feul héritier par la mort du fils unique de Cofroës, voudroit profiter du mécontentement de Manaffès pour le porter à confpirer, & fe frayer par fon moyen un chemin plus prompt au trône, que dévore ce Prince ambitieux. Le fanatifme fouleve les Chrétiens, *Manaffès* fe met à leur tête, *Memnon* fe joint à eux & fe ménage des Abyffins captifs pour s'en fervir au befoin en leur donnant la liberté. *Cofroës* revient dans ce moment après avoir vaincu fes ennemis; il a fu les nouveaux troubles qui s'élevoient dans fes Etats; il veut y mettre ordre définitivement, & il indique un Confeil où l'on prendra les réfolutions les plus promptes & les plus fûres pour arrêter les féditions qu'excitent les Chrétiens. Le Confeil fe tient. Cofroës le premier jure de ne pardonner à perfonne des coupables; les Satrapes en font autant; un entr'autres déclare qu'il immolera même fon fils, s'il eft criminel....., à l'inftant on apporte un billet à Cofroës; il eft d'un efclave qui lui dévoile la conjuration; il indique les principaux

M 3

factieux, & il laiffe tomber des foupçons fur
Manaffès..... Il annonce qu'on peut d'autant
mieux le croire qu'il vient de fe tuer. Cofroës
rompt le Confeil; il dit à Phaneffar qu'il laiffe
fous fa garde Manaffès jufqu'à ce qu'il fe foit
décidé à fon égard. Le premier cherche à ramener l'autre par tout ce que la raifon, l'honneur,
la religion, la reconnoiffance peuvent lui dicter
de motifs les plus preffans & les plus forts. Le
jeune Prince étant inébranlable, le Miniftre fe
détermine à lui déclarer fa naiffance pour lui
épargner un parricide; au moment où il va dé-
voiler ce fecret, on vient arréter Manaffès de la
part du Roi. Il ne refte d'autre reffource à Phaneffar que d'aller révéler fon crime au Roi. Il le
fait, il fe déclare l'auteur de l'enlévement du
Prince; Cofroës lui pardonne fous la condition
qu'il laiffera ignorer ce fecret à tout l'empire &
à fon fils méme; il lui ordonne d'aller le chercher & de l'amener à fes yeux. Le Roi dans cet
interrogatoire veut remuer les entrailles du coupable, mais envain; l'amour paternel eft fur le
point d'éclater, & Cofroës rompt l'entretien
pour ne pas laiffer percer fa tendreffe. La Reine
furvient; elle a appris tout ce qui s'eft paffé;
elle vient demander grace pour fon protégé. Dans
ce moment on annonce au Roi qu'un parti de
mécontens a éclaté, qu'ils ont délivré Manaffès
de fa prifon; qu'il eft à leur tête &c. Cofroës
fort pour aller mettre ordre à la fédition; Phaneffar le fuit, & par des mots entrecoupés laiffe
entrevoir à la Reine que l'inconnu eft fils du Roi
& le fien. Les rebelles triomphent; Manaffès a
tué de fa main un guerrier; il craint que ce
ne foit le Roi. En ce moment Cofroës arrive,

il fe trouve feul, fans armes, dans fon palais ;
il fe préfente dans cet état à Manaffès & à fes
complices ; il les invite à lui percer le fein. La
Majefté royale, une force fecrete & inconnue
arrête la main du parricide ; la nature femble
lui parler en ce moment, il tombe aux genoux
du Roi avec les confpirateurs ; & la Reine qui
furvient lui apprend fa naiffance. Le tout eft
confirmé par Phaneffar qu'on amene mourant fur
le théâtre & qui fe trouve être la victime du jeune Prince. Cependant le Roi perfifte dans fa
réfolution de facrifier fon propre fils à la fureté
de fes Etats & à la religion de fon ferment.
Ameftris ne peut rien gagner par fes larmes ;
elle lui fuggere un moyen qui paroît cependant
l'ébranler ; c'eft de faire grace à tout le monde ;
mais le Satrape qui a juré d'immoler fon fils même, s'il étoit coupable, arrive pour exécuter fa
parole, & n'ayant pas le courage de la remplir ,
il l'élude en fe tuant lui - même : il ôte par fa
mort la reffource qui reftoit à Cofroës ; il envoie
le Prince au fupplice ; après avoir rempli les devoirs du Roi, il fe livre à la nature, & le pere
fuccombe fous le poids de fa douleur ; dans le
moment on lui apprend que Memnon à la tête
de fes Abyffins, étant venu ranimer la révolte,
le fils de Cofroës a raffemblé quelques troupes,
s'eft mis à leur tête, a tué Memnon, diffipé les
factieux, s'eft couvert de gloire, & que les peuples en foule le regardent comme leur libérateur.
Il arrive précédé & fuivi des acclamations publiques, une joie univerfelle fuccede au deuil général de l'Empire.

On voit par cette efquiffe combien la charpente de ce drame eft bizarre & monftrueufe, fans

compter nombre d'abfurdités de détail qu'on a
fupprimées.

L'expofition eft affez bien faite ; elle eft claire,
& fait connoître tous les perfonnages principaux.
Le 2e. acte eft le meilleur ; la fcene du Miniftre & de fon fils adopté eft fupérieurement traitée
entre *Brifard & Molé*, furtout par le dernier ; il
eft fâcheux que la reconnoiffance foit fufpendue
par un reffort de commande & ufé que l'Auteur
fait jouer précifément au moment néceffaire. Un
inftant plus tard, la piece étoit finie.

Dans le 3e acte, l'aveu que fait Phaneffar
au Roi de fa fupercherie, & la découverte d'un
fils, l'efpoir du trône, traître à fon Roi & conf-
pirant contre lui, n'a produit prefque aucun
effet ; 1°. parce que le fpectateur eft dans la con-
fidence dès le premier acte ; 2°. parce que l'intérêt eft atténué par la foibleffe des caracteres
mal frappés ; car le Miniftre n'eft ni fanatique,
ni vertueux tout-à-fait. Le Monarque n'a point
encore développé ces entrailles paternelles qui
auroient préparé tout le pathétique de cette fituation ; & le jeune Prince n'eft pas d'une am-
bition affez décidée, affez effrenée pour ne pas
rentrer dans fon devoir dès qu'il faura fon état ;
3°. parce que l'embarras de la pofition de Cofroës n'eft réellement que dans la tête de l'Auteur. On voit combien il lui feroit facile de pardonner & d'appaifer les troubles en manifeftant
à Manaffès fa naiffance & le crime qu'il alloit
commettre. De là toute la langueur qu'on éprouve dans le 4e & dans le 5e actes, toujours prêts
à finir quand il plaira au Poëte.

Le rôle de la Reine affoiblit encore l'intérêt,
elle ne fait que pleurer & n'agit en rien ; elle

dégrade de plus en plus Cofroës dont elle met l'inflexibilité dans un jour plus marqué & peut-être odieux.

En un mot, par la difcuffion on ne trouve dans cette tragédie, ni caractere, ni nœud, ni péripétie véritables.

À la page 260. Le 5 *Septembre* 1767. On a donné depuis deux jours la deuxieme repréfentation de Cofroës, fufpendue pour que l'Auteur eût le tems de faire fes corrections. Il a raccourci le 4e acte & changé abfolument le 5e La fcene s'ouvre par la réfignation du jeune Prince ; mais il déclare à Cofroës combien l'appareil du fupplice l'épouvante, qu'il ne craint point la mort, mais l'infamie de périr fous les coups d'un bourreau ; il fe décide pourtant en apparence ; il demande à fon pere de recevoir fes derniers embraffemens ; il profite de cette approche pour efcamoter le cimeterre de Cofroës ; il veut en fe tuant lui-même échapper à l'indignité du fupplice. Le Roi retient les bras de fon fils dans l'inftant où l'on annonce que Memnon à la tête des rebelles triomphe partout, qu'il s'avance vers le Palais. Le Roi veut reprendre fon épée, fon fils dit que c'eft un coup du Ciel, qu'il va s'en fervir pour réparer fon crime. En ce moment Memnon fond fur le Théâtre, le jeune Prince fe met à la tête des gardes de Cofroës ; il fe livre un combat qui va fe terminer dans la couliffe. Le Roi rentre fur la fcene, il a laiffé fon fils diffiper le refte des factieux ; on annonce qu'il a tout calmé, que le peuple va fe rendre pour demander la grace du vainqueur & le reconnoître comme héritier du trône.

Toute cette cataftrophe eft fondée fur le dou-

M 5

ble contre-fens d'un Chrétien qui veut fe tuer, & d'un Monarque Payen affez inflexible, pour vouloir que fon fils périffe, & qui le retient dans un moment où ce dernier cherche à fe fouftraire, non à la mort, mais à l'infamie &c. mais il s'enfuit du fracas fur le théâtre, un grand mouvement, plus de chaleur; & ce denouement abfurde eft de beaucoup fupérieur à l'autre, plus dans les mœurs, mais plus froid. On a demandé l'Auteur; il a paru.

A la page 260. Le 6 *Septembre* 1767. Les fêtes de St. Cloud durent encore; elles font d'une magnificence & d'une variété dont il y a peu d'exemples. On ne mange jamais deux fois dans le même endroit. Les fpectacles confiftent principalement en anciens Opéra comiquesqu'on a rajuftés au théâtre & dont on a refait la mufique. Comme ils font en partie exécutés par la troupe des petits enfans de l'Opéra, auxquels préfide d'Auberval, ils ne font pas fupérieurement bien joués. Il y a auffi des parades de la compofition de M. Poinfinet, qui s'eft déja exercé dans ce genre pour la fête de M. le Chevalier d'Arc.

A la page 264. Le 10 *Septembre* 1767. Il y a depuis longtems un canal commencé en Picardie à la tête duquel étoit le fameux Crozat, grandpere de Madame la Ducheffe de Choifeuil. S. M. fe charge de le continuer fuivant un arrangement propofé au Confeil. Elle fe fubftitue aux droits & place des héritiers de M. Crozat; elle les rembourfe en conféquence d'une avance de 3,000,000 livres qu'ils ont faite. M. le Duc de Choifeuil doit avoir pour fa part un million cinq cens mille livres; pour le Maréchal de Broglic

500,000 livres , & le furplus paffe en d'autres mains. Le rembourfement doit être fait en contrats à 4 pour cent. C'eft le fameux *Laurent* qui fera , dit - on , chargé de la continuation des travaux. On connoit fes talens pour l'hydrauftatique , par la cafcade de Brunoy , par celle de Chanteloup.

A la page 265, Le 12 *Septembre* 1767. Vers préfentés à M. Beudet , Secrétaire général de la Marine & Secrétaire de M. le Duc de Praflin , par M. Jacquet , jeune homme de 14 ans , en lui préfentant de fon écriture pour lui demander de l'emploi.

D'un Miniftre éclairé confident néceffaire ,
Dont le génie actif l'aide fi bien en tout ,
Puiffe mon talent foible être de votre goût ,
Et m'attirer du moins un coup d'œil tutélaire !
 Du Ciel la prudente bonté
 Ne donne à tous la même chofe ,
 Chacun de mérite a fa dofe ,
L'un peut moins , l'autre plus , mais on eft limité :
Vous avez une tête à gouverner un monde ,
Moi , pour exécuter , je n'ai qu'un double bras :
Il fe préfente à vous , ne le dédaignez pas ,
 Commandez & je vous feconde.

A la page 263. Le 13 *Septembre* 1767. L'*Ingénu* vient d'être arrêté ces jours - ci , après s'être vendu publiquement pendant plus de huit jours. Il ne valoit que 3 livres & coûte à préfent un louis.

A la page 266. Le 15. *Septembre* 1767. Le Sieur Vendeuil continue à la Comédie Italienne fon début dans les rôles d'*Amoureux* , commencé le deux de ce mois dans le *Cadi dupé*. Quoiqu'il ait de la voix , il manque de goût & n'eft

M 6

point agréable au public. Cependant une haute
protection le porte à ce fpectacle, & M. le Duc
de Noailles furtout s'y intéreffe fortement, ce
qui fait fenfation dans ce tripot & occafionne
beaucoup de rumeur. On prétend que Clairval
ne peut refter depuis fon aventure & qu'il faut
néceffairement le remplacer.

A la page 266. Le 16 *Septembre* 1767. M. le
Prince de Conti étant à fa terre de l'Ifle - Adam
a vu paffer fur la riviere quelques bateaux de bled
qui defcendoient. Il a demandé ce que c'étoit,
& fur les informations qu'on lui a donné que c'é-
toient des grains qu'on exportoit pour l'étranger, il a fait heller les bateaux & les a obligés de
débarquer chez lui ; il a acheté ces bleds & les
a fait diftribuer à fes vaffaux qui commençoient
à le payer cher.

A la page 266. Le 17 *Septembre* 1767. M. de
Choifeuil eft parti Lundi dernier pour fa deli-
cieufe terre de *Chanteloup* ; il y doit refter jufqu'au 22, quoiqu'il y ait 34 poftes, il fait ce
chemin en 13 heures. Il s'y eft rendu des environs une troupe de Comédiens pour amufer les
loifirs de ce Miniftre, toujours actif même dans
fes plaifirs. A fon retour il doit en paffant par
Paris faire lui - même la revue du Régiment de
Chamborand d'Houffards ; c'eft un nouveau
fpectacle qu'il veut donner aux badauds de ce
pays-ci.

A la page 266. Le 18 *Septembre* 1767. Madame la Comteffe de Stainville, dont il a tant
été fait mention pour fes amours avec Clairval
de la Comédie Italienne, & furtout par l'efclan-
dre faite par fon mari, eft tombée malade dan-
gereufement dans le couvent où elle eft. Les

Médecins du pays l'ont mal traitée, & il est nécessaire qu'elle revienne à Paris. On prétend que
c'est pour cette raison qu'on veut éloigner l'His-
trion qui lui avoit tourné la tête. Du reste,
l'Abbesse rend les meilleurs témoignages de cette jeune Dame qui paroît s'être jetée dans la
haute dévotion.

A la page 266. Le 18 *Septembre* 1767. On parle
de deux nouveaux ouvrages de M. de Voltaire :
La *Théologie portative*, & l'*Imposture sacerdo-
tale.* On ne connoît que les titres de ces deux bro-
chures infernales, comme on s'en doute bien.

A la page. 266. Le 19 *Septembre* 1767. *Cofroës*
est aujourd'hui à sa neuvieme & derniere représentation. Ce qui est une espece de succès pour
un pareil Drame, & dans une saison semblable.
Sans doute cette indulgence est due à la jeunesse
du débutant que tous les journaux annoncent
pour n'avoir pas encore 23 ans. Cet Auteur est fils
d'un marchand Mercier de Paris. Le pere, contre l'usage des vieillards séveres, ne paroît point
s'opposer à l'essor des talens de son fils ; il étoit
à la premiere représentation, & sembloit agité
des mêmes mouvemens du véritable Auteur.

A la page 266. Le 20 *Septembre* 1767. Il est
question d'établir à Paris un journal Espagnol,
c'est-à-dire un ouvrage périodique qui rendra
compte de la littérature de ce Royaume. Cette
entreprise paroît d'autant plus difficile à exécuter, que le journal étranger dont ce travail ne
faisoit qu'une branche n'a pu se soutenir. Quoi
qu'il en soit, c'est un M. d'Hermilly qui doit
faire les traductions, & M. le Chevalier de la
Morliere qui tiendra la plume.

A la page 267. Le 22 *Septembre* 1767. Il a

débuté ces jours-ci à la Comédie Italienne deux
jeunes Danſeuſes , ou pour mieux dire deux enfans. Elles ſont Pruſſiennes ; elles attirent tout
Paris par la vigueur de leur jarret à un pareil
âge ; elles paroiſſent plutôt deſtinées aux cabrio-
les qu'à la danſe noble & gracieuſe.

A la page 269. Le 26 *Septembre* 1767. M. le
Prince de Lamballe , qui a épouſé l'hiver dernier
une Princeſſe aimable & jolie, s'étant laiſſé aller
à la facilité de ſon caractere , un autre Prince
(M. le Duc de Chartres) a abuſé de ſon amour
du plaiſir pour lui donner des goûts fort con-
traires à celui qu'il devoit avoir ; du moins on
l'en accuſe. L'ardeur de ſon tempérament l'ayant
emporté fort loin, la Princeſſe s'eſt trouvée
atteinte d'un genre de maladie qui n'auroit pas
dû l'approcher. Le Duc ſon pere a écrit au Roi
de France. On a ſévi contre différentes créatu-
res que ce Prince avoit honorées de ſes bonnes
graces ; mais la plus coupable & la plus adroite
eſt une nommée *la Forêt*, courtiſanne recommandable par l'excès de ſon luxe, & le rafine-
ment de ſon art dans les voluptés. N'ayant pu
déterminer ſon illuſtre amant à la quitter , &
craignant les ſuites de cet attachement, elle a
pris le parti de s'éclipſer. Elle eſt partie, ſans
qu'on ſache où elle eſt, & le Prince de Lamballe
eſt dans la déſolation.

A la page 269. Le 27 *Septembre* 1767. On ne
parle aujourd'hui que des fêtes de Chanteloup ,
qui ont répondu à la magnificence du maître. La
veille du départ, le Duc de Choiſeul donna à
Madame la Ducheſſe de Villeroi & à une cour
très-nombreuſe, une fête où Préville , mandé
exprès de Paris, joua dans une Comédie de ſa

façon, intitulée la *Dispute des Comédiens ;* après le Drame on chanta plusieurs Vaudevilles relatifs au camp de Compiegne, & l'on exécuta enfin un Opéra comique nouveau.

A la page 269. Le 28 *Septembre.* 1767. Il court une lettre manuscrite d'une Demoiselle le Clerc, une des impures de Paris très-renommée, & qui par là fait sensation & se copie.

Paris le 29 *Août* 1767.

Lettre de Mlle le Clerc à M. Poinsinet.

Vous avez raison, mon cher Maître : malheur aux jolies femmes qui établissent leur réputation fur leurs charmes ; elle est fragile comme eux. Heureuses celles que la nature a douées de quelques talens ; je suis bien résolue à faire valoir les miens, & à mériter une gloire que je ne dois jusqu'à présent qu'à des attraits passables. J'ai plaisir à croire qu'une grande Actrice doit aller à l'immortalité, & que la sublime Clairon fera l'entretien des races futures comme le prodigieux Voltaire. Je compte donc travailler sérieusement à entrer au spectacle cet hiver ; je me suis dégrossie l'hiver dernier chez Madame la Duchesse de Villeroi ; je me suis exercée depuis, & je profiterai de mes protections pour débuter aux François, le plutôt possible. C'est à vous, mon cher maître, à me guider, & à me dire de quels rôles vous me croyez plus susceptible ; car on ne peut pas être universel. J'ai, sans me flatter, les graces des amoureuses, l'ingénuité des Agnès ; je puis prendre à mon gré l'air malin des Soubrettes, & je n'aurai pas de peine à en développer toute la malice. Je fais jouer la sévérité des Duegnes & des Meres ; je monterois s'il le falloit à la dignité des Coquettes ; j'en aurois les manieres folâtres ; en un mot, je fuis affez Prothée pour prendre toutes fortes de formes ; il s'agit de favoir celle qui me convient le mieux, & c'est à vous, cher maître, que j'ai recours. Vous avez des lumieres ; vous me connoiffez depuis longtems : décidez-moi, afin que je me fixe ; arrachez-vous un peu aux grandeurs qui vous environnent. (*) Hélas ! il fut un tems où vous m'auriez facrifié tout cela ! mais ne rappellons point des jours trop heureux...... Vos confeils, cher maître, ne me les refufez pas.

Je fuis, &c.

A la page 269. Le 29 *Septembre* 1767. Qui croiroit qu'après plus de deux ans d'un jugement rendu dans une affaire qui a attiré les regards de toute l'Europe, un anonyme viendroit, fous le nom du *Sentiment Politique*, expofer dans cinq lettres la juftice des deux Arrêts du Parlement de Touloufe contre *Calas* pere & fes coaccufés ? l'Auteur prétend convaincre fes lecteurs fans préventions & fans préjugés, que l'enthoufiafme a plutôt opéré dans la capitale que le prétendu fanatifme n'a agi dans la ville de Touloufe.

A la page 269. Le 1 *Octobre* 1767. Les Comédiens Italiens ont donné, lundi 28 Septembre, la premiere repréfentation du *Double déguifement*, Opéra comique bouffon & très-bouffon : quoique les premieres repréfentations aujourd'hui ne foient qu'une répétition, il paroît que celle-ci n'en aura pas deux. La mufique

---

(*) M. Poinfinet étoit alors à Chantilly pour diriger les fpectacles du Prince de Condé.

eft de M. Goffec; il y a de jolies chofes, mais
nul génie, pas plus que dans les paroles, dont
l'Auteur garde l'anonyme & fait bien.

A la page 273. Le 7 *Octobre* 1767. M. Poinfinet n'eft pas refté en arriere, & l'on diftribue
auffi fa Réponfe à Mlle le Clerc. Elle eft curieufe par un examen affez jufte des talens de nos
principales Actrices de la Comédie Françoife.

Réponfe de M. Poinfinet à Mlle le Clerc.

Je vous loue, ma belle voifine (*) de votre
façon de penfer philofophique. Certainement
après un grand Poëte, une Actrice illuftre eft
ce qui fait le plus d'honneur à l'humanité. J'aime
à voir fermenter chez vous l'amour de la gloire.
Vous étes faite pour l'acquérir. Puiffent nos
noms entrelacés paffer à la poftérité comme ceux
de Voltaire & de Clairon! Vous prenez bien
votre modele. Cette femme illuftre n'a percé
qu'à force de travail & d'affiduité. Vous avez,
comme elle, des graces extérieures, votre efprit
peut vous être d'un grand fecours; quant aux
rôles auxquels vous devez vous appliquer, il y
a bien des chofes à examiner, & cela mérite
quelque détail. Il faut pefer vos talens, & ceux
des concurrentes que vous aurez. Dans les rôles
d'Amoureufes, je vois Mlles Hus & Doligny.
La premiere eft peu redoutable; elle a pourtant
quelques fituations où elle eft très-bien. Le public eft fi engoué de la feconde, qu'il me paroît
difficile d'éclipfer cette rivale ! Mll s Dumefnil,
Gauthier & Préville brillent dans le genre plus
grave, mais votre jeuneffe vous pourroit faire

(*) M. Poinfinet demeure dans la maifon de Mlle
le Clerc.

efpérer de voir bientôt les deux premieres vous céder la place. La derniere a une froideur que furmonteroit aifément votre vivacité. Quatre Soubrettes courent la même carriere, & chacune a des talens différens. Madame Bellecour joue les Nourrices à merveilles ; cette énorme tetoniere a la bonhommie franche d'une Appareilleufe qui aime bien à rendre fervice pour de l'argent. On trouve dans Madame le Kain toute l'aigreur, tout le revêche d'une Boudeufe dont il faut faifir le moment. Mlle Fannier a le nez retrouffé d'une fuivante fine, exercée & faite pour tromper à la fois trois ou quatre amans. On admire dans Mlle Luzi la tournure d'une Confidente d'une femme du grand monde ; c'eft une malice rafinée, approfondie, réfléchie comme celle de fa maîtreffe ; & il faut un art bien fupérieur pour atteindre à cette méchanceté fublime. Malgré tout cela, je crois que vous êtes née pour un pareil genre : je ne vois pour vous à craindre que cette derniere ; & vous pouvez, vous devez même éviter la concurrence. Du refte, vous êtes taillée en Soubrette ; vous en avez la figure, le propos, le jeu, les geftes. Tenez-vous là, & ne fongez point à vous élever davantage. Je vous dis mon avis avec toute l'ingénuité que vous exigez. Vous réuffirez furement, fi vous voulez-vous concentrer dans de pareils rôles, & furtout étudier beaucoup.

Du refte, je fuis à vos ordres ; vous n'avez qu'à parler, ma belle voifine ; je fuis trop reconnoiffant pour ne pas vous rendre tous les fervices qui dépendront de moi. Eft-ce à vous à regretter le tems paffé ? Ce feroit à moi ; mais il faut fuivre fes deftins. La fidélité en amour

n'eſt pas ma vertu. J'en ſuis à ma 485ᵉ. maîtreſſe, & Mlle Arnoux, toute Arnoux qu'elle
eſt, n'a pu me fixer. Avec ce caractere de légereté dont mon tempérament a beſoin, je n'en
ſuis pas moins le très-humble ſerviteur de toutes celles qui le méritent, & pour leſquelles j'ai
conſervé de l'eſtime au lieu d'amour; vous étes
du nombre, ma belle voiſine, & je vous prou-
verai dans tous les tems l'attachement reſpec-
tueux avec lequel j'ai l'honneur d'étre, &c.

à Chantilly ce 3 *Septembre* 1767.

A la page 274. Le 8 *Octobre* 1767. L'Origine
de la diviſion entre M. de Marigny & M. Gabriel
pour ceux qui ne ſe la rappelleroient pas eſt un
mur aux Champs-Eliſées dont M. Gabriel avoit
fait enclore un jardin. M. le Marquis de Marigny a prétendu que ce premier Architecte avoit
uſurpé une partie des potagers de Madame la
Marquiſe de Pompadour, dont le terrein avoit
été rendu à la ville ; en conſéquence M. le Directeur général des bâtimens fit abattre ce mur
par une belle nuit. *Inde iræ.*

A la page 276. Le 12 *Octobre* 1767. Extrait
d'une lettre de Berlin du 25 Septembre 1767.....
On n'eſt point à la mode ici, ſi l'on n'eſt *Bour-
delois.* Voici ce qui a donné lieu à cette plaiſanterie. Le S. Bourdeaux, natif de Hollande, &
Libraire du Roi, a inventé à l'occaſion du nouveau mariage une très-belle médaille pendue à
un ruban couleur d'orange lizeré de verd avec
ces mots : *Vive la Princeſſe Guillaume de Pruſſe,
Vive le Prince d'Orange.* La médaille peinte &
émaillée repréſente deux cœurs ſur l'autel de
l'hymen, entrelacés d'une guirlande de fleurs,

l'amour les enflamme de fon brandon & les couronne de lauriers. Au-deffous font les armes de Pruffe, & celles des Provinces-Unies. En outre, il a dédié au Stadhouder une collection de devifes gravées fur des colifichets, ou des breloques propres à pendre à une montre. Il a eu l'honneur de préfenter ces inventions au Roi & à la Reine & à toute la Cour, &c. Cela a eu beaucoup de fuccès. S. M. a attaché elle-même de fa main à la boutonniere de M. Verclot, un ruban & une médaille; il en a diftribué à toute la cour, ainfi que des breloques, & elles font devenues fi en vogue, qu'on ne peut fe difpenfer de porter ces ornemens, au moins à fa montre......

A la page 279. Le 17 *Octobre* 1767. Le Coincre dont on a parlé eft arrivé à Fontainebleau, & a été préfenté au Miniftre de la Marine. Cette bête reffemble par la couleur de la peau à un petit fanglier qui a le poil plus gros que du crin : fon muzeau eft comme celui d'un poiffon de mer, fes pattes imitent celles du cerf; elle a une ouverture fur le dos, comme on a dit, par où elle refpire ; elle eft très-familiere.

A la page 279. Le 17 *Octobre* 1767. On avoit arrêté au Confeil que l'hôtel des monnoies feroit établi à la place de Louis XV; en conféquence, des plans en ont été dreffés ; on en avoit déja jeté les premiers fondemens & fait une dépenfe de plus de cinquante mille écus, lorfque, fur des repréfentations qui ont été écoutées, on a fufpendu l'ouvrage, & après un mur examen, il a été décidé qu'il ne pouvoit avoir lieu dans cet emplacement. On vient de choifir celui de Conti près le Pont-neuf, & on doit y travailler au commencement de l'année prochaine. Le pu-

blic s'étoit flatté qu'on auroit faifi cette occafion
pour achever une partie du Louvre, où il fem-
bloit qu'on pût placer la Monnoie : le defir qu'on
a de voir à fa perfection cet immortel monument fait faire des vœux à tous les bons citoyens pour qu'on prenne enfin les moyens d'y
parvenir ; ce qui s'exécuteroit facilement en peu
de tems, en y mettant fucceffivement des objets
utiles que l'on place journellement ailleurs avec
beaucoup de dépenfe & fans rien ajouter à la
beauté & à la magnificence de la ville, comme
l'hôtel des menus plaifirs du Roi, le *Garde-meu-*
ble de la Couronne &c. & d'autres qu'on fe propofe de faire.

A la page 284. Le 24 *Octobre* 1767. Le Sieur
de la Garde, ancien Bibliothécaire de Madame
la Marquife de Pompadour, & acolythe du
Sieur de la Place pour la fabrication du Mercure, vient de mourir. Il étoit chargé de la partie
des fpectacles, & c'étoit un des articles de ce
journal les plus ridicules par le ftyle néologique
de ce rédacteur, & plus encore par le fade encens dont il parfumoit indiftinctement les Auteurs, les Acteurs & jufqu'aux valets de théâtre.
Sa place eft fort briguée.

A la page 248. Le 24 *Octobre* 1767. Les Pen-
fionnaires du Mercure ont préfenté un Mémoire
à M. le Comte de St. Florentin à l'occafion de
la mort du Sieur la Garde, où ils font voir que
les fonds ne fuffifent pas pour les remplir, en
conféquence ils le fupplient de ne point nommer
à cette place vacante. Le Miniftre a eu égard à
ces Repréfentations. La Garde avoit mille écus.

A la page 284. Le 24 *Octobre* 1767. Les nouveaux fragmens n'ont point repris ; il n'eft pas

même poffible qu'ils fe foutiennent, furtout l'acte d'*Amphion* fe trouvant deftitué de le *Gros* & de Mlle *Arnoux* qui n'y jouent plus.

A la page 284. Le 25 *Octobre* 1767. M. de la Borde, ci-devant banquier de la Cour, fameux par l'excès & la rapidité de fa fortune, vient de conclure un marché avec M. Vernet, ce Peintre célebre de marines. Il lui demande huit tableaux pour orner une magnifique galerie, & il donne quarante mille écus à l'artifte. Ce dernier a abandonné fa collection des différentes vues des ports de France qu'il devoit porter au nombre de quarante; on croit qu'il ne s'eft pas eftimé affez bien payé.

A la page 278. Le 27 *Octobre* 1767. On a remis il y a quelques jours à l'Opéra l'Acte de *Vertumne & Pomone*, à la place du Prologue des *Amours des Dieux* qu'on a retiré.

Mlle Durancy a joué dans l'acte d'*Amphion*. Son retour auroit été plus fêté, s'il fe fût annoncé dans quelque chofe de meilleur. Cet acte eft fi barbare, d'un goût fi monftrueux, qu'il révolte le public; on le trouve fort de penfées à la lecture; il eft dans le coftume fauvage; mais de pareilles mœurs révoltent fur le théâtre de l'amour & des graces. Il faudra le retirer inceffamment.

Quant à *Théonis* ou le Toucher, le fonds eft une idée très obfcene que M. Poinfinet a enveloppée dans des images communes. Il pafferoit fi la mufique le foutenoit. Ce Poëte dit modeftement que cet Acte eft une efquiffe, en attendant fon magnifique tableau, c'eft-à-dire fon grand Opéra Il a débuté auffi un jeune homme de 15 à 16 ans qui a une très-belle voix & une hardieſſe finguliere, quoiqu'il ait chanté quelque choſe de fort difficile. D'ailleurs, fon âge fait craindre que fon organe ne reſte pas le même.

A la page 291. Le 29 *Octobre* 1767. Les Comédiens François ont l'entrepriſe des trois Comédies de Verſailles, de Fontainebleau & de Compiegne; ils comptent y faire des eſpeces de magaſins où ils formeront des Sujets pour les ſpectacles de Paris.

A la page 295. Le 4 *Novembre* 1767. On a parlé de l'évaſion de Mlle la Foreſt au grand regret d'un jeune Prince nouvellement marié qui avoit conçu pour elle une paſſion dangereuſe. On ſait actuellement le motif de cette fuite précipitée. L'Amant lui a fait préſent d'une partie aſſez conſidérable des diamans de la Princeſſe. Sur les recherches que la Courtiſanne a eu vent qu'on faiſoit, elle a cru devoir s'éclipſer. Mieux conſeillée, elle s'eſt repréſentée depuis peu au Duc de Penthievre, pere du jeune Prince, a rapporté les diamans, & s'eſt jetée à ſes genoux en implorant ſes bontés. Le Duc a paru ſatiſfait de cette démarche; il lui a dit qu'on feroit eſtimer les diamans, & qu'on lui en payeroit la valeur, qu'elle n'eût aucune inquiétude, que ſon fils étoit le ſeul coupable; qu'on auroit ſoin de ſon enfant, ſi elle étoit groſſe, comme elle diſoit le ſoupçonner; que dans tous les cas on pourvoiroit à ſes beſoins, mais qu'il exigeoit qu'elle ne vît plus le jeune Prince, ſon amant.

A la page 295. Le 4 *Novembre* 1767 Il ſe confirme que M. Doigny quitte la ferme générale & qu'il épouſe Mlle Liancourt, née d'une Actrice, fille célebre, appellée la *Conſtitution*. Il compte paſſer deux ans dans ſa terre, laiſſer épuiſer les propos & les ſarcaſmes de la capitale, & reparoître enſuite avec ſa femme, purifiée par une ſemblable retraite.

A la page 295. Le 4 *Novembre* 1767. Le mémoire des Penſionnaires du Mercure n'eſt pas reſté ſans réplique. M. de la Dixmerie, qui alimente de contes ce Journal depuis ſix ans preſque gratuitement, a demandé la place & le traitement de M. de la Garde; il accuſe ces MM. d'infidélités, & M. le Comte de St. Florentin fait compulſer les regiſtres. La choſe doit ſe décider le Lundi, 9 de ce mois.

A la page 295. Le 5 *Novembre* 1767. Une jeune Princeſſe, vive, aimable, mariée l'hiver dernier à un époux fort jeune auſſi, n'a pu ſupporter tranquillement les infidélités réitérées de ſon mari; quelques funeſtes qu'elles aient été à ſon amour même pour ce moderne Théſée, elle n'a pu voir ſans un excès de jalouſie marquée, ſon éloignement & ſes écarts; elle a conçu de l'envie contre les objets les plus mépriſables que le Prince honoroit de ſes regards; elle en a contracté une mélancolie profonde, & des vapeurs convulſives. Les Médecins à la mode n'ayant pu calmer ce mal plus moral que phyſique, elle s'eſt miſe entre les mains d'un nommé *Pittarra*, Charlatan en vogue par des emplâtres qu'il applique ſur le nombril. Pluſieurs femmes de la Cour en ont eſſayé, & Madame la Ducheſſe de Mazarin en ayant parlé à la Princeſſe, celle-ci vient depuis peu de le faire appeler auprès d'elle.

A la page 295. Le 6 *Novembre* 1767. M. de la Dixmerie ayant lieu de ſe plaindre de l'ingratitude des Penſionnaires du Mercure, qui pour

la

 plupart n'y contribuent en rien, & veulent
 ependant le fruftrer d'une penfion qu'il a droit
 'efpérer par fix années de coopération prefque
 ratuite à ce journal, vient d'exhaler fes plain-
 es dans une fable allégorique & ingénieufe.
 a voici :

Le Laboureur & les Oifeaux.

Pour féconder un champ de ftérile nature,
Guillot employoit tout, foins, travaux & culture ;
Ah ! dit-il, fi les Dieux fecondent mes efforts,
  Si de Cérès le regard m'eft propice,
  Elle doit m'ouvrir fes tréfors,
Le travail affidu vaut bien un facrifice.
Attendons : il attend ; mais un effain d'oifeaux
Sur les épis dorés vient fondre à tire d'aile,
Et dévore à l'inftant le fruit de fes travaux.
  Il feme encore, incurfion nouvelle ;
    Six fois le pere des faifons
De fes douze palais a parcouru la fuite,
Et fix fois de Guillot l'efpérance eft détruite.
Un de ces oifeaux meurt (*). Çà, dit-il, compofons :
Je veux bien, mes amis, travailler pour vous plaire ;
Mais le fage, dit-on, fuit les biens fuperflus,
    Prenez donc votre néceffaire,
Et laiffez-moi la part de l'oifeau qui n'eft plus.
    A ces mots Dieu fait quel ramage ;
On tient Confeil, c'étoit pour mieux faillir.
Voici l'Arrêt de cet Aréopage ;
Seme Guillot ; femer eft ton partage,
    Le nôtre eft de tout recueillir.

A la page 295. Le 7 *Novembre* 1767. On a
 arlé du *Cas de Confcience* &c. Ouvrage attri-
 ué à Dom Clémencé des Blancs-manteaux, où
 'on attaque la Commiffion nommée pour l'exa-

(*) La Garde.

men des conftitutions des Moines, dans fon effence & dans fa forme ; on en démontre les irrégularités & le vice. Ce Mémoire n'eft pas forti de la pouffiere des cloîtres, ou eft retombé dans celle des cabinets des favans. Un plaifant a porté à ce tribunal un coup plus mortel : c'eft une eftampe allégorique, fatyrique & d'autant plus offenfante pour la prélature qu'elle eft très-vraie. D'un côté on y voit les cinq Archevêques chargés de cette befogne. Celui de Rheims (M. de la Roche-Aymon) eft en face de l'Eglife Romaine, figurée fous une figure de femme qui lui fait la moue. Une main paroît préfenter un cordon bleu à l'Archevêque d'Arles (M. de Jumillac) elle l'attire, l'occupe, l'amufe, & fe joue de lui. Un équipage de chaffe offert à l'Archevêque de..... (M. Dillon) captive fes regards, & paroît mériter toute fon attention. Celui de Touloufe (M. de Brienne) eft à fon bureau, deux Volumes de l'Encyclopédie ouverts devant lui, l'un à l'article *Célibat*, l'autre à l'article *Moines*. Enfin M. l'Archevêque de Bourges (Philippeaux) préfente un bouquet à une Demoifelle qui l'agace & porte tous les caracîeres d'une fille de joie.

De l'autre côté, font trois Moines de différens ordres avec les attributs de la pénitence, les haires, les cilices, les crucifix &c. & dans les diverfes attitudes qui leur conviennent. Au bas font écrits ces mots : *Ce font ceux-là qui réforment ceux-ci.*

Cette pafquinade très-bien faite eft de la plus grande rareté, tout le clergé s'eft remué pour en arrêter le débit, malheureufement quelques curieux en ont eu des exemplaires.

A la page 295. Le 9 *Novembre* 1767. Une Virtuofe, recommandable par les graces de fa figure & par celles de fon efprit, a écrit les vers fuivants à une veuve de fes amies qui l'invitoit à venir paffer quelques jours à la campagne.

A Ste. Affife le 4 *Novembre* 1767.

Je ne crains point la folitude,
Que votre efprit daigne embellir ;
Loin du fracas chez vous j'irai me recueillir,
Dans une douce quiétude.
Il faut pouvoir vivre avec foi,
Mon cœur fera rempli ; lui feul me détermine.
Couple charmant de fœurs ! en tiers recevez-moi.
Dans notre comité par fois à la fourdine
Si l'ennui cherche à fe gliffer,
L'Amitié viendra le chaffer.

Réponfe.

Ne tardez pas, ma chere belle,
Venez vous repofer au fein de l'Amitié.
L'Amour va vous traiter fans doute d'infidele,
Il voudroit du voyage être auffi de moitié ;
Mais tout eft fexe ici, nous lui fermons la porte ;
Nous craignons que ce Dieu ne veuille nous tenter,
Les Graces feulement vous ferviront d'efcorte,
Celles-là, je le fais, ne peuvent vous quitter.
Par une autre que vous je me ferois maudire ;
Elle redouteroit l'ennui d'un tel féjour ;
A tous les fentimens votre cœur peut fuffire,
Vous favez paffer tour à tour
Des bras de l'Amitié dans les bras de l'Amour.

A la page 295. Le 10 *Novembre* 1767. On regarde d'un œil très-favorable un Arrêt du Confeil du 30 Octobre dernier fur les *Privileges, Prérogatives & Exemptions* dont le Roi entend que jouiffent les Négocians en gros ; S. M. ne fe borne pas à y annoncer fon augufte protection,

N 2

il flatte le commerce d'accorder par chacun an deux lettres particulieres d'anobliſſement à ceux d'entre les Commerçans qui ſe feront diſtingués dans leur état.

A la page 295. Le 11 *Novembre* 1767. *Amphion* n'a pu tenir plus longtems, & les Directeurs ont été obligés de le réformer ; ils y ont ſubſtitué le *Devin du Village.*

A la page 300. Le 15 *Novembre* 1767. Il paroît une brochure de 55 pages *in-8°.*, intitulée *Eſſai hiſtorique & critique ſur la diſſention des Egliſes de Pologne.*

L'Auteur prouve d'abord que l'Egliſe Latine eſt la fille de l'Egliſe Grecque. Il fait voir enſuite comment le Pape & les Evêques ont acquis leur puiſſance temporelle ; & il expoſe en troiſieme lieu, comment & ſur quels motifs ſe ſont formées les ſectes Luthérienne & Calviniſte dans l'Europe.

Après ce préambule, l'Auteur fait voir comment le chriſtianiſme s'eſt établi en Pologne, vers l'an 1000, & en Lithuanie vers l'an 1387 ; & que, quoique l'Egliſe Catholique-Romaine y fût la dominante, la Luthérienne & la Calviniſte ſous le nom de *Diſſidents*, & les Grecs connus ſous le nom de *Déſunis*, y ont conſervé leurs cultes, & leur participation aux adminiſtrations civiles, & charges de la République.

On eſtime que les *Déſunis*, qui forment cinq Diocèſes en Lithuanie, & les Diſſidents, ſont le ſixieme de la Nation Polonoiſe.

Sigiſmond Auguſte, le dernier Roi de la race des *Jagellons*, anéantit dans la Diete de Vilna de l'an 1565 *toute différence qui pourroit jamais naître entre les citoyens pour cas de religion*, &

décida que nul ne sera exclu des charges pourvu qu'il soit Chrétien.

La Diete de *Grodno* de l'an 1568 admet aux fonctions publiques tous les citoyens, de quelque *communion & confession qu'ils soient.*

Après la mort de *Sigismond Auguste*, *Henri III de Valois*, qui lui succéda, jura de maintenir les droits des Dissidents. Tous leurs successeurs ont fait le même serment à leur couronnement, jusqu'au Roi *Auguste* de la Maison de *Saxe*, & le Roi *Poniatouski* régnant.

Le zele trop ardent des Catholiques commença vers l'an 1600, sous *Sigismond second*, à persécuter les Dissidents & les Désunis. Cette persécution est parvenue à réduire les cinq Diocèses Grecs à un seul; à leur ôter ainsi qu'aux Luthériens & Calvinistes la liberté du culte, & la participation aux administrations publiques, jusques-là que, l'an 1717, dans une Diete toute composée de Nonces catholiques, il ne leur fut pas permis de pratiquer leur culte que dans les églises alors existantes, sous peine de prison & de bannissement s'ils osoient le pratiquer ailleurs.

Depuis cette époque, quoiqu'ils paroissent garantis de cette persécution par les sermens réitérés des Rois, on n'a cessé de les molester de toutes parts, même par des peines capitales, & de les dépouiller de toutes les prérogatives de citoyen.

En 1724 on fit à *Thorn*, sous un léger prétexte, périr du dernier supplice un grand nombre de Dissidents, Magistrats, Bourgeois notables & Artisans, en haine de leur religion.

C'est pour être à l'abri de ces vexations &

pour être rétablis dans leur culte & leurs droits civils qu'ils se sont confédérés sous la protection des Rois de Prusse, de Dannemarc & de Suede ; & principalement sous celle de *Catherine II*, Princesse de toutes les Russies.

Cette Princesse & les autres médiateurs posent pour principe de leur protection la tolérance de toutes les religions, la liberté naturelle & les droits de l'humanité.

C'est ce fameux Mémoire qui est attribué à M. de *Voltaire*, où, sous prétexte de tolérance, il sappe toutes les Religions de la maniere la plus intolérante.

A la page 300. Le 16 *Novembre* 1767. On parle d'un *Muséum*, ou sorte de séminaire profane, que les trois spectacles réunis se proposent d'établir, où des Néophites des deux sexes iront se former dans le grand art de la prédication dramatique. On ignore encore quel sera le Bacha ou l'Eunuque de ce moderne serrail. On trouve singulier que la Comédie Italienne & l'Opéra surtout se soient réunis aux François pour cette école. Mais la déclamation est la base des trois spectacles, & quand les sujets y joindront de la voix, ceux-ci les prendront pour eux.

A la page 300. Le 17 *Novembre* 1767. On conte une historiette qu'on prétend être arrivée récemment à M. *Marmontel* & qu'il nie comme de raison. Cet Auteur s'étoit rendu le premier dans une maison de campagne chez une Dame qui venoit de retirer sa fille du couvent. C'étoit une veuve seule & qui n'avoit pas un gros ménage. A l'arrivée de cet homme célèbre, non attendu, & plus encore sur l'annonce qu'il lui donne de Madame Gaulard & sa compagnie qui

vent arriver, elle le quitte pour donner des ordres; elle lui demande la permiffion de s'abfen-
ter quelques minutes, elle recommande à fa
fille d'entretenir Monfieur, & de faire les frais de
la converfation; elle fort. La Demoifelle étoit jolie, & agnés plus qu'on ne l'eft fans doute en fortant de beaucoup de couvents. Quoi qu'il en foit,
le Sieur Marmontel s'évertue, s'oublie, profite de l'innocence de la jeune perfonne, & devient fort entreprenant. Sur ces entrefaites la
mere revient, fait fes excufes à notre Académicien, lui témoigne fes regrets de l'avoir laiffé,
dit qu'elle craint qu'il ne fe foit ennuyé; il répond, protefte, jure que point du tout, que Mlle
fa fille a de l'efprit comme un Ange; qu'il s'eft
fort amufé, la mere fe retourne vers elle, témoigne à fa fille combien elle fouhaiteroit que cette
effufion ne fût pas une affaire de politeffe..... M.
Marmontel ripofte de nouveau qu'il n'y a rien
de plus vrai, qu'il a eu beaucoup de plaifir. La
petite, impatiente, répond vivement: il ment,
Maman, il ment; le beau plaifir de manier le cul
des gens avec des mains froides comme glace....
On ne peut entreprendre de peindre l'état de la
mere & du Sieur Marmontel; il n'attendit pas
le compliment qu'il méritoit, & remonta bruf-
quement en voiture.

A la page 300. Le 20 *Novembre* 1767. Les
Membres de l'Académie Royale d'Architecture
ayant écrit, comme on l'a dit dit ci-devant, à M.
le Marquis de Marigny, au fujet de ce qui s'eft
paffé, M. Gabriel en a reçu la réponfe fuivante.

A Menars le 2 Novembre 1767..... ,, J'ai reçu
,, avec bien de la fatisfaction, Monfieur, la
,, lettre que vient de m'écrire l'Académie

N 4

» d'Architecture, pour m'annoncer fa foumif-
» fion aux ordres de S. M. & me marquer fes
» fentimens pour moi relativement à tout ce
» qui s'eft paffé depuis quelque tems, & que
» je veux oublier abfolument. Je conferverai
» volontiers à l'Académie l'eftime & la bien-
» veillance qu'elle m'a demandées, & je profi-
» terai, comme je l'ai toujours fait depuis qu'el-
» le eft fous mon adminiftration, des occafions
» de lui marquer combien je m'intéreffe à fa
» gloire & à l'utilité de fes travaux. Je fuis,
» Monfieur, &c. »

En même tems M. le Comte de Saint Florentin a écrit à M. Gabriel une Lettre pour être
communiquée à l'Académie d'Architecture, où
il difoit qu'il avoit rendu compte au Roi de tout
ce qui s'étoit paffé & que S. M. étoit fatisfaite
de la prompte obéiffance de l'Académie à fes
derniers ordres. Que le Roi a vu auffi avec plaifir les démarches de l'Académie à l'égard de M.
le Marquis de Marigny, & les fentimens qu'elle
a exprimés dans la Lettre qu'elle lui a écrite,
cette conduite ne pouvant qu'attirer à l'Académie de nouvelles preuves de bienveillance
de S. M. & le maintien de fes Réglemens &
Statuts, dans lefquels fon intention eft de ne
faire aucun changement..... Qu'il faffe inférer à
la rentrée de l'Académie, fur les regiftres des
délibérations, ce qu'il lui écrit par ordre du
Roi &c......

A la page 300. Le 21 *Novembre* 1767. On
eft fort occupé des moyens de corriger les défauts fans nombre qui fe rencontrent dans l'édifice de la halle aux bleds, conftruit à l'emplacement de l'hôtel de Soiffons. On ne peut affez

s'étonner de l'ineptie de ceux qui en ont dirigé les plans , & comment ils ont pu furprendre la confiance des Magiftrats qui préfidoient alors aux bâtimens publics. Quoi qu'il en foit, on prend des mefures pour tirer le meilleur parti poffible de ce qui eft fait , & fuppléer à ce qui y manque. On voit avec douleur que les monumens élevés , ou qui fe conftruifent depuis quelque tems , n'offrent que des fujets de critique les mieux fondés , & que ce fiecle des beaux arts foit le plus pauvre en fait d'architecture. Le Palais Royal , le Palais Bourbon éternifent à jamais la honte de ceux qui en font chargés. Des maffes énormes de pierres, fans goût, fans proportion , fans accord avec l'ancien bâtiment, dépoferont à la poftérité cette vérité trifte. D'après les foins que le Gouvernement fe donne pour encourager le talent , il eft fâcheux de voir qu'on ne puiffe citer aucun édifice public depuis Louis XIV, qui puiffe faire honneur à un artifte & à la nation.

À la page 301. Le 22 *Novembre* 1767. On a donné Vendredi dernier fur le théâtre de la Comédie Françoife *Les deux Sœurs.* Elles n'ont pas été trouvées jolies apparemment , puifqu'elles n'ont pas reparu. Cependant une fcene paffablement dialoguée & fupérieurement jouée a paru plaire au public qui a jugé le refte avec peu d'indulgence. L'Auteur a gardé l'anonyme. Ce Drame eft en deux actes & en profe.

On donne le 24 à l'Opéra *les trois Couronnes*, Tragédie en trois actes de M. Poinfinet , qui en a changé le titre. C'eft aujourd'hui *Ernelinde.*

À la page 305. Le 30 *Novembre* 1767. Le Dictionnaire de mufique de Jean Jacques Rouf.

feau paroît ; il mérite une difcuffion très-ample ,
& l'on ne peut en rendre compte qu'après une
lecture réfléchie.

Ł A la page 306. Le 2 *Décembre* 1767. Chef-
d'œuvre de deux Auteurs nouveaux.

Air : *Du cantique de St. Roch.*

Or écoutez, s'il vous plaît de m'entendre ,
Tous les beaux traits de l'Opéra nouveau.
Vous y verrez du terrible & du tendre,
Vous jugerez comme il eft bon, & beau ;
　　　Sa Poéfie
　　　Son harmonie,
　　　Du goût françois
　　　Affurent le progrès.

Un bon papa par un duo fublime
A fon enfant annonce des combats ;
Pendant longtems ce couple magnanime
Parle au public qui ne le connoît pas :
　　　　L'enfant s'allarme ,
　　　　Le pere s'arme ,
　　　　Et l'ennemi
　　　　Attend qu'il ait fini.

En un inftant un grand fiege commence ,
En un inftant les murs font renverfés :
Près d'un autel tombant en défaillance ,
Le pauvre enfant voit les fiens repouffés ;
　　　　Monfieur fon pere ,
　　　　Dans fa colere ,
　　　　Las du duo ,
　　　　Se bat incognito.

Mais le vainqueur entre & voit fon amante
Evanouie au pied de cet autel :
Il fait un figne à fa troupe fanglante,
Et le héros chante plus doux que miel.
　　　　Vient un troifieme ,
　　　　Amant de même ,
　　　　Et le papa
　　　　Pour pleurer s'en vient là.

Mais le Tyran veut effuyer fes larmes,
Déja l'on danfe un petit rigaudon,
L'inftant d'après les rivaux parlent d'armes,
Le chien d'amour leur trouble la raifon.
      Avant de faire
      Si grande guerre,
      Pauvres jaloux,
      Que ne vous parliez-vous.

Or le plus vieux veut que fon rival parte,
Et dans l'inftant le théâtre eft un port :
Au tendre objet dont enfin il s'écarte,
Le matelot s'arrache avec effort :
      Tableau tragique,
      Et poétique !
      Là chacun fait,
      Et porte fon paquet.

Mais en dépit de fon fier pédagogue,
Le jeune amant fe réfoud à refter :
Le bon papa, dans un beau dialogue,
Au trône encor refufe de monter.
      Le Tyran brave
      Fait fon efclave
      De cet ami
      Qui lui fervoit d'appui.

Dans la prifon ayant perdu la tête,
Le tendre amant fe croit enfin trahi :
Il y maudit fon pere & fa conquête;
Son pauvre efprit eft bientôt abruti.
      On le détrompe;
      Moment de pompe!
      Que je vois d'art
      Dans un double poignard !

Les deux amans veulent s'ôter la vie,
Comme Idamé, comme fon cher Zanti;
L'auteur alors fait preuve de génie,
En déguifant ce larcin travefti.
      Le fer fe leve;
      Mais eft-ce un rêve,
      Nos deux amans
      Sont déja triomphants!

Le bon papa s'étoit vu par fa fille
Sauver au prix des jours d'un tendre époux;
Mais il revient, déja fon glaive brille,
Et le Tyran va tomber fous fes coups.
   En flanc, en tête,
   Chacun l'arrête,
   Trait peu commun,
   Ils marchent cent contre un.

Mais à la fin tout cela s'accommode;
Chacun d'accord retourne en fon pays.
A ce beau Drame, écrit fuivant la mode,
Le cromatique ajoute encor un prix.
   Cette mufique,
   Très-pathétique,
   Eft tout efprit,
   Et fait beaucoup de bruit.

C'eft un effai qu'un grand génie hazarde,
Comme Sancho Rainaud doit s'exprimer.
C'eft, pour tout dire, une jeune bâtarde,
Qu'on voudroit bien faire légitimer.
   Mais le comique
   La révendique;
   Car Arlequin
   Veut être fon parrain.

Voilà quelle eft cette œuvre merveilleufe,
Chef-d'œuvre hardi du génie & du goût!
Pour l'appuyer le Miere ingénieufe
A remplacé la mal-adroite Arnoux.
   Rendons juftice:
   C'eft une Actrice
   Qui de tout point
   L'eft comme on ne l'eft point.

A la page 307. Le 4 *Décembre* 1765. On ne
tarit fur les épigrammes, farcafmes, quolibets,
que s'attire le Sieur Poinfinet par fa fatuité &
fon impudence, malgré la chute générale de fon
Poëme. Il effuya l'autre jour à la Comédie Italienne une mortification bien propre à l'humi-
lier, s'il étoit fufceptible d'humiliation. M. le

Marquis de *Senneclere*, l'aveugle, étoit au foyer de ce fpectacle où la converfation étant tombée fur le nouvel Opéra, il dit à fon laquais qui le conduit, quand l'Auteur paroîtra ici, faites-le venir à moi, que je lui faffe un compliment. Poinfinet fe préfente ; le Domeftique l'arrête, le mene au Marquis qui l'embraffe tendrement, & s'écrie : mon cher Maître, recevez mon remerciment du plaifir que vous m'avez fait ; votre Opéra eft plein de beautés, la mufique en eft délicieufe ; il eft fâcheux que vous ayiez eu à travailler fur des paroles auffi ingrates...... Et tout le monde de rire.

A la page 181. Le 5 *Décembre* 1767. Il a paru ces jours-ci aux Italiens un Arlequin nommé *Marignan*, il avoit déja joué il y a plufieurs années. Il a la taille propre à ce rôle, la foupleffe, la légereté ; il a de la faillie ; mais pas affez de naturel. Il a été fort bien accueilli ; il continue fon début avec fuccès.

A la page 308. Le 6 *Décembre* 1767. L'on ne fauroit affez s'étonner du fuccès de Mlle d'Ervieux qui joue le rôle de *Colette* dans le Devin de village. Cette jeune perfonne qui n'a pas quatorze ans, & très-diftinguée dans le genre de la danfe, mais qui n'avoit encore paru comme chanteufe qu'à Chantilly chez M. le Prince de Condé, attire les amateurs en foule. Elle n'a qu'un filet de voix ; mais elle le ménage avec tout le goût & tout l'art poffible ; elle eft d'ailleurs Actrice, & quoiqu'elle paroiffe avoir beaucoup emprunté du jeu de Mlle Durancy, elle fe l'eft approprié au point de fe le rendre naturel.

A la page 309. Le 8 *Décembre* 1767. On donne chez *Nicolet* une piece de M. *Quétant* en trois actes, intitulée l'*Ecolier devenu Maître*. Cette farce, supérieure à celles qui s'exécutent ordinairement fur un pareil théâtre, eft dans le goût des *Fourberies de Scapin* & des Comédies de Moliere du même genre; on y a remarqué du talent, de la gaieté, & tout Paris en rafolle.

A la page 314. Le 10 *Décembre* 1767. Mlle de Florigny, qui avoit débuté il y a quelques années aux Italiens fans fuccès, y a reparu hier. Elle a joué dans *Rofe & Colas* & dans le *Maitre en droit*. Elle fait les perfonnages de meres, de vieilles; elle eft pour les rôles de charge. Son jeu eft hardi, pour ne pas dire impudent; fa voix eft médiocre, & fon âge ne permet pas d'en attendre rien de merveilleux. Elle n'a pour elle que la protection du Prince de Conti.

A la page 314. Le 19 *Décembre* 1767. On prétend que la lettre anonyme à Madame Bomptems, dont on a parlé, eft de fon oncle; qu'étant brouillé avec elle par fes travers & fes ridicules, il avoit efpéré la guérir par cette leçon; qu'il eft défefpéré de la tournure qu'a pris cette hiftoire, & furtout de la publicité qu'elle a reçue par la voie de l'impreffion; car on l'a dit inférée dans une gazette de Bruxelles.

A la page 314. Le 11 *Décembre* 1767. Vers pour mettre au bas du portrait d'un Roi conquérant & philofophe.

Ce mortel profana tous les talens divers,
Il charma les humains qui furent fes victimes.
Barbare en actions & Philofophe en vers,
Il chanta les vertus & commit tous les crimes.
Haï du Dieu d'amour, cher au Dieu des combats,
Il baigna dans le fang l'Europe & fa Patrie.
Cent mille hommes par lui reçurent le trépas,
Aucun n'en a reçu la vie.

À la page 187. Le 12 *Décembre* 1767. Le nouvel Opéra va toujours, malgré les critiques,
& a rapporté 30,000 livres en huit repréfentations. On ne fauroit rendre le degré d'avilisse-
ment où est tombé M. Poinsinet par fa préfomption intolérable. On en peut juger par les deux
vers qu'on va rapporter, très-dignes du perfonnage, s'ils ne le font pas trop d'être préfentés
au public.

    Pégaze conftipé s'efforçoit un matin,
    Le petit Poinfinet fut fon premier crotin.

À la page 317. Le 16 *Décembre* 1767. Madame Favart est accouchée aujourd'hui tout à coup
d'un enfant qui n'a pas vécu, fans qu'on fût
qu'elle étoit groffe, & fans s'en douter elle-
même. Ce phénomene a d'autant plus furpris
qu'on la croyoit hors d'âge d'en faire; fes partifans auffi font fonner bien haut cette nouvelle,
qui fait grand bruit dans un certain monde. La
Mufe de M. l'Abbé de Voifenon a fait, dit-on,
un impromptu de fon côté, & ce n'est point un
enfant mort, mais on ne le produit pas au grand
jour; il reste renfermé dans la cotterie, il faut
attendre qu'il prenne l'effor pour en parler.

À la page 318. Le 18 *Décembre* 1767. Outre
la réponfe déja faite au *Cas de Confcience*, efpece
de libelle critique des opérations de la Commiffion établie pour la réforme des Corps religieux;
on vient de le faire encore dans une lettre adreffée à l'Auteur qui fe cache, mais que l'on foup-
çonne connoître. Ces écrits polémiques n'inté-
reffent guere que ceux qu'ils regardent.

À la page 318. Le 19 *Décembre* 1767. M. de
Clermont (Tonnerre) Chevalier de Malthe &

défigné Ambaffadeur en Portugal, eft un grand
amateur de mufique, & eft Muficien lui-même,
mais défenfeur de la mufique Françoife, à l'exclufion de toute autre. A l'occafion du nouvel
Opéra, il a rompu des lances en différentes occafions, entr'autres contre M. le Chevalier de
Chaftellux, partifan décidé de la mufique Italienne. M. Poinfinet, qui voudroit s'identifier
mal à propos avec Philidor, quoique le public
en faffe une grande différence, a trouvé mauvais que M. le Chevalier de Clermont fe déchaî-
nât partout contre Ernelinde; fa bile s'eft exaltée, & il a fait une tirade de vers injurieux
contre ce Seigneur; il a eu la hardieffe de les
avouer, & d'en donner des copies. Le détracteur
de la mufique Italienne n'a fait que rire de cette
efpece de fatyre; il l'a fait copier lui-même,
& l'a envoyée à tous fes amis. Cette querelle
muficale a fait une forte de bruit. Le Magiftrat
de la police en a été inftruit, & l'on étoit fur
le point de févir contre M. Poinfinet & de le
mettre au Fort-l'Evêque, lorfque M. le Chevalier de Clermont eft allé demander grace pour
ce Poëte. Il a fait entendre à M. de Sartines
qu'un pareil éclat feroit plus de tort à un Ambaffadeur de Portugal, qu'à un malheureux fatyrique; que M. Poinfinet étoit à l'abri de tout
ridicule; mais que c'en feroit un pour lui (Chevalier de Clermont), qu'il fouhaitoit qu'on lui
épargnât. En conféquence M. de Sartines s'eft
contenté de mander le Sieur Poinfinet, & de le
réprimander en pleine audience.

A la page 319. Le 21 *Décembre* 1767. On parle
d'une fcene comique, arrivée ces jours derniers
dans l'appartement de la Reine entre Madame

la Princeffe de *Talmont* & M. le Contrôleur général. La premiere ne connoiffant pas M. de Laverdy, ou faifant femblant de le méconnoître, l'a entrepris dans une converfation où, par un perfiflage allégorique & foutenu, elle a continuellement comparé fes opérations à des drogues, mauvaifes, altérées, falfifiées, rajuftées, &c. Quand on en eft venu à l'éclaircifiement, elle a prétendu l'avoir pris pour l'Apothicaire de Sa Majefté. Ceux qui connoiffent Madame la Princeffe de Talmont affurent qu'elle eft d'une gaieté à fe permettre pareille malice.

A la page 319. Le 22 *Décembre* 1767. Un anonyme vient de s'attacher à faire la critique particuliere du quinzieme Chapitre de Bélifaire fous le titre de *Lettre à M. Marmontel par un Déifte converti.* L'Auteur, qui entre en lice, difcute dialectiquement toutes les propofitions qu'il regarde comme repréhenfibles, & finit par dire qu'il faut que M. Marmontel ait bien du tems à perdre pour s'être amufé à faire un écrit plein de contradictions, de fophifmes & d'impiétés. Cette brochure peut fe mettre encore au rang des honnêtetés théologiques.

A la page 319. Le 23 *Décembre* 1767. Il court de tems en tems ici de petites hiftoriettes, dont les oififs s'emparent avec avidité; elles fervent d'aliment aux converfations; chacun fe les tranfmet avec plus ou moins de graces, mais à force d'être répétées & reffaffées, elles acquierent un air de vérité, & fe perpétuent jufqu'à ce qu'il fuccede quelque chofe de nouveau. L'aventure du Capucin de Meudon peut être mife au rang de ces contes frivoles, quoique bien des gens l'atteftent.

Ce Capucin étoit un Frere quéteur qui reve-
noit dans fon couvent avec ce qu'il avoit de
poiffon pris ; un voleur l'arrête, & lui demande
le piftolet fur la gorge, la bourfe ou la vie. Le
Moine fait fes repréfentations, lui declare que
c'eft tirer la poudre aux moineaux, qu'un homme de fa robe n'a pas grand chofe à donner ;
l'autre infifte, lui fait vuider fes poches, fes
gouffets, fes aiffelles, fa tirelire, forme une cap-
ture de 36 livres & s'en va. Le Moine le rappelle, lui dit : Monfieur, vous me paroiffez
mettre bien de l'humanité dans votre procédé ;
rendez-moi un fervice : je vais rentrer dans mon
couvent ; j'aurois befoin de juftifier que j'ai été
volé, ou je cours rifque d'effuyer un châtiment
plus cruel que la mort ; tuez-moi, ou fournif-
fez-moi quelque excufe. Pere, que faut-il faire ?
Tirez-moi votre piftolet dans quelqu'endroit de
ma robe, que je puiffe prouver avoir fait quelque défenfe. —— Volontiers, étendez votre manteau. Le voleur tire. Le Capucin regarde ——
mais il n'y paroît prefque pas........ C'eft que
mon piftolet n'étoit chargé qu'à poudre ..... Je
voulois vous faire plus de peur que de mal ......
Mais vous n'avez point d'autre arme fur vous.....
Non : .... à ces mots le Capucin lui faute au
colet...... Coquin ! nous fommes donc à armes
égales ? ...... Ce moine étoit grand, gros & vigoureux ; il terraffe le voleur, le roue de coups,
le laiffe pour mort fur la place, reprend fes 36
livres & un louis en outre, & revient triom-
phant à fon couvent.

A la page 319. Le 24 *Décembre* 1767. Il eft
grandement queftion d'exécuter un projet que
Mlle Arnoux roule depuis longtems dans fa tête.

depuis qu'elle a échoué à faire le rôle de Colette du Devin de village, elle a toujours été tentée de faire celui de Colin; elle avoit pour exemple Madame de Pompadour qui a exécuté autrefois ce rôle d'homme à Bellevue avec le succès le plus décidé: aujourd'hui elle réussiroit d'autant mieux que le Sieur Narbonne, quoique Musicien très-foncé, & hardi dans son chant, est destitué de tout le jeu nécessaire dans un pareil rôle; son air gauche & niais contraste on ne peut plus désagréablement vis-à-vis les graces naïves & enfantines de Mlle d'Ervieux. Le desir extrême qu'auroit Mlle Arnoux d'accélérer plus promptement la chute d'Ernelinde, est un nouvel encouragement. Bien des gens la dissuadent pourtant, & craignent qu'elle ne commette sa réputation. Cela sera décidé bientôt; on assure même qu'elle joue après-demain.

A la page 319. Le 26 *Décembre* 1767. Le Président Roland & autres Membres du Parlement ont mandé le Recteur & les principaux Officiers & Suppôts de l'Université pour les engager à donner un désaveu du *Mémoire d'un Universitaire*, en leur insinuant que le refus sur cet objet feroit croire qu'ils y auroient eu quelque part. Ceux-ci ont refusé; ils ont prétendu, au contraire, que le nier formellement feroit l'avouer, qu'au surplus, ils n'y voyoient que des faits vrais & des conséquences tirées de principes reconnus & authentiques; que tout ce qu'ils y trouvoient à redire, c'étoit qu'il fût anonyme; mais qu'il étoit, au contraire, du devoir des intéressés de réfuter & de renverser ce mémoire. Ce colloque n'a point satisfait M. le Président qui les a renvoyés de fort mauvaise humeur.

A la page 321. Le 31 *Décembre* 1767. Mlle Beaumefnil a remplacé Mlle Arnoux dans le rôle de Pomone, elle l'a fait regretter ; on a trouvé fon jeu fec & fans la moindre onction, grand défaut dans un rôle fi fufceptible de fentiment.

A la page 322. Le 1 *Janvier* 1768. Mlle Arnoux a eu un peu plus de fuccès hier dans le rôle de Colin ; mais elle n'eft point encore au degré d'applaudiffement qu'elle fe promettoit. Il eft rare que le public revienne de fa premiere impreffion. Le Prince de Conti qui a la bonté de fe mêler de l'Opéra relativement au Directeur Trial, qui s'eft élevé & formé dans fa maifon, eft entré dans divers confeils de détails à l'égard de Mlle Arnoux ; cette Actrice efpere en profiter la troifieme fois.

A la page 325. Le 5 *Janvier* 1768. Les Météorologiftes ont obfervé que ce matin à fept heures le Thermometre étoit à 14 degrés, c'eft-à-dire à un degré feulement du froid de 1709.

A la page 325. Le 6 *Janvier* 1768. On cite, on répete partout le bon mot de M. Seguier, premier Avocat général, qui, au retour du voyage du Parlement en corps à Verfailles, mandé, relativement à M. Chardon, & fon Arrêt contre un Membre du Confeil, dit que Meffieurs n'étoient jamais revenus fi vite, que les chevaux même alloient comme s'ils euffent eu tous le *Chardon* au cul.

A la page 325. Le 5 *Janvier* 1768. On prétend que M. le Prince de Lamballe s'étant abfenté fans qu'on fçût où il étoit, le Duc de Penthievre la fait chercher partout, qu'enfin on a trouvé ce Prince dans un hôtel garni où il fe faifoit traiter de la cruelle maladie, fuite funefte d'une galanterie trop hafardée. On le dit dans l'état le plus déplorable, & l'on ajoute que peut-être fera-t-il étrangement mutilé.

A la page 327 Le 7 *Janvier* 1768. M. le Prince de Lamballe eft à la Chauffée d'Antin chez M. de Vargemont; il eft dans l'état le plus déplorable, aggravé parce qu'il s'eft bleffé à cheval; l'opération eft indifpenfable, encore ignore-t-on s'il en réchappera. Malgré cette rude leçon, il ne peut vaincre fa paffion pour le fexe; il a, dit-on, encore auprès de lui, une certaine Dlle *la Cour*, furnommée *Palais d'or*; parce qu'en effet elle a perdu le palais à la fuite d'une maladie vénérienne, & qu'il a fallu lui en faire un artificiel d'or.

A la page 329. Le 10 *Janvier* 1768. On affure que le Duc de Penthievre étant allé ces jours-ci faire fa cour au Roi, S. M. s'étoit écriée, comme il s'en alloit: voilà le plus honnête homme de mon Royaume, & le plus malheureux des peres.

A la page 339. Le 27 *Janvier* 1768. Madame la Maréchale de Luxembourg ayant été il y a quelques jours chez Madame la Comteffe de la Marche, a trouvé qu'on y jouoit aux proverbes. Après les premiers complimens, elle a débité des nouvelles très-abfurdes & très-injurieufes au Roi, & furtout à Mesdames de France; la Princeffe indignée a témoigné combien elle trouvoit mauvais qu'on ofât en fa préfence & chez elle répandre de pareilles horreurs; Madame la Maréchale s'en eft tirée en répondant, *Madame a beau mentir qui vient de loin.* Ce jeu, tout indécent qu'il étoit, n'auroit peut-être pas eu de fuite, fi Madame de Luxembourg n'avoit été faire des gorges chaudes de sa hardiesse, ou plutôt de son impudence, dans une maison où elle soupoit. Cette aventure est parvenue à la Cour ; on dit même que Madame la Comtesse de la Marche a cru devoir en instruire le Roi. Les Dames de France, & surtout Madame Adélaïde, en sont outrées ; Madame de Luxembourg a reçu ordre de ne point paroître à la Cour, de rester chez elle ; on espere pourtant que les Princesses, revenues à leur caractere de bonté, solliciteront elles-mêmes la grace de la Maréchale.

A la page 356. Le 12 *Février* 1768. La piece de M. Rochon, intitulée les *Valets Maîtres de la maison*, ou le retour de *Carnaval*, a été jouée aujourd'hui. Ce n'est qu'une farce établie sur un fond trivial. Rien de piquant dans l'intrigue, ni dans le style. Le seul caractere assez plaisant est celui de Préville qui a quelquefois des saillies heureuses, une critique fine, très-disparate avec le gros sel dont est saupoudré le reste du Drame. Il est en prose, & ne peut faire tort à celui de M. Barthe. On doute que cela passe le carnaval. On raconte à propos de cette Comédie un tour d'escroc arrivé récemment, & qui seroit beaucoup plus amusant si c'étoit ajusté au théâtre.

Quatre grivois, voulant faire franche-lippée, vont chez Aubry & se font donner une chere en gras qu'ils n'avoient point envie de payer. Après le repas on demande la carte. Le garçon vient ; on commence par lui donner un écu pour boire ; ensuite grande contestation à qui sera l'Amphitrion de la fête. Chacun veut défrayer ses camarades. Enfin, l'un d'eux s'écrie : „ Messieurs, nous „ ne finirions pas, donnons le choix au hazard,

„ habillons ce garçon en Colin-maillard ; tenons
„ nous chacun à un coin de la chambre , & ce-
„ lui qu'il touchera de fon plein gré , fera le
„ payant. " Le garçon admire leur généroſité &
leur gaieté On lui bande les yeux , puis chacun
s'éclipſe l'un après l'autre & emporte ce qu'il
trouve d'argenterie. Cependant le garçon ſe dé-
menoit comme un *Andabate ;* il ſe laſſe enfin ; il
crie , il appelle ; le maitre monte ; le premier le
faiſit par le bras comme celui qui devoit payer ; le
maitre ne fait ce que cela veut dire ; il croit ſon
garçon fol ; bref, le tour s'éclaircit , & le trai-
teur en eſt pour ſon repas , ſes couverts &c.

A la page 356. Le 13 *Février* 1768. M. le Prince de Lamballe eſt à l'hôtel de Toulouſe actuellement. On ne croit pas qu'il ſoit en etat de paroître en public avant Pâques. Des gens de l'art
penſent même que ſon accident peut avoir encore des ſuites dangereuſes , & que le ménage-
ment qu'on a voulu avoir pour ſa virilité lui
pourroit être funeſte. Il eſt ſéparé de Mlle *la
Cour.* Il paroît qu'on a fait un pont d'or à cette
courtiſanne pour la faire s'eclipſer d'elle-même.

A la page 366. Le 29 *Février* 1768. M. *Suard
de Roberti* vient de donner un recueil de pieces
fugitives. Il ſ'intitule modeſtement *Eleve du
Génie,* âgé de 17 ans. Il n'a malheureuſement
pas même l'invention de cette fatuité. M. Du-
refoi l'a devancé & a donné autrefois *Ouvrage de
mes 17 ans.* On doit juger par un pareil début
ce que peut être un ſemblable perſonnage.

A la page 370. Le 7 *Mars* 1768. On a parlé de
diverſes lettres d'un actionnaire L'Auteur eſt à
ſa cinquieme, coſervant toujours la même ani-
moſité contre l'adminiſtration actuelle , & la

même clandeftinité. Cet ouvrage n'a aucun mérite littéraire. Il roule fur des détails inftructifs pour le commerce.

A la page 373. Le 13 *Mars* 1768. On voit dans le Journal encyclopédique du premier de ce mois une feconde lettre de l'Abbé Comte de Guafco, où il défavoue avec plus de force encore l'édition des Lettres familieres de M. de Montefquieu. Elle eft datée de Rome du 7 Janvier 1768.

Les Journaliftes, à ce propos, parlent dans une note d'un Mémoire anonyme en forme de lettre qui leur a été adreffée, où l'on réclame cette édition en déclarant qu'elle n'eft point de l'Abbé de Guafco auquel on l'impute.

Dans ce fiecle de fourberie & de charlatanerie, cette réclamation prouve d'autant moins qu'elle eft fans fignature. L'Auteur auroit dû avoir le courage de fe nommer pour mériter quelque croyance. Il eft des gens qui regardent ce Mémoire comme une fupercherie de l'Italien.

A la page 376. Le 18 *Mars* 1768. Les amateurs du théâtre françois font dans de grandes alarmes à l'occafion d'une difpute qu'a eu le Sieur Molé, Acteur très-aimé du public, avec le Sieur Velaine, autre Acteur à penfion. On prétend que le premier, mécontent de n'avoir pas eu juftice par fes camarades & par le Gentilhomme de la Chambre, veut quitter, & qu'il doit aller à Vienne. On ajoute que Mlle d'Epinay, fa maîtreffe, & très médiocre Actrice du même théâtre, doit le fuivre; on efpere que tout cela fe pacifiera. Querelles de vilains ne durent pas longtems d'ordinaire. Celle-ci n'aquiert d'importance que par l'intérêt qu'y prend le public.

A la page 376. Le 18 *Mars* 1768. On voit
dans

dans le Journal encyclopédique du 1 Mars *la Source & la Prairie*, fable d'un M.D.... Capitaine de Dragons, qui décele les plus grands talens pour ce genre de compofition. Les Journaliftes annoncent qu'il en a plufieurs dont il promet de les enrichir. On trouve dans celle-ci la naïveté, l'enjouement & les graces de la Fontaine.

A la page 378. Le 22 *Mars* 1768. Il paffe pour conftant que M. de Voltaire eft toujours à fon Château de Ferney, & que l'arrivée de Madame Denis dans ce pays-ci n'eft qu'une fuite d'une difcuffion qu'il y a eu là-bas entre l'oncle & la niece.

A la page 379. Le 24 *Mars* 1768. Un particulier a dépofé, il y a quelques mois, fuivant ce que nous avons annoncé, un prix pour le meilleur motet fur le Pfeaume *fuper flumina Babylonis*. Les pieces devoient être remifes aux Directeurs du Concert fpirituel, & le concours devoit s'ouvrir dans la quinzaine de Pâques. Il commencera demain. Vingt-deux motets ont concouru. Les trois juges, M. d'Auvergne, Surintendant de la mufique du Roi, & MM. Blanchard & Gauzargues, Maîtres de mufique de la chapelle du roi, après avoir examiné avec foin les partitions, ont trouvé trois de ces motets dignes d'être exécutés au concert fpirituel, & d'être comparés entr'eux. Chacun doit être exécuté deux fois.

A la page 379. Le 25 *Mars* 1768. M. Boyer, Chevalier de l'ordre du Roi & Médecin ordinaire de la faculté de Paris, fe meurt pour avoir voulu faire le jeune homme. A 68 ans il eft devenu éperdument amoureux de Madame la Comteffe d'Eft****. Les affaires de cette Dame étoient fort délabrées, & le Sieur Boyer lui paroiffant dans l'opulence, elle n'a pas cru devoir le rebuter ; elle s'eſt même portée à des agaceries qui lui ont fait foutirer en différens tems cinquante mille écus de ce vieillard. Celui-ci, de ſon côté, n'a pas voulu être dupe , & a prétendu avoir au moins du plaiſir pour ſon argent ; mais la nature ne fecondant pas ſes intentions , il a bu du ſang de bouquetin & mangé des cantharides. Ces effets extraordinaires , foutenus de la force de ſon tempérament & d'une nourriture ſucculente , ont duré quelques années ; mais il ſuccombe enfin ; il eſt dans le plus grand épuiſement , & toutes les parties péchereſſes ſont dans un etat déplorable ; il a d'ailleurs 74 ans.

À la page 379. Le 25 *Mars* 1768. M. de Fays, payeur des rentes & un des héros de la ſecte janſéniſte , préſente un fpectacle bien rare dans ce ſiecle-ci. Victime de ſa virginité , il avoit eſſuyé , il y a trois ans , un accident qui lui annonçoit le danger d'une trop grande continence. Malgré cet avis de la nature , il a perſiſté dans une chaſteté funeſte , & les vaiſſeaux ſpermatiques s'étant gonflés & durcis dans une des aines , il lui eſt venu une tumeur bien différente de celles qu'éprouvent quelquefois les gens d'un genre de vie contraire. Il a fallu appliquer le fer , & il eſt entre les mains de M. Moreau , premier Chirurgien de l'Hôtel-Dieu. M. Miſſa , Médecin fort accrédité , qui préſide à cette cure , déclare n'avoir jamais connu que deux martyrs de cette eſpece , un Chanoine & un Feuillant.

À la page 383. Le 29 *Mars* 1768. Le concours des différens motets eſt fini d'aujourd'hui. À l'iſſue du dernier concert les Juges ont accordé le prix d'une voix unanime au N°. 15. dont l'Auteur eſt M. l'Abbé Girouſt, Maître de muſique de la cathédrale d'Orléans. Cependant, comme il leur a paru que le motet N°. 16 avoit auſſi beaucoup de mérite, ils ont déclaré que leur deſſein étoit de donner à l'Auteur un ſecond prix conſiſtant en une médaille d'or de la valeur de 200 livres. M. d'Alembert & toute ſa ſéquele cabaloient pour celui-ci, & l'avoient voulu faire couronner, s'imaginant qu'il étoit de Philidor. Quelle ſurpriſe lors qu'à l'ouverture du billet, il s'eſt trouvé être encore de M. l'Abbé Girouſt. On ne peut qu'admirer le génie ſouple de cet Artiſte qui ſait varier ſes productions au point d'être ſi différent de lui-même avec preſque une égale ſupériorité.

A la page 383. Le 29 *Mars* 1768. La querelle du Sieur Molé avec le Sieur Velaine n'a pas eu les ſuites funeſtes qu'on craignoit. On a déterminé le premier à reſter en France, & le dernier lui ayant propoſé un cartel, il n'a pas cru devoir ſe compromettre au point de ſe battre contre un pareil poliçon. Il paroit que le théâtre Prançois ne perdra à cette rentrée de Pâques que le Sieur Grandval, dont la mémoire infidele ne permet plus qu'il paroiſſe ſur la ſcene. Cet Acteur, qui avoit autrefois eu du ſuccès, & s'étoit retiré avec de la réputation, l'a perdue entiérement depuis ſa rentrée.

A la page 384. Le 31 *Mars* 1768. *La Religion chrétienne analyſée* eſt un ouvrage fort rare encore, quoiqu'imprimé l'année derniere. On l'attribue au ſavant Freret. C'eſt une diſcuſſion profonde & érudite de cette matiere importante. Le ſang-froid de l'Auteur, ſon ſtyle ſimple & ſans chaleur, ſes raiſonnemens méthodiques & pleins de franchiſe, tout rend cet ouvrage très-dangereux pour un lecteur impartial. On y a joint des notes qui font elles-mêmes un Traité plein de recherches & de citations formidables aux défenfeurs du parti qu'on attaque. Le Philofophe s'y déride quelquefois & fe permet de rire fur un fujet fans doute trop grave pour être fufceptible de plaifanteries. Cependant, dans les objets qui fourniffent à fa gaieté, il feroit difficile de ne point remarquer le ridicule qui s'y joint, & de ne pas s'y arrêter un inftant.

A la page 384. Le 31 *Mars* 1768. Le zele de M. l'Archevêque ne fe ralentit point, malgré le peu de fuccès dont il eft fuivi. Madame la Ducheffe de Villars a pour ufage de faire jouer la comédie chez elle dans la quinzaine de Pâques. Ce Prélat lui a écrit pour lui repréfenter l'indécence de ces repréfentations. Il la conjure au moins de ne point faire jouer l'*Honnête Criminel.*

A la page 3 du tome quatrieme. Le 1 *Avril* 1768. Il court une lettre, de M. de la Harpe, juftificative de fa conduite envers M. de Voltaire; on dit qu'elle doit être inférée dans les journaux. La voici:

,, Monfieur, je n'ai eu connoiffance qu'au-
,, jourd'hui d'un article inféré dans la gazette
,, d'Utrecht, au fujet de mon départ de Fernay,
,, article qui n'eft compofé que d'injures & de
,, fauffetés. Le correfpondant du Gazetier, Au-
,, teur de ce morceau, commence par dire *que je*
,, *n'ai jamais fu me concilier l'amitié de perfon-*
,, *ne.* Il paroit du moins que je n'ai pas la fienne.
,, Il prétend que j'ai été *recueilli & congédié*
,, par M. de Voltaire: quand cela feroit vrai, je
,, ne vois pas trop pourquoi on en feroit un ar-
,, ticle de gazette; mais l'un & l'autre eft faux.
,, Il ajoute que je *perds* 6000 *livres de rentes que*

„ *M. de Voltaire m'avoit affurées aprés fa mort.*
„ Cet homme apparemment a lu le teftament de
„ M. de Voltaire. Comme je n'en fais pas autant
„ que lui, je n'ai rien à répondre là-deffus. Il
„ finit par infinuer, fans rien affirmer pourtant,
„ que c'eft moi qui ai répandu dans le public *le*
„ *Cathécumene, l'Homme aux* 40 *écus, le Ser-*
„ *mon préché à Bâle,* & la *Lettre de M. l'Ar-*
„ *chevêque de Cantorbery.* Je doute que M. de
„ Voltaire trouve bon qu'on lui attribue ainfi
„ publiquement le *Cathécumene,* qui n'eft point
„ de lui, & d'autres ouvrages anonymes, qu'il
„ n'eft permis d'attribuer à perfonne, à moins
„ d'avoir des preuves. Quant à ce qui me regar-
„ de, tout ce qui a le moindre commerce avec la
„ littérature fait à quel point l'imputation du
„ Gazetier au fujet des ouvrages ci-deffus eft
„ fauffe & calomnieufe. Ce feroit lui donner plus
„ d'importance qu'elle n'en mérite, que d'y ré-
„ pondre par des témoignages authentiques qui
„ furement ne me manqueroient pas. Je fatisfais
„ fuffifamment à ce que je me dois moi-même,
„ en oppofant la vérité au menfonge.
„ Je dois ajouter auffi, quoi qu'il en doive
„ coûter au bonheur de certaines gens, que je
„ ne fuis point brouillé avec M. de Voltaire, &
„ que ce grand homme n'a rien diminué de
„ fon amitié pour moi, qui m'eft auffi chere
„ qu'honorable.
„ Je vous fupplie, Monfieur, de rendre cette
„ lettre publique. J'ai l'honneur d'être &c. ce
„ 26 Mars 1768. „
A la page 3. Le 2 *Avril* 1768. Différens grands-
maîtres d'Italie ont débuté au concert fpirituel.
Le Sieur Manfredi, fameux Violon, n'a point

eu le fuccès qu'il efpéroit. On a trouvé fa mufique plate, fon exécution large & moëlleufe,
mais fon jeu fol & défordonné. Le Sieur Boc-
carini a joué du *violoncelle* avec auffi peu d'applaudiffement; fes fons ont paru aigres aux oreilles & fes accords très-peu harmonieux. Le Sieur
Frantzý, Violon de l'Electeur Palatin, a réuni
tous les fuffrages par une mufique favante & ingénieufe, une main brillante & facile, en un
mot, par toutes les graces de fon art, jointes à
l'érudition muficale la plus profonde. Il s'eft
montré plufieurs fois avec un plaifir toujours
nouveau de la part des fpectateurs. Le Sieur
Sallentin, jeune homme de 11 à 12 ans, a fait
admirer fa belle embouchure fur la flûte, & la
gentilleffe de fes points d'orgue.

A la page 4. Le 4 *Avril* 1768. M. Boyer eft
mort il y a trois jours. Ses différentes places ont
été données, favoir celle de Médecin du Parlement, à M. *Thierri*; celle de Médecin des armées, à M. *Petit*, furnommé l'*Anatomifte*; celle
de Médecin de la Généralité de Paris pour les
maladies épidémiques, à M. *Malouet*; celle de
Médecin de la Baftille, à un Médecin étranger,
favorifé de Madame la Marquife de Langeac,
ci-devant Madame Sabbatin; celle de Médecin
de la ville, à celui de M. le Prévôt des Marchands; enfin, la place de Secrétaire de l'Ordre de St. Michel, à M. Morand, Chirurgien-
major des Invalides. Toutes ces places valoient
environ 50,000 livres de rentes à M. Boyer.

A la page 4. Le 6. *Avril* 1768. Ce font les
Directeurs du Concert fpirituel qui ont fait faire
à leurs dépens la médaille d'or de 200 livres
qu'ils ont donnée à l'Abbé Giroust pour prix de

son second motet. On ne se lasse pas d'admirer avec quel art ce jeune Musicien a varié ses deux œuvres, au point de surprendre tous les connoisseurs qui ne s'attendoient pas à voir le même homme couronné sous deux faces aussi différentes. Les d'Alembert, les Duclos & toute la séquele de ce parti cabaloient beaucoup pour le motet de l'*Accessit*, s'imaginant qu'il étoit de Philidor.

À la page 14. Le 18 *Avril* 1768. Quoique M. de la Harpe ait répandu une lettre justificative où il prétend répondre à l'article du Gazetier d'Utrecht qui attribue son retour de Geneve au mécontentement de M. de Voltaire ; on trouve que ce jeune homme se défend très-mal des griefs qu'on lui impute.

1°. Quant à l'article où son cœur se trouve si fortement attaqué par le reproche de n'avoir jamais su *se concilier l'amitié de personne*, il ne montre point la vivacité de toute ame honnête sur une pareille imputation ; il glisse légerement à la faveur d'une épigramme, & c'est mettre de l'esprit où il faudroit du sentiment.

2°. Il peche contre la gratitude & la vérité, en assurant qu'il n'a point été recueilli chez M. de Voltaire. Il se feroit fait plus d'honneur en ne protestant pas avec tant de délicatesse contre un mot peut-être offensant pour l'amour-propre., mais jamais pour la reconnoissance. Il ne peut nier que lui & sa femme n'aient été au moins *accueillis*, s'ils n'ont pas été *recueillis*, par ce grand homme, pendant un an ou dix-huit mois.

3°. On voit qu'il élude le vrai larcin dont il est coupable, en affectant de donner le catalogue de ceux dont on ne l'accuse pas aussi formel-

lement. C'eſt le ſecond chant de la guerre de
Geneve, de la publicité duquel M. de Voltaire
ſe plaint, & c'eſt de cette réclamation dont M.
de la Harpe ne parle point.

Enfin, il aſſure qu'il a toujours l'amitié de M.
de Voltaire; mais il ne dit pas ſi c'eſt par ſuite
d'un ſentiment non interrompu, ou à titre de
généroſité, de compaſſion, de pardon..... Une
lettre du Philoſophe de Ferney à ſon ami, M. Da-
milaville, va nous apprendre juſqu'où il faut apprécier celle de M. de la Harpe, & l'oſtentation
faſtueuſe avec laquelle il fait valoir la continuité
des bontés d'un ami de cette trempe. Dans cette
lettre, que pluſieurs perſonnes ont lue, M. de
Voltaire en convenant du larcin de M. de la
Harpe, & du chagrin qu'il lui donne, termine
par dire: que le public met à la choſe plus d'importance qu'elle n'en mérite, & qu'il lui pardonne de tout ſon cœur. Cette phraſe, jointe à ce
que Madame Denis débite là-deſſus, prouve que
M. de la Harpe eſt réellement coupable, & que
malheureuſement ce qui ne ſeroit qu'une légere
infidélité, ou une gentilleſſe dans tout autre cas,
devient une faute grave, un vice du cœur vis-à-
vis d'un bienfaiteur auſſi généreux; & M. de la
Harpe, bien loin d'avoir pour lui la même indulgence que M. de Voltaire, devroit pleurer
amérement une pareille offenſe.

A la page 14. Le 19 *Avril* 1768. On aſſure que
M. le Duc d'Aumont, à qui Madame l'Evêque a
préſenté ſon contrat de mariage à ſigner, comme
au Gentilhomme de la Chambre d'année, ſon ſupérieur; lui a répondu; „ rappellez - vous, Ma-
„ dame, le ſort de la premiere; je crains bien de
„ ſigner en même tems votre billet d'enterre-
„ ment. „

A la page 15. Le 20 *Avril* 1778. On voit dans l'Avant-coureur du 18, la déclaration fuivante de M. de Voltaire.

,, J'ai appris dans ma retraite qu'on avoit in-
,, féré dans la gazette d'Utrecht du 11 Mars
,, 1768, des calomnies contre M. de la Harpe,
,, jeune homme plein de mérite, déja célèbre
,, par la Tragédie de Warwick & par plufieurs
,, prix remportés à l'Académie Françoife avec
,, l'approbation du public. C'eft fans doute ce
,, mérite-là même qui attire les imputations en-
,, voyées de Paris contre lui à l'Auteur de la ga-
,, zette d'Utrecht.

,, On articule dans cette gazette des procédés
,, avec moi dans le féjour qu'il a fait à Ferney.
,, La vérité m'oblige de déclarer que ces bruits
,, font fans aucun fondement, & que tout cet
,, article eft calomnieux d'un bout à l'autre. Il
,, eft trifte qu'on cherche à transformer les nou-
,, velles publiques & d'autres écrits plus férieux
,, en libelles diffamatoires. Chaque citoyen eft
,, intéreffé à prévenir les fuites d'un abus fi fu-
,, nefte à la fociété. Fait au Château de Ferney,
,, Pays de Gex en Bourgogne, ce 31 Mars 1768.
,, Signé Voltaire. ,,

A la page 16. Le 21 *Avril* 1768. On vient d'imprimer une lettre, fous le nom d'un *Gen-tilhomme des Etats de Languedoc, à un Magif-trat du Parlement de Rouen fur le Commerce des bleds, des farines & du pain.* L'Auteur, pour remédier à leur cherté, qu'il prétend ne pas provenir des caufes auxquelles on l'attribue, propofe un nouveau moyen de moudre & de boulanger. Il veut que des moulins économiques qu'il indique produifent par mefure de bled

O 5

foixante livres de pain plus que l'ufage ordinaire ; ce qui en diminueroit le prix pour le confommateur confidérablement. Ces moulins font de l'invention d'un nommé *Lambert*.

A la page 18. Le 25 *Avril* 1768. M. d'Auvergne réclame contre un bruit répandu, que les Directeurs de l'Opéra lui avoient procuré d'office une penfion de 1000 livres. C'eft lui d'Auvergne qui, fur l'inftance qui lui a été faite de la part de ces Meffieurs pour avoir la *Vénitienne*, Opéra dont ce Muficien a refait la mufique, n'a voulu le donner qu'à cette condition qu'ils ont acceptée. Il ajoute que celle accordée à M. de Mondonville ne l'a été que par réflexion, & d'après la propofition de M. d'Auvergne.

A la page 24. Le 30 *Avril* 1768. L'affaire du *Mercure*, agitée depuis longtems devant M. le Comte de St. Florentin, eft fur le point de fe terminer. Par la compulfation des regiftres, le Sieur *Lutton*, Commis & Caiffier de ce journal, bien loin d'être créancier de 18000 livres, comme il le prétendoit, eft en debet de 12000 livres. On croit qu'on fera une penfion au Sieur la Place, & que la Combe, cet Avocat-Libraire, aura la direction de l'ouvrage avec des arrangemens propofés.

A la page 27. Le 4 *Mai* 1768 Les perfonnages illuftres & éclairés auxquels la Cour a donné l'infpection de nos plaifirs, s'occupent fans ceffe des moyens de les étendre, de les multiplier, de les perfectionner. Il y avoit un Opéra comique diftinct & féparé, mais qui ne jouoit qu'aux foires. Le public avoit pris pour ce genre un goût qui alloit à la fureur. On a cru qu'il falloit le fatisfaire en perpétuant ce fpectacle ; &, après

différens conseils tenus à cet effet, la réunion a
été décidée avec les Italiens. Aujourd'hui ceux-
ci surchargés ne jouent plus ou jouent mal quantité d'excellentes Comedies qu'on ne veut pas
laisser tomber dans l'oubli. Il est question en conséquence de renvoyer tout ce fonds-là aux François Ces derniers, dans un délabrement pitoya-
ble, pourront rappeller les Amateurs en donnant
sur leur théâtre des pieces qui y prendront un
caractere de nouveauté tant par le changement
du local & des accessoires, que par celui des Acteurs, auquel on ne perdra pas à coup sûr.

A la page 29. Le 6 *Mai* 1768. M. le Prince
de Lamballe est absolument sans espérance & ne
subsiste plus que par la fievre. Les Princesses
n'entrent plus dans son appartement. Il est cons-
tant qu'il succombe sous les remedes dont on
l'a accablé. Il est de fait, par les mémoires de
l'Apothicaire, qu'on lui a administré sept livres
de mercure, sans compter les dragées de Keyser
& autres ingrédiens de Charlatans, auxquels
son Altesse s'etoit livré d'abord. Madame la
Princesse de Conti & Madame la Comtesse de la
Marche sont à Lucienne, & tiennent compagnie à toute la famille désolée.

Du reste, le Prince fait une très - belle fin ;
c'est le Pere Imbert, Théatin, qui l'a confessé.

M. le Prince de Lamballe vient de mourir.

A la page 33. Le 10 *Mai* 1768. *La Vénitienne*
a été trainée sur la claie dimanche & aujour-
d'hui. La recette a été si misérable, que MM.
les Directeurs prennent le parti d'abandonner
cet Opéra à son malheureux sort ; ils vont remettre Sylvie jusqu'à ce qu'ils aient quelque
chose de prêt.

O 6

A la page 33. Le 12 *Mai* 1768. On a parlé d'une déclaration de M. de Voltaire en date du château de Ferney, Pays de Gez en Bourgogne, le 31 Mars 1768. Elle difculpe vaguement M. de la Harpe & porte fur les mêmes procédés articulés dans la gazette d'Utrecht, qui font en effet étrangers au vrai grief de ce jeune homme. On voit facilement que l'humanité a dicté cet écrit à celui qui l'a tant célébré.

Quoi qu'il en foit, il paroît que M. Boutin, Intendant des finances, n'a pas eu plus de foi à ce certificat. M. de la Harpe étoit entré chez lui comme Secrétaire intime ; il l'a congédié fous prétexte qu'ayant une femme, cela entraîneroit une fuite de procédés trop gênants. Il eft plus vraifemblable que ce Protecteur ne fachant à quoi s'en tenir, d'après les bruits injurieux à l'ame de M. de la Harpe, a craint d'élever un ferpent dans fon fein. D'ailleurs, M. de la Harpe, en fe confacrant au fervice de M. Boutin, annonçoit bien la perte de tout efpoir de rentrer en grace auprès de M. de Voltaire.

A la page 40. Le 18 *Mai* 1768. Tout le public a vu avec étonnement reffufciter fur l'affiche de l'Académie Royale de Mufique *la Vénitienne*, ce ballet profcrit fi généralement & qu'on avoit déferté dès la feconde repréfentation. M. le Comte de St. Florentin, excité fans doute par les amis du Muficien, a réprimandé les Directeurs d'avoir retiré fi promptement cet Opéra, & leur a enjoint de le reproduire. Malheureufement pour le Sieur d'Auvergne, il n'y aura point de Lettres de cachet qui puiffent obliger le public d'y aller.

A la page 41. Le 20 *Mai* 1768. La brochure

qui a pour titre de l'*Affaire générale de Breta-gne*, perce infensiblement. C'eſt un Mémoire des plus ſanglans contre le Commandant de la Province; & l'on ne peut mieux caractériſer ce libelle, qu'en diſant que l'Auteur s'y permet tout ce que l'honnéteté interdiroit à un Ecrivain moins effrené. La prétendue trame jéfuitique y eſt développée d'une maniere très-étendue & découvre le fiel le plus noir.

A la page 42. Le 21 *Mai* 1768. La *Vénitien-ne* a été jouée hier avec plus d'affluence qu'on n'auroit cru. On a fait trop peu de changement pour qu'elle ait pu paroitre meilleure aux con-noiſſeurs. Elle eſt reſtée dans toute ſa médio-crité, pour ne rien dire de plus. Il ne faut pas être la dupe des applaudiſſemens qui lui ont été prodigués. On n'ignore pas combien il y avoit de billets donnés, & quelle ſorte de manœuvres emploient les Auteurs pour ſe ſoutenir. Mal-heureuſement ces ſecours ne peuvent ſe réité-rer ſouvent, & la chute n'en eſt enſuite que mieux marquée.

A la page 44. Le 24 *Mai* 1768. Un jeune Au-teur ayant compoſé une Héroïde ſur les repro-ches d'une mere à ſon époux qui ayant voulu faire inoculer ſon fils, eſt ſuppoſé l'avoir perdu, la Police n'a point voulu paſſer cette fable, dans la crainte qu'elle ne fît impreſſion ſur quelques ames foibles. On voit par ce trait, combien le Gouvernement protege une méthode qu'il re-garde ſans doute comme ſalutaire à la nation.

A la page 45. Le 26 *Mai* 1768. M. Linguet, Auteur eſtimé de divers livres hiſtoriques, ſe trouvant maltraité dans les Notes du *Tacite* de M. l'Abbé de la Bletterie, n'a pu tenir à ſon

reffentiment ; du moins on lui impute l'épigramme fuivante , qui a en effet affez l'air d'une
perfonnalité.

Apoftat (*) comme ton Héros,
Janfénifte fignant la bulle,
Tu tiens de fort mauvais propos,
Que de bon cœur je diffimule ;
Je t'excufe & ne me plains pas ;
Mais que t'a fait Tacite, hélas!
Pour le traduire en ridicule ?

A la page 46. Le 29 *Mai* 1768. La Marquife
de Clainville parie avec fon mari qu'il ne nom-
mera pas les diverfes parties d'une ferrure ; celui-ci les écrit dans le plus grand détail : il croit
avoir gagné ; alors fa femme lui raconte qu'elle
s'eft ennuyée toute feule pendant qu'il étoit à la
chaffe, qu'elle a fait arrêter un Cavalier qui
paffoit, qu'elle l'a invité à diner , qu'ils étoient
à caufer enfemble, lorfqu'on a annoncé fon retour, & que, pour éviter toute queftion, elle a
fait cacher l'inconnu dans fon cabinet dont la
ferrure a fervi de matiere à la gageure. Curiofité
de M. le Marquis, refus de fa femme; inftances
du premier, jaloufie, fureurs ; la Marquife lui
déclare qu'il a perdu, qu'il a oublié la piece la
plus effentielle d'une ferrure, la clef ; elle lit le
papier & lui prouve fon erreur ; elle dit qu'elle
veut avoir fon argent avant d'ouvrir la porte ; il
eft confondu & convient de fa faute ; nouveaux
accès de jaloufie, elle lui rit au nez en ce moment, lui demande fi, en la fuppofant capable
d'une tricherie auffi dangereufe, elle feroit affez

(*) M.l'Abbé de la Bletterie a été Pere de l'Oratoire.

mal-adroite pour fe trahir elle-même. Le Marquis ouvre les yeux, s'avoue un fot, elle préfente la clef; elle le preffe d'ouvrir à fon tour; elle veut abfolument le faire entrer, qu'il voie, qu'il vifite...... Il refufe, il eft vaincu, il fort pour aller chercher l'argent. Dans cet intervalle elle ouvre le cabinet, & fait efquiver le Cavalier qui y étoit réellement. Peu de tems après elle eft furprife de le voir revenir avec fon mari. Celui-ci le lui préfente comme un de fes amis qui vient pour affaire importante, & dont il l'inftruira bientôt: il fort encore une fois & ramene une jeune perfonne qu'il donne en mariage à l'étranger; les foupçons de fa femme fur cette inconnue qu'elle avoit appris être cachée dans l'appartement de fon mari fe diffipent également, & la piece finit.

On voit par cette efquiffe quelle incohérence il y a dans toutes les parties de cette intrigue, où fe trouvent les germes de plufieurs pieces, & qui ne peut fuffire à une feule, en un acte, faute de développement. M. Sedaine, qui met tant de vérité dans les minuties, dans les détails, dans les acceffoires d'un drame, omet toutes les vraifemblances du fonds. N'eft-il pas abfurde d'imaginer qu'un mari vivant bien avec fa femme depuis quinze ou feize ans, lui ait laiffé ignorer qu'il avoit une pupile dont il étoit le tuteur, qu'il l'amene & la couche dans fon appartement à fon infçu; qu'il invite chez lui un étranger pour époufer la jeune perfonne fans en avoir prévenu la Marquife. En fuppofant une femme honnéte, affez folle pour faire arrêter un étranger, la croira-t-on affez puérile pour changer de nom, pour le faire cacher au retour

de fon mari & donner par là une tournure cri-
minelle à une action bizarre, mais innocente ?
En un mot, aura-t-elle recours à un expédient
que pourroit mettre en œuvre une femme coupable, & qui n'auroit de reſſource que dans ſon
adreſſe & dans ſon impudence, tandis que celle-ci n'en a nul beſoin, & qu'elle court riſque
d'être dupe de ſa propre fineſſe ? Le caractere
de cette femme bizarre n'eſt point d'une vérité
théâtrale & peut tout au plus fournir matiere à
un conte. Nul intérêt ; il devroit porter ſur la
jeune perſonne ; elle n'eſt au contraire qu'un
perſonnage épiſodique & machinal, fait pour
amener le dénouement. Cette *Gageure imprévue*
n'a point eu de ſuccès ; il y a pourtant des
parties de dialogue très-bien faites. Madame
Préville joue la Marquiſe, on ne peut mieux ; il
n'en eſt pas de même du Sieur Préville, qui repréſente le mari. Ce rôle veut être nuancé de
ridicule, mais n'admet pas toutes les charges
dont il le gâte, & qui, de comique qu'il devroit
être, le rendent burleſque. Belcourt ne fait
point mal l'inconnu ; les autres rôles ſont très-
peu de choſe.

A la page 48. Le 3 *Juin* 1768. Les Comédiens Italiens donnent demain la premiere repréſentation de *Sophie ou du Mariage Caché*,
Comédie en trois actes, mêlée d'ariettes. L'original de la piece eſt de Gazick. Le Baron d'Ol-
back & le Sieur *Suard* l'ont arrangé au théâtre pour la faire paſſer ſous le nom de Pankouke Libraire, & beaupere de ce dernier,
à qui ils voudroient faire avoir ſes entrées ;
enfin, *Favart* a mis la derniere main à cette
beſogne qui ne peut-être que très-mauvaiſe.

Le Sieur *Koot*, Allemand, a fait la muſique.

A la page 49. Le 4 *Juin* 1768. La piece d'hier, jouée aux Italiens, a été ſi mal reçue, qu'il eſt inutile d'en parler plus amplement : lorſque l'Acteur eſt venu l'annoncer pour Lundi, il a été hué généralement. Il paroît pourtant que les Auteurs ne ſe regardent pas comme bien jugés, & ce Drame eſt affiché pour demain.

A la page 50. Le 6 *Juin* 1768. Une cabale puiſſante a voulu étayer la nouveauté recrépite des Italiens ; mais elle a peine à ſe ſoutenir, malgré ce ſecours.

A la page 50. Le 7 *Juin* 1768. M. d'Alembert qui a écrit, ſur la *Deſtruction des Jéſuites en France*, un livre dont on a parlé, vient de publier une lettre à M***, Conſeiller au Parlement de ***, pour y ſervir de ſupplément. Cette lettre eſt très-ſinguliere par un détail circonſtancié dans lequel l'Auteur développe tout ce qui regarde le janſéniſme dont il ſemble parfaitement au fait. Cette partie de l'ouvrage eſt également piquante & curieuſe ; il paroît que ce Philoſophe, après avoir répandu ſa bile ſur les Jéſuites, n'épargne pas plus leurs adverſaires, & auroit pu prendre pour deviſe *Tros Rutuluſ-ve fuat, nullo diſcrimine habebo.*

A la page 51. Le 8 *Juin* 1768. La Gazette de France du 3 Juin cite une lettre du révérend Pere Boſcovick (datée de Paris du 30 Avril) à M. de la Condamine, contenant quelques nouvelles littéraires d'Italie. Dans une lettre du 4 Juin (inſérée depuis au Journal encyclopédique du premier Juin) M. de la Condamine releve cette gazette, qui ſe pique de véracité & d'exactitude ; il ſe plaint qu'on a ajouté au fait principal , concernant la réproduction des têtes de limaçons , différentes circonſtances qui ne font pas dans la lettre qu'il poſſede.

A la page 51. Le 9 *Juin* 1768. Quoique les autres ſpectacles jouent aujourd'hui, la Comédie Italienne vaque à cauſe d'une proceſſion qui paſſe devant l'hôtel des Comédiens , faveur que le Curé de Saint Sulpice n'accorde pas à la Comédie Françoiſe. Auſſi ceux-là en témoignent-ils leur pieuſe reconnoiſſance par une grande férie. Il eſt à remarquer que ces Hiſtrions ſont les ſeuls , ſans doute à raiſon de leur origine ultramontaine , qui ne ſoient point frappés ſpécialement des anathêmes de l'Egliſe.

A la page 55. Le 13 *Juin* 1768. Un événement à-peu-près ſemblable à celui du Tartuffe , ſe réaliſe aujourd'hui & cauſe beaucoup de rumeur dans la Finance, en ce qu'il intéreſſe la famille des *la Borde*.

Le Sieur de Clauſtre, Prêtre de Lyon , après avoir été quinze ans Précepteur des enfans de M. de la Borde, ancien Fermier général, eſt reſté dans cette maiſon depuis ſon éducation finie juſqu'en 1762. Sa longue habitude dans la famille lui en fait connoître tous les tenants & aboutiſſants ; il a profité de la foibleſſe, du dérangement, & de l'eſpece d'abandon de ſes parens les plus proches, où étoit un la Borde Deſmaſtres , neveu du premier , pour s'inſinuer dans ſon eſprit, ſe rendre néceſſaire, & lui faire enfin épouſer la Dlle Boutaudon, ſa niece, le 18 Avril 1766. Alors il a montré les dents, & ſe mettant à la tête des affaires du jeune homme , a fait des répétitions conſidérables contre le pere & l'oncle de ſon neveu , capables de ruiner l'un & l'autre, fi elles étoient accordées dans leur totalité.

Trois Mémoires très-volumineux font déja éclos dans cette conteftation, vrai labyrinthe où l'on fe perd, & d'où il réfulte en général pour le lecteur des impreffions fâcheufes contre toute cette famille. On y trouve de chaque part une aigreur capable de nuire aux meilleures caufes, & les parties auroient infiniment mieux fait d'enfevelir dans l'oubli, à quelque prix que ce fût, un détail de faits peu honorables pour tous : on voit toujours avec peine un neveu provoquer fon oncle, un fils fon pere, & un oncle & un pere réduire le neveu & le fils à la cruelle néceffité de s'armer contre eux.

La piece la plus curieufe de tout ceci eft un bout de Mémoire du Sieur de Clauftre qu'il a joint à celui de fon neveu. Le ton caffard qui y regne, les verfets de l'Ecriture dont il eft lardé, l'efprit de modération, de paix, de charité que ce Prêtre affiche, font une préfomption forte contre lui, & le font paffer aux yeux de bien des gens pour un monftre de chicane, revêtu de la peau d'un agneau.

Il ne faut point confondre ce la Borde avec le la Borde, ancien Banquier de la Cour, fouche d'une autre famille.

A la page 55. Le 14 *Juin* 1768. Un Auteur Italien, M. J. Del Turco, vient d'entreprendre la traduction de l'Iliade d'Homere en vers Italiens & en ftances de huit vers. Il a fait imprimer le premier Tome qui paroît avec fuccès, & qu'on ne juge point indigne de l'original; il fait précéder fon ouvrage d'un excellent difcours fur la poéfie d'Homere & fur le plan de l'Iliade;

il donne enfuite un abrégé hiftorique de la vie de ce Prince des Poëtes.

A la page 59. Le 21 *Juin* 1768. Il y a de grands mouvemens en Médecine fur l'affaire de l'inoculation. On fait que cette méthode a déja été approuvée dans deux Affemblées de la Faculté. Mais pour que le Décret ait force de loi, il faut qu'il foit confirmé dans une troifieme. C'eft ce qui afflige les Anti-inoculateurs. Aujourd'hui ils cherchent à rufer, à temporifer, pour pouvoir cabaler & gagner des fuffrages. Ils prétendent que la matiere eft affez importante pour exiger que tous les Membres, même abfents, donnent leurs voix; en conféquence, avant de laiffer opiner pour la troifieme & derniere fois, ils veulent qu'on agite cette nouvelle queftion. En un mot, ils fe propofent d'employer tous les obftacles qu'il leur fera poffible, pour reculer la conclufion qu'ils préfument ne leur devoir pas être favorable dans l'état actuel des chofes.

A la page 62. Le 26 *Juin* 1768. On a dit que l'amateur qui avoit donné la médaille du prix de mufique remporté par l'Abbé Girouft, projetoit d'en faire autant à l'avenir. En conféquence, il deftine encore une même médaille d'or de la valeur de 300 livres pour le meilleur motet fur le pfeaume 45. *Deus nofter refugium & virtus &c.*

Un autre particulier propofe un femblable prix pour celui qui aura le mieux mis en mufique l'ode quatre de Rouffeau qui commence par ce vers *la Gloire du Seigneur, fa grandeur immortelle &c.* La même perfonne deftine une feconde médaille de la valeur de 200 livres pour fecond prix du motet François, s'il fe trouve une autre piece qui en foit digne. Enfin, les Directeurs du concert veulent auffi couronner l'Auteur du meilleur ouvrage qui aura le premier acceffit fur le fujet latin défigné.

En voilà plus qu'il n'en faut pour faire fortir les talens, & peut-être en eft-ce trop : quand il y a tant de gens couronnés, les couronnes en deviennent moins précieufes, & l'émulation fe ralentit.

Toutes les conditions font les mêmes que celles de l'an paffé, mêmes Juges, même lieu, même tems du concours.

A la page 63. Le 28 *Juin* 1768. On vient de traduire en françois le *Marchand de Venife*, un des Drames les plus vantés du célebre Shakespear. Les Anglois le regardent encore comme le chef-d'œuvre de leur Théâtre, où cette piece a aujourd'hui tout autant de fuccès qu'elle en eut lors des premieres repréfentations. Pour nous autres qui mettons d'autres conditions à un chef-d'œuvre, en convenant des beautés de détail de cette piece, nous la regarderons dans fon enfemble comme un vrai monftre dramatique. Le Traducteur a confervé autant qu'il a pu le mérite de l'original, dans fa profe forte & harmonieufe.

A la page 63. Le 29 *Juin* 1768. Il s'eft élevé depuis quelque tems en Italie une difpute entre les Philofophes de cette contrée fur l'*Etat brut des premieres générations*. M. Duni, Profeffeur de Jurifprudence au Collège *Delza Sapienza* de Rome, eft pour l'affirmative, & prétend d'après Vico, le fondateur de cette opinion, que les hommes originairement vivoient exactement comme des bétes. Les partifans de ce favant font appelés *Ferini*. M. Finette eft à la tête des adverfaires de ce parti qui fe nomme *Anti-Ferini*. Ces deux chefs ont beaucoup écrit, chacun de leur côté, & ils ont mis dans leurs ouvrages le caractere de leur secte, c'est-à-dire que ceux du premier sont sans aucune aménité, mêmes durs & un peu barbares, les répliques de l'autre sont au contraire pleines d'honnêteté, de douceur & de graces.

A la page 64. Le 1 *Juillet* 1768. Pour completter les 30000 liv. de pension que le Ministre s'est réservées sur le nouveau privilege du Mercure, il a donné 600 livres au Sieur de la Dixmerie qui coopéroit depuis longtems gratuitement à cet ouvrage, 600 livres à l'Abbé de la Porte, Acolythe du Sieur de la Place ; 600 livres au Sieur Poinsinet, Auteur de l'Epitre à Madame la Marquise de Langeac ; 200 livres de supplément au Sieur Marin, Censeur de la Police, qui en avoit déja une, & 300 de supplément aussi à l'Abbé le Blanc, espece de brocanteur littéraire, qui, par ses intrigues, s'étoit fait mettre sur la liste depuis longtems.

Quant au Sieur la Combe, c'étoit un Avocat, homme de lettres, qui faisoit des livres en communauté avec un Frere, avec les Macquers & autres Auteurs, & qui, tyrannisé par les Imprimeurs, s'est dévoué pour la Société, a quitté la robe de Palais & s'est fait recevoir Libraire. Ce nouvel état lui a inspiré de la cupidité ; il a étendu son commerce, a envahi tous les journaux & devient formidable à ses confreres. Il prétend mettre le Mercure sur le meilleur pied. C'est aujourd'hui que doit paroître le premier volume de la façon de sa Coterie littéraire. Ils ont commencé par rectifier l'épigraphe, &, après bien des recherches, ils se sont décidés pour celle-ci *Mobilitate Viget*. Allusion savante au Mercure

Métal, au Mercure Dieu & au Mercure Journal.

A la page 65. Le 4 *Juillet* 1768. Le nouveau Mercure eſt en effet ſupérieur à tous ceux qui paroiſſent depuis longtems par le choix des pieces qu'on y a inſérées & la variété répandue dans l'ouvrage. Mais, outre que ces fugitives, très-bonnes en elles-mêmes, ont déja paru dans différens journaux, & autres papiers publics, c'eſt qu'il eſt moralement impoſſible de remplir 14 volumes par an de morceaux d'élite. Un des défauts de l'ancien Journaliſte étoit de prodiguer des éloges à tout propos & d'enivrer de ſon fade encens le moindre cuiſtre littéraire, le plus petit Hiſtrion. Celui-ci, plus modéré ſur les louanges, aura peut-être peine à s'expliquer librement ſur quantité de gens qu'il aura intérêt de ménager, & ſurtout ſur les Comédiens dont il tient ſes entrées aux ſpectacles, ſuivant l'uſage. Ajoutez à cela les entraves de toute eſpece qu'a néceſſairement en France un Auteur couvert d'un privilege du Roi & toujours ſous la main directe du Gouvernement. Concluons que le Mercure eſt par eſſence une rapſodie tronquée, monotone & faſtidieuſe, & ne ſortira jamais du rang où l'a placé, il y a longtems, un Critique judicieux (La Bruyere) c'eſt-à-dire immédiatement au-deſſous de rien.

A la page 65. Le 5 *Juillet* 1768. Le Concours du prix de poëſie à l'Académie Françoiſe roule ordinairement entre vingt & trente pieces. Cette année, il en a été remis quatre-vingt-quatre au Secrétaire. On prétend qu'un homme de qualité, âgé de 82 ans, le Baron de Châteauneuf, n'a pas dédaigné d'entrer en lice contre la brillante jeuneſſe qui court la même carriere,

Les vœux feront à coup fûr pour le moderne
Sophocle, & il feroit à fouhaiter pour l'honneur
du fiecle qu'il eût le prix.

A la page 65. Le 6 *Juillet* 1768. Madame
Benoît, cette Virtuofe littéraire, déja connue
par des Romans, vient de s'élever jufqu'à la
Comédie, & de nous en donner une, en un acte
& en profe, qui a pour titre *la Supercherie ré-
ciproque*. L'intrigue n'en eft pas mal conduite;
il y a de la fimplicité dans le ftyle, mais nulle
énergie dans les caracteres, & rien de comique
dans les fituations. Cette piece reftera dans la
bibliotheque des amis auxquels l'Auteur femelle
en a fait part.

Fin du dix-huitieme Volume.

www.ingramcontent.com/pod-product-compliance
Lightning Source LLC
Chambersburg PA
CBHW050149030726

47505CB00005B/1297